EXPÉRIENCE NOA TORSON #3

N'OUBLIE PAS

L'auteur

En plus d'être écrivain, **Michelle Gagnon** a été danseuse (danse moderne), promeneuse de chiens, serveuse, journaliste, coach personnel et mannequin. Elle a publié plusieurs thrillers pour adultes, et la série *Expérience Noa Torson* est sa première incursion dans la littérature pour ados et jeunes adultes. Elle vit à San Francisco.

Du même auteur chez Pocket Jeunesse

EXPÉRIENCE**NOATORSON**

1 - *Ne t'arrête pas*

2 - *Ne regarde pas*

3 - *N'oublie pas*

EXPÉRIENCENOATORSON#3

N'OUBLIE PAS

MICHELLE GAGNON

Traduit de l'américain par Julien Chèvre

Nathan

Loi n° 49-956 du 16 juillet 1949 sur les publications destinées à la jeunesse : janvier 2019.

L'édition originale de ce livre a été publiée pour la première fois en anglais à New York, États-Unis, par HarperCollins Children Books, un département de HarperCollins Publishers, sous le titre *Don't Let Go*.

ISBN 978-2-266-29275-7

Dépôt légal : janvier 2019

À Esmé et Taegan

La voûte céleste aux courbes de presse-papier s'adoucit
et son centre parsemé d'étoiles se teinta de violet.
Elle avait trouvé un dieu, une arme peut-être.
Quelque chose que je n'avais pas remarqué
surgit des profondeurs et l'emporta.
J'arrachai toutes les couleurs de la terre
et fis flétrir le moindre brin d'herbe. Chaque pulsation
de vie se tut, j'en démontai le mécanisme.
On ne raconte que ce que j'ai pris,
pas ce que j'ai donné :
des racines et de la lumière vive, la splendeur
de chaque pousse, la monnaie encore verte
de ce qui vient de naître. De l'inexpiable,
de l'enfoui – voilà comment se forme un être.
Souviens-toi, au fond de cette obscurité
se trouvait la graine
scellée dans le globe rouge gonflé.
L'Enfer devait payer.

Cleopatra Mathis,
« After Persephone » (« Après Perséphone »),
poème extrait de *What to Tip the Boatman ?*,
The Sheep Meadow Press, 2001.

PREMIÈRE PARTIE

FUITE

CHAPITRE UN

— Noa, réveille-toi ! Allez, faut qu'on se tire !

— Laisse-moi tranquille, marmonna Noa en repoussant la main qui la secouait.

Elle était en train de faire un rêve merveilleux : elle était assise au milieu d'un immense champ de coquelicots rouge vif et caressait les hautes herbes qui ondulaient autour d'elle, tandis que des nuages blancs cotonneux dérivaient lentement dans le ciel. L'air était chargé du parfum des fleurs auquel se mêlait une odeur âcre étrange… Et puis soudain, cette voix s'était fait entendre, forte et insistante.

Noa sentit qu'on la secouait plus énergiquement et distingua en fond des murmures inquiets.

Bon sang, mais qu'est-ce qui se passe ? J'aimerais juste pouvoir dormir un peu.

— Noa, ils arrivent !

Le ton pressant de la voix dissipa les dernières images du rêve, réduisant les coquelicots à une tache rouge. Noa fronça les sourcils et se força à ouvrir les yeux. Tout son corps lui semblait horriblement lourd et engourdi. Elle secoua la tête pour tenter d'émerger et distingua les traits de celui qui lui parlait.

— Fiche-moi la paix, l'implora-t-elle.

Le visage blême de Peter brillait faiblement dans la lueur du clair de lune qui s'insinuait par la fenêtre. Debout derrière lui, Teo et Daisy paraissaient tout aussi anxieux. Tous trois étaient habillés pour sortir et portaient des sacs à dos. Teo jetait des regards incessants vers la porte.

— Oh non, lâcha Noa en se redressant brusquement. Pas encore ?

— Eh si, répondit Peter d'un air grave.

Il l'aida à se lever et lui tendit un sac et un blouson, tandis que Teo et Daisy filaient vers le fond de la pièce.

— Mais comment ils font pour nous retrouver à chaque fois ? soupira-t-elle en essayant de rassembler ses esprits.

On est où, déjà ? Au Kansas ? Au Nebraska ?

— Peut-être qu'ils ont du bol, suggéra Peter. Ou alors des chiens au flair hors norme.

En Arkansas, se rappela soudain Noa. *Oui, c'est ça, on est en Arkansas*.

Un craquement sourd résonna à l'autre bout de l'appartement : la porte d'entrée venait de céder. Noa étouffa un juron. Dans la pénombre, elle discernait à peine les murs lézardés couverts de moisissures et les détritus qui jonchaient le sol. Ils avaient passé les derniers mois dans des planques plus délabrées les unes que les autres – encore que « planque » n'était pas vraiment le terme adéquat, puisque, chaque fois, ils avaient été débusqués au bout de quelques jours. D'une manière ou d'une autre, où qu'ils aillent, les mercenaires de Pike & Dolan réussissaient systématiquement à les localiser.

— Par ici ! lança Peter en chuchotant.

Il tenait une lampe de poche et réduisait le faisceau avec sa main, de manière à n'éclairer que le trou dans le mur qui menait à l'appartement voisin.

Quelques semaines plus tôt, à Cleveland, la maison où ils se cachaient avait été encerclée, et ils n'avaient dû leur salut qu'au passage d'une patrouille de police au même moment. Cet épisode leur avait servi de leçon. Leur nouvel abri était un appartement situé au sein d'une vaste résidence abandonnée aux abords de Little Rock, à la lisière d'une forêt protégée, ce qui jouait en leur faveur : une fois sortis des bâtiments, ils pourraient disparaître au milieu des arbres.

Peu après leur arrivée, Peter et Teo avaient pratiqué des ouvertures dans les cloisons pour pouvoir traverser les six appartements mitoyens. Le dernier possédait un balcon qui surplombait la forêt et il y avait une sortie de secours à côté de la porte d'entrée. Il aurait fallu un régiment entier pour couvrir toutes les issues du complexe

– mais bien sûr, rien ne disait que Charles Pike n'avait pas justement envoyé un régiment à leurs trousses.

Noa se précipita pour rejoindre Peter et baissa la tête pour se faufiler à travers le trou. Elle se retrouva dans l'obscurité complète. Peter sur ses talons, elle se mit à avancer aussi vite et discrètement que possible en comptant ses pas. Il fallait en faire vingt en avant puis quinze sur la gauche pour accéder au passage donnant dans l'appartement suivant – ils avaient tout mesuré un peu plus tôt, avant qu'elle aille se coucher.

Des rangers martelant le sol résonnèrent derrière eux. Sans s'arrêter, Noa sortit un taser de son sac à dos et activa l'interrupteur pour le charger. En entendant Teo et Daisy devant elle, elle se dit qu'ils étaient tous beaucoup trop bruyants.

Ils progressaient tant bien que mal à travers l'enfilade d'appartements, tout en marmonnant des jurons. Noa tendit l'oreille et réalisa que leurs poursuivants gagnaient peu à peu du terrain. Peut-être que leur plan d'évasion n'était pas si au point que ça.

De toute façon, maintenant, c'est trop tard pour faire autrement.

Ils parvinrent enfin dans le dernier appartement. Teo et Daisy s'élancèrent vers la baie vitrée du balcon, qui n'était qu'à un mètre du sol. On devinait à peine leurs silhouettes dans le clair de lune.

— On se retrouve au point de rendez-vous ! lança Peter à voix basse.

Teo hocha la tête puis fit coulisser la baie vitrée. Il aida Daisy à enjamber la balustrade et ils sautèrent en même temps avant de se mettre à courir vers la forêt.

— À nous, chuchota Peter en ouvrant la porte d'entrée de l'appartement.

Noa le suivit dans le couloir. Il faisait si noir qu'elle se sentit un instant complètement désorientée et gagnée par la panique. Peter posa sa main sur son épaule et elle hocha la tête, même s'il ne pouvait pas la voir.

— Dès qu'on sera sortis, moi je prends à gauche, OK ? lui glissa-t-il à l'oreille.

— OK, acquiesça-t-elle, revigorée par la montée d'adrénaline.

Elle se remémora la disposition des lieux. La forêt était sur sa droite, mais elle devait d'abord s'éloigner un peu des autres. Ils étaient censés se disperser en partant dans quatre directions différentes pour réduire les risques de se faire tous prendre. Elle comptait foncer droit devant elle sur deux ou trois cents mètres avant de piquer vers les bois.

L'issue de secours s'ouvrit brusquement et la silhouette de Peter fila aussitôt vers la gauche. Noa faillit trébucher sur le seuil avant de s'élancer dehors à son tour. Elle était à découvert et avait l'impression d'être cernée d'ombres malveillantes. Elle mobilisa toutes ses forces pour continuer à courir malgré le poids de son sac.

Juste avant que la porte ne se referme derrière elle, elle perçut un cri venant de l'intérieur, suivi de bruits de pas précipités.

Trop tard, bande de fumiers.

Face à elle se trouvait une aire de jeux – ou ce qu'il en restait. Un toboggan avait été désossé, sans doute pour revendre le métal à un ferrailleur, et seule subsistait une échelle qui ne menait nulle part. De même, il ne restait plus que la base d'un tape-cul et le cadre d'une balançoire. Tandis qu'elle traversait le bac à sable à toute vitesse, Noa ne put s'empêcher de songer que ce serait un endroit horrible pour élever des enfants.

Il y eut un nouveau cri, plus proche cette fois-ci. Des faisceaux de torches électriques balayèrent les environs, saisissant les contours des squelettes métalliques de l'aire de jeux.

Noa obliqua subitement à droite, pour se mettre à l'abri dans la forêt, tandis qu'une voix aboyait des ordres. Elle n'était plus qu'à vingt mètres de l'orée des bois, puis dix, puis cinq…

Tout à coup, une ombre émergea de derrière un arbre sur sa gauche et fondit sur elle. Noa n'avait pas le temps de dévier de sa trajectoire. Sans réfléchir, elle se servit de son taser comme d'une matraque. Son élan joua en sa faveur. Son assaillant poussa un grognement avant de s'écrouler par terre.

Noa reprit sa course en espérant que les autres s'en tenaient au plan établi. Leur point de rendez-vous se trouvait à un peu plus d'un kilomètre de là, dans un gros tuyau en béton qui donnait sur un petit cours d'eau. Toutefois, s'ils ne parvenaient pas à semer leurs poursuivants, ils étaient censés ne pas s'en approcher. Le plan B consistait à rejoindre la voiture, garée quelques kilomètres plus loin.

Noa sentait déjà son énergie diminuer et son rythme ralentir. Elle était tellement fatiguée de devoir sans cesse courir. Chaque fuite précipitée était plus éprouvante que la précédente. À vrai dire, vu son état, elle n'était même pas certaine de pouvoir atteindre le point de rendez-vous.

Ressaisis-toi, se sermonna-t-elle. *Sème-les. Maintenant.*

Elle entendit un cri derrière elle et en déduisit qu'il y avait au moins un type à ses trousses. Elle fonça de plus belle entre les arbres. Les branches lui fouettaient les bras et le visage, lui faisant venir des larmes. Elle pesta intérieurement contre les feuilles mortes qui craquaient bruyamment sous ses pas, la rendant aisément repérable. Elle était hors d'haleine et son sac à dos lui semblait peser une tonne. Elle envisagea un instant de s'en débarrasser, mais se ravisa. Elle ne pouvait pas se permettre de perdre ses disques durs.

Soudain, quelqu'un tira sur son sac. Ses pieds décollèrent du sol et elle tomba lourdement en arrière. Elle grimaça en sentant quelque chose de pointu dans le bas de son dos.

La silhouette sombre et menaçante d'un homme se pencha au-dessus d'elle. Il portait un masque qui lui donnait l'allure d'une mouche géante et était armé d'un fusil automatique.

— Vous devriez changer de look, lâcha Noa. Vous êtes encore à la mode de l'an dernier.

Elle colla son taser contre la jambe du type et appuya sur le bouton. Il fut aussitôt pris de convulsions et le claquement de ses dents résonna dans le silence de la nuit.

— Abruti, ajouta-t-elle quand il s'effondra au sol.

Noa se releva et scruta l'obscurité. Après un instant d'hésitation, elle ramassa le fusil. Elle n'aimait pas les armes, mais n'avait guère envie de laisser à son poursuivant l'occasion de s'en servir. Puis elle tourna les talons et se remit à courir en se demandant dans quelle direction était le nord. Noa était une citadine pure et dure, et les camps de scouts n'avaient pas vraiment fait partie de son enfance.

Dommage, ça aurait pu m'être utile maintenant, songea-t-elle amèrement.

Elle s'immobilisa en entendant un splash sonore. Elle baissa les yeux et réalisa qu'elle avait un pied dans l'eau. Autrement dit, elle n'était plus très loin. Elle se mit à longer la rive du ruisseau en évitant les parties trop boueuses où elle risquait de laisser des empreintes.

Après cinq minutes de marche, le cours d'eau s'élargissait en une petite rivière. Noa contourna un barrage de castors abandonné fait d'un amas de branchages empilés sur presque deux mètres de haut. C'était l'un des points de repère qu'ils avaient notés. Le tuyau devait se trouver à une quinzaine de mètres de là.

Noa jeta un nouveau regard autour d'elle pour s'assurer qu'elle n'était pas suivie, puis se rua vers l'entrée de la canalisation. Il y faisait très sombre et elle hésita à y pénétrer.

— Noa ?

En reconnaissant la voix de Peter, elle fut envahie d'un tel soulagement qu'elle crut que ses jambes allaient se dérober sous elle.

— Chut, murmura-t-elle aussitôt en s'engageant à l'intérieur.

Tandis que ses yeux s'accommodaient à la pénombre, elle distingua Teo et Daisy un peu plus loin, blottis l'un contre l'autre. Peter se tenait près de l'entrée, le visage crispé.

— Qu'est-ce que tu as ? demanda-t-elle.

— Je me suis tordu la cheville, bredouilla-t-il entre ses dents serrées. Mais je m'en remettrai. Et toi, ça va ?

— Oui, oui.

Peter alla s'accroupir près de Teo. Noa lança un dernier coup d'œil derrière elle avant de les rejoindre. Ses bottes étaient trempées et elle sentit bientôt l'humidité à travers son jean. Elle serra ses bras autour d'elle pour tenter de contenir ses tremblements, mais en vain.

— Tu as récupéré une arme ? remarqua Peter.

Elle baissa les yeux : elle avait presque oublié le fusil automatique. Il était d'un noir brillant et valait sûrement une petite fortune. Or ils avaient besoin d'argent. Mais ce serait trop dangereux d'essayer de le vendre, et la dernière chose dont ils avaient besoin était d'attirer l'attention.

— Je l'enterrerai avant qu'on aille à la voiture, décida-t-elle.

— On ferait peut-être mieux d'y aller dès maintenant, suggéra Teo, visiblement inquiet. On est encore trop près de l'appartement.

— Ce parc fait au moins mille hectares, indiqua Noa d'un ton rassurant. Jamais ils ne pourront le ratisser en entier. Quelle heure est-il ?

Une lueur verte brilla dans l'obscurité tandis que Peter consultait sa montre.

— 4 heures du mat'.

— Bientôt l'aube, en déduisit Noa. Ils ne devraient pas tarder à filer. Ils ne peuvent pas prendre le risque d'être vus.

— On n'a plus qu'à prendre notre mal en patience pendant deux heures, ajouta Peter.

Teo et Daisy ne dirent mot, mais Noa devinait ce qu'ils pensaient : deux heures à rester tapis au fond d'un tuyau en béton, sombre, crasseux, froid et humide, sans faire de bruit, sans pouvoir dormir. Que du plaisir… Elle soupira.

Encore un jour glorieux pour l'Armée de Persefone.

— Une minute de plus et ils nous tenaient, marmonna Peter.

Noa s'efforça d'ignorer le ton accusateur de sa voix. Il avait raison : ils s'étaient échappés de justesse. Et c'était elle qui les avait retardés avec son sommeil de plomb.

Sa culpabilité fit aussitôt place à un élan de colère. C'était la faute de Pike & Dolan si son organisme était détraqué, pas la sienne.

Mais si l'un d'entre eux avait été capturé… Noa ferma les yeux et appuya sa tête contre la paroi en béton. Elle croulait déjà sous les remords en repensant à tous ceux qu'elle n'avait pas réussi à sauver, trois mois plus tôt, à Santa Cruz. Elle n'était pas sûre de pouvoir supporter de perdre qui que ce soit d'autre.

Ils sont tout ce qu'il me reste, réalisa-t-elle en ouvrant les yeux.

Teo et Daisy, toujours serrés l'un contre l'autre, étaient pâles et avaient les traits tirés. À côté d'eux, Peter se massait la cheville.

— Logiquement, on n'aurait pas dû s'en sortir, lâcha-t-il doucement en croisant le regard de Noa.

— À t'entendre, on dirait que tu le regrettes, répliqua-t-elle.

— Non, mais c'est juste que… ces types sont quand même super entraînés.

Il tourna les yeux vers l'extérieur et les premières lueurs de l'aube teintèrent son visage de mauve.

— On avait un plan d'évasion solide, voilà tout, déclara fermement Noa.

— Je sais, mais réfléchis. Les responsables de Pike & Dolan pourraient envoyer vingt types à nos trousses, ou même cinquante. Ils seraient en mesure de boucler toute la zone, mais ils ne le font jamais. C'est quand même bizarre.

— Peut-être qu'ils ne savent pas précisément où nous sommes et qu'ils fouillent toutes les cachettes possibles, avança Daisy.

— Le moindre logement abandonné dans tout le pays ? Non, personne n'a les moyens de faire ça.

— Ou peut-être qu'ils ne cherchent pas vraiment à nous attraper, mais juste à nous avoir à l'usure, intervint Teo.

— Dans ce cas, ça marche, grommela Noa.

Elle sentait déjà des courbatures dans ses bras et ses jambes. Cela faisait plusieurs mois qu'elle n'avait pas dormi dans un vrai lit. Elle avait une fatigue oculaire permanente et son corps tout entier semblait perclus de douleurs. Elle supposait que c'était ce qu'on ressentait quand on était vieux, très vieux, dans les quatre-vingts ans – sauf qu'elle n'en avait que seize.

— Je pensais franchement qu'on était à l'abri, cette fois, marmonna Peter.

Il retira un caillou de sa chaussure et le jeta rageusement contre une paroi de la canalisation.

— Moi aussi, acquiesça Noa.

La veille, ils avaient passé une bonne partie de la journée à se fabriquer des cartes d'étudiant assez crédibles pour l'université située à l'autre bout de la ville. Ils comptaient s'y rendre dans la matinée. Pour pouvoir décrypter les disques durs que Peter avait récupérés, ils avaient besoin d'un matériel informatique disposant d'une puissance de traitement digne de ce nom. Mais durant les derniers mois qu'ils avaient passés à explorer les divers campus qu'ils croisaient, soit ils étaient tombés sur des laboratoires d'informatique ridiculement sous-équipés, soit les mercenaires de Pike les avaient mis en déroute avant qu'ils ne puissent se mettre au travail.

— Il faut vraiment qu'on accède aux données, rappela Peter. Le temps presse.

— J'en ai trop marre d'entendre parler de ces fichus disques durs, maugréa Teo.

— Et moi j'en ai surtout marre de les trimballer, renchérit Daisy. Ça pèse un âne mort.

— Ces disques nous indiqueront peut-être où Pike retient les autres, rétorqua Peter. Et bien plus encore. Il se pourrait même qu'ils contiennent un remède contre la PEMA.

— Ouais, on connaît la chanson, soupira Teo d'un air las. Il suffit juste de trouver un endroit tranquille pour pouvoir les étudier. Sauf qu'on n'y arrive jamais…

— On va y arriver, insista Peter. Bientôt.

— Ça suffit, trancha soudain Noa, à qui toute cette discussion donnait la migraine. Essayons de nous reposer un peu.

— C'est sûr, on a encore une journée de dingue qui nous attend, bougonna Teo en serrant Daisy contre lui. J'espère pouvoir en passer une bonne partie à l'arrière d'une bagnole pourrie. Pour changer.

Peter et Noa échangèrent un regard. Depuis quelques mois, leur seul objectif était d'accéder aux données des disques durs tout en essayant d'échapper à leurs poursuivants.

Tu parles d'un plan, songea Noa, désabusée.

Elle se recroquevilla sur elle-même, posa sa tête contre son sac à dos, tâchant d'ignorer les angles des disques durs, puis elle ferma les yeux et fit semblant de dormir.

Amanda ouvrit les yeux et fronça les sourcils, déconcertée par les dalles blanches du plafond au-dessus d'elle. Elle n'était pas dans sa chambre, à l'université, mais dans un de ces lits réglables typiques des hôpitaux.

Elle tourna la tête sur le côté : une perfusion était branchée à son bras droit et elle réalisa, horrifiée, que celui-ci était attaché au bord du lit. Elle tira sur la sangle en vain, puis essaya de se libérer avec sa main gauche, mais son autre bras était entravé aussi.

Elle se mit à hurler.

Presque aussitôt, elle entendit des pas précipités dans sa direction, puis le rideau entourant son lit fut tiré et une infirmière apparut.

— Là, là, Amanda, dit-elle d'une voix douce en s'approchant du lit. Tout va bien. Tu es à l'hôpital, ma chérie, tu te rappelles ?

Amanda la dévisagea. Ses traits lui étaient familiers, mais elle n'arrivait pas à la resituer.

— Je… Je vous connais ? balbutia-t-elle.

— Mais oui, voyons. Je suis Beth.

— Beth ? répéta Amanda, à qui ce mot semblait étrange. C'est pas terrible, comme nom.

— C'est vrai qu'il y a mieux, acquiesça l'infirmière en souriant. Dis, j'ai une bonne nouvelle pour toi : tu as de la visite. Ça te fait plaisir, j'espère ?

Amanda tenta de déterminer si c'était le cas, mais son esprit était comme englué et elle n'en savait rien du tout. D'ailleurs, à la réflexion, le mot « plaisir » lui paraissait tout aussi bizarre que « Beth ».

L'infirmière tira davantage le rideau, et une femme d'un certain âge s'avança. Elle portait un pull à motifs très ample et un jean. Elle avait de longs cheveux gris ramenés en une simple natte et un visage avenant qu'Amanda avait aussi le sentiment d'avoir déjà vu.

— Qui êtes-vous ? demanda-t-elle.

Elle la vit échanger un regard avec l'infirmière et trouva qu'elle avait l'air…

Zut, comment on dit, déjà ?

Amanda grimaça de frustration et continua de fixer la dame venue lui rendre visite quand le mot lui revint soudainement en mémoire.

— Inquiète ! s'exclama-t-elle triomphalement.

— Pardon ? fit la femme, visiblement décontenancée.

Amanda secoua la tête d'un air penaud. Tout compte fait, elle n'avait pas dû dire ce qu'il fallait. Elle se mit à tripoter nerveusement sa couverture.

— Pourquoi est-elle attachée ? s'enquit la femme auprès de l'infirmière.

— C'est pour éviter qu'elle ne déambule et se blesse, répondit celle-ci à voix basse. Je crains qu'elle ne soit dans un de ses mauvais jours.

Amanda se sentit contrariée. Il lui semblait qu'elle était attendue quelque part, qu'elle avait quelque chose d'important à faire, mais quand elle sondait les méandres de son cerveau, tout était brumeux, comme si sa tête était remplie de fumée.

La femme à la natte grise tira une chaise et vint s'asseoir à côté d'elle, avant de lui prendre la main d'un geste hésitant.

— Je suis Mme Latimar, lui dit-elle d'un ton plein d'espoir. Tu venais me donner un coup de main au Refuge.

— OK, lâcha Amanda en haussant les épaules.

Elle vit une ombre de tristesse passer sur le visage de la femme et s'en voulut de la décevoir. Il était clair qu'elle espérait autre chose.

— Vous pouvez nous laisser une minute ? demanda Mme Latimar à l'infirmière.

— Bien sûr. De toute façon, il faut que j'aille voir les autres.

Quand l'infirmière eut refermé le rideau derrière elle, Mme Latimar s'approcha plus près d'Amanda.

— Dis, tu te souviens de ce dont on a parlé la dernière fois que je suis venue ?

Amanda se mordilla nerveusement les lèvres. Elle n'était même pas certaine de l'avoir déjà vue auparavant.

— Non, admit-elle.

— Est-ce que tu peux essayer de te rappeler, ma belle ? insista Mme Latimar, l'air désespérée.

Amanda voulait sincèrement l'aider. Elle ferma les yeux et fouilla son esprit embrouillé, cherchant à se raccrocher à un élément concret. Il y avait une émotion très forte liée à cette femme, quelque chose qu'elle était à deux doigts de cerner. Était-ce de la colère ? Un sentiment de trahison ?

Mais non, ça se voit qu'elle est gentille, se raisonna-t-elle. *Je dois encore me tromper.*

— Désolée, finit-elle par bredouiller. Ça ne me revient pas.

Mme Latimar serra les dents. Elle paraissait à la fois anéantie et terrifiée. Elle jeta un bref regard par-dessus son épaule, puis se pencha si près d'Amanda que celle-ci sentit son souffle dans son oreille.

— Bon, ça ne coûte rien de te le dire, peut-être que tu t'en souviendras plus tard, chuchota-t-elle d'un ton pressant. C'est au sujet des dossiers, les dossiers truqués. Mason est au courant, il s'en est rendu compte. Il menace de s'en prendre à Clementine et je ne sais absolument pas quoi…

Tout à coup, le rideau s'ouvrit avec un grincement métallique et l'infirmière glissa la tête à l'intérieur.

— Excusez-moi, mais il faudrait laisser Amanda se reposer. Elle ira peut-être mieux demain.

— Oui, demain, répéta faiblement Mme Latimar avec un sourire las. Dors, ma belle. Je suis sûre que tu seras bientôt dans une forme olympique.

Amanda lui rendit son sourire. Elle avait une drôle de façon de parler.

Une forme olympique ? Je ne suis pourtant pas une sportive de haut niveau. Ou peut-être que si ?

— Au revoir, Amanda, fit Mme Latimar en ramassant un gros sac à main qu'elle glissa sur son épaule avant de s'éloigner.

Elle s'arrêta devant le rideau, comme si elle allait ajouter quelque chose. Mais elle se contenta de rentrer la tête dans les épaules et disparut.

L'infirmière tapota la poche de perfusion du bout de l'index, puis elle regonfla les oreillers d'Amanda.

— Je peux faire autre chose pour toi, ma chérie ?

— C'est quoi, un « mason » ? lâcha Amanda.

Elle vit aussitôt l'infirmière se figer et, pendant un instant, il lui sembla déceler dans ses yeux la même terreur que celle qu'elle avait lue dans ceux de Mme Latimar. Mais cette impression fut si furtive qu'elle se demanda si ce n'était pas le fruit de son imagination.

— Je n'en ai pas la moindre idée, répondit Beth d'une voix douce. Maintenant, tâche de te reposer un peu. Tes parents doivent passer un peu plus tard. Qu'est-ce que tu dis de ça ?

Elle ressortit et Amanda fixa le rideau qu'elle avait tiré derrière elle. Il ondulait légèrement d'avant en arrière, et ce mouvement l'apaisa. Une autre question émergea du fond de ses pensées avec une clarté étonnante, mais il n'y avait plus personne à qui la poser.

— Où est Peter ? articula-t-elle.

Peter battait l'air de ses mains, tentant vainement de chasser la nuée de minuscules moucherons qui le suivaient depuis qu'ils avaient quitté la canalisation en béton. D'après ce qu'il en avait vu jusque-là, la vie en Arkansas à la mi-mai paraissait digne de figurer parmi les neuf cercles de l'enfer imaginés par Dante. Il régnait une chaleur moite et les insectes suceurs de sang pullulaient. Sans parler des sales types armés de fusils automatiques. Pour lui, ça méritait bien trois étoiles sur cinq dans le guide de voyage intitulé *Sauve qui peut!* qu'il rédigeait mentalement.

Ils avaient garé leur dernier 4×4 à quelques kilomètres de la résidence. Ce n'était pas très pratique, mais l'expérience leur avait appris qu'en cas de fuite, il valait mieux avoir un véhicule planqué un peu plus loin. Quelque temps auparavant, ils avaient été obligés de revenir sur leurs pas, dans une zone qui grouillait de mercenaires, et il s'en était fallu de peu qu'ils ne se fassent prendre.

Ils avançaient tant bien que mal à travers les bois, parallèlement à la route principale. Chaque fois qu'une voiture passait à proximité, ils s'enfonçaient davantage au milieu des arbres. La cheville de Peter avait gonflé et le faisait boiter. De plus, il était quasiment certain d'avoir touché du sumac vénéneux, une plante extrêmement allergène, ce qui lui promettait bien d'autres réjouissances dans les jours à venir. Il se donna une tape dans le cou pour écraser une bestiole qui le picotait et lâcha un juron.

— C'est drôle, on dirait que les insectes n'en ont qu'après toi, le taquina Teo.

— Oui, ben c'est sûrement parce que c'est moi qui pue le moins, répliqua Peter.

— Faux. J'ai pris une douche hier, précisa Teo avant de marquer une pause. Non, attends, plutôt avant-hier.

— En fait, c'était il y a trois jours, intervint Daisy. Je t'ai à l'œil, tu sais.

— Ils doivent trouver que j'ai meilleur goût que vous, insista Peter.

— Ou bien ils n'aiment que les riches, plaisanta-t-elle.

— Euh, je ne suis plus si riche que ça…

C'était vrai. Après avoir financé leur petit groupe au cours des derniers mois, Peter n'avait plus que quelques centaines de dollars sur son compte. Vivre en dehors du système s'était révélé plus coûteux qu'il ne l'avait imaginé.

— Et toi, Noa ? lança Teo. Tu ne te fais pas trop bouffer ?

Noa secoua la tête sans même se retourner et Peter tâcha de réprimer le sentiment d'inquiétude qu'il éprouvait. Elle avait beau marcher en tête, elle avait l'air d'en baver et trébuchait plus souvent qu'eux trois. Il envisagea un instant de lui proposer de faire une pause, mais lors de sa dernière tentative, elle avait paru à deux doigts de lui arracher la tête.

Depuis que les médecins de Pike & Dolan avaient mené leurs expériences sur elle, Noa avait développé d'étranges symptômes qui affectaient en particulier son sommeil et son alimentation. Elle pouvait rester éveillée plusieurs jours d'affilée avant de littéralement s'effondrer. La nuit précédente, il avait eu toutes les peines du monde à la réveiller et avait craint pendant un instant qu'elle ait sombré dans le coma. Il n'avait pas osé lui dire qu'elle avait dormi pendant près de trente heures. Il s'était dit qu'il lui en parlerait une fois qu'ils seraient sur la route – si toutefois il se décidait à lui en parler.

Même lorsqu'elle était éveillée, Noa paraissait parfois quelque peu absente. Elle passait de longs moments le regard perdu dans le lointain et elle ne mangeait presque plus. Au début, Peter pensait que c'était parce qu'elle faisait le deuil de Zeke. Mais au fil du temps, son état lui semblait avoir empiré.

Bien sûr, aucun d'entre eux n'était en pleine forme.

— Il faut que je fasse une pause, gémit Peter avant d'écraser un autre insecte sur son avant-bras. Ma cheville me fait un mal de chien.

— Attends, objecta Teo, on est presque arrivés. Je reconnais ce rocher, là.

— T'emballe pas, Davy Crockett, le chambra Peter. Bientôt tu vas nous dire que tu sais faire du feu en frottant des bâtons.

Teo s'approcha et le poussa pour s'amuser, lui faisant presque perdre l'équilibre. Peter le bouscula à son tour et ils continuèrent à chahuter sans un mot jusqu'à ce qu'ils aient atteint le rocher. De là, ils repérèrent le 4×4, garé près de l'entrée d'un chemin de randonnée.

— On l'avait laissé là ? s'étonna Noa quand ils l'eurent rejoint.

Elle regardait leur véhicule comme s'il s'agissait d'un animal mystérieux qui viendrait de se matérialiser sous ses yeux.

— Ben oui, répondit Peter en se dirigeant vers l'arrière. Tu ne t'en souviens pas ? On l'a garé là pour donner l'impression qu'il appartenait à des randonneurs.

Noa ne dit mot et il l'observa du coin de l'œil tout en ouvrant le coffre. Elle avait l'air franchement perplexe, ce qui n'était pas bon signe. Elle n'avait jamais évoqué de problèmes de mémoire jusqu'à présent. Est-ce que c'était nouveau ? Peter se mordit la lèvre. Désormais, ils n'avaient pas d'autre choix que de se serrer les coudes. Pourtant, si Daisy, Teo et lui devenaient de plus en plus proches, Noa paraissait peu à peu s'éloigner d'eux.

— Tu te charges de la vérification ? lança Teo en posant son sac à l'arrière.

— Pourquoi pas, soupira Peter. De toute façon, je suis déjà couvert de boue.

Pendant que les autres s'installaient à l'intérieur, Peter rampa tout autour du véhicule et inspecta les pneus et le châssis à la recherche d'éventuels dispositifs de localisation. Comme d'habitude, il fit chou blanc. Ils avaient passé des heures à essayer de comprendre comment les hommes de main de Charles Pike parvenaient toujours à retrouver leur trace où qu'ils aillent.

Peter avait suggéré qu'ils aient pu placer un mouchard sur leur voiture. Ils avaient donc changé de véhicule, mais deux jours plus tard, les mercenaires étaient réapparus.

Il y avait une autre explication possible, mais elle était trop effroyable pour être envisagée : l'un d'entre eux était une taupe.

Pendant qu'il se relevait et secouait la poussière de ses vêtements, Peter écarta cette hypothèse. Depuis trois mois, ils étaient ensemble sept jours sur sept, quasiment vingt-quatre heures sur vingt-quatre. Noa n'aurait jamais pu vendre son âme au diable. Quand à Teo et Daisy, ils n'auraient pas osé se mettre en danger l'un l'autre. Il les regarda échanger un baiser furtif sur la banquette arrière. C'était des braves gamins. Parfois un peu pénibles, mais tout à fait fiables, il en était certain.

Alors comment font-ils pour nous retrouver à tous les coups ?

Cette fois, ça s'était joué à peu de chose. Heureusement, les alarmes qu'ils avaient installées autour du complexe les avaient alertés. Mais ils avaient dû les laisser derrière eux et n'avaient plus suffisamment d'argent pour les remplacer, ce qui n'augurait rien de bon pour leur prochaine destination.

Peter remarqua que Noa avait pris place sur le siège passager.

— OK, j'imagine que c'est moi qui conduis, bougonna-t-il en faisant le tour du 4×4.

Son estomac se mit à gargouiller. Ils avaient grignoté des barres de céréales quand ils étaient dans le tuyau, mais il était encore affamé. Il aurait donné n'importe quoi pour un petit déjeuner bien consistant : des pancakes, des œufs, des tartines et du bacon.

Peter resserra les sangles de son sac à dos et recula son siège avant de prendre place derrière le volant.

— Hé oh ! protesta Teo, derrière lui. Enlève ton sac, j'ai plus de place pour mes jambes !

— Excuse.

Peter savait bien que c'était ridicule de garder son sac sur le dos pendant qu'il conduisait, mais cette précaution était devenue une sorte d'habitude rassurante pour lui. Après tout, il avait quand même frôlé la mort pour récupérer les disques durs. Et s'il parvenait à accéder aux données, il pourrait peut-être sauver un tas de gens, notamment Amanda. C'est pourquoi il s'en séparait le moins possible.

Teo marmonna quelques paroles incompréhensibles en échangeant sa place avec Daisy. Peter attendit qu'ils fussent installés pour mettre le contact.

— On va où ? demanda-t-il.

Noa haussa les épaules en guise de réponse.

— Dans le Sud ? proposa-t-il.

— Oh non, il paraît qu'on crève de chaud là-bas, râla Daisy. J'ai horreur de la chaleur.

— Alors au nord ? On peut aller dans le Missouri ou retourner dans le Kansas.

— Moi, je déteste le Kansas, intervint Teo.

Noa restait muette, fixant l'horizon à travers le pare-brise.

— Bon, cap à l'ouest, décida Peter. La fac la plus proche est l'Institut fédéral de technologie d'Oklahoma.

— Il y a « technologie » dans son nom, releva Teo. C'est plutôt bon signe.

Ils s'étaient déjà rendus dans cinq ou six universités « technologiques » du pays et, jusque-là, aucune ne disposait d'une salle informatique aussi sophistiquée que celle de l'ancien lycée de Peter.

— Peut-être, acquiesça-t-il. De toute façon, ça ne pourra pas être pire que la dernière fois.

— Et puis, ça doit être sympa, l'Oklahoma, ajouta Teo d'une voix qui trahissait sa fatigue. Je suis sûr qu'ils ont plein de vaches.

— Meuh, fit Daisy en le regardant.

Ils éclatèrent de rire tous les deux en même temps.

Peter s'engagea sur la route en prenant soin de bien respecter la limite de vitesse. Il alluma la radio et se mit à fredonner. À côté de lui, Noa avait les yeux fermés, mais il commençait à la connaître suffisamment pour savoir qu'elle ne dormait pas. Il remarqua qu'elle avait le visage crispé et se demanda si elle pensait encore à Zeke.

Il ne put s'empêcher d'éprouver une pointe de jalousie. Il avait tout abandonné pour rejoindre Noa : sa famille, ses amis, et l'avenir qui l'attendait. Bien sûr, il avait aussi fait ça en partie pour sauver Amanda.

Mais il aurait menti s'il avait prétendu que les jours qu'il avait passés auprès de Noa à l'automne précédent ne signifiaient rien pour lui.

Apparemment, il était le seul à le penser, car ces derniers temps, il avait constamment l'impression de devoir rivaliser avec un fantôme – et de ne pas faire le poids.

Peter sentit les contours saillants des disques durs dans son dos, ce qui avait quelque chose d'étrangement rassurant.

Je vais récupérer les informations qu'ils contiennent, quoi qu'il m'en coûte. Comme ça, je pourrai sauver Amanda, faire tomber Charles Pike et peut-être même guérir Noa. Elle verra bien alors qui est le vrai héros.

CHAPITRE DEUX

— Ah yes, ça c'est du matos ! s'exclama Peter.

Noa ne pouvait qu'acquiescer. La salle informatique de l'Institut fédéral de technologie d'Oklahoma était beaucoup plus impressionnante que toutes celles qu'ils avaient croisées auparavant. En voyant les rangées d'ordinateurs quasiment neufs, elle sentit des picotements dans ses doigts.

— Je peux vous aider, les jeunes ?

Noa sursauta avant de se retourner. Un homme trapu d'un certain âge, les bras chargés de livres, se tenait derrière eux. Il avait une grosse moustache broussailleuse, des mains potelées et un ventre si rebondi que sa chemise semblait à deux doigts de craquer.

— En fait, on a un devoir à terminer, répondit Peter avec un grand sourire.

— Un devoir ? répéta l'homme, surpris. Mais enfin, les cours sont finis. Vous n'êtes pas à la cérémonie de remise des diplômes ? Le directeur devrait commencer son discours sans tarder. Vous ne pouvez pas rater ça !

Noa jeta un regard désespéré à Peter. Elle comprenait mieux pourquoi ils avaient trouvé le campus étrangement désert en arrivant – alors que le parking à l'entrée était plein.

— Malheureusement, on a une dissertation à rendre d'ici ce soir, sans quoi on risque de ne pas être acceptés l'année prochaine, expliqua Peter avec la voix exagérément enjouée qu'il prenait quand il s'adressait à des adultes.

— C'est la première fois que j'entends un truc pareil, marmonna le moustachu en les dévisageant d'un air méfiant. Vous avez vos cartes d'étudiant, tous les deux ?

Noa fit de son mieux pour garder son sang-froid, même si son instinct lui dictait de prendre ses jambes à son cou.

— Désolé, s'excusa Peter. On les a oubliées à la résidence.

L'homme les observa encore quelques instants avant de soupirer.

— Bon, il faut que j'emporte ça à la réserve, indiqua-t-il en désignant la pile de livres entre ses bras. Je peux vous laisser tout seuls ici ?

— Bien entendu, lui assura Peter.

Comme toujours, Noa fut épatée par son pouvoir de

conviction. S'il n'avait pas été là avec elle, le type aurait sans doute déjà appelé la sécurité.

— OK. Mais pas de bêtises !

Le moustachu referma la porte derrière lui et Noa relâcha les épaules.

— On l'a échappé belle, bredouilla-t-elle.

— T'inquiète, dit Peter avec nonchalance. On passe juste pour deux étudiants pas très carrés sur les délais.

Noa leva un sourcil sceptique. Leurs vêtements étaient rapiécés et, au cours des derniers jours, ils s'étaient seulement lavés dans des toilettes de station-service.

— Heureusement qu'il n'était pas assez près pour nous sentir, fit-elle remarquer.

Peter s'était déjà jeté sur l'ordinateur le plus proche. Il posa son sac à dos par terre, en sortit un disque dur et le déballa précautionneusement.

— Parle pour toi ! Moi, je sens très bon, rétorqua-t-il avant de faire craquer les articulations de ses doigts. Et maintenant, à l'attaque !

Noa secoua la tête et alla s'installer devant un autre écran. Elle sortit elle aussi un disque dur de son sac et le déballa à son tour. Ils avaient fabriqué des cages de Faraday de fortune avec du carton et du papier aluminium pour chacun des disques au cas où ils auraient été dotés de systèmes de géolocalisation. En principe, cette barrière métallique bloquait tout signal.

Lorsqu'elle brancha le disque dur, une invite de commande apparut à l'écran, ce dont elle avait l'habitude. Le problème, c'était que chaque fois qu'elle essayait d'ouvrir un dossier – et il y en avait des milliers –, tout ce qu'elle obtenait, c'était un bloc de caractères indéchiffrables.

Les données étaient protégées par un algorithme de cryptage AES-256, soit le même niveau de sécurité que celui utilisé par la NSA. C'était un peu comme essayer d'entrer dans un château fort. Pour casser le cryptage, ils devraient d'abord déterminer quel fichier contenait la clé – autrement dit, localiser le château lui-même. Puis, il leur faudrait cracker le mot de passe permettant d'accéder à la clé, ce qui revenait grosso modo à franchir des douves, vaincre des dragons et surmonter tout un tas d'autres obstacles avant de pouvoir enfin pénétrer dans l'enceinte du fort.

Ils avaient beau être tous les deux des hackeurs expérimentés, il s'agissait là d'une opération de grande envergure. Et malgré les ordinateurs performants dont ils disposaient à présent, Noa ne se faisait guère d'illusions. Cela prendrait peut-être des semaines rien que pour identifier le fichier clé et ils ne pourraient pas berner les responsables de la salle informatique aussi longtemps.

Peter tenait pourtant à tenter le coup. Il marmonnait tout en pianotant sur le clavier, commentant le moindre de ses faits et gestes. Noa trouvait ça à la fois touchant et agaçant. Elle avait déjà dû le faire taire à plusieurs reprises dans des cybercafés. C'était moins grave ici puisqu'ils étaient seuls.

Elle fixa l'écran devant elle. La lumière des néons lui faisait déjà mal aux yeux et elle sentait poindre la migraine.

— OK, murmura Peter. Alors tu me résistes, espèce de bâtard ? Attends un peu de voir ce que Papa te réserve...

Bon, aujourd'hui, c'est plus agaçant que touchant, jugea Noa. *Si je veux supporter ses bavardages sans l'étrangler, il va me falloir de la caféine*.

— Je vais me chercher un Red Bull, annonça-t-elle en se levant.

— Mais on vient à peine d'arriver ! protesta Peter.

— J'ai passé la nuit dans une canalisation, lui rappela-t-elle. Et en plus, tu recommences à marmonner.

— Oh, désolé. Tu peux m'en rapporter un ?

Noa acquiesça avant de ramasser son sac à dos, qu'elle glissa sur son épaule. Peter l'avait bien entraînée : elle non plus ne s'en séparait quasiment jamais.

Une fois dans le couloir, elle s'adossa au mur et ferma les yeux. Elle aurait tellement voulu pouvoir dormir un peu. Elle avait des courbatures partout, sans compter qu'elle était couverte de bleus et d'égratignures. Pour la première fois de sa vie, elle redoutait de devoir passer des heures devant un ordinateur.

Ils avaient laissé Teo et Daisy sur la pelouse devant le bâtiment pour monter la garde. Elle s'arrêta à l'angle de l'immense baie vitrée bordant la façade et les aperçut, allongés côte à côte. Daisy chatouillait le nez de Teo avec un brin d'herbe. Il lui attrapa la main et y déposa un baiser.

Noa eut un pincement au cœur en les voyant ainsi. Elle aussi avait presque connu la même chose, mais elle avait été trop bête pour s'en rendre compte. Et désormais, il était trop tard.

Elle secoua la tête, tâchant d'effacer l'image de Zeke agonisant sur ses genoux. Mais le son de sa voix et le claquement du dernier coup de feu se propageant jusqu'à l'océan résonnaient sans fin dans sa mémoire. Elle rêvait de le voir apparaître là, devant elle, avec ce regard qui semblait lui dire : « Je te connais mieux que tu ne te connais toi-même. »

Noa rassembla ses forces pour se remettre à marcher. Elle finit par trouver un distributeur de boissons au bout du couloir suivant, mais il n'y avait pas de Red Bull. Elle soupira et acheta deux canettes de Coca. Elle en mit une de côté pour Peter, puis ouvrit l'autre et en engloutit la moitié d'un seul trait, avant de fixer le sol d'un air hagard.

Quand ils n'étaient pas en train de fuir pour sauver leur peau, ils passaient une bonne partie de leurs journées en voiture. Ces heures monotones à rouler sans interruption lui laissaient bien assez de temps pour ressasser les erreurs qu'elle avait commises et toutes les choses qu'elle ne pouvait plus changer.

Ce n'était pas seulement la perte de Zeke qui l'avait complètement anéantie, même si c'était sans doute ce que les autres pensaient. Il y avait autre chose de plus effroyable encore. Juste avant de mourir, Roy Forsythe, qui était expert en microbiologie, lui avait expliqué que ses cellules commençaient à se décomposer à cause du thymus supplémentaire que les médecins de Pike & Dolan lui avaient greffé. Et il avait laissé entendre que ses symptômes allaient s'aggraver.

Même si le raisonnement scientifique qu'il avait suivi lui échappait, elle savait qu'il avait dit vrai. Elle était constamment épuisée. Certains jours, le simple fait de se lever lui demandait presque des efforts surhumains. Au cours des premiers mois qui avaient suivi son opération, elle dormait comme une masse puis restait éveillée durant de longues périodes, mais désormais, elle avait tout le temps sommeil. Et ses habitudes alimentaires aussi avaient changé. Avant, elle se gavait d'un coup et ne pouvait plus rien avaler de solide pendant plusieurs jours. Maintenant, elle arrivait rarement à manger quoi que ce soit et en vomissait la moitié. C'était comme si son corps était entré en rébellion.

Elle termina la canette avant de la jeter dans une poubelle et revint sur ses pas en traînant les pieds. Elle jeta un coup d'œil dehors, mais Teo et Daisy n'étaient plus là. Peut-être s'étaient-ils éclipsés en quête d'un coin plus tranquille.

Bon, plus personne pour faire le guet, songea-t-elle.

En arrivant à l'angle du couloir, Noa s'immobilisa. Elle venait d'apercevoir deux hommes qui lui tournaient le dos. Ils portaient tous les deux un jean et une chemise de cow-boy, comme tout le monde dans la région, mais il y avait quelque chose de bizarre dans leur démarche.

Elle baissa les yeux et remarqua leurs chaussures : des rangers. Noa recula aussitôt. Son cœur battait la chamade.

Ils nous ont retrouvés.

Peter marmonnait tout en pianotant sur le clavier. Il ne comprenait vraiment pas pourquoi Noa ne s'impliquait pas davantage dans ce projet. Un défi pareil avait de quoi faire saliver n'importe quel hackeur. Avant, elle aurait été prête à tout pour le prendre de vitesse. L'indifférence dont elle faisait preuve désormais n'était qu'un des nombreux signes montrant combien elle avait changé.

D'un geste agacé, Peter repoussa la mèche de cheveux qui lui retombait toujours devant les yeux.

De toute façon, je peux très bien me débrouiller tout seul pour identifier le fichier contenant la clé. Noa n'est pas la seule hackeuse sur terre.

Il songea que la fac proposait peut-être une université d'été, ce dont ils pourraient profiter. Il leur faudrait un endroit sûr où se cacher. Il devait y avoir des tas d'appartements vides pendant les vacances, avec une vraie cuisine, des lits et une douche. Ce serait l'occasion pour eux de rattraper leur sommeil en retard et de s'offrir quelques semaines de tranquillité – qui sait, peut-être même quelques mois ?

Peter entendit le bruit de pas qui s'approchaient et supposa qu'il s'agissait du responsable moustachu qui revenait voir si tout allait bien. Il se hâta de fermer les différentes fenêtres ouvertes sur l'écran et termina juste au moment où une silhouette entrait dans son champ de vision.

Il leva les yeux et se pétrifia. Deux types costauds se tenaient sur le seuil de la porte. Ils balayèrent la salle du regard avant de le repérer.

— Peter Gregory, lâcha l'un d'eux avec un grand sourire. On dirait bien que c'est notre jour de chance.

Daisy avait la taille si fine que Teo pouvait presque en faire le tour avec ses deux mains, ce qui ne cessait jamais de l'émerveiller. Et puis, sa peau était incroyable, si douce et si chaude…

Ils s'étaient déplacés sur le côté du bâtiment, à une trentaine de mètres de l'entrée, ce qui leur permettait de surveiller les alentours.

À vrai dire, ils ne s'en étaient guère préoccupés. C'était tellement agréable d'être étendu dans l'herbe, au soleil. Teo avait presque l'impression de mener une vie normale, d'être un simple adolescent qui flirtait avec sa copine.

Daisy s'était d'abord assise à califourchon sur lui et s'était penchée vers son visage. Elle lui avait embrassé le menton, puis effleuré les joues avant de lui mordiller le lobe de l'oreille. Et lorsqu'elle lui avait murmuré en haletant que ça ne servait à rien de faire le guet puisque les hommes de main de Pike débarquaient toujours en pleine nuit, Teo s'était rangé à son avis. De toute façon, de là où ils étaient, ils voyaient quand même la porte d'entrée. Et puis, c'était sans doute plus sûr d'être sur le côté, à l'abri des regards.

Bon, Teo devait bien admettre qu'après avoir changé de position, ils avaient été encore moins vigilants. Mais il s'en fichait éperdument. Il était adossé au mur et Daisy le couvrait de baisers. Elle devait se hisser sur la pointe des pieds pour atteindre sa bouche et elle faisait des merveilles avec sa langue. Teo l'attira plus près de lui jusqu'à ce que leurs corps soient collés l'un contre l'autre, sans un millimètre d'espace entre eux.

— Qu'est-ce que vous fabriquez ?

Teo sursauta si brusquement qu'il se cogna la tête contre le mur. Noa se tenait près d'eux, les mains sur les hanches, l'air plus furieuse que jamais.

— Euh, rien, balbutia-t-il. En fait, on s'est dit que ce serait mieux si on…

— On était en train de s'embrasser, intervint Daisy d'un ton effronté. Ça te pose un problème ?

— Oui, vu que deux types de Pike viennent de capturer Peter, rétorqua Noa.

— Quoi ?

Teo et Daisy échangèrent un regard stupéfait, et Teo se sentit aussitôt envahi d'un mélange de culpabilité et de frustration.

Non mais c'est quoi leur truc pour nous retrouver aussi vite ? Ça ne fait même pas une demi-heure qu'on est arrivés !

— Je vous rappelle que vous étiez censés monter la garde ! fulmina Noa.

— Désolée, bredouilla Daisy d'une petite voix. On avait la tête ailleurs.

— Oui, apparemment.

Noa se frotta les yeux, comme si elle ne supportait pas de les voir tous les deux devant elle. Teo se hâta de ramasser son sac à dos et tendit le sien à Daisy.

— Bon, soupira Noa, je n'ai vu que deux types, mais ils sont sûrement armés. Et j'imagine que d'autres ne vont pas tarder, donc il ne faut pas traîner.

— Qu'est-ce qu'on fait ? demanda Daisy avec impatience.

Noa les dévisagea pendant un instant avant de répondre :

— Vous, vous retournez à la voiture.

— Quoi ? s'exclama Daisy. Pas question. On veut participer.

— Écoutez-moi, reprit Noa. Il y a une cérémonie de remise de diplômes à l'autre bout du campus. Garez-vous le plus près possible de l'estrade, mais faites en sorte qu'on puisse partir rapidement. OK ?

Teo était à deux doigts d'objecter qu'ils pouvaient faire plus que déplacer une voiture d'un point A à un point B, mais Noa ne semblait pas d'humeur à discuter.

— OK, acquiesça-t-il. Quoi d'autre ?

— Laissez tourner le moteur, indiqua-t-elle. On n'aura pas beaucoup de temps devant nous.

Les deux hommes escortèrent Peter à l'extérieur du bâtiment. Il resserra les sangles de son sac à dos en jetant un regard désespéré aux alentours. Aucun signe de Noa, Teo ou Daisy.

Bon sang, mais où sont-ils passés ?

Peter s'en voulait d'avoir baissé sa garde. Il n'arrivait pas à comprendre comment ces types parvenaient systématiquement à les retrouver. Ça paraissait presque surnaturel. Il avait pris soin de rester hors ligne en étudiant les disques durs et n'avait donc laissé aucune empreinte virtuelle. Et leur 4×4 était clean, il s'en était lui-même assuré.

Il devenait de plus en plus difficile d'écarter la possibilité qu'il y ait un traître parmi eux. D'après Noa, cela s'était déjà produit. À Santa Cruz, elle avait perdu presque toute son unité à cause d'une certaine Taylor qui les avait trahis. Mais après tout ce qu'ils avaient traversé ensemble, il lui était impossible d'imaginer que l'un d'eux puisse faire une chose pareille. Il devait y avoir une autre explication.

Peter trébucha et faillit s'étaler. L'un des hommes le redressa brutalement.

— Hé oh, doucement, espèce de gros lourd ! protesta Peter.

— Fais gaffe à ce que tu dis, répliqua l'homme. C'est pas toi qu'on est censés ramener vivant, je te signale.

— OK, bien reçu, fit l'autre dans son talkie-walkie avant de se tourner vers son acolyte. Ils seront là dans dix minutes.

— Parfait. On met celui-là au frais et on retourne chercher la fille.

— On a intérêt à la choper, cette fois. J'espère bien toucher la prime.

Peter en déduisit qu'ils n'avaient pas encore capturé Noa. Et ils n'étaient que deux – du moins pour le moment. Il se mit à réfléchir à un moyen de s'échapper. S'ils croisaient quelqu'un, il pourrait appeler au secours et gagner quelques secondes d'avance pour courir jusqu'au 4×4. Peut-être les autres l'y attendaient-ils ?

Ou peut-être qu'ils sont déjà partis, lui souffla une voix dans sa tête. *Après tout, tu ne fais pas vraiment partie de l'équipe*.

Peter contracta la mâchoire.

Non, je suis sûr qu'ils ne m'abandonneraient pas, se raisonna-t-il. *Si seulement je pouvais attraper le taser qui est dans mon sac*.

Il lui fallait une diversion. Hélas, tout le monde sur le campus semblait s'être rendu à la cérémonie de remise des diplômes. Et ils étaient presque arrivés au parking, ce qui signifiait qu'il leur restait trente ou quarante mètres avant d'atteindre le point de non-retour.

— Hé ! lança une voix. Il paraît que vous me cherchez.

Les deux hommes stoppèrent net avant de se retourner. Noa était juste derrière eux.

Avant qu'ils puissent réagir, elle brandit une bombe lacrymogène vers l'un et enfonça un taser dans le bras de l'autre. Peter s'écarta aussitôt, juste à temps pour échapper à une décharge de 1 200 volts.

— Viens ! s'écria Noa en repartant à toutes jambes vers le bâtiment informatique.

— Mais le parking est de l'autre côté ! fit remarquer Peter en s'élançant derrière elle.

— On a déplacé la voiture. Grouille !

Noa tourna à l'angle d'un bâtiment administratif et Peter lui emboîta le pas. Son sac rebondissait sur ses épaules et il avait l'impression que les disques durs s'enfonçaient dans son dos comme les forets d'une perceuse. Tout en resserrant de nouveau les sangles, il risqua un coup d'œil derrière lui. Les mercenaires étaient déjà lancés à leurs trousses et ils n'avaient pas l'air contents du tout. L'un était tout rouge et se frottait les yeux tandis que l'autre courait en titubant. Et pourtant, ils commençaient à les rattraper.

Peter suivit Noa le long d'un étroit passage entre deux bâtiments débouchant sur un terrain de football. Elle piqua à gauche, évitant de justesse un couple âgé qui les dévisagea avec stupeur.

Le terrain était bondé de gens assis sur des chaises pliantes. Les premiers rangs étaient occupés par des étudiants portant des robes et des toques universitaires noires. Des haut-parleurs diffusaient le discours d'un homme aux cheveux gris posté derrière un pupitre.

— J'imagine que tu as un plan ? articula Peter, tout essoufflé.

— Plus ou moins, répondit Noa. On fonce dans le tas.

— Quoi ?

Elle était déjà en train fendre la foule agglutinée devant l'estrade bordée par un cordon de policiers.

Peter se retourna : les mercenaires n'étaient plus qu'à quelques mètres d'eux.

Noa pila devant un policier. Il porta aussitôt la main à son holster, l'air dérouté.

— Les deux types, là ! indiqua-t-elle en désignant leurs poursuivants. Ils sont armés ! Ils ont dit qu'ils allaient tuer le directeur !

Les hommes de main de Pike venaient de ralentir leur course, mais il était trop tard. Les policiers étaient déjà en train de passer à l'action. L'un d'eux porta un talkie-walkie à sa bouche, pendant que d'autres se ruaient sur l'estrade pour emmener le directeur à l'abri.

Peter observait la scène en haletant, un sourire béat plaqué sur le visage. Les deux mercenaires, qui battaient précipitamment en retraite, se heurtèrent à tout un groupe de policiers qui les entraînèrent à l'écart malgré leurs protestations.

— Ne restons pas là ! lâcha Noa en le tirant par le bras. Ils ne pourront peut-être les retenir que quelques minutes. Il faut qu'on aille à la voiture !

Peter la suivit sans se faire prier. Ils se frayèrent tant bien que mal un chemin au milieu de la foule, devenue fébrile. Une clameur d'inquiétude montait tout autour d'eux tandis que les gens se demandaient ce qui se passait. C'était comme essayer de nager à contre-courant. Mais ils parvinrent finalement à s'extraire de la cohue en atteignant l'autre côté du terrain.

Le 4×4 les attendait dans un virage, avec le moteur en marche et Daisy au volant. Peter s'engouffra à l'intérieur et s'affala sur la banquette arrière, à bout de souffle. Noa le rejoignit et claqua la portière derrière elle au moment où Daisy démarrait.

— Content de vous voir ! s'exclama Teo, assis sur le siège passager.

— Ouais, bravo d'avoir aussi bien monté la garde, répliqua Peter. Rappelle-moi que je te dois une bonne raclée.

— Désolé, mon pote, bredouilla Teo, le visage blême. On était…

— Les talkies ne marchaient pas, le coupa Noa. Ce n'est pas leur faute.

Daisy lui jeta un regard surpris dans le rétroviseur central. Peter le remarqua et fronça les sourcils.

— Bon, en tout cas, merci de m'avoir sorti de là, dit-il.

— Il va falloir qu'on change encore de voiture, annonça Noa. Ils ont peut-être repéré celle-ci, ajouta-t-elle pour couper court aux objections.

— Super, marmonna Peter. Ça commençait à me manquer de ne pas commettre un délit.

— Je prends quelle direction ? demanda Daisy.

À travers le pare-brise, Peter aperçut deux bretelles d'accès. L'une menait vers le nord, l'autre vers le sud.

— Le nord, décida Noa. On retourne au Kansas. Mais évite l'autoroute.

— Oh non, gémit Daisy, je déteste le Kansas.

— Et moi, je déteste les routes de campagne, bougonna Teo.

Peter tourna la tête vers la fenêtre. Il se fichait de savoir où ils allaient. Il était simplement soulagé de ne pas être coincé à l'arrière d'un van, roulant en direction d'une table d'opération. Mais il était frustré de devoir renoncer à la sublime salle informatique où ils avaient atterri.

Les responsables de Pike & Dolan avaient dû deviner qu'ils essayaient de profiter des labos d'informatique des universités. Ils avaient probablement cerné dans quelle région ils se trouvaient et envoyé des mercenaires dans tous les établissements du périmètre.

Si tel était le cas, il leur fallait un nouveau plan. Ils allaient devoir se tourner vers les parcs de serveurs, ce qui ne courait pas franchement les rues.

Peter avait bien une idée en tête, mais il se doutait qu'elle ne plairait pas à Noa. Il espérait réussir à la convaincre, car à ce stade, ils n'avaient plus tellement de choix.

— On se dégote une voiture au Kansas et on va à Denver, proposa-t-il.

— Denver ? répéta Noa, intriguée. Y a quoi, là-bas ?

Peter haussa les épaules d'un air qui se voulait nonchalant.

— Il paraît que c'est sympa, répondit-il. Et puis, il y a beaucoup de facs. Et ce n'est pas le Kansas.

— C'est vrai que ça ne nous ferait pas de mal d'aller dans une grande ville, pour changer, intervint Teo.

— Ça oui, renchérit Daisy. J'en ai marre de porter des fringues de supermarché.

— J'en connais une qui rêve de faire du shopping, lança Teo en lui donnant un coup de coude complice.

Peter se tourna vers Noa en haussant les sourcils et celle-ci leva les deux mains en signe de reddition.

— D'accord, soupira-t-elle. Va pour Denver.

— Super !

Peter se cala dans son siège et ferma les yeux. En principe, ils trouveraient là-bas tout ce dont ils avaient besoin. Et quoi qu'il arrive, eh bien ça ne pourrait pas être pire que le sort que leur réservait Charles Pike.

CHAPITRE TROIS

— C'est un modèle de 2011, dit Teo.

— Tu es sûr ? demanda Peter en étudiant la Toyota Camry.

Tous deux étaient assis à un arrêt de bus, à côté d'un parking public de Dodge City, au Kansas. Cela faisait plus d'une heure qu'ils observaient les voitures qui entraient et sortaient, mais aucune ne correspondait à ce qu'ils recherchaient – du moins jusqu'à maintenant.

— Oui, acquiesça Teo, fais-moi confiance. Allez, dépêche-toi !

Une femme obèse d'une quarantaine d'années tentait de s'extraire de la Camry. On aurait dit un ver géant s'extirpant d'un minuscule cocon. Une fois sortie, elle glissa un gros sac noir sur son épaule, claqua la portière et s'éloigna de son véhicule en se dandinant.

Peter garda une mine impassible en passant près d'elle.

Je suis juste un type qui marche vers sa voiture, songea-t-il. *Ne faites pas attention à moi*.

Pourtant, le visage de la femme se rembrunit. Ses lèvres étaient d'un rouge brillant, assorti à la couleur de ses cheveux. Peter repensa subitement à Terri, l'employée bavarde qui l'avait conduit dans la salle des serveurs, au siège de Pike & Dolan. Elle aussi l'aurait dévisagé d'un air méfiant si elle l'avait vu à présent. Ses vêtements, qu'il ne lavait qu'occasionnellement dans des laveries automatiques, étaient d'un gris terne, ses cheveux étaient trop longs et il avait une barbe de trois jours. Quelques mois plus tôt, cette dame lui aurait certainement souri. Au lieu de ça, elle s'écarta de lui et se dirigea à la hâte vers l'autre bout du parking.

Peter s'arrêta à quelques mètres de la Camry. Il activa le brouilleur enfoui au fond de sa poche et retint son souffle en attendant l'éventuel bip indiquant le verrouillage de la voiture – bip qui ne vint jamais, ce dont la femme, trop pressée de s'éloigner de lui, ne s'aperçut pas.

— Impec, mec ! s'exclama Teo en le rejoignant.

Peter jeta un coup d'œil autour d'eux pour s'assurer qu'il n'y avait personne dans les parages, puis il actionna la poignée de la portière, côté conducteur. Elle s'ouvrit sans peine. Le brouilleur avait bien fonctionné et avait bloqué le signal de la clé électronique. Peter s'installa derrière le volant.

Teo vint s'asseoir côté passager et lui tendit ce qui ressemblait à un petit ordinateur portable. Peter l'alluma et brancha l'adaptateur sur la prise de diagnostic embarqué située sous le tableau de bord. Il pianota sur plusieurs touches et le moteur se mit à vrombir.

— Génial, commenta Teo en secouant la tête. Je n'en reviens toujours pas que ce soit aussi simple.

— Moi non plus, marmonna Peter en avançant son siège.

Et pourtant, c'était la troisième fois que leur petite combine marchait. Quelque temps plus tôt – *Où on était, déjà ? En Virginie ? En Oklahoma ?* –, il avait découvert une méthode infaillible pour pirater des voitures. Tout ce qu'il fallait, c'était un dispositif de brouillage qui coûtait environ cent dollars et l'ordinateur miniature. Ils avaient dû dépenser près de mille dollars pour se le procurer, mais ça valait le coup. Conçu à l'origine pour les serruriers automobiles agréés, cet appareil permettait de prendre le contrôle du système informatique d'un véhicule une fois qu'on était à l'intérieur.

Ainsi, au lieu de devoir casser une vitre ou utiliser un pied-de-biche, tout ce qu'ils avaient à faire était de repérer une voiture de marque japonaise fabriquée entre 2007 et 2011. Ensuite, il suffisait de se poster à proximité et d'activer le brouilleur pour bloquer le signal de verrouillage. La plupart des conducteurs fermaient leur véhicule tout en s'éloignant – Peter lui-même en faisait autant. Une fois à l'intérieur, il ne restait plus qu'à connecter l'ordinateur avant de filer.

Néanmoins, Peter ne pouvait s'empêcher d'avoir des scrupules. Il imaginait déjà la réaction de la femme quand elle découvrirait qu'on lui avait volé sa voiture. Peut-être qu'elle avait laissé quelque chose d'important dans le coffre. Peut-être qu'elle avait des enfants qui l'attendaient chez elle ou qu'elle devait aller chercher. Et Peter venait de lui ruiner sa journée.

Malheureusement, ils n'avaient pas vraiment le choix. Les transports en commun étaient exclus, car les mercenaires de Pike surveillaient certainement les trains et les cars. Quant à louer une voiture, cela impliquait trop de contacts avec des inconnus qui risquaient de poser des questions.

— Tourne ici, suggéra Teo. Je vais changer les plaques.

Peter entra dans le parking d'un supermarché et roula jusqu'à l'arrière du bâtiment avant de s'arrêter près d'une benne à ordures. Teo sortit de son sac un jeu de plaques d'immatriculation neuves et se chargea de les fixer. Ils reprirent la route cinq minutes plus tard.

— Elles devraient avoir fini à l'heure qu'il est, dit Teo. Allons les chercher.

Peter ne répondit rien, soudain terrassé par la fatigue. Il n'avait pas eu une vraie nuit de sommeil depuis longtemps. Il en avait plus qu'assez de fuir, de voler. Il commençait à penser qu'ils devenaient, lentement mais sûrement, les méchants de l'histoire.

Il se gara devant la laverie et Teo tourna la tête vers lui.

— Tu viens ?

— Non, fit Peter. Je vous attends ici.

— OK.

À travers le pare-brise, Peter vit Teo entrer dans la laverie et se diriger vers Noa et Daisy, occupées à plier du linge. C'était presque étrange de les voir accomplir une tâche aussi banale. Teo parla à Daisy et celle-ci lui sourit avant de le prendre dans ses bras. Peter sentit sa gorge se nouer. L'amour entre ces deux-là était une évidence.

Il repensa à la dernière fois qu'il avait vu Amanda. Elle lui avait paru si chétive, si fragile dans son lit d'hôpital, reliée à tout un tas de machines. Il avait quitté Boston en imaginant qu'il serait de retour quelques semaines plus tard avec un remède contre la PEMA. Il révélerait au monde entier quel monstre était Charles Pike et tout finirait bien. Et ensuite, lui et Noa…

Oui, bon, je dois avouer que la suite est un peu floue.

Il soupira. Noa avait la tête penchée en avant, comme si le simple fait de plier un tee-shirt lui demandait une extrême concentration. En songeant à la manière dont elle se comportait avec lui, si froide et distante, il finissait par se demander si elle aurait préféré qu'il ne les ait jamais rejoints.

La porte de la laverie s'ouvrit et tous trois en sortirent, chargés de gros sacs. Noa glissa la tête par la fenêtre, côté passager.

— Tu veux bien garder le volant ? demanda-t-elle.

— Oui, pas de souci, répondit Peter, même s'il sentait qu'il lui suffirait de fermer les yeux pour s'endormir instantanément.

— Super, fit-elle en s'installant à côté de lui, tandis que Teo et Daisy grimpaient à l'arrière.

— C'est pas très grand, ronchonna Daisy en faisant glisser sa main sur le cuir craquelé de la banquette.

— C'est vrai, reconnut Teo. Je préférais le 4×4.

— Ben tu n'auras qu'à voler la prochaine voiture, rétorqua Peter. Allez, attachez vos ceintures. J'aimerais qu'on soit à Denver d'ici ce soir.

— Alors, du nouveau ? demanda Noa.

— Non, répondit Peter d'un air distrait, tandis que ses doigts virevoltaient sur le clavier.

Le sac à dos dont il ne se séparait jamais l'obligeait à rester assis au bord de sa chaise. Noa et lui étaient tous les deux installés devant de gros ordinateurs antiques, à la bibliothèque publique de Denver, et ils cherchaient un logement où se mettre à l'abri. Teo et Daisy s'étaient portés volontaires pour aller acheter des provisions pendant ce temps, n'ayant aucune compétence en informatique. De toute façon, Peter avait un don pour dénicher des bonnes planques.

Ce soir-là, cela paraissait pourtant lui prendre plus de temps que d'habitude alors qu'ils étaient pressés. Il leur avait fallu près de sept heures pour faire la route depuis Dodge City. Noa consulta l'horloge sur son écran : 20 h 45.

— Ça ne va pas tarder à fermer, indiqua-t-elle.

— Tu pourrais me donner un coup de main, grommela-t-il. Je ne vois pas pourquoi c'est moi qui devrais m'en occuper à chaque fois.

— Je voulais voir s'il y avait du neuf du côté des autres unités de l'Armée de Persefone, expliqua-t-elle en baissant la voix. Mais toujours rien.

— Tu leur as dit toi-même de se faire un peu oublier, lui rappela Peter avec un haussement d'épaules sans quitter son écran des yeux. C'est ce qu'ils font.

— Oui, peut-être.

Noa essayait de s'en convaincre depuis près d'une demi-heure, mais il lui semblait que quelque chose clochait.

Il ne restait désormais que trois sections de ce qu'elle appelait son « armée », avec lesquelles elle restait en contact sur Internet. Mais il n'y avait aucun message récent dans leur salle de tchat de La Cour, un forum clandestin réservé à l'élite des hackeurs. Et il n'y avait rien non plus sur les comptes cachés qu'ils utilisaient pour communiquer. C'était silence radio de toute part depuis deux semaines entières et cela l'inquiétait.

Peut-être que les unités s'étaient dissoutes parce que leurs membres étaient trop découragés ou trop effrayés pour continuer.

Ou peut-être qu'ils avaient, eux aussi, été capturés par les sbires de Pike.

Cette pensée lui souleva l'estomac. À Santa Cruz, ces types avaient balayé quasiment toute son unité. Peut-être s'étaient-ils ensuite méthodiquement attaqués aux autres. Hélas, elle ne pouvait rien faire pour les aider.

Pas étonnant, j'arrive à peine à protéger trois personnes, songea-t-elle avec amertume.

Elle effaça son historique de navigation et se tourna vers Peter.

— Bon, alors, on dort où ce soir ? lança-t-elle d'un ton impatient.

Peter sursauta puis se mit à cliquer à toute vitesse avec sa souris pour fermer les fenêtres qu'il avait ouvertes. Noa fronça les sourcils.

Qu'est-ce qu'il ne veut pas que je voie ?

Elle se leva pour jeter un coup d'œil à son écran et ne vit rien d'autre qu'un site d'informations locales tout ce qu'il y avait de plus classique.

— Dis donc, tu n'es pas en train de surfer sur des sites pornos, j'espère ?

— Quoi ? Mais pas du tout ! protesta-t-il.

Les différents postes de travail étaient disposés en cercle. Une femme d'un certain âge installée devant un ordinateur en face de celui de Peter les fusilla tous les deux du regard.

— Tu as l'air coupable, insista Noa.

— Je consultais mes mails.

Elle scruta Peter et remarqua que ses oreilles rougissaient, signe évident qu'il mentait.

— C'est ça, ouais, fit-elle avec un demi-sourire. Mais tu sais, tu n'as pas à être gêné. C'est tout à fait normal pour un mec de ton âge.

La femme en face d'eux faisait semblant de ne rien entendre, mais elle n'était pas du tout convaincante. Aussi Peter se mit-il à murmurer par égard pour elle :

— Disons que je m'occupais d'un truc personnel, d'accord ?

Noa se demanda de quel genre de truc personnel il pouvait bien s'occuper sur un ordinateur public. Elle n'aimait pas la lueur qu'elle avait saisie dans ses yeux, comme si elle l'avait surpris en train de faire quelque chose de mal. Maintenant, son visage s'était fermé.

— Ils vont nous mettre dehors dans dix minutes, soupira-t-elle.

— C'est bon, j'ai trouvé un endroit, l'informa Peter en désignant un article sur l'écran. La résidence Lincoln Sud. Ils la démolissent en plusieurs étapes, donc la plupart des bâtiments ont déjà été évacués. Et comme les travaux ont été interrompus par manque d'argent, il ne devrait pas y avoir d'ouvriers sur place.

— Parfait, le félicita Noa en essayant de se réjouir à l'idée de séjourner dans un nouveau complexe de logements décrépits – avec un peu de chance, il y aurait moins de rats que dans le précédent.

— À ton service, ironisa Peter en mimant une petite révérence. Si un jour je deviens agent immobilier, je pourrai me spécialiser dans les biens vraiment pourris.

— Il y a un marché à prendre, approuva Noa en esquissant un faible sourire. J'espère qu'on va pouvoir y rester plusieurs jours. On a vraiment besoin de se reposer.

— C'est sûr. À moins qu'on trouve quelque chose de mieux.

— Ben, où ça ?

— Je ne sais pas. Ailleurs.

Noa dévisagea Peter. Il rougissait jusqu'au cou et évitait son regard.

— Tu es vraiment bizarre, ce soir, lâcha-t-elle en secouant la tête.

— Non.

— Oh que si.

— Chut ! lança la femme.

— Ne vous inquiétez pas, madame, on s'en va, lui lança Peter.

Il vacilla légèrement en se levant à cause du poids de son sac à dos. Il allait finir par avoir des marques à vie sur les épaules à force de le porter en permanence. Tandis qu'ils se dirigeaient vers la sortie, il leva le poing en l'air.

— Lincoln Sud, nous voilà ! s'exclama-t-il.

— Alors tu ne veux pas me dire ce que tu fabriquais tout à l'heure ? demanda Noa en poussant la porte.

Il n'y avait personne sur le trottoir devant la bibliothèque. Aucun signe de Teo et Daisy.

J'espère qu'ils sont vraiment allés faire les courses et qu'ils ne sont pas en train de se peloter quelque part, pensa-t-elle.

Elle ne savait pas comment ils faisaient, tous les deux. Apparemment, les hormones de la puberté étaient plus fortes que la peur constante dans laquelle ils vivaient.

— OK, je matais des photos pornos, déclara Peter avec aplomb. Tu avais vu juste.

— C'est ça, prends-moi pour une cruche, dit Noa en levant les yeux au ciel. Garde tes secrets si ça te chante, mais pour la peine, c'est toi qui prends le premier tour de garde ce soir.

Daisy fredonnait en chœur avec la radio, tandis que Teo conduisait pour aller récupérer Peter et Noa. Ça ne l'avait pas dérangée qu'ils soient de corvée de courses. C'était l'une des rares occasions qu'ils avaient d'être en tête à tête. Et puis, l'idée de rester coincée dans une bibliothèque l'ennuyait au plus haut point.

Bon, les allées d'un supermarché n'étaient guère plus passionnantes. Mais au moins, à Denver, ses cheveux colorés lui valaient moins de regards horrifiés que dans certains des trous perdus où ils s'étaient réfugiés précédemment. Elle saisit une de ses mèches et fronça les sourcils : les pointes étaient plus grises que bleues. Il était temps qu'elle refasse une couleur. Évidemment, pour ça, il fallait disposer d'une salle de bains avec l'eau courante et de quelques heures de tranquillité sans mercenaires aux trousses. Elle s'imagina en train de courir pour leur échapper avec un bonnet de douche et des gants en plastique, laissant des traînées de teinture bleue derrière elle.

Teo se tourna vers elle en l'entendant glousser.

— Qu'est-ce qu'il y a ?

— Rien. Je me disais juste que mes cheveux étaient affreux, lâcha-t-elle, l'air chiffonnée.

— Moi je les aime bien.

Il lui adressa un des sourires dont il avait le secret et qui la faisaient toujours fondre. Certes elle avait déjà eu d'autres petits copains avant de le rencontrer, mais pas comme lui. Les autres garçons avaient toujours la même chose en tête quand ils sortaient avec elle. Teo, lui, s'intéressait sincèrement à ce qu'elle pensait. Lorsqu'elle parlait, on aurait dit qu'il buvait ses paroles.

Daisy se pencha vers lui et passa la main dans ses cheveux, qu'elle trouvait superbes. Ils étaient presque assez longs pour qu'il puisse se faire une queue-de-cheval.

— Ce soir, je te fais une tresse, déclara-t-elle.

— Alors là, tu rêves ! protesta Teo.

— Je suis sûre que ça t'irait trop bien, insista-t-elle en riant.

— C'est bon, je ressemble déjà assez à une fille comme ça, se renfrogna-t-il.

— Hé ! s'indigna Daisy. Fais gaffe à ce que tu dis quand tu parles de mon mec.

Teo se mit à rougir et elle le trouva encore plus craquant. Il posa son bras sur son épaule et elle se blottit contre lui, s'efforçant d'ignorer le levier de vitesse qui lui rentrait dans la cuisse. Elle ferma les yeux et soupira d'aise. Il avait une magnifique peau mate qu'il devait à ses origines latinos, des yeux bruns et des cheveux noirs et brillants. Certes il était très mince, mais il lui plaisait comme ça. Et il avait des lèvres incroyables, étonnamment pulpeuses. Elle songea à ce que sa mère aurait pu dire – que c'était du gâchis pour un garçon –, mais elle n'était pas de cet avis.

Ça serait seulement du gâchis si je ne pouvais pas les embrasser.

Elle leva la tête vers Teo et plaqua sa bouche sur la sienne.

— Oh là, attention ! s'exclama-t-il en la repoussant gentiment. Tu vas nous faire avoir un accident.

— J'oubliais que tu es un piètre conducteur, répliqua-t-elle d'un ton faussement sérieux.

— Arrête, je ne m'en sors pas si mal !

— Tu t'améliores, mais bon, tu es quand même un danger ambulant.

— En même temps, à part lorsqu'on fait les courses, je n'ai pas tellement l'occasion de m'entraîner, marmonna-t-il.

— De toute façon, c'est plus simple de faire des câlins quand on est à l'arrière.

— Ouais. Mais ça me donne parfois l'impression qu'on est des gamins, pas toi ?

Daisy fit glisser ses ongles sur le bras de Teo – elle savait qu'il aimait ça – et choisit soigneusement ses mots pour lui répondre :

— Ça pourrait être autrement.

— Qu'est-ce que tu veux dire ?

— Eh bien... Je ne sais pas, soupira-t-elle. En fait, quand j'ai rejoint les autres, je ne pensais pas que ce serait comme ça. On était toute une bande et on se sentait vraiment utiles, on sauvait des vies. Mais maintenant…

— Maintenant, on ne fait que fuir pour sauver notre peau.

— Exactement. Je ne vois pas à quoi ça sert de rester. Remo, Janiqua et les autres sont sûrement morts. Et si on se fait choper, c'est le même sort qui nous attend. Au final, on n'aura rien arrêté du tout. Peut-être qu'on devrait partir de notre côté…

Un long silence s'installa. Daisy retint son souffle en se demandant si elle n'aurait pas mieux fait de se taire. Ils avaient déjà discuté de tout ça auparavant, tard dans la nuit, quand les autres dormaient, mais sans aller jusque-là. Ce qu'elle suggérait frisait la trahison.

— Tu veux laisser tomber Peter et Noa ? finit par dire Teo.

Daisy se mordilla nerveusement les lèvres, incapable de détecter quoi que ce soit dans le ton de sa voix.

— Ces sales types s'en fichent, de nous, reprit-elle. C'est Noa qu'ils veulent. Et si on n'est plus avec elle…

— Ils devraient nous laisser tranquilles, compléta Teo. Je sais. J'y ai déjà pensé.

— Alors tu ne me trouves pas horrible de dire ça ? bredouilla Daisy, craignant qu'il ne la juge ou ne la traite de lâche.

— Quoi ? Mais non, bien sûr que non. Viens là.

Il l'attira à lui et lui colla un baiser sur le front. Daisy poussa un cri en le voyant tourner le volant par mégarde au même moment, leur faisant frôler une rangée de voitures garées le long de la chaussée.

— Mais laisse-moi leur en parler, d'accord ? proposa Teo après avoir rectifié la trajectoire.

— Pas de souci, fit Daisy, qui se sentait soulagée d'un poids.

— Où tu aimerais aller ?

— J'en sais rien. À vrai dire, je ne croyais pas que tu serais partant.

— En Californie, décida Teo en mettant le clignotant. À Los Angeles. On aura chaud, là-bas.

— Et peut-être qu'on deviendra des stars du cinéma ? plaisanta-t-elle.

— Pourquoi pas ? répliqua-t-il en souriant.

Daisy lui prit la main et la serra dans la sienne.

— Merci, Teddy, murmura-t-elle.

Teo parut déconcerté.

— Je ferais n'importe quoi pour toi, lui confia-t-il. Tu le sais, hein ?

Ils arrivaient à hauteur de la bibliothèque. Peter et Noa se tenaient devant le bâtiment, visiblement impatients.

— Oui, répondit Daisy en essayant de rester enjouée.

Le fait de les apercevoir tous les deux la ramenait brusquement à la réalité. Pouvaient-ils vraiment laisser Peter et Noa se débrouiller tout seuls ?

Ils n'ont pas besoin de nous, se raisonna-t-elle.

— J'espère qu'ils ont trouvé un endroit sympa, ajouta-t-elle d'un ton léger, pour changer de sujet.

— Moi, j'espère seulement qu'on ne va pas encore passer la nuit à courir pour rester en vie, marmonna Teo en se garant le long du trottoir.

— Ouah, murmura Teo. C'est…

— Dégueu, le coupa Daisy en fronçant le nez.

— C'est moi ou nos planques sont de pire en pire ? soupira Teo.

— Vous n'aurez qu'à vous en occuper vous-mêmes, la prochaine fois, riposta Peter.

Néanmoins, il devait admettre qu'ils avaient raison. la résidence Lincoln Sud était plus que sinistre. C'était même étonnant que la démolition n'ait été décidée que depuis deux ans. Les murs de l'appartement où ils se trouvaient étaient couverts de moisissures. Les fenêtres semblaient quasiment être en papier mâché et des couches de journaux remplaçaient les carreaux cassés. Il paraissait impossible de survivre à l'hiver dans un lieu pareil. Même maintenant, alors que l'été allait commencer, un courant d'air glacé s'insinuait à travers le moindre interstice.

Noa se pencha et ramassa une tête de Mickey en plastique qui traînait par terre.

— Et moi qui pensais que j'avais grandi dans des endroits glauques, commenta-t-elle d'un ton pince-sans-rire.

Peter ferma les yeux un instant, soudain envahi par une vague de nostalgie. Il croyait presque revoir les murs de sa chambre et son lit, avec son matelas si délicieusement confortable. Il flottait toujours dans la maison une odeur d'encaustique et de fleurs fraîches. Il ne savait pas dans quel environnement les autres avaient grandi – ils n'en avaient jamais discuté ensemble –, mais il avait la certitude qu'il avait été le plus chanceux. Il examina le lino crasseux et déchiqueté sous lequel on apercevait un sol en béton.

— Ça pourrait être pire, lâcha-t-il sans conviction.

— T'inquiète, on te charrie, déclara Teo en lui donnant une tape sur l'épaule. On sera très bien ici. Y a plus qu'à faire deux-trois trous dans les murs et ce sera nickel !

— Mais oui, acquiesça faiblement Daisy.

— Et si tu t'occupais du repas ? lui suggéra Teo en lui caressant la joue.

— Pas de souci.

Noa continuait de fixer la tête de Mickey, comme hypnotisée. Peter se racla la gorge avant de reprendre la parole.

— Ensuite, on devrait essayer de se reposer un peu. Noa, si tu veux, tu peux aller t'étendre…

— Ça va très bien, répliqua-t-elle en lui jetant un regard noir.

— Je disais juste ça parce que tu as moins dormi que nous, balbutia Peter en levant les mains d'un air conciliant. On peut se débrouiller, tu sais.

— Je vais faire le guet, décréta-t-elle. Faites-moi signe quand l'un de vous sera prêt à prendre le relais.

— Je croyais que le premier tour de garde était pour moi, marmonna-t-il.

Noa l'ignora et se dirigea vers l'une des rares fenêtres qui possédaient encore une vitre intacte. Elle en gratta un coin, en bas, pour enlever la saleté et avoir vue sur la rue.

Peter l'observa en silence pendant quelques instants. Il allait bien falloir qu'il lui demande pourquoi elle s'isolait du reste du groupe. Mais il ne semblait jamais y avoir de bon moment pour aborder le sujet. Au moins, Teo et Daisy pouvaient compter l'un sur l'autre, alors que lui, il était tout seul.

On a déjà du mal à tenir le coup, songea-t-il avec un élan de colère. *Pourquoi Noa croit-elle qu'elle est la seule à avoir le droit de faire la gueule ?*

— Qui veut du poulet ? lança Daisy, le tirant de ses pensées. Il faudrait manger sans tarder, sinon ça va refroidir.

Elle emporta deux sacs de courses dans la cuisine.

— N'ouvre pas le frigo, lui conseilla Teo.

— T'inquiète, répondit-elle. Plus jamais je ne m'y risquerai.

— C'était où, déjà ? À Austin ?

— Non, à Cleveland, intervint Peter. Et je maintiens que c'était un cadavre de chat.

— On a dit qu'on n'en parlait plus ! s'exclama Daisy en frissonnant.

Elle repoussa des boîtes de pizza moisies entassées sur le plan de travail pour pouvoir poser les sacs.

Comme dans les autres endroits qu'ils avaient squattés, l'eau et l'électricité étaient coupées, c'est pourquoi ils n'achetaient que des aliments qui n'avaient pas besoin d'être réchauffés et qui pouvaient se conserver un peu. En général, cela les obligeait à se rabattre sur des barres énergétiques, mais pour une fois, le dîner qui les attendait sentait divinement bon. Peter eut l'eau à la bouche en voyant Daisy sortir un poulet rôti. Il n'aurait jamais cru qu'il pourrait se lasser un jour des hamburgers, des frites et des milk-shakes. Pourtant, il se mettait à rêver de choux-fleurs.

Soudain affamé, il s'approcha et mordit avidement dans une cuisse avec un grognement de satisfaction.

— C'est bon, hein ? lui dit Daisy avec un sourire.

— Ouais, confirma-t-il, la bouche pleine. Trop délichieux.

— Je pense qu'il vaudrait mieux tout manger ce soir à cause des bestioles, soupira-t-elle, l'air embêtée. On aurait peut-être dû prendre qu'un demi-poulet.

— T'en fais pas, il n'y aura pas de restes.

Peter avala le reste de son pilon, puis se jeta sur un gros morceau de blanc.

— Hé, laisse-nous-en un peu ! protesta Teo.

— Allez-y, servez-vous, offrit Peter avant de s'essuyer les mains sur son jean.

— Noa, tu as faim ? lança Daisy en commençant à grignoter une aile.

Aucune réponse. Tous trois se regardèrent sans dire

un mot. Ils avaient bien remarqué qu'elle ne mangeait quasiment plus rien depuis quelque temps.

Encore une chose dont il va falloir que je parle avec elle, se dit Peter.

Mais il savait que la discussion risquait de tourner à la dispute et il n'était pas d'humeur pour ça.

Une fois rassasié, il fit signe à Teo de le suivre vers le fond de l'appartement. Il leur fallut près d'une heure pour ménager, à coups de marteau, un passage à travers les logements voisins. Ils travaillaient en silence, échangeant simplement quelques mots pour se mettre d'accord sur les endroits où ils intervenaient. Dans l'un des appartements, ils percèrent une canalisation d'eau, vide, bien entendu.

— Tu te rappelles, quand on était à Boise ? lâcha Teo en posant son marteau pour examiner le tuyau.

— Comment oublier ? s'esclaffa Peter.

C'était la première fois qu'ils essayaient de défoncer des cloisons et aucun d'eux n'avait la moindre notion en matière de construction. La chance du débutant leur avait permis de traverser deux appartements sans encombre, mais dans le troisième, ils avaient crevé une conduite de gaz. Ils avaient dû aussitôt déménager dans un autre bâtiment, redoutant à tout moment qu'une explosion ne survienne à la première étincelle. Peter perdit son sourire en repensant à la réaction de Noa, que cet incident avait passablement contrariée.

— Si on élargit un peu ici, on pourra se glisser en dessous, indiqua Teo en se servant de son marteau pour dégager des morceaux de plâtre qui pendaient. Si jamais on est poursuivis, ils se prendront peut-être le tuyau dans la tête.

— Peut-être, acquiesça Peter. Il faudra penser à prévenir les filles.

— Oui.

Teo se remit à cogner dans le mur d'un air appliqué.

— Elle a changé, tu ne trouves pas ? ajouta-t-il sans regarder Peter.

— Qui ça ?

Teo s'essuya le visage d'un revers du bras, maculant sa joue de poussière.

— Noa.

— Possible, reconnut Peter avec un haussement d'épaules. Je ne sais pas. À vrai dire, je n'ai passé que quelques jours avec elle avant tout ça.

— Quand je l'ai rencontrée, elle était différente, insista Teo. Et puis, il y a eu Santa Cruz… Bon, j'y vais en premier.

Il se faufila prudemment à travers le trou. Peter le suivit avant de se redresser. L'appartement où ils se trouvaient était un peu moins miteux que celui où ils avaient laissé les filles. Il y avait moins de moisissures et moins de détritus éparpillés sur le sol.

— On pourrait s'installer ici, plutôt, proposa-t-il.

— Mais on ne peut pas voir la rue, objecta Teo.

— Je ne sais pas si c'est si important que ça. Les mercenaires de Pike ne sont pas vraiment du genre à se garer devant l'entrée avant de venir frapper à la porte.

— C'est vrai, admit Teo en inspectant les alentours. Je crois que ça plairait à Daisy. Et à la réflexion, c'est peut-être mieux. On est au milieu du bâtiment. Si on perce un autre passage dans la direction opposée, on aura moins de risques de se faire coincer.

— Bien vu, approuva Peter.

Lorsqu'il avait fait la connaissance de Teo, ce gamin longiligne d'à peine quinze ans ne lui avait pas fait forte impression. Mais au fil du temps, il s'était mis à l'apprécier de plus en plus. Teo ne parlait que quand il avait quelque chose d'important à dire. Peter le jugeait malin et fiable. D'une certaine façon, il lui rappelait son frère. Surtout en ce moment. Peter sentait bien qu'il cherchait à lui dire quelque chose.

Teo passa la tête dans l'une des pièces de l'appartement.

— Hé, il y a encore un matelas ici ! s'exclama-t-il avec enthousiasme. Prems !

— Je te le laisse, fit Peter en s'approchant. De toute façon, il doit puer grave.

— C'est pas faux, concéda Teo. Mais j'en ai trop marre de dormir par terre.

Ils poussèrent la porte de la dernière pièce. L'odeur était si forte que Peter faillit tomber à la renverse. Il releva son tee-shirt pour se couvrir le nez et la bouche, mais ça ne faisait guère de différence.

— Un rat crevé, indiqua Teo, d'une voix étouffée par son propre tee-shirt. Pas de doute, on vient de trouver ta chambre.

Peter lui donna une tape sur le bras et ils se mirent à se bagarrer gentiment, avant de s'arrêter après quelques instants. Ils n'avaient pas d'énergie à gaspiller, et Peter n'était pas vraiment d'humeur légère. Plus ils enfonçaient dans les entrailles du bâtiment, plus l'ambiance devenait oppressante.

— En fait, il se pourrait que Daisy et moi, on parte de notre côté, lâcha Teo quand ils parvinrent dans l'appartement suivant.

Peter resta silencieux. C'était étrange : la nuit où il était monté dans le 4×4, aux abords d'Omaha, il avait été un peu déçu en découvrant Teo et Daisy, qui le fixaient d'un air ahuri, assis à l'avant. Il était forcé d'admettre qu'il avait espéré passer du temps seul avec Noa. Mais maintenant que cette perspective se profilait, c'était la dernière chose qu'il souhaitait.

— Écoute, finit-il par dire, en tâchant de ne pas laisser paraître son désespoir, je sais que tout ça est difficile, mais…

— C'est plus que difficile, c'est hyper éprouvant, le coupa Teo avant de se rembrunir. Je comprends que Noa soit bouleversée d'avoir perdu Zeke et les autres. Ça a été dur pour nous aussi.

Peter déglutit, cherchant ce qu'il pouvait dire sans passer pour un crétin. Il n'avait pas connu les autres membres de l'unité de Noa et il se fichait éperdument de Zeke. À vrai dire, chaque fois qu'il entendait son prénom, il avait envie de donner un coup de poing dans un mur. Tout ce qu'on lui avait raconté à son sujet lui donnait l'impression que ce Zeke était une sorte de super-héros.

En comparaison, Peter se sentait horriblement ridicule. Il ne faisait pas le poids. Il n'avait pas la débrouillardise de quelqu'un ayant grandi dans la rue. Et ses compétences en informatique ne signifiaient rien aux yeux de Teo et Daisy.

— Je sais, ce serait mieux si Zeke était là, marmonna-t-il sans pouvoir taire son amertume.

— Pas si sûr, répliqua Teo d'un air pensif.

Peter lui jeta un regard surpris.

— Enfin, il a laissé un grand vide dans le cœur de Noa, c'est évident, poursuivit Teo en passant la main dans ses cheveux, mais c'est plus grave que ça. Elle ne mange presque rien, elle dort vachement longtemps... Qu'est-ce qu'ils lui ont fait, au juste ?

Peter hésitait à lui répondre. Noa serait furieuse si elle apprenait qu'ils avaient parlé de son cas. Et si elle avait caché sa situation à Teo et Daisy, elle devait avoir ses raisons. Mais ils risquaient leur vie en restant à ses côtés. Et peut-être que s'ils en savaient plus, ils renonceraient à partir.

— Ils lui ont greffé un deuxième thymus, déclara Peter. Tu sais ce que c'est ?

— Euh, je n'étais pas vraiment le premier de la classe en biologie, avoua Teo.

— Moi non plus, pour être honnête. Apparemment, le thymus est un organe de régulation. Un ami interne en médecine m'a expliqué qu'il cessait de fonctionner et se ratatinait à la puberté. Avant ça, il produit les globules blancs qui permettent de lutter contre les infections. C'est pour ça que les médecins de Pike & Dolan ont pensé que c'était une piste pour soigner la PEMA.

Peter eut un pincement au cœur en repensant à Cody, qui avait été comme un autre frère pour lui. Il était mort mystérieusement dans un incendie après les avoir aidés, Noa et lui. Et même si les enquêteurs prétendaient le contraire, Peter était convaincu que ce n'était pas un accident, mais l'œuvre de Pike.

— Enfin bref, depuis cette intervention, le sommeil et les habitudes alimentaires de Noa sont complètement perturbés, conclut-il. Et elle guérit super vite.

— Elle guérit super vite ? répéta Teo. Ah bon, je ne savais pas. Alors c'est à cause de ça qu'ils la poursuivent ?

— Oui. On pense qu'elle est la seule sur qui l'opération a marché.

— C'est bizarre.

— Je n'y comprends pas grand-chose non plus, reconnut Peter. Je ne suis pas médecin.

— Mais il pourrait y avoir des réponses sur les disques durs, réfléchit Teo à voix haute avant de s'attaquer à un nouveau mur. C'est pour ça qu'on les trimballe partout avec nous.

— Exactement.

Peter se joignit à lui et ils suèrent sang et eau pour parvenir jusqu'au dernier appartement, en se relayant pour casser les cloisons.

— Bon, ça devrait aller, annonça Peter en s'essuyant le front.

— Combien de temps tu crois qu'il te faudra pour accéder aux données cryptées ? demanda Teo.

— Je ne sais pas trop. Un bon moment, admit Peter. Si j'avais une large collection d'ordinateurs et quelques jours de tranquillité pour localiser la clé, peut-être que ça suffirait.

— Ouais, c'est quand même fou qu'on ne soit pas tombés au moins une fois sur un stock d'ordis portables flambant neufs dans tous ces cloaques, ironisa Teo.

— De toute façon, avec notre chance, les rats les auraient bouffés, renchérit Peter en repérant un tas de crottes dans un coin de la pièce.

Il se souvint que dans les premiers temps, le bruissement des rats autour d'eux l'empêchait de dormir. Ce n'était sans doute pas bon signe qu'il ait fini par s'y habituer.

Teo tapota sa cuisse avec son marteau.

— J'imagine que Pike aimerait bien récupérer les disques, avança-t-il.

— Possible. Mais il a peut-être fait des copies. À vrai dire, je n'en sais rien.

Peter avait volé les disques durs dans un bâtiment désaffecté abritant un parc de serveurs. Sachant qu'il avait brické les autres serveurs du groupe quelques mois plus tôt, Charles Pike aurait été vraiment stupide de ne pas mettre en place des mesures de sauvegarde pour son précieux Projet Perséphone. Néanmoins, plus on multipliait les données, plus il y avait de risques que quelqu'un tombe dessus. Dans son for intérieur, Peter avait l'intuition qu'ils portaient littéralement sur leur dos toutes les recherches de Pike & Dolan sur la PEMA.

Il ajusta son sac qui le gênait. À l'intérieur se trouvait peut-être la solution pour sauver Amanda – en tout cas, il l'espérait – et la vie de centaines de milliers d'ados malades. Mais à moins de pouvoir se connecter à un ordinateur pendant plusieurs jours d'affilée, de préférence avec l'aide d'une Noa déterminée et en bonne santé, il ne la découvrirait jamais. Et c'était précisément pour cette raison qu'il les avait conduits à Denver.

Peter prit une profonde inspiration.

— Bon, j'ai bien compris que Daisy et toi aviez envie de mettre les voiles, reprit-il. Mais si vous pouviez attendre juste quelques jours…

— Je ne sais pas, soupira Teo. L'état de Noa empire. On dirait qu'elle n'est déjà plus avec nous…

— J'ai un plan, insista Peter. Il y a un gars ici qui peut nous aider.

— Qui ça ? demanda Teo, intrigué.

— C'est un peu compliqué… Mais fais-moi confiance, c'est notre meilleure chance.

Teo baissa les yeux vers le sol pendant une longue minute. Un souffle d'air frais passa dans son dos trempé de sueur et il frissonna.

— OK, finit-il par dire. On reste encore un jour. Mais après, on s'en va. Daisy est à cran, il faut qu'elle prenne le large. Vous n'aurez même pas besoin de nous filer beaucoup d'argent.

Peter crispa la mâchoire. Les courses de la journée avaient déjà réduit leurs finances, qui avaient atteint un niveau dangereusement bas, mais ce n'était sans doute pas le bon moment pour en informer Teo.

— Cool, lâcha-t-il en lui donnant une tape dans le dos. Merci.

— Alors qu'est-ce que tu vas faire ? Tu vas envoyer un Bat-Signal ? s'enthousiasma Teo, le sourire aux lèvres.

— Quelque chose comme ça, acquiesça Peter. Bon, allons voir si les filles nous ont laissé du rab de poulet.

Amanda cligna des yeux et fut étonnée de voir un arbre en fleur imposant dont les branches venaient caresser la fenêtre.

Elle tourna doucement la tête. Elle était assise dans une sorte de solarium et ses mains serraient les accoudoirs d'un fauteuil roulant. Elle portait une tunique d'hôpital et une robe de chambre molletonnée vert clair qu'elle se rappelait avoir reçue pour Noël quand elle avait quatorze ans.

Elle fut envahie par un soulagement intense. Tout lui revenait avec une grande clarté. Elle se trouvait dans un pavillon dédié aux malades atteints de la PEMA, à l'hôpital de Boston. Elle était là depuis… combien de temps, déjà ? Amanda fronça les sourcils. Dehors, le printemps paraissait avoir débuté. Une fenêtre avait même été entrouverte pour laisser entrer le soleil. Et la crise d'épilepsie qu'elle avait eue à la bibliothèque de sa fac s'était produite en février.

Donc, à moins qu'aujourd'hui soit un jour particulièrement chaud pour la saison, il a dû s'écouler au moins un mois, raisonna-t-elle. *Ou plus ?*

Ses pensées et ses souvenirs étaient encore désordonnés. Les voix des proches qui lui avaient rendu visite lui revenaient en mémoire – celles de ses parents, de Mme Latimar, de Peter. Toutes semblaient à la fois inquiètes et douces, comme si elles s'adressaient à une enfant sur le point de piquer une colère. Il y avait une peur sous-jacente dans leurs paroles. Mais que lui avaient-ils dit, exactement ?

Elle secoua la tête. C'était trop vague. Ce qu'elle se rappelait le plus nettement, c'était les quelques jours précédant sa crise : sa prise de bec avec Mme Latimar au sujet des dossiers médicaux et leur décision de fournir à Mason des dossiers anciens concernant des ados désormais trop vieux pour servir de sujets d'étude.

Qu'est-ce qui s'est passé ensuite ? se demanda-t-elle en se mordillant la lèvre.

Elle avait promis à Mme Latimar de mettre au point un plan pour l'aider à s'en sortir, mais ensuite elle avait atterri à l'hôpital. Est-ce qu'il était trop tard, désormais ?

Amanda entendit des pas qui s'approchaient, et une infirmière à l'apparence familière apparut devant elle.

— Je suis si contente de te voir comme ça, lâcha celle-ci d'un ton enjoué.

— Oui, je me sens mieux, acquiesça Amanda, surprise par le son rauque de sa voix. Depuis combien de temps suis-je ici ? ajouta-t-elle après s'être raclé la gorge.

— Un petit moment.

— Environ un mois ? avança Amanda.

L'infirmière se pencha vers elle pour border la couverture posée sur ses genoux.

— Allons, ne te tracasse pas avec ça, répondit-elle, visiblement mal à l'aise.

— Mais je veux savoir.

— Eh bien, ça fait quelques mois.

— Quelques mois ?

— J'en ai bien peur. Nous sommes le 17 mai, ma belle, indiqua l'infirmière en se redressant. Tes parents sont dans l'entrée, nous les avons appelés dès que ton état s'est amélioré. Tu veux bien que j'aille les chercher ?

— Attendez, vous voulez dire que je suis moins malade ? demanda Amanda d'une voix pleine d'espoir.

— Eh bien, aujourd'hui, oui, en un sens… Ça peut arriver pendant que la PEMA progresse. Disons qu'il y a des bons et des mauvais jours, comme avec n'importe quelle pathologie.

— Donc je ne suis pas guérie.

— Je suis désolée, ma chérie. On n'a pas encore trouvé de remède, expliqua l'infirmière. Du moins, pour le moment, s'empressa-t-elle d'ajouter. Mais les chercheurs les plus éminents y travaillent. Et je suis convaincue que bientôt…

— J'en suis à quel stade ? la coupa Amanda. Quand j'ai été admise ici, vous m'avez dit que j'en étais au deuxième. Est-ce que c'est toujours le cas ?

— Tu sais, je crois que tu devrais plutôt discuter de tout ça avec le médecin.

L'infirmière se tordait les mains d'un air embarrassé et Amanda eut une impression de déjà-vu. Il lui sembla revoir un ascenseur et cette même femme qui tentait de la consoler.

— S'il vous plaît, insista-t-elle, soudain épuisée. Dites-le-moi.

— Tu en es au troisième stade. Mais tu as encore du temps devant toi, je t'assure.

Amanda ferma les yeux et sentit une vague de panique monter en elle. Il n'y avait que quatre stades dans la PEMA. Et lorsqu'on atteignait le troisième, il restait tout au plus quelques mois à vivre.

— Allez chercher mes parents, murmura-t-elle.

— Tu es sûre que tu n'es pas trop fatiguée ? s'inquiéta l'infirmière en serrant sa main dans la sienne. Sinon, je peux leur dire de revenir plus tard.

— Non, je veux les voir, confirma Amanda d'un air grave. Après tout, c'est peut-être la dernière fois que je les reconnaîtrai.

CHAPITRE QUATRE

Noa fronça les sourcils en fixant le portail métallique qui barrait la route.

— Est-ce que tu veux bien nous expliquer ce qu'on fiche ici ? grommela-t-elle.

— Bientôt, mais je veux d'abord m'assurer qu'on est au bon endroit, répondit Peter en s'approchant du portail pour l'examiner.

Noa ne l'avait pas vu aussi fébrile depuis qu'ils s'étaient introduits dans le laboratoire clandestin du Rhode Island – ce qui n'était guère rassurant, étant donné la tournure que les choses avaient prise là-bas.

Teo et Daisy se tenaient en silence près de la voiture. Noa sentait bien que quelque chose avait changé au sein du groupe au cours des dernières vingt-quatre heures, mais elle n'avait pas la moindre idée de ce dont il s'agissait, et personne ne semblait vouloir lui en faire part. Elle s'était endormie comme une masse la nuit précédente. Les autres l'avaient laissée se reposer jusqu'en milieu de matinée et, pour une fois, elle s'était réveillée plutôt en forme.

Mais elle ne pouvait s'empêcher de penser qu'ils avaient décidé quelque chose pendant son sommeil. Après avoir vécu entre la rue et les foyers d'accueil, Noa avait appris à se fier à son intuition. Or elle avait surpris de nombreux regards échangés entre eux à la dérobée, et leur comportement déclenchait tout un tas d'alarmes dans sa tête.

Peter avait insisté pour prendre le volant. Il avait roulé en direction du nord-ouest pendant plus d'une heure et refusé de dire où il les emmenait et pourquoi.

Au Colorado, le paysage urbain disparaissait rapidement à la sortie des villes. Les bâtiments en briques rouge vif avaient brusquement fait place à des étendues sans fin de conifères. Ils avaient monté les contreforts des montagnes Rocheuses et Noa avait senti la tête lui tourner un peu à cause de l'altitude. C'était une journée splendide, chaude et ensoleillée. Au-delà du portail métallique, un vaste champ d'herbes sauvages ondulait au gré du vent, comme des dunes mouvantes, encadré par des collines bosselées de couleur verte.

Cela lui rappelait étrangement le décor du rêve qu'elle avait fait juste avant qu'ils fuient l'Arkansas. Mais malgré cet environnement paisible, Noa avait un mauvais pressentiment.

— C'est bon, on est tout près ! annonça Peter d'un air exalté.

— Près de quoi ? demanda Noa.

— Disons à un ou deux kilomètres, en principe, marmonna-t-il tout en scrutant un petit GPS portable.

— De quoi tu parles ? maugréa-t-elle, perdant patience. Qu'est-ce qu'on est venus chercher ici, au juste ?

Le sourire de Peter disparut.

— Tu te souviens de Loki ? lâcha-t-il sans la regarder.

— Loki ? répéta Noa, prise de court. Le hackeur d'/ALLIANCE/ ?

— Oui, acquiesça Peter. Je crois qu'il est dans les parages.

— Et donc ?

— Eh bien, je pense qu'il peut nous aider à trouver la clé de décryptage sur les disques durs.

— Attends, tu veux dire que tu nous as traînés ici parce qu'un hackeur a proposé de nous donner un coup de main ? pesta Noa.

— Pour être honnête, il ne l'a pas vraiment proposé, bredouilla Peter.

— Pourquoi tu te sers d'un GPS pour le localiser ? intervint Teo, intrigué. Il t'a communiqué des coordonnées ?

Noa baissa les yeux vers le petit appareil que tenait Peter.

— Tu m'avais dit que Loki ne voulait plus avoir affaire à nous depuis le brickage du serveur, rappela-t-elle.

— C'est vrai, confirma-t-il en rougissant de plus en plus. Mais je me suis dit que, peut-être, si on lui racontait tout…

— Est-ce qu'il sait seulement qu'on vient le voir ?

— Non, reconnut-il au bout d'un moment.

— Alors comment tu as fait pour le trouver ? insista Noa d'un air soupçonneux. Vous avez été en contact sur La Cour ?

— Pas exactement, balbutia Peter. En fait, j'ai euh… j'ai créé une backdoor sur /ALLIANCE/.

— Tu as fait quoi ?

— C'est quoi, une backdoor ? demanda Teo.

— C'est une porte dérobée qui permet à l'administrateur d'un site de surveiller les visiteurs, répondit-elle en jetant un regard noir à Peter, qui paraissait vouloir disparaître dans un trou de souris.

— Ça n'a pas l'air bien grave.

— Ça l'est quand le responsable du site promet l'anonymat le plus complet, fulmina Noa, gagnée par la colère à l'idée que Peter avait commis ce que les hackeurs considéraient comme la trahison suprême. C'était le principe même d'/ALLIANCE/ : on ne pouvait pas remonter jusqu'à nous. Ou du moins, c'est ce qu'on pensait. Et pourtant, il nous fliquait en douce.

— Hé, c'est faux ! protesta Peter. De toute façon, j'avais les adresses mail de tout le monde. C'est d'ailleurs comme ça que j'ai pu te contacter, la première fois.

— Je m'en souviens. Mais il y a une différence entre

avoir mon mail et savoir où je suis. Comment tu t'y es pris ? Tu as enregistré les adresses IP ?

— Oui, en gros.

— Je n'arrive pas à le croire, grogna Noa avant de tourner les talons et de s'éloigner.

Lorsqu'elle avait découvert ce groupe d'hacktivistes, elle avait décidé de s'y joindre parce qu'elle trouvait leur objectif juste : punir ceux qui persécutaient les enfants ou les animaux, et tous ceux que le système légal ne pouvait ou ne voulait pas poursuivre. Mais si /ALLIANCE/ n'avait pas garanti l'anonymat de ses membres, elle n'y aurait jamais participé.

— Noa, dit doucement Peter en la rattrapant.

Elle refusa de se retourner vers lui et resta face à la lumière éblouissante du soleil qui lui faisait venir les larmes aux yeux.

— Tu sais, continua-t-il, parfois, les choses auraient pu dégénérer. Il fallait bien que j'aie un moyen de tous nous protéger.

— De te protéger, toi, tu veux dire, corrigea-t-elle avec dédain.

— Oui, d'accord, admit Peter d'un ton plus ferme. Et je ne regrette rien. Qu'est-ce qui se serait passé si quelqu'un avait été grièvement blessé à la suite d'une mission que je n'avais même pas cautionnée ? Beaucoup de gens menaient leur propre barque puis se justifiaient en disant qu'ils étaient membres d'/ALLIANCE/.

— Alors si la police s'était pointée, tu nous aurais tous balancés ?

— Oui, c'est possible, répondit-il après un moment d'hésitation. Si c'était pour quelque chose que je n'avais pas validé.

Noa aurait voulu continuer à lui tenir tête, mais en vérité, elle avait elle-même été confrontée à cette problématique. Lorsqu'elle avait mis en place l'Armée de Persefone, de nombreux ados avaient commis des délits en prétendant agir en son nom. Elle comprenait qu'il ait créé une backdoor, mais elle se sentait tout de même trahie.

— Maintenant que tu as vu ma réaction, imagine un peu comment Loki va prendre ça, lança-t-elle.

— Je sais, soupira Peter. Surtout que son adresse IP était masquée. Ça n'a pas été simple de suivre sa trace.

Noa repensa aux heures qu'ils avaient passées sur des ordinateurs publics au cours des dernières semaines et à toutes les fois où Peter semblait mettre un temps fou à trouver une planque pour eux.

— OK, alors c'était ça, ton truc « personnel »… marmonna-t-elle.

— Loki doit avoir un matos de dingue, expliqua Peter en repoussant impatiemment une mèche qui lui tombait devant les yeux. Ce serait quand même autre chose que de bosser sur des vieilles bécanes par tranches de vingt minutes.

Noa balaya les environs du regard.

— Il n'y a pas la moindre maison à l'horizon, remarqua-t-elle. Tu es sûr que tu as trouvé la bonne adresse IP ?

— Je n'en suis pas certain à cent pour cent, avoua-t-il. Mais presque. Disons à quatre-vingt-dix-sept pour cent.

Noa se mit à réfléchir. Teo et Daisy les attendaient toujours à côté de la voiture, l'air hésitants.

Bon, ça ne coûte rien d'inspecter les alentours. Cette route doit bien mener quelque part. Et je ne suis pas pressée de retourner dans cet affreux trou à rat.

— D'accord, céda-t-elle, on va jeter un coup d'œil. Mais si ça ne donne rien…

— Alors on mettra au point un autre plan, la coupa Peter, soulagé. Mais fais-moi confiance, Loki est dans le coin, je le sens.

Le bas de son jean était trempé, mais Teo s'en fichait, émerveillé par le cadre enchanteur qui l'entourait. Daisy et lui avançaient au milieu de hautes herbes encore humides de rosée. Au-dessus d'eux, le ciel ressemblait à un bol bleu géant retourné, et les rayons du soleil caressaient leurs bras nus. Ils marchaient en silence, main dans la main.

— Ça va ? demanda-t-il.

— Oui, je me sens bien, répondit Daisy, la mine radieuse. Ça fait même longtemps que je ne me suis pas sentie aussi bien.

— Pareil.

Cet endroit avait quelque chose de spécial. En un sens, il rappelait à Teo la propriété des Forsythe, à Santa Cruz. Il repensa soudain aux coups de feu et à l'incendie qui avait ravagé la maison.

— Hé, qu'est-ce qu'il y a ? murmura Daisy en le voyant grimacer.

— Rien, t'inquiète, fit Teo en lui adressant un sourire.

Tous deux étaient en train de gravir une petite colline, avec pour mission de quadriller le secteur. Ils étaient censés marcher un bon kilomètre vers l'ouest, puis autant vers le nord. Peter leur avait indiqué la direction au départ et leur avait dit d'obliquer vers la droite au bout d'une vingtaine de minutes. Noa et lui étaient d'abord partis vers le nord pour faire le chemin opposé. Ils se rejoindraient au milieu, à moins que l'un des binômes ne découvre quelque chose.

Teo vérifia que le talkie-walkie était toujours accroché à sa ceinture. Il espérait secrètement qu'ils feraient chou blanc et que Peter serait forcé d'admettre que Loki n'était pas dans les parages. Teo pourrait alors considérer qu'il avait rempli sa part du marché. Daisy et lui n'auraient qu'à rentrer à Denver et prendre un car vers l'Ouest. Ils iraient jusqu'à Los Angeles, peut-être à Venice Beach. Au cours des derniers mois, lors de ses tours de garde durant de longues nuits sombres, il avait imaginé la vie qu'ils mèneraient une fois que tout serait fini. Ils trouveraient un job dans un restaurant sur la côte. Daisy prendrait les commandes, et lui débarrasserait les tables. Ils n'auraient sans doute pas de mal à se faire payer au noir. Au fil du temps, ils économiseraient assez d'argent pour se procurer de faux papiers, puis louer un petit appart. Peut-être même que Teo pourrait terminer ses études secondaires. Et tout cela allait vraisemblablement se produire plus tôt qu'il n'aurait osé le croire.

L'image de Janiqua en train de se débattre en hurlant tandis qu'on la poussait vers une fourgonnette blanche ressurgit dans son esprit et il secoua la tête. Après le raid des mercenaires, Teo s'était juré de faire tout son possible pour les sauver, elle et les autres. Mais les mois avaient passé et ils n'avaient pas eu le moindre signe indiquant qu'ils étaient encore en vie. Désormais, sa seule mission consistait à protéger Daisy.

Teo s'arrêta et se tourna vers elle. Il observa son menton qu'il adorait – il était joliment rebondi et lui donnait un petit air espiègle –, avant de plonger son regard dans ses grands yeux bleus soulignés d'un trait de crayon assorti – il n'arrivait jamais à comprendre où elle trouvait le temps et l'énergie de se maquiller avec tout ce qu'ils vivaient. Il sentit son souffle s'emballer et savait que ça n'avait rien à voir avec l'altitude. Chaque fois qu'il la regardait, son cœur semblait sur le point d'exploser.

— Je t'aime, murmura-t-il.

Daisy cligna des yeux et resta bouche bée un instant, avant de lui donner un coup sur le bras en souriant.

— Ah ben c'est pas trop tôt ! s'exclama-t-elle. Ça fait des mois que j'attends que tu me fasses ta déclaration !

Elle se hissa sur la pointe des pieds et plaqua ses lèvres contre les siennes. Teo l'embrassa à son tour en la prenant délicatement dans ses bras, sentant sa fine cage thoracique sous son tee-shirt.

— Trop mignon, lâcha une voix masculine derrière eux. Maintenant, vous allez me dire qui vous êtes et ce que vous foutez ici.

Noa n'avait pas dit un mot depuis que Peter et elle étaient seuls. Ils restaient à quelques mètres l'un de l'autre en scrutant les environs. Ils avaient déjà parcouru plus d'un kilomètre sans remarquer quoi que ce soit, à part un petit lapin brun qui venait de surgir d'un buisson. Ils le regardèrent s'éloigner en bondissant.

— J'imagine que ce n'est pas Loki, ironisa Noa.

— Ou alors il est beaucoup moins grand que je ne pensais, renchérit Peter d'un ton facétieux. Mais pourquoi pas ? Après tout, on ne sait jamais qui est qui sur Internet.

— Oui, c'est ça que j'aimais bien, marmonna-t-elle en continuant à marcher.

Peter s'abstint de lui répondre. Apparemment, elle était encore fâchée à cause du traçage des adresses IP. Et il ne pouvait pas vraiment lui en vouloir. Mais s'il y avait bien une chose que sa mère, avocate, lui avait apprise, c'était la nécessité de protéger ses arrières quand on avait affaire à des inconnus. Il se demanda comment elle réagirait si elle le voyait à présent, arpentant la campagne à la recherche d'un mystérieux hors-la-loi du Net.

Elle dirait la même chose que d'habitude, songea-t-il. *Que je suis un loser.*

Ses parents lui avaient fait très clairement comprendre leurs sentiments à son égard, surtout depuis la mort de son frère. Pour eux, le monde tournait autour de Jeremy. Après sa disparition, c'était à peine s'ils lui disaient bonjour le matin.

Il s'efforça de chasser ces souvenirs de son esprit. Il avait quitté la maison familiale pour une simple et bonne raison : ses parents étaient de mèche avec Charles Pike et, à ses yeux, cela les rendait tout aussi responsables que lui. Trouver Loki représentait, entre autres, une chance d'accéder aux documents prouvant leur culpabilité.

Noa et lui arrivèrent au bout du champ et entrèrent dans une forêt de pins filiformes qui devaient faire au moins quinze mètres de haut. Au-dessus d'eux, le ciel bleu azur se découpait entre les cimes mouvantes des arbres. Le sol était recouvert d'un épais tapis d'aiguilles qui étouffait leurs pas et il régnait un calme feutré, comme dans une cathédrale. Ce n'était pas vraiment le genre de lieu où l'on s'attendait à rencontrer un hackeur émérite, et Peter commençait à douter sérieusement d'avoir réussi à localiser la bonne adresse IP. Si Loki n'était pas là, Noa et lui allaient devoir continuer à fuir, pendant que Teo et Daisy partiraient de leur côté. Cette perspective lui donnait envie de se laisser tomber par terre et de ne plus en bouger.

Noa marchait désormais plus près de lui.

— Tu es certain qu'on est au bon endroit ? demanda-t-elle, rompant le silence.

— Presque, admit Peter en haussant les épaules. Loki utilisait tout un tas de VPN, mais c'était souvent les mêmes, en tout cas quand il se connectait sur /ALLIANCE/.

— Bon.

Peter constata, soulagé, que sa voix avait perdu de son mordant. Peut-être lui avait-elle finalement pardonné.

L'avantage avec Noa, c'était qu'il n'avait pas besoin de tout expliquer en langage simple, comme il devait le faire avec Amanda et quasiment n'importe qui d'autre. Elle savait exactement de quoi il parlait. Utiliser un VPN, ou réseau privé virtuel, permettait de protéger son identité et ses données sur Internet. C'était un peu comme ramper dans un tunnel à l'entrée secrète dont les gens ne pouvaient voir que la sortie. Mais il existait un moyen de remonter la trace d'un VPN, car pour y accéder, le plus simple était d'emprunter une passerelle située près de chez soi. Dans le cas de Loki, ça avait été Denver. Une fois que Peter avait obtenu cette information, il s'était introduit dans la base de données du fournisseur des VPN – ce qui n'avait pas été une mince affaire, surtout à partir d'un vieil ordinateur dans une bibliothèque publique – et avait examiné les heures et dates d'accès des utilisateurs jusqu'à trouver une adresse IP qui coïncide avec une de celles que Loki avait utilisées quand il s'était connecté sur /ALLIANCE/. Ensuite, il lui avait suffi de lancer une recherche d'adresse IP instantanée sur l'un des nombreux sites qui le permettaient et il avait obtenu la localisation géographique de l'ordinateur correspondant, à un ou deux kilomètres près.

Bien sûr, si Loki était aussi parano qu'il semblait l'être dans ses messages, il y avait de grandes chances qu'il ait pris des précautions supplémentaires pour masquer l'origine de son adresse IP.

Peter soupira. Il aurait tellement aimé faire un break.

— Regarde, lâcha Noa en pilant net. On dirait qu'il y a quelque chose là-bas.

Peter suivit des yeux la direction qu'elle indiquait et distingua entre les arbres au-devant d'eux un morceau de métal que le soleil faisait briller.

— C'est sûrement ça ! s'exclama-t-il. Viens !

Ils se précipitèrent vers une petite forme qui émergeait du sol. Tandis qu'ils se rapprochaient, Peter sentit son cœur se serrer.

— Ce n'est qu'un panneau, bougonna-t-il, déçu.

— Voyons ce qu'il dit, insista Noa.

Le fait de passer du temps dehors paraissait lui réussir. Elle était plus dynamique que depuis quelque temps et ses joues avaient repris des couleurs.

Elle arracha l'herbe qui recouvrait le panneau et lut :

— « Accès interdit. Propriété de l'US Air Force. »

Peter parcourut le reste. Il y avait là tout un tas d'avertissements typiques de l'armée, expliquant les risques auxquels s'exposaient les éventuels intrus et la fouille dont ils pourraient faire l'objet. Mais l'état du panneau lui-même, à la fois tordu, rouillé et criblé de trous, rendait le discours nettement moins intimidant.

— Moi, je ne vois aucun signe de l'US Air Force, marmonna Peter.

— N'empêche, je n'aime pas ça, répliqua Noa avec inquiétude. Les sites gouvernementaux ne nous ont pas franchement porté chance jusqu'ici.

— C'est le moins qu'on puisse dire, reconnut Peter.

De plus, il trouvait étrange qu'un hackeur puisse rester volontairement à proximité d'une base militaire. Il observa les alentours d'un air anxieux. À part le portail métallique à l'entrée, qui avait été assez facile à escalader, ils n'avaient pas repéré le moindre dispositif de sécurité. Il se rappela alors que pour installer leurs laboratoires secrets, les responsables du Projet Perséphone avaient une prédilection pour les lieux abandonnés.

— On ferait mieux de rejoindre les autres, décida Noa à voix basse. Et de retourner à la voiture.

Peter secoua la tête. Il n'était pas d'accord avec elle. Ils n'avaient pas fini de quadriller leur périmètre. Et Teo et Daisy ne leur avaient pas fait signe, ce qui voulait dire qu'ils n'avaient encore rien trouvé. Renoncer maintenant, alors qu'il était quasiment persuadé d'être au bon endroit, lui semblait une erreur.

— Continuons juste un peu, s'obstina-t-il. Jusqu'au bout de ces bois…

— Non, c'est trop dangereux.

Peter s'apprêtait à la contredire quand ils entendirent le bruit sourd d'une détonation. Ils se retournèrent aussitôt.

— On aurait dit un coup de feu, s'alarma Peter.

Noa se mordilla la lèvre inférieure.

— Et ça venait de là où on a envoyé Teo et Daisy.

Teo sentit ses oreilles bourdonner et recula d'un bond tout en poussant Daisy derrière lui. Le type avait tiré en l'air avant qu'ils aient la moindre chance de lui répondre.

— Dernier avertissement, lâcha-t-il en rechargeant son arme. Je vous conseille de dégager immédiatement.

— Non mais vous êtes malade ? s'écria Daisy. On n'a rien fait de mal !

Teo plissa les yeux pour distinguer leur assaillant qui se tenait un peu plus en amont sur la colline, dos au soleil. Il était immense – au moins un mètre quatre-vingt-quinze – et avait une épaisse barbe brune qui lui descendait jusqu'à la poitrine. Il portait une casquette, des lunettes de soleil et une tenue de camouflage.

— Vous êtes sur ma propriété, maugréa-t-il en pointant son fusil de chasse sur Teo. J'aurais parfaitement le droit de vous descendre ici même.

— Du calme ! protesta Teo en levant les mains. On n'est même pas armés.

— Tu parles ! C'est pas un taser que je vois accroché à ta ceinture ?

— On faisait une randonnée et on s'est perdus, balbutia Teo, sentant Daisy qui tremblait derrière lui.

— Avec un taser ? reprit le barbu d'un air sceptique.

Teo lui donna la première réponse qui lui passait par la tête :

— C'est pour les ours.

— Parce que tu penses sérieusement pouvoir taser un ours ? Bon sang, gamin, est-ce que t'as déjà vu un grizzly ?

— Non, jamais, avoua Teo, quelque peu soulagé en voyant que son interlocuteur semblait le croire.

— Je peux te garantir qu'un taser ne servirait qu'à l'énerver, déclara celui-ci en abaissant un peu son arme.

— Ah d'accord, je ne savais pas, fit Teo en hochant la tête. Merci pour l'info. Bon, ben on ne va pas vous déranger plus longtemps. Encore désolé, on n'avait pas vu que…

— C'est vous, Loki ? intervint Daisy.

L'homme parut soudain sur ses gardes.

— D'où vous sortez ce nom ? grogna-t-il en relevant son fusil.

— Écoutez, on ne veut pas d'histoires, bredouilla Teo.

— Qui vous envoie ? insista le barbu en s'avançant vers eux d'un air menaçant. La NSA ? La CIA ?

— Quoi ? Mais non ! fit Teo, interloqué, s'abstenant d'ajouter que c'était un peu exagéré d'imaginer une chose pareille. Nous sommes venus avec des amis qui disent vous connaître.

— Des amis ? répéta l'homme d'un ton dubitatif, comme si le concept même d'« ami » lui était parfaitement étranger.

— Oui, Noa et Peter, précisa Teo avant de désigner son talkie-walkie. Je peux les appeler si vous voulez, vous verrez par vous-même.

— Touche ce talkie et tu peux dire adieu à ta main.

Daisy émit un gémissement inquiet et Teo lui jeta un bref regard qu'il espérait rassurant.

— D'accord, acquiesça-t-il docilement. Et si vous les contactiez vous-même ?

— Pas question ! Tu me prends pour un demeuré ? s'emporta le barbu. Qui me dit que vous n'avez pas toute une équipe avec vous, prête à surgir au moindre signal ?

— Mais pas du tout. On n'est que quatre et…

— J'ai dit non !

— Tu crois vraiment que le gouvernement aurait envoyé deux ados ? lança une voix dans le dos de Teo.

Il sursauta avant de se retourner. Noa se tenait à quelques mètres derrière lui, les mains en l'air pour montrer qu'elle n'était pas armée.

— Calme-toi, Loki, reprit-elle.

— Mais comment vous connaissez tous mon nom, à la fin ? explosa-t-il sans savoir sur qui braquer son arme. Vous avez intérêt à me donner des explications. Et tout de suite !

Teo sentit une boule d'angoisse se former au fond de sa gorge. Loki paraissait au comble de la nervosité, les mains tremblantes et les yeux écarquillés.

Pourtant, Noa restait imperturbable.

— Tout va bien, Loki, dit-elle avec une assurance qu'elle n'avait plus montrée depuis des mois. On est venus ici pour te voir. Je suis Rain. Et voici Vallas, ajouta-t-elle en désignant Peter qui venait de la rejoindre.

— Depuis quand vous vous appelez comme ça ? marmonna Teo.

Peter lui fit signe de se taire.

— Qu'est-ce que vous voulez ? demanda Loki.

— Tu permets que je m'approche ? proposa Noa. Je ne suis pas armée.

— Ouais, c'est aussi ce que disait ton pote avec son taser, alors ne bouge pas. Et dis-moi qui vous êtes vraiment.

Daisy passa ses bras autour de la taille de Teo pour s'agripper à lui. Il serra ses mains dans les siennes tout en regrettant d'avoir écouté Peter.

J'aurais dû suivre mon instinct et partir hier soir avec Daisy. Après tout ce qu'on a traversé, on va finir flingués par un taré au milieu de nulle part.

— Je t'ai contacté sur La Cour en octobre dernier, intervint Peter. Pour que tu m'aides à bricker un serveur.

— Des tas de gens sont au courant de ça, rétorqua Loki. Ça prouve que dalle.

Teo contracta la mâchoire en voyant Peter et Noa échanger un regard perplexe. Était-il possible qu'ils n'aient jamais rencontré ce type auparavant ? Et puis, c'était quoi, cette histoire de faux noms ?

— L'affaire du pédophile de Greenwich, lâcha Noa. On a bossé ensemble là-dessus.

— Ah oui ? fit Loki, intrigué. Et comment on s'y est pris pour le coincer ?

— Je me suis fait passer pour une gamine de douze ans et j'ai tchatté avec lui pendant que tu transmettais ses fichiers photo à la police locale. Tu veux d'autres détails ?

Loki abaissa légèrement son fusil et observa leur petit groupe en réfléchissant.

— Bon, admettons que vous êtes qui vous prétendez être. Mais comment avez-vous fait pour me trouver ?

— J'ai, euh… tracé ton adresse IP, avoua Peter. Pardon.

Teo retint son souffle, s'attendant à un nouveau coup de feu. Vu la réaction de Noa un peu plus tôt, ce n'était pas quelque chose que les hackeurs avaient l'air d'apprécier.

— Tu as fait quoi ? s'étrangla Loki, abasourdi. Sérieux ? Ça, c'est pas cool du tout, Vallas.

— Je sais et j'en suis vraiment, vraiment désolé, répéta Peter. On ne pensait pas venir te déranger, mais on a besoin de toi.

— Je ne peux rien pour vous, répliqua Loki d'un ton glacial.

— S'il te plaît, insista Peter. Écoute, je sais qu'on est partis du mauvais pied, mais…

— Dégagez de chez moi ! gronda Loki en braquant son arme sur eux. Sinon, cette fois, je n'hésiterai pas à vous tirer dessus.

— Mais on est en danger, il faut que tu nous aides !

— Je t'avais prévenu, Vallas. C'était une mauvaise idée de bricker ce serveur.

— C'est bien plus grave que ça ! protesta Peter. Ils font des expériences sur des ados.

— Ben allez voir les flics. C'est pas mon problème.

— Impossible, ils sont mouillés là-dedans. Bon sang, le FBI et la NSA aussi… Ils ont des gens partout !

Une lueur se mit à briller dans les yeux de Loki.

— Tu veux dire que c'est une sorte de complot du gouvernement ?

— Et pas qu'un peu, mon pote ! s'exclama Peter.

— Merde alors, murmura Loki en se grattant la barbe, son fusil coincé sous un bras. Vous êtes l'Armée de Persefone.

— Oui, acquiesça Noa, surprise. Ou plutôt ce qu'il en reste. Laisse-nous dix minutes pour t'expliquer. Après ça, si tu veux toujours qu'on parte, on s'en ira.

Loki les dévisagea d'un air songeur. Le soleil était en train de descendre derrière lui, plongeant son visage dans l'ombre. On aurait presque dit une statue de Davy Crockett.

— OK, dix minutes, concéda-t-il. Mais si ce que j'entends ne me plaît pas, je me réserve le droit de vous chasser à coups de plomb.

Peter garda le silence tandis qu'il suivait Loki à travers les bois. Teo et Daisy discutaient à voix basse, se demandant sans doute s'ils ne feraient pas mieux de filer et de retourner à la voiture.

En dépit de tout, Peter était satisfait. Il avait eu raison, Loki était bien là. Et avec un peu de chance, une fois qu'ils lui auraient exposé la situation, il accepterait de les aider.

Après plus d'un kilomètre de marche, ils parvinrent à une petite clairière. Au milieu se trouvait une cabane en piteux état, à deux doigts de s'effondrer. Elle devait faire environ deux mètres sur trois et faisait penser à un abri de jardin.

— Bienvenue chez moi, déclara Loki.

— Quoi, tu vis ici ? lâcha Peter d'un air incrédule. Enfin, je suis sûr que c'est sympa à l'intérieur, s'empressa-t-il d'ajouter en voyant les traits de Loki se durcir.

Celui-ci secoua la tête, puis défit un gros cadenas et tira la porte qui s'ouvrit avec un léger grincement en creusant un sillon dans la terre. Noa jeta un regard vers les autres avant de le suivre.

— Tu es certain que c'est une bonne idée ? murmura Teo d'un air sceptique.

— Bien sûr, répondit Peter d'un ton qu'il espérait convaincant. Loki est un mec extra. Noa et moi, on le connaît depuis des années.

— Ah bon ? Et vous utilisez des faux noms avec tous vos amis ?

— Ce sont des pseudos, expliqua Peter. Tu crois quoi, que lui, il s'appelle vraiment Loki ?

Teo ne parut pas tellement plus rassuré, mais il s'engouffra à l'intérieur et Daisy lui emboîta le pas. Peter inspira profondément et entra à son tour.

Il lui fallut quelques instants pour que ses yeux s'habituent à l'obscurité. Il distingua alors une trappe ouverte et un escalier en béton qui s'enfonçait dans le sol.

— Ça par exemple, marmonna-t-il, stupéfait.

Il entendit le bruit de pas des autres qui descendaient. L'air qui montait vers lui était froid et empestait le moisi. Peter déglutit péniblement. Les espaces clos et sombres n'étaient pas sa tasse de thé. Mais il ne pouvait pas laisser tomber ses amis, d'autant que c'était lui qui les avait conduits jusqu'ici. Il posa un pied hésitant sur la première marche.

— Ferme la trappe derrière toi ! lança Loki depuis en dessous. Et mets la barre de sécurité.

Dans la pénombre, Peter repéra une barre métallique sur le sol. Il la ramassa, descendit quelques marches, puis referma la lourde trappe au-dessus de sa tête. Aussitôt, l'obscurité se fit plus épaisse, tandis que le bruit des autres devenait de plus en plus ténu. Gagné par la panique, il fit glisser la barre à tâtons entre deux arceaux métalliques et s'élança dans l'escalier.

La descente était longue. Après cinquante marches, il cessa de les compter. Il finit par déboucher au milieu d'un couloir en béton bordé d'éclairages de sécurité qui le plongeaient dans une étrange lueur rouge. Peter tendit l'oreille, sans savoir s'il devait tourner à gauche ou à droite. Les sons semblaient résonner bizarrement et son propre souffle lui paraissait anormalement bruyant.

À gauche, décida-t-il.

Il s'apprêtait à faire demi-tour, persuadé qu'il s'était trompé de chemin, quand il parvint à un embranchement. Il aperçut une lumière plus vive d'un côté et s'élança dans cette direction avec soulagement avant de discerner, au bout du couloir, une porte entrouverte d'où s'échappaient des voix.

Il la poussa et resta bouche bée devant ce qu'il découvrit. Il se tenait à l'entrée d'une vaste pièce ronde de cinq ou six mètres de diamètre, avec un énorme poêle à gaz au centre. On aurait dit un chalet de montagne : le sol était couvert de tapis somptueux, des affiches de cinéma encadrées ornaient les murs et il y avait plusieurs fauteuils et canapés de luxe.

— Ouah ! s'exclama Peter, impressionné.

— Ouais, c'est dingue, hein ? lâcha Teo. Une planque souterraine ! Comment c'est trop cool !

— Euh, je vous rappelle que je suis armé, grommela Loki.

— Je meurs de soif, soupira Daisy. Tu as quelque chose à boire ?

— Ce que je veux dire, c'est que vous n'êtes pas mes invités, rétorqua-t-il. L'heure tourne et je peux encore décider de vous mettre dehors.

— OK, mais je peux avoir un verre d'eau pendant que tu réfléchis ? insista-t-elle en levant les yeux au ciel.

— Tu ne serais pas un peu casse-pieds sur les bords, toi ?

Daisy se renfrogna.

— Elle veut juste un peu d'eau, intercéda Peter en sa faveur. Si ça ne te dérange pas.

Loki se laissa tomber dans un large fauteuil en cuir marron, tenant toujours son fusil d'une main.

— Il y a un évier là-bas, maugréa-t-il en désignant le fond de la pièce. Mais il faudra peut-être que tu te laves un verre, princesse.

Daisy s'éloigna sans un mot, Teo sur ses talons.

— Je peux m'asseoir ? demanda Noa en s'approchant de Loki.

— Je t'en prie, répondit-il d'un ton bourru. Mais ne prends pas trop tes aises.

Noa s'installa sur un canapé en face de lui et lui résuma tout ce qui s'était passé au cours des sept derniers mois, faisant cependant l'impasse, comme à son habitude, sur le fait qu'on lui avait greffé un thymus supplémentaire. En l'écoutant évoquer l'attaque de la propriété de Santa Cruz, Peter ressentit une pointe de jalousie familière. Noa se mettait toujours à bafouiller quand elle racontait comment Zeke était mort sur la plage en aidant les autres à s'échapper. Lorsqu'elle eut fini son récit, Loki la dévisagea, le menton appuyé sur une main.

— Donc désormais, tu es Persefone, déclara-t-il.

— Oui, en quelque sorte, admit-elle.

— J'ai lu tes messages. Ce que tu disais m'avait l'air un peu… abracadabrant. Mais tu as fait du bon boulot.

— Merci, murmura Noa.

— On peut mettre fin à tout ça, intervint Peter. On détient les disques durs du parc de serveurs de Charles Pike. Mais on n'a pas encore eu le temps ni les moyens de trouver la clé de décryptage.

— Et c'est pour ça que vous avez besoin de moi, comprit Loki en lui jetant un regard glacial. Je dois dire que ta petite combine de tracer mon adresse IP me reste en travers.

— Je t'ai déjà dit que j'étais désolé, bredouilla Peter avant de voir Loki se rembrunir.

J'aurais mieux fait de me taire et de laisser Noa parler, pour une fois, regretta-t-il.

— Tu sais, je ne pensais pas qu'on viendrait jusqu'à toi, reprit-il, mais ces types nous retrouvent sans arrêt et…

— Comment ça, ils vous retrouvent sans arrêt ? le coupa Loki en se levant d'un bond.

— Ben, ils surgissent quasiment toutes les nuits, où qu'on aille…

— Et vous êtes venus ici ?

Loki traversa la pièce comme une furie et disparut dans le couloir.

— Bien joué, lâcha Noa en jetant un regard cinglant à Peter.

Elle se leva et se mit à courir pour rattraper Loki.

— Il a quand même le droit de savoir, répliqua-t-il sur la défensive avant de se tourner vers Teo et Daisy. Vous deux, vous ne bougez pas d'ici, OK ?

— Oui, oui, acquiesça Teo. Bonne chance avec Cro-Magnon.

Peter se précipita dans le couloir et entrevit Noa à l'instant où elle tournait dans la direction opposée à celle par laquelle ils étaient arrivés. Il s'élança à sa poursuite.

Après deux coudes successifs, le couloir débouchait sur une épaisse porte métallique. Lorsque Noa rattrapa Loki, il se tenait devant et composait une combinaison sur le clavier attenant. Un bip retentit et il fit tourner un volant fixé au centre de la porte qui ressemblait au gouvernail d'un bateau. Elle s'ouvrit en grinçant, laissant apparaître une lueur bleu foncé.

— C'est quoi, cet endroit ? demanda Noa, émerveillée, en suivant Loki à l'intérieur.

C'était une autre salle toute ronde, mais plus petite que celle qu'ils venaient de quitter. Elle était remplie de tables et d'écrans d'ordinateur du sol au plafond. On aurait dit le QG d'un service de sécurité intérieure, comme on en voyait dans les films d'action.

— C'est l'ancien silo d'un missile Titan, indiqua Loki en s'asseyant sur un fauteuil de bureau. Je l'ai acheté il y a quelques années.

— Oh, la vache ! s'exclama Peter en entrant à son tour. Alors là, ça rigole pas !

Noa comprenait parfaitement ce qu'il ressentait. Elle-même dévorait des yeux le matériel déployé dans la pièce en songeant à tout ce qu'elle pourrait faire avec une telle puissance de traitement. Aux yeux d'un hackeur, c'était l'eldorado.

Loki ne leur prêtait aucune attention, occupé à pianoter frénétiquement sur un clavier. Des images se succédaient sur les écrans placés en hauteur et Noa réalisa qu'il s'agissait de vues panoramiques de la forêt et des environs, au-dessus d'eux. Loki semblait avoir caché des caméras de surveillance dans les moindres recoins du domaine.

— Secteur Un, OK, marmonna-t-il en consultant les images. Secteur Deux, ça m'a l'air bon aussi…

Au bout d'un moment, il fit pivoter son fauteuil.

— Vous avez bien dit qu'ils venaient la nuit ? demanda-t-il, l'air mécontent.

— Oui, en général, acquiesça Peter.

Il jeta un coup d'œil à Noa qui lui adressa un signe de tête discret. Signaler à Loki que la dernière fois, les mercenaires de Pike avaient surgi en plein jour sur un campus universitaire n'était sans doute pas la chose la plus prudente à faire.

— Et vous avez vérifié qu'ils ne vous avaient pas mis de mouchard ? continua Loki en grattant sa barbe.

— À chaque fois, répondit Noa. De toute façon, on n'a pas arrêté de changer de voiture et ils n'ont pas pu en équiper nos sacs ni nos vêtements.

— Et les deux autres ? insista-t-il en pointant son menton vers la porte. Vous leur faites confiance ?

— Totalement. Si on se fait prendre, ils se font prendre aussi. Et ils savent très bien les horreurs qui les attendent.

Loki fit claquer nerveusement ses doigts sur le bureau.

— Si on pouvait brancher ne serait-ce qu'un disque dur… tenta Peter.

— Pas question, rétorqua Loki. C'est peut-être comme ça qu'ils vous retrouvent.

— Impossible, on a fabriqué des cages de Faraday pour les protéger, expliqua Peter en posant son sac à dos par terre. Tiens, je vais te faire voir.

Il sortit un des disques de son sac, enveloppé dans plusieurs couches d'aluminium et de carton, et le tendit à Loki. Celui-ci le saisit prudemment, comme s'il risquait de se faire mordre, le posa sur le bureau devant lui et se leva avant de se diriger d'un pas lourd vers un classeur métallique. Il farfouilla dans l'un des tiroirs et vint se rasseoir avec un petit appareil à la main.

— C'est un détecteur de mouchards ? demanda Peter. J'ai déjà vu un truc comme ça une fois, dans un magasin spécialisé.

— Est-ce qu'il t'arrive de la fermer ? pesta Loki.

Il passa l'appareil le long de chaque face du disque et plissa le front.

— Rien, annonça-t-il, perplexe. Bon, ce n'est pas très orthodoxe comme méthode, mais ça a l'air de marcher. Et vous les avez tous emballés de cette façon ?

— Oui, confirma Peter avec une pointe de fierté dans la voix.

— Il y en a combien ?

— Quarante-deux. On les a divisés entre nous, ce qui fait qu'on en a une dizaine chacun.

— Alors comment diable font-ils pour vous retrouver ?

Noa fit une moue d'impuissance. Cette question la taraudait depuis des semaines. Tous les quatre ne se séparaient quasiment jamais. Et ils n'utilisaient même plus de téléphone portable, craignant que ça permette de les localiser.

Loki la fixa en levant ses sourcils broussailleux.

— Tu m'as bien dit qu'ils t'avaient attrapée, quand tu étais à Boston ?

Noa prit une profonde inspiration. Elle n'avait pas franchement envie de raconter ce qu'on lui avait fait avant qu'elle ne se réveille sur une table d'opération.

— Oui, marmonna-t-elle. Mais s'ils m'avaient implanté une puce, ils auraient déjà retrouvé notre trace avant. Ils n'y arrivent que depuis peu.

— Alors qu'est-ce qui a changé ces derniers temps ?

— Ben rien, en fait, dit-elle en haussant les épaules.

Son regard glissa machinalement vers Peter. Il se tenait face aux écrans, les mains dans les poches, avec l'éternelle mèche qui lui retombait devant les yeux.

— Enfin, Peter nous a rejoints, ajouta-t-elle sans conviction, mais...

Elle ne termina pas sa phrase. Peter cligna des yeux sans comprendre avant de lever les mains en l'air.

— Hé oh ! protesta-t-il. Tu sais très bien que je ne pourrais jamais vous trahir !

— Peut-être pas exprès, intervint Loki. Mais qui sait s'ils ne t'ont pas mis un mouchard ?

— N'importe quoi ! Encore faudrait-il qu'ils en aient eu l'occasion... bougonna Peter avant d'écarquiller subitement les yeux. Oh, non...

— Après le Rhode Island, compléta Noa en lisant dans ses pensées. Tu t'es réveillé dans un hôpital, c'est bien ça ?

— Oui, mais… c'était un hôpital normal, répondit-il faiblement.

— Il n'y a qu'un moyen d'en avoir le cœur net, lâcha Loki en se levant. Mets les bras en croix.

Peter s'exécuta non sans réticence et se raidit quand Loki se mit à passer le détecteur devant son buste. Noa retint son souffle, mais l'appareil resta silencieux.

— Cette pièce bloque tous les signaux, indiqua Loki en se plaçant derrière Peter. Les murs contiennent des armatures en cuivre et ont été conçus pour résister à une explosion nucléaire.

— Une sorte de cage de Faraday un peu plus sophistiquée que les nôtres, dit Noa.

— Exactement.

Le détecteur se mit soudain à émettre une série de bips stridents en effleurant le bas de la colonne vertébrale de Peter.

— Oh non, lâcha-t-il d'une voix blanche.

Loki souleva doucement le tee-shirt de Peter et se baissa pour examiner son dos.

— Viens voir, lança-t-il à Noa.

Elle s'approcha d'eux d'un pas hésitant. En voyant l'expression de terreur sur le visage de Peter, elle repensa au moment où elle-même avait découvert la cicatrice sur sa poitrine et réalisé que des inconnus l'avaient opérée

– manipulée – sans sa permission. C'était la pire atteinte possible à l'intimité.

À cause du faible éclairage de la pièce, elle ne voyait pas bien ce que Loki lui montrait. Elle se pencha davantage, plissa les yeux et distingua une fine cicatrice d'environ un centimètre de long au bas du dos de Peter.

— Mais s'il a ça depuis le début, pourquoi est-ce qu'ils ne viennent que la nuit ? s'interrogea-t-elle à voix haute. En plus, on dirait qu'ils ne savent jamais précisément où nous sommes…

Noa était chamboulée. D'une certaine façon, c'était encore sa faute : c'était elle qui avait permis à Peter de les rejoindre. Et à cause de cette décision, les mercenaires de Pike avaient failli les capturer à de multiples reprises.

Loki ramassa le sac à dos de Peter avec circonspection.

— Tu le portes souvent sur toi ?

— Oui, fit Peter en haussant les épaules.

— Tout le temps, renchérit Noa. Il ne l'enlève que…

— Pour dormir, l'interrompit Peter en croisant son regard.

— Voilà pourquoi ils n'apparaissent que la nuit, déclara Loki en hochant la tête, l'air satisfait. Le reste du temps, les protections que vous avez fabriquées pour les disques durs bloquent le signal assez efficacement.

Noa éprouva aussitôt un grand soulagement. Ils avaient enfin compris comment on les suivait à la trace et aucun d'eux n'avait trahi le groupe – ou du moins, pas intentionnellement. Il ne restait plus qu'à détruire le mouchard et ils seraient tranquilles une bonne fois pour toutes. Ils trouveraient un endroit où se mettre à l'abri et pourraient y rester plus de deux jours.

— Il faut lui enlever ce truc, déclara-t-elle d'un ton déterminé.

— Ouais, acquiesça Loki. Je vais chercher un couteau.

— Hein, quoi ? bafouilla Peter en reculant. Pas question ! Je ne suis pas venu ici pour me faire charcuter.

— Je sais que c'est flippant, admit Noa, mais après ça, ils ne pourront plus nous retrouver.

— Peut-être qu'il y a un moyen de désactiver la puce, suggéra-t-il, désespéré. Ou je n'ai qu'à rester ici. Cette pièce est sûre, n'est-ce pas ? Loki, tu as bien dit qu'aucun signal ne pouvait passer ?

— Oui, confirma celui-ci. Mais il n'y a pas de toilettes. Elles sont au bout du couloir.

— Eh bien je mettrai le sac à dos quand j'irai, ce n'est pas un problème.

— Et ensuite ? Tu vas rester ici jusqu'à la fin de tes jours ? railla Noa.

— Au moins le temps qu'on puisse extraire les données des disques. D'ici là, on trouvera une solution.

Loki sortit une vieille boîte d'articles de pêche d'un des tiroirs du classeur métallique et se mit à fureter à l'intérieur. Au bout d'un moment, il se redressa un brandissant un scalpel sous enveloppe stérile.

— Ah ! s'exclama-t-il d'un ton triomphant. Je savais bien que j'en avais un quelque part !

— N'essaie pas de m'approcher avec ça ! lança Peter qui s'était replié à l'autre bout de la pièce.

— OK, écoute-moi un instant, lâcha Noa d'une voix calme. Est-ce que tu as vraiment envie de te balader avec un gadget de Pike & Dolan logé au bas de la colonne vertébrale ? Et si c'était davantage qu'un mouchard ?

— Oh, bon sang, murmura Peter en s'accroupissant avant de prendre sa tête entre les mains. Tu veux dire une bombe ?

Noa vint poser une main sur son épaule.

— Je n'en sais rien. Mais tu peux me croire, je sais combien tout ça est terrifiant.

Peter leva les yeux vers elle et hocha la tête.

— Ça ne devrait pas être compliqué, ajouta-t-elle. C'est sûrement en surface. Ce sera comme retirer une écharde.

— Il va quand même falloir rouvrir la cicatrice, intervint Loki. Il risque de douiller.

Noa lui jeta un regard assassin.

— Ben, je préfère qu'il sache ce qui l'attend, marmonna-t-il.

— Et si ça explose pendant que vous essayez de l'enlever ? balbutia Peter, soudain livide.

Noa se mordilla la lèvre. Elle n'avait pas songé à cette éventualité. S'il y avait une sorte de sécurité intégrée, ça pouvait finir très mal.

— Peu importe, si c'est bourré de plastic, répondit Loki. Dans tous les cas, il faudrait un détonateur à distance et ce signal aussi serait bloqué.

— Tu vois ? reprit Noa. Il n'y a rien à craindre.

Peter resta muet, se contentant de se frotter le bas du dos.

— T'inquiète, on va régler ça, poursuivit-elle. Et on ne fera rien ce soir. Je suis sûre qu'après un repas et une bonne nuit de sommeil, ce sera beaucoup moins effrayant. Loki, tu as de quoi manger ?

— Et comment ! s'enthousiasma-t-il. J'ai trois ans de plats préparés en stock. Et il y a plein de bons trucs. Sauf les lasagnes, à éviter.

— Très bien, dit Noa. Peter, remets ton sac à dos. Allons prévenir Teo et Daisy.

CHAPITRE CINQ

Teo mâchait en silence. Les macaronis au fromage avaient une drôle de consistance, mais le fait de pouvoir enfin manger quelque chose de vraiment chaud compensait largement. Loki était peut-être un peu fêlé, mais il avait drôlement bien organisé son abri. Il était en train de leur expliquer l'agencement des lieux, entre deux bouchées. Quand il s'était mis à en parler, son visage s'était illuminé, devenant légèrement moins effrayant. Et il paraissait plus jeune que Teo ne l'avait cru au premier abord – il devait avoir environ trente-cinq ans.

D'après ses explications, ils se trouvaient dans une sorte de bunker dont l'armée américaine s'était servie pour stocker des missiles nucléaires. Après son déclassement, le site avait été vendu à Loki, ce qui était fou en soi. Teo n'arrivait pas à imaginer que l'État puisse céder un endroit pareil – ni que quelqu'un puisse vouloir l'acheter.

Tout en descendant une énorme bouteille de bière, Loki énumérait les bonnes raisons qu'il y avait à vivre sous terre. Apparemment, la liste était longue de tout ce qui pouvait causer la fin du monde. Teo se sentait un peu dépassé par tout ça, lui qui ne s'était jamais inquiété de ce genre de chose. Le monde tel qu'il le connaissait était déjà bien assez compliqué comme ça.

— Et ça fait quelle superficie, au total ? demanda Peter, qui avait pris des couleurs – il buvait de la bière, lui aussi.

Loki posa sa bouteille sur la table d'un geste brusque et Noa tendit prestement la main pour l'empêcher de se renverser.

— Un peu plus de quatre mille mètres carrés, répondit-il. Il y a deux puits branchés directement sur la nappe phréatique, donc j'ai toute l'eau qu'il me faut. Et je possède aussi quatre-vingt-cinq hectares de terrain tout autour.

— Il y a combien de pièces, en tout ? s'informa Noa.

Malgré l'intérêt qu'elle semblait montrer, Teo trouvait qu'elle avait l'air préoccupée. Elle n'arrêtait pas de jeter des coups d'œil à Peter, comme pour vérifier qu'il allait bien, ce qui était d'autant plus étonnant que d'habitude, c'était plutôt lui qui veillait sur elle. C'était la première fois que Teo la voyait autant sur le qui-vive depuis qu'ils avaient quitté Santa Cruz.

— Quatre, et presque un kilomètre de tunnels, indiqua Loki avec fierté. J'ai aménagé cette salle, ainsi que deux chambres et le centre de contrôle. Je travaille encore sur les autres secteurs, mais ça prend du temps parce que je fais tout moi-même.

— Tu devrais faire appel à des types du bâtiment, suggéra Daisy.

Loki secoua la tête.

— C'est un repaire secret, ici, dit-il. Et quand ça va péter…

— Qu'est-ce qui va péter ?

— Les éruptions solaires, les supervolcans, l'économie mondiale, et j'en passe… Et quand ça va nous péter à la gueule, tu crois vraiment que j'ai envie de voir une bande d'ouvriers débarquer ici avec leurs familles ? maugréa Loki. Bon sang, même vous, je n'aurais jamais dû vous faire entrer.

— On ne parlera de cet endroit à personne, promit Teo en voyant ressurgir une lueur de folie dans ses yeux.

Loki marmonna quelque chose, puis avala une nouvelle rasade de bière. Il avait presque fini sa bouteille.

Teo pressa la main de Daisy sous la table. Il fallait qu'il l'emmène loin d'ici au plus vite, avant que Loki décrète qu'il ne pouvait pas les autoriser à partir. Il se tourna vers Peter, qui s'était tu et fixait le cercle humide que sa bouteille avait laissé sur la table. Il n'avait quasiment pas touché à son plat.

— Bon, qu'est-ce qui se passe ? lâcha Teo, incapable de rester silencieux plus longtemps.

— Comment ça ? s'étonna Noa.

— Je ne sais pas, vous êtes revenus et vous avez préparé le dîner sans dire un mot. Est-ce qu'il a accepté de nous aider, oui ou non ? demanda-t-il en désignant Loki.

Ce dernier échangea un regard avec Noa et se racla la gorge.

— Peut-être, dit-il. Je n'ai pas encore pris ma décision.

— Ben, tu ne devrais pas trop traîner, insista Teo. Comme on te l'a dit tout à l'heure, les types qui nous poursuivent viennent généralement la nuit. Et je doute qu'une barre métallique suffise à les arrêter. En attendant, comme il n'y a qu'une issue, on est coincés ici.

— Ce n'est pas tout à fait vrai, corrigea Loki en levant l'index.

— Tu veux dire qu'il y a une autre sortie ? intervint Daisy.

Loki hocha la tête, l'air exalté.

— Il faut toujours prévoir un plan d'évasion.

— De toute façon, personne ne viendra ce soir, déclara Noa.

— Ah ouais ? répliqua Teo. Qu'est-ce que tu en sais ?

— Je le sais, c'est tout.

Elle jeta un coup d'œil à Peter et une ombre fugace passa sur son visage que Teo ne sut pas interpréter. Le fait que Daisy et lui soient à nouveau traités comme des citoyens de seconde zone ne faisait que renforcer sa résolution de quitter le groupe. Ils avaient traversé trop d'épreuves ensemble pour faire des secrets entre eux.

— Bon, j'ai rempli ma part du marché et vous avez trouvé celui que vous cherchiez, dit Teo en s'adressant à Peter. Alors maintenant, Daisy et moi, on se tire.

— Quoi ? s'étrangla Noa. Vous partez ?

Peter ne manifesta aucune réaction, continuant de fixer la table comme s'il n'avait rien entendu.

— Teddy, bredouilla Daisy. Peut-être qu'on pourrait attendre demain…

— Ils viennent la nuit, répéta Teo d'un ton implacable.

La mine dépitée de Noa faillit le faire changer d'avis, mais il se força à la regarder droit dans les yeux.

— Je comprends que Peter et toi vouliez rester ici, reprit-il. Mais nous, on ne prendra pas ce risque. Viens, Daisy.

Il se leva et Daisy le suivit à contrecœur vers l'endroit où ils avaient posé leurs sacs à dos. Du coin de l'œil, il observa Loki qui, heureusement, semblait plutôt amusé par la tournure des événements. Le fusil était toujours près de son fauteuil, mais il ne semblait pas décidé à s'en servir. Avec un peu de chance, il ne chercherait pas à les arrêter.

— Et vous comptez aller où ? demanda Noa d'une voix faible.

Elle paraissait à la fois abandonnée et trahie et, pendant un instant, Teo sentit sa détermination vaciller.

— On ne sait pas trop, admit-il. Probablement dans l'Ouest.

— D'accord, acquiesça Noa d'un ton plus ferme, avant de se lever pour le rejoindre. Mais s'il vous plaît, restez ici cette nuit. Il y a une sacrée trotte à faire jusqu'à la voiture, mieux vaut attendre qu'il fasse jour.

— Et puis je vous rappelle qu'il y a des ours dehors, ajouta Loki avec un petit rire. Vous voulez vraiment savoir comment ils réagissent au taser ?

Teo hésitait. Daisy avait ouvert de grands yeux ronds en entendant le mot « ours ». Ce serait le comble de l'ironie si, après avoir réussi à passer entre les balles pendant des mois, ils finissaient mis en pièces par des bêtes sauvages.

— On sera prudents, rétorqua-t-il.

Il sortit les disques durs de son sac et se mit à les empiler par terre, tandis que Daisy l'imitait, mais beaucoup plus lentement.

— Au revoir, Teo, dit Noa en lui tendant la main. Merci pour tout.

— Pas de souci, marmonna-t-il en la lui serrant. Prends soin de toi.

Daisy et lui avaient atteint la porte quand Peter s'écria :

— Attendez !

— Quoi ? fit Teo sans se retourner.

— C'est à cause de moi qu'ils ont sans cesse réussi à nous retrouver, articula Peter. C'est ma faute. Ils m'ont collé un mouchard.

— Alors si je comprends bien, ils t'ont implanté une sorte de puce qui leur a permis de nous suivre à la trace, résuma Teo. Mais quand tu portais ton sac, ça bloquait le signal, c'est ça ?

— Oui, en gros, acquiesça Peter.

Il avait le regard dans le vague et semblait franchement abattu. Noa sentit un élan de compassion pour lui, même si le mouchard pourrait lui être retiré sans trop de souffrance – du moins le supposait-elle.

— Ça veut dire que si tu gardes ton sac sur le dos en permanence, ils ne pourront plus nous retrouver ? raisonna Teo.

— On peut aussi simplement lui enlever le mouchard, signala Noa.

Peter tourna les yeux vers elle d'un air agacé et elle soutint son regard sans ciller. À la moindre erreur de sa part, les hommes de main de Pike les localiseraient à nouveau. De plus, elle avait du mal à comprendre ses réticences. Elle songea que s'il avait été possible de retirer sans risque le deuxième thymus de sa poitrine, elle aurait été prête à le faire elle-même.

— J'ai déjà proposé mes services, indiqua Loki en agitant mollement une nouvelle bouteille de bière. Vous pouvez m'appeler Dr Maoz.

— Merci, mais je préfère les médecins sobres, répliqua Peter.

— La puce est sûrement juste sous la peau, donc ça ne devrait pas être très compliqué à extraire, rappela Noa d'un ton qui se voulait rassurant. Ensuite, on n'aura plus qu'à la détruire.

— Et si c'est plus profond ? Ce truc est tout près de ma colonne vertébrale, Noa, et figure-toi que j'adore marcher. À ce que je sais, personne ici n'a fait médecine.

— Hé ! protesta Loki. J'ai quand même trois diplômes de secourisme.

— Il y en a un qui concerne la chirurgie ?

— Non, admit-il. Mais je suis un pro des garrots.

Noa se mordit la lèvre en voyant Peter grimacer. Sa peur était légitime. Mais il n'avait pas vraiment d'autre choix.

— Il faut que tu te débarrasses de ce truc, lui conseilla Teo d'un air bienveillant. Tu ne peux pas laisser ces tarés avoir une sorte de contrôle sur toi.

Le visage de Peter se rembrunit avant d'afficher une expression de résignation.

— Bon sang, ça me soûle, soupira-t-il.

— Je sais, fit Noa avec empathie.

— Pas ce soir, finit-il par dire au bout d'un moment.

— Non, bien sûr, pas ce soir. On verra ça après une bonne nuit de sommeil.

— J'ai peut-être une idée, lança Teo. On ferait mieux de ne pas détruire le mouchard quand vous l'aurez retiré.

— Pourquoi ? demanda Noa.

Elle commençait à sentir son énergie faiblir. Elle n'avait rien pu avaler et tout ce qu'elle avait dans le ventre, c'était une canette de Red Bull. L'adrénaline qui l'avait tenue en alerte toute la journée s'était dissipée.

— On pourrait l'emporter avec nous, suggéra Teo.

— Quoi ? s'exclamèrent en même temps Peter et Daisy.

— Réfléchissez une seconde, insista-t-il. Pour le moment, ils doivent savoir que nous sommes dans les environs de Denver, pas vrai ? On pourrait emporter le mouchard avec nous, enveloppé comme les disques durs, et le déballer juste quelques minutes chaque jour, le temps qu'ils obtiennent un signal, avant de repartir.

— Et on ferait ça jusqu'où ? grommela Daisy.

— Jusqu'en Californie. On pourrait s'en débarrasser avant d'arriver à Los Angeles, lui répondit Teo avant de se corriger en remarquant son inquiétude. Ou même bien avant, pour qu'ils ne puissent pas nous retrouver. Mais au moins, c'est nous qu'ils suivraient, pas vous.

— Et pendant ce temps, on reste ici et on essaie de trouver la clé de décryptage, poursuivit Peter.

— Ah, parce que vous comptez vous installer chez moi, tous les deux ? bougonna Loki.

— Ben, euh, il va me falloir un peu de temps pour… pour me remettre de l'opération, balbutia Peter.

Loki le dévisagea d'un air mauvais, au point que Noa s'attendait presque à le voir de nouveau s'emparer de son fusil. Puis il se mit subitement à sourire et fit un grand geste de la main.

— Je te fais marcher, Vallas ! s'esclaffa-t-il. Vous pouvez crécher ici. À vrai dire, ça fait des mois que je ne me suis pas autant amusé.

Noa réalisa que la bière l'avait mis de bonne humeur Elle espéra qu'il se souviendrait de son offre quand il aurait dessoûlé. Elle n'imaginait pas du tout Loki comme ça à l'époque des missions sur /ALLIANCE/ – il avait l'air plus équilibré, en tout cas. Après avoir entendu son discours sur les scénarios catastrophes, elle avait le sentiment que la seule raison pour laquelle il les avait accueillis, c'était parce qu'il n'avait pu résister à la curiosité que lui inspirait l'idée d'un vaste complot du gouvernement.

— Bon, quand est-ce que vous voulez partir ? reprit-elle.

— Dès que possible, dit Teo. Disons demain.

Noa s'efforça de ne pas laisser paraître sa déception. En vérité, elle ne pouvait pas leur en vouloir de s'en aller. Elle n'avait pas vraiment eu l'attitude d'un chef au cours des dernières semaines, et il n'y avait plus d'armée à proprement parler. Même s'ils n'en avaient pas discuté ensemble, le reste de son équipe avait sûrement disparu depuis longtemps. Et puis, tout ce que désiraient les responsables de Pike & Dolan, c'était la capturer, elle. Quiconque restait dans son entourage risquait de devenir un « dommage collatéral ».

Elle inspira profondément et se tourna vers Peter.

— Alors, on s'occupe de toi demain ?

— Ouais, ouais, acquiesça-t-il faiblement, avant de prendre un air faussement décontracté. De toute façon, qu'est-ce qui pourrait bien m'arriver, hein ?

Peter avait l'estomac noué. Il était allongé à plat ventre sur la table où ils avaient dîné la veille. Loki l'avait déplacée dans ce qu'il appelait le « centre de contrôle » et recouverte de sacs-poubelles, mais Peter supposait que c'était davantage par égard pour la table que pour lui. Teo et Daisy avaient préféré rester dans l'une des chambres. Sans doute ne tenaient-ils pas à être témoins d'une opération qui avait des chances de tourner à la boucherie.

Loki possédait tout un stock d'ibuprofène et Peter en avait avalé trois comprimés. Il en sentait encore le goût âcre au fond de la gorge, mais n'avait guère d'espoir que cela puisse atténuer la douleur.

— Tu es sûr qu'il est bien stérilisé ? demanda-t-il en voyant le scalpel que brandissait Loki avec un enthousiasme inquiétant.

— Affirmatif ! s'exclama-t-il. Ah, je suis trop content d'avoir commandé ce kit médical ! Je n'aurais pas cru que j'en aurais besoin un jour… Comme quoi, on n'est jamais trop prévoyant.

— J'imagine que tu n'as pas de sang du groupe A+ dans tes réserves ? tenta de plaisanter Peter.

Maintenant qu'il était allongé là, tout ça lui semblait une très mauvaise idée. Il songea qu'il ferait mieux de tout arrêter pendant qu'il en était encore temps. Il n'aurait qu'à se transformer lui-même en cage de Faraday. Il lui suffirait de fixer plusieurs couches de carton et d'aluminium autour de son torse.

Si Cody était encore là, il m'enlèverait ce truc en moins de deux, songea-t-il avec un pincement au cœur.

Il aurait tout donné pour voir son ami franchir la porte à cet instant.

— Ça ne devrait pas trop saigner, déclara Loki, l'air sûr de lui. C'est une zone qui n'est pas très vascularisée.

— Comment tu sais ça ? s'étonna Peter.

— J'ai fait des recherches sur Internet, répondit Loki, le sourire aux lèvres. Il n'y avait rien sur l'extraction d'un mouchard, mais j'ai trouvé un tuto qui s'en rapproche sur YouTube où on montre comment retirer un grain de beauté.

Peter se redressa, exaspéré.

— Bon, allez, ça suffit, lâcha-t-il. Je garde la puce, on trouvera une autre solution.

— Détends-toi, chuchota Noa en posant ses mains sur ses épaules.

— Pas question que je le laisse m'approcher avec son scalpel, s'entêta-t-il. On dirait que ça le met en transe.

— Pas du tout, objecta Loki – mais ses yeux brillants semblaient dire le contraire.

— Je parie qu'il m'en veut encore d'avoir tracé son adresse IP, se défendit Peter. Je n'ai pas envie qu'il se venge sur mes vertèbres.

Noa pencha son visage vers lui.

— Et si c'est moi qui le fais ? proposa-t-elle.

Peter fixa ses yeux verts, parfaitement calmes, et sans pouvoir se l'expliquer, il se sentit rassuré. Elle non plus n'avait aucune expérience en la matière, mais au moins, elle ne chercherait pas à lui faire mal.

— OK, fit-il en s'allongeant à nouveau sur la table.

Mais toi toute seule. Et prévois quelque chose pour stopper l'hémorragie.

Noa enfila une paire de gants en latex, puis tendit la main vers Loki sans dire un mot. Celui-ci lui donna le scalpel de mauvaise grâce.

— Bon sang, Vallas, ce que tu peux être chochotte, pesta-t-il en retirant ses gants.

— Bon, Peter, je vais faire aussi vite que je peux, annonça Noa d'une voix posée. Essaie juste de… de penser à autre chose.

Peter ferma les yeux et s'imagina chez lui, assis à son bureau. Son ordinateur était ouvert devant lui et il buvait un verre du bon whisky que son père conservait dans son bureau.

Il ressentit tout à coup une douleur fulgurante dans le bas de son dos qui le fit hurler.

— Du calme, le sermonna Noa. Ça a l'air un peu plus profond que ce qu'on croyait.

Lorsqu'elle le toucha à nouveau, il se convulsa si violemment qu'il faillit tomber de la table.

— Bouge pas, lui ordonna Loki en le maintenant par les épaules.

Peter beugla tous les jurons qu'il connaissait. La souffrance ne faisait qu'empirer. Il avait l'impression que Noa lui labourait le dos avec son scalpel. Il brailla de plus belle et tout son corps se raidit.

— Je devrais peut-être essayer de trouver de la morphine, lâcha Loki. Ce serait plus simple s'il était dans les vapes.

Peter était à deux doigts de s'évanouir. Il lui semblait que toute la pièce tournait autour de lui.

— Au secours, hoqueta-t-il.

— Il faudrait qu'il reste tranquille, marmonna Noa entre ses dents serrées.

— Attends, dit Loki en relâchant Peter.

Il plongea la main dans sa poche et en ressortit un petit cachet.

— Bon, je le gardais au cas où, mais je t'en fais cadeau, reprit-il d'un ton agacé.

— Je ne prendrai rien qui sort de ta poche, protesta Peter.

Mais Loki lui fourra le comprimé dans la bouche pendant qu'il parlait. Peter eut un haut-le-cœur à cause du goût chimique, mais finit par l'avaler.

— C'était quoi ? articula-t-il.

— Mon dernier cacheton d'oxycodone, maugréa Loki. Ne me remercie pas, surtout.

— Je ne prends pas de drogue.

— Ben maintenant, si. Bon trip à toi.

Peter tremblait de toute part et transpirait à grosses gouttes. Hormis son séjour à l'automne précédent, il n'avait été à l'hôpital qu'une seule fois dans sa vie, pour une entorse à la cheville qu'il s'était faite au ski lorsqu'il avait huit ans. Mais ça n'avait rien à voir avec le martyre qu'il était en train de vivre.

— J'y suis presque, annonça Noa, toujours tendue.

Peter sentit quelque chose qui lui coulait sur les flancs

et se demanda si c'était du sang. Cette pensée renforça la sensation de vertige.

Si ça se trouve, elle a touché une artère…

Un violent élancement lui transperça le dos et il poussa un cri enragé.

— Je le tiens ! s'exclama Noa d'une voix triomphante.

Elle tendit une pince à épiler devant les yeux de Peter et il fronça les sourcils en distinguant un objet bien trop minuscule pour lui avoir causé une douleur si vive.

— C'est tout ? bredouilla-t-il, abasourdi.

— C'est vrai que vu comme tu gueulais, on aurait pu croire que ça avait dix pattes et des grosses pinces, railla Loki. Pas étonnant que ce soit les femmes qui accouchent.

— Et l'hémorragie ? s'enquit Peter en reprenant son souffle, persuadé qu'il perdait des litres de sang.

— Ça va, rien de grave, le rassura Noa. Je vais garder la compresse appuyée pendant encore quelques minutes et on pourra faire un pansement.

— Dommage que je ne sois pas comme toi, murmura-t-il en s'affalant sur la table, soudain terrassé par la fatigue. Je n'aurais déjà plus qu'une petite entaille d'ici demain.

— Quoi ? fit Loki.

— Rien, répondit sèchement Noa. C'est juste que je cicatrise vite et pas lui.

Peter était en train de sombrer sous l'effet de l'oxycodone et il regretta de ne pas y avoir eu droit plus tôt.

Peut-être qu'il aurait pu ne rien sentir pendant l'opération.

— Si tu voyais ça, Loki, reprit-il d'une voix pâteuse. Cette fille, c'est Wolverine. Tu la coupes et elle guérit instantanément.

— N'importe quoi, rétorqua Noa d'un ton sévère, mais Peter ne parut pas s'en rendre compte.

— Sérieux, mec, ils en ont fait une super-héroïne, insista-t-il. Elle a à peine besoin de manger ou de dormir et…

Il essaya de se souvenir de tous les changements qui affectaient Noa, mais il remarqua tout à coup l'aspect étrange de ses mains et fut pris d'un fou rire irrépressible. Les sons autour de lui s'estompèrent sans même qu'il s'en rende compte.

— Qu'est-ce qu'il racontait ? demanda Loki, quelques instants plus tard.

— J'en sais rien, soupira Noa. Il est défoncé.

— Ouais, j'imagine que c'était un peu fort pour un gamin comme lui, plaisanta Loki. Mais toi alors, tu es sûre que tu vas bien ?

— Oui, oui, acquiesça-t-elle en maudissant intérieurement Peter.

— Bon, tant mieux. Parce qu'ils ont tous besoin de toi, c'est clair.

— Je ne sais pas, marmonna Noa. Ce n'est pas l'impression que j'ai eue ces derniers temps…

— Ben, je ne connais pas grand monde de ton âge qui continuerait à se battre après avoir traversé ce que tu as traversé, reconnut Loki avec une empathie surprenante de sa part. Même de n'importe quel âge.

— Merci.

Le compliment mit Noa mal à l'aise et lui fit plaisir en même temps, car elle doutait de plus en plus d'elle-même depuis quelques mois.

— Et merci aussi de nous avoir accueillis chez toi, ajouta-t-elle.

— Pas de souci. Tu peux m'opérer quand tu veux.

— Sûrement pas, fit-elle en frissonnant. Je ne veux plus jamais avoir à faire un truc pareil.

Elle entendait encore les hurlements de Peter résonner dans sa tête. Le mouchard était certes minuscule, mais c'était justement ce qui lui avait compliqué la tâche. Il n'avait pas arrêté de lui échapper chaque fois qu'elle avait essayé de l'attraper avec la pince à épiler.

— Alors, comment ça s'est passé ? lança Teo en apparaissant sur le seuil de la porte.

— Teo ! s'écria Peter. Quoi de neuf, mon pote ?

— Qu'est-ce que vous lui avez donné ? demanda-t-il avant d'écarquiller les yeux en s'approchant. Ouah, il y a du sang partout !

— Je suis le repas de ce soir ! s'esclaffa Peter. Prends un couteau et viens te servir.

— Il va bien, intervint Noa. Fais-moi passer les bandages qui sont là-bas, il faut que je lui fasse un pansement.

Elle retira la compresse et examina l'incision qui faisait deux ou trois centimètres de long. Elle avait suivi de son mieux la ligne de la cicatrice. Durant toute l'opération, elle avait dû prendre sur elle pour ne pas vomir. De ce point de vue, le fait qu'elle n'ait rien pu avaler au cours des deux derniers jours s'était plutôt avéré une bonne chose. Mais une carrière de chirurgien était définitivement exclue.

Quoi qu'il en soit, Noa était assez contente d'elle. Elle avait réussi à extraire la puce et Peter n'avait pas perdu tant de sang que ça. Quelques pansements suffiraient sans doute à refermer la plaie. Il allait avoir mal pendant un certain temps, mais rien de grave. Elle désinfecta soigneusement l'incision avant d'appliquer une pommade antibiotique. L'effet de l'oxycodone était encore plus puissant que ce qu'elle pensait, car la seule réaction de Peter fut de se mettre à chanter – fort et complètement faux.

— Je peux avoir la même chose que lui ? lâcha Teo, amusé, en tendant les bandages à Noa.

— Y en a plus, grogna Loki.

— Je rigole, précisa Teo. Relax.

— Bon, je crois que l'heure de la bière a sonné, lâcha Loki en tirant sur sa barbe. Tu m'accompagnes ?

— J'ai quinze ans. Je ne bois pas.

Loki leva un sourcil interrogateur en se tournant vers Noa, qui secoua la tête.

— Bon, comme vous voudrez, soupira-t-il. Je suis au salon si vous changez d'avis.

Lorsqu'il eut quitté la pièce, Teo éclata de rire.

— L'heure de la bière, il est sérieux ? Il doit être quoi, 10 heures du mat ?

Noa esquissa un sourire. Elle avait dormi la nuit précédente, mais pas autant ni aussi profondément qu'elle l'aurait voulu. Et après la décharge d'adrénaline qu'elle avait eue en opérant Peter, elle se sentait faible et épuisée. Elle retira ses gants en latex et les jeta à la poubelle.

— J'imagine qu'on finit par perdre toute notion du temps en vivant ici, dit-elle.

— Ouais. Il devrait remonter plus souvent à la surface, tu crois pas ? lança Teo.

Noa hocha la tête tandis qu'il se penchait pour examiner le mouchard.

— C'est vraiment minuscule ! s'exclama-t-il.

— Au moins, ce sera beaucoup plus pratique à transporter que les disques durs.

— C'est vrai, acquiesça Teo avant de se redresser pour regarder Noa droit dans les yeux. Tu sais, je me sens vraiment gêné de partir alors qu'on s'était promis de rester ensemble. Mais je n'y arrive plus.

— C'est toi qui as raison, répliqua Noa. Il vaut mieux que vous partiez.

Les images de leur première rencontre lui revinrent en mémoire. Teo était alors un gamin crasseux et terrifié qui vivait dans un squat avec d'autres sans-abri. Son regard semblait avoir vieilli de plusieurs décennies depuis.

— Daisy et toi prenez des risques en restant avec moi, reprit-elle. Et les autres…

Elle se mordit la lèvre et se força à finir sa phrase :

— … ils sont probablement morts.

— Oui, je sais, murmura Teo.

Puis, sans crier gare, il l'enlaça. Noa se raidit, prise au dépourvu, et il relâcha son étreinte.

— Quand on sera en Californie, je me débrouillerai pour acheter un téléphone et te poster le numéro sur La Cour, proposa-t-il. Comme ça, si tu as besoin de quoi que ce soit, tu n'auras qu'à nous appeler.

— Promis, mentit-elle.

— Super, fit Teo, soulagé. Vraiment, n'hésite pas, on débarquera aussi sec.

— De toute façon, ce n'est pas comme si vous partiez tout de suite, fit remarquer Noa.

En voyant l'expression de Teo, elle sentit son cœur se serrer.

— Quoi ? Vous partez tout de suite ?

— Ben, on s'est dit que plus vite on les conduirait loin d'ici, mieux ce serait, bredouilla-t-il en baissant la tête, incapable de soutenir son regard. Après tout, on ne sait pas quand ils ont capté un signal du mouchard pour la dernière fois. Peut-être qu'ils sont déjà dans les parages…

— C'est vrai, reconnut-elle d'une petite voix. C'est malin de votre part.

Elle avait du mal à réaliser que son groupe allait encore être réduit. Quatre mois auparavant, ils étaient une dizaine. Désormais, il ne restait plus que Peter et elle.

Comme au tout début, songea-t-elle – ce qui ne lui paraissait pas très bon signe.

— Bon, en même temps on n'est pas à un jour près, balbutia Teo d'un air embarrassé.

Noa secoua la tête. Reporter leur départ ne ferait que rendre les choses plus difficiles. La veille, elle les avait aidés à établir un itinéraire jusqu'à Los Angeles qui devrait lancer leurs poursuivants sur de mauvaises pistes. Elle leur avait également donné presque tout l'argent qu'il leur restait, mais sans rien leur dire de l'état de leurs finances.

— Faites gaffe avec le mouchard, OK ? Et veillez bien l'un sur l'autre.

Teo se redressa et Noa fut surprise de constater qu'il l'avait désormais dépassée.

Comment il a fait pour grandir autant ? se demanda-t-elle.

— Bien sûr, promit-il. Vous aussi.

Sur la table, Peter dodelinait de la tête au rythme d'une musique qu'il était le seul à entendre.

— Dis-lui au revoir de ma part, d'acc' ? reprit Teo.

— Pas de souci. Et toi, pareil pour Daisy.

— Elle avait peur de se mettre à pleurer comme une Madeleine, expliqua-t-il avec un sourire. Elle préfère t'épargner ça.

— Merci.

Noa avait du mal à avaler sa salive à cause de la boule qui s'était formée au fond de sa gorge. Ils avaient vécu tant d'épreuves ensemble. Sans leur aide, elle se serait sans doute fait capturer à Santa Cruz, et ils lui avaient encore sauvé la mise à cinq ou six reprises depuis. À présent, elle ne pouvait s'empêcher de penser que c'était la dernière fois qu'ils se voyaient.

— Prenez la voiture, mais débarrassez-vous-en dès que possible, lui conseilla-t-elle. Contentez-vous de voyager en car.

— C'est le plan.

Elle essuya le mouchard couvert de sang puis le plaça précautionneusement dans la boîte que Loki leur avait laissée. C'était une véritable cage de Faraday, en cuivre.

Voilà tout ce que je peux leur offrir en guise de protection, songea-t-elle.

— Tiens, fit-elle.

— Merci, répondit Teo en prenant délicatement la boîte. Salut, Noa, ajouta-t-il d'une voix étranglée juste avant de sortir. À la prochaine.

Noa garda longtemps les yeux rivés sur le seuil de la porte.

Tout le monde finit toujours par me quitter.

Un an plus tôt, elle aurait prétendu fièrement qu'il n'y avait pas une seule personne sur terre à laquelle elle tenait ou qui tenait à elle. Désormais, ça ne lui semblait plus être un motif de fierté.

— Hé, tu peux me donner de l'eau ? lança Peter depuis la table. Je meurs de soif. Bon sang, ce que tu es belle ! Je te l'ai jamais dit ? Sérieux, tu es…

— Tais-toi avant de dire un truc que tu regretteras, le prévint Noa en marchant jusqu'à l'évier.

— Non mais c'est vrai, insista-t-il. Si tu te voyais, tu es… rayonnante.

Tandis qu'il continuait à divaguer, Noa trouva un bocal propre et le remplit d'eau. Elle aperçut son reflet dans le miroir, au-dessus de l'évier : elle avait les joues creusées, des cernes, et ses yeux étaient injectés de sang. C'était le visage de quelqu'un de gravement malade.

— Rayonnante, hein ? répéta-t-elle en tendant le bocal à Peter. J'espère que tu t'en souviendras quand tu seras revenu parmi nous.

DEUXIÈME PARTIE

REPLI

CHAPITRE SIX

— OK, dit Teo. Tu es prête ?

Daisy hocha la tête, mais elle avait l'estomac noué. C'était la deuxième fois qu'ils allaient déballer le mouchard. Elle ne pouvait s'empêcher de le voir comme une sorte d'insecte dangereux qui risquait de prendre vie aussitôt sorti de sa boîte, avant d'enfoncer ses pinces dans la main de Teo et de s'insinuer sous sa peau.

Ils étaient tous les deux accroupis dans une ruelle d'Albuquerque, au Nouveau-Mexique. Daisy avait parfois encore des scrupules d'être partie. C'était étrange de se réveiller dans une pièce sans Peter et Noa. Mais elle n'avait pas eu envie de rester plus longtemps dans le sinistre bunker de Loki. Et d'après ce qu'elle avait compris, ils comptaient y séjourner pendant un bon moment.

Désormais, elle brûlait d'impatience d'arriver à Los Angeles. Elle avait beau avoir grandi à quelques heures de là, dans la banlieue de Las Vegas, elle n'y avait encore jamais mis les pieds. Dans son esprit, ce nom était synonyme de plages, de palmiers et de célébrités. Le Walk of Fame, Rodeo Drive, Laguna Beach... La plupart de ses séries préférées se déroulaient à Los Angeles. Elle était émerveillée par tous ces riches adolescents qui passaient leur temps entre histoires de cœur et sorties dans des clubs privés. Elle aurait donné cher pour pouvoir vivre leur vie ne serait-ce qu'une journée.

Daisy était cependant pleinement préparée à être déçue. De ce qu'elle en savait, rien n'était jamais aussi beau en vrai qu'à la télévision. Mais même le pire quartier de Los Angeles serait mille fois mieux qu'Albuquerque. Elle fronça le nez en sentant une odeur de poubelle portée par le vent.

— C'est trop dégueu, ici, gémit-elle.

— On ne va pas tarder à partir, la rassura Teo.

D'un geste précautionneux, il déballa la petite boîte de cuivre que leur avait donnée Loki. Il leur avait promis qu'elle suffirait à bloquer le signal. Mais il avait aussi ajouté en marmonnant qu'on n'était jamais sûr de rien dans la vie. Teo et Daisy avaient décidé de ne prendre aucun risque et enveloppé la cage de couches d'aluminium et de carton.

— Ça me stresse qu'on doive faire ça, murmura Daisy.

— Je sais, répondit Teo d'un air grave. Je n'aurais pas dû le leur proposer.

— Si tu ne l'avais pas fait, tu pleurnicherais de culpabilité.

— Hé ! protesta-t-il. Je ne pleurniche jamais.

— Tu rigoles ? s'esclaffa-t-elle en levant les yeux au ciel. Tu crois que je ne t'ai pas entendu râler au sujet de la salle de bains hier soir ?

— Parce que tu appelles ça une salle de bains, toi ?

Daisy éclata de rire et Teo lui sourit. Pendant un instant, elle pouvait presque oublier qu'ils avaient passé l'après-midi à essayer de dormir dans une ruelle, près d'une benne à ordures. Impossible de ne pas éprouver un sentiment de déjà-vu. Peut-être réussirait-elle à convaincre Teo de prendre une chambre dans un motel lors de leur prochaine halte. Ça faisait trois jours qu'ils avaient quitté l'étrange abri souterrain de Loki et ils commençaient à sentir vraiment mauvais.

La bonne nouvelle, c'était que l'humeur de Teo s'améliorait au fil des kilomètres qui les éloignaient du Colorado. Il n'avait plus l'air aussi tendu, comme s'il s'attendait à se faire casser la figure à chaque coin de rue, et les cernes sombres autour de ses yeux s'étaient estompés. Durant leur dernier trajet, il avait dormi sur son épaule d'un sommeil si profond qu'elle avait eu du mal à le réveiller à l'arrivée. Elle lui avait caressé les cheveux, émue par la douceur de ses traits, qu'elle trouvait pareils à ceux d'un enfant.

— Quoi ? s'exclama-t-il.

— Rien, dit-elle en passant un bras autour de sa taille. C'est juste que tu es trop mignon.

— Le car part dans dix minutes. On peut bien en prendre cinq pour que tu puisses m'admirer…

Elle lui donna une petite tape sur le bras.

— Allez, finissons-en avec ce truc, soupira-t-elle d'un air angoissé.

Même s'ils ne laissaient le signal se diffuser que pendant quelques minutes, rien ne disait que les mercenaires de Pike n'étaient pas tout près. C'était comme se balader avec une bombe miniature.

Teo prit une profonde inspiration et ouvrit la boîte. À l'intérieur, la puce était calée avec du papier bulle. Il la saisit délicatement et la posa au creux de sa main, geste qui ne manqua pas d'amuser Daisy. On aurait dit qu'il allait la demander en mariage avec la bague de fiançailles la plus moche du monde.

— Je continue de penser que ça devrait émettre un bip ou clignoter ou je ne sais quoi, lâcha-t-elle.

— Moi aussi, acquiesça Teo.

Rien n'indiquait que le mouchard fonctionnait.

Daisy égrena les secondes dans sa tête, la mâchoire crispée. Elle avait dépassé deux cents quand Teo rompit le silence :

— Bon, ça suffit.

Il replaça la puce dans la boîte qu'il remballa avant de la ranger dans son sac à dos.

— En route.

Ils se mirent à courir pour rejoindre la gare routière, à cinq cents mètres de là. Teo avait déjà acheté leurs billets et ils montèrent à bord d'un autocar en direction de l'Ouest juste avant que le chauffeur ne referme les portes.

— Vous n'avez que ça comme bagages ? demanda-t-il en repérant leurs sacs à dos.

— Ouais, répondit Daisy d'un ton enjoué. Nos parents sont divorcés, ajouta-t-elle en voyant qu'il continuait à les dévisager d'un air méfiant. On a d'autres vêtements chez notre père.

L'homme marmonna un grognement avant de composter leurs billets.

Daisy se dirigea vers le fond et repéra des places à l'écart des autres passagers, songeant qu'ils n'apprécieraient guère les câlins qu'elle s'apprêtait à faire avec son soi-disant frère. Elle s'installa à côté de la fenêtre et se recroquevilla aussitôt en jetant un regard au-dehors, craignant d'apercevoir des types en noir dans la rue.

— Tu crois qu'ils vont venir ici ? demanda-t-elle à voix basse.

— Peut-être, dit Teo. Mais on sera partis depuis longtemps.

— Je t'aime, chuchota-t-elle en se blottissant contre son épaule.

Il lui caressa les cheveux.

— Moi aussi.

Le moteur hoqueta et le car démarra paresseusement. En voyant les rues défiler derrière la vitre, Daisy imagina des mercenaires faisant irruption dans la ruelle d'Albuquerque et poussant des cris de colère en trouvant l'endroit désert.

— Raté, murmura-t-elle en souriant.

— Du nouveau ? lança Noa sans lever les yeux de son écran.

— Non.

Peter avala une gorgée de Red Bull en grimaçant – ce simple mouvement lui causait un élancement le long de la colonne vertébrale. La plaie commençait à cicatriser, mais continuait de le faire souffrir.

Il se sentait néanmoins soulagé d'être débarrassé du mouchard. L'idée d'avoir été placé sous surveillance constante par Pike & Dolan lui donnait encore la chair de poule. Il se demanda si ses parents en avaient été informés et se prit à espérer que le fait d'implanter une puce de géolocalisation dans le corps de leur enfant dépassait les limites qu'ils s'étaient fixées.

Il ne cessait d'imaginer Mason, équipé d'un transmetteur, en train de fixer un point lumineux sur un écran. Pas étonnant qu'il ait su que Peter s'était introduit chez lui : il le suivait à la trace depuis le début.

Il frissonna puis tourna les yeux vers Noa. Elle était penchée en avant et ses cheveux retombaient devant son visage tandis qu'elle observait attentivement l'écran de son ordinateur. Elle était sûrement au moins aussi fatiguée que lui, mais elle n'avait quasiment pas fait de pauses. Il se faisait du souci pour elle. Elle semblait avoir encore perdu du poids alors qu'elle était déjà franchement menue de nature.

— Tu veux manger quelque chose ? proposa-t-il. Je peux te réchauffer un plat préparé si ça te dit.

— Oh non, vraiment pas, gémit-elle. Je crois que je préférais encore la bouffe des stations-service.

— Ah oui ? Allez, un petit steak Salisbury ?

— Tais-toi, sinon je t'oblige à en avaler un devant moi.

— Je ne crois pas que mon médecin serait d'accord, plaisanta Peter.

Il n'arrivait pas à comprendre comment faisaient les soldats pour se nourrir exclusivement de ces barquettes infâmes pendant des mois. Après seulement quelques jours, le simple fait de voir l'emballage lui donnait envie de vomir.

Cela dit, ils n'avaient guère de raisons de se plaindre. Contre toute attente, Loki s'était révélé un hôte accueillant et il leur avait accordé un accès illimité à son centre de contrôle. On aurait sans doute pu superviser un atterrissage sur la Lune depuis cette pièce. Il y avait douze écrans et six unités centrales offrant une puissance de traitement démentielle. C'était si impressionnant que, par moments, Peter en oubliait presque – mais presque, seulement – qu'ils étaient à près de trente mètres sous terre.

La veille, il s'était échappé quelques minutes pour mettre le nez dehors. C'était une belle et chaude journée, et l'envie lui avait traversé l'esprit de dévaler la colline en faisant l'avion avec les bras, comme un enfant. Il s'était dit qu'il pourrait convaincre Noa de venir avec lui. L'air frais et la lumière du soleil lui feraient le plus grand bien. Pendant un instant, il s'était imaginé couché dans l'herbe avec elle, contemplant les nuages en lui tenant la main.

À cette pensée, le visage d'Amanda surgit soudain dans son esprit et il se rappela le regard qu'elle lui avait lancé la dernière fois qu'ils s'étaient embrassés. Peter soupira. Tout paraissait toujours si compliqué.

Il se consola en songeant qu'ils avaient réussi à rester quelques jours au même endroit, ce qui était de l'ordre du record pour eux. Apparemment, Loki avait vu juste : le bunker avait bloqué le signal du mouchard. Aux yeux de Charles Pike, ils avaient quitté Denver.

Peter ne doutait pas une seconde que Teo s'en soit tenu au plan et qu'il ait déballé la puce de temps à autre tandis que Daisy et lui roulaient vers l'Ouest. Peut-être qu'ils étaient déjà arrivés en Californie et qu'ils se baladaient sur la plage pendant que Noa et lui se terraient dans la pénombre comme deux taupes.

Il passa la main dans ses cheveux gras et réalisa qu'il ferait bien de prendre une douche. C'était vraiment facile de perdre la notion du temps dans cet endroit. Trois jours s'étaient écoulés, mais ça aurait tout aussi bien pu être trois semaines. La nuit précédente, il était resté debout jusqu'à 3 heures du matin sans même s'en rendre compte. Noa et lui avaient travaillé quasiment sans interruption.

Hélas, jusqu'ici, ils n'avaient pas eu de chance. Et même s'ils identifiaient le fichier clé, il leur faudrait sûrement encore cracker le mot de passe. Le cryptage était un peu comme les codes secrets que Peter et son frère utilisaient quand ils étaient enfants. Les codes les plus simples consistaient à remplacer chaque lettre par une autre, séparée d'elle par un certain nombre d'autres dans l'alphabet. Par exemple, avec un écart de deux lettres, un « a » devenait un « c ». Peter pouvait passer des heures à décoder les messages secrets de Jeremy, pour finir par découvrir que « rs nscq bcq ngcbq » signifiait « tu pues des pieds ». Ce souvenir le fit sourire, en dépit de tout.

Évidemment, dans le cas présent, c'était beaucoup plus complexe. Ici, les « lettres » étaient des octets d'informations, l'instruction « remplacer une lettre par une autre » correspondait à l'algorithme de cryptage AES-256 et l'écart entre les lettres, par exemple 2, était la clé. Pour pouvoir décrypter les fichiers, ils avaient besoin de l'algorithme et de la clé.

C'était une tâche longue et fastidieuse. Jusqu'ici, Peter avait seulement analysé la moitié de sa pile de disques durs. À ce rythme, il leur faudrait encore des semaines pour trouver ce qu'ils cherchaient. Et il n'était pas certain que Loki accepte de les héberger aussi longtemps.

Il jeta un coup d'œil à Noa. Elle semblait totalement absorbée par ce qu'elle faisait. Il avala sa salive et ouvrit une nouvelle fenêtre de navigation.

Je ferais bien de m'accorder une pause, se dit-il, tout en étant parfaitement conscient que c'était une fausse excuse.

Après s'être assuré que l'affichage n'apparaîtrait que sur l'écran qui lui faisait face, il appuya sur « Entrée ». L'angle de la caméra de surveillance n'était pas idéal et l'image en noir et blanc était granuleuse. Mais il avait de la chance : cette fois, le rideau était ouvert.

Il distingua la minuscule silhouette d'une jeune fille, allongée sur un lit. Elle était si pâle qu'elle paraissait se confondre avec les draps. Et pourtant, il savait que c'était elle.

Amanda.

Peter avait commencé à s'introduire dans le système de sécurité de l'hôpital de Boston plusieurs mois auparavant. Il ne se connectait généralement qu'un jour sur deux. Mais chaque fois que les hommes de main de Pike les avaient retrouvés, il avait été envahi par un sentiment de culpabilité à l'idée que c'était à cause de traces virtuelles qu'il avait laissées, malgré toutes ses précautions. Et pourtant, il n'avait pu se résoudre à arrêter.

Il avait éprouvé un soulagement immense en découvrant que c'était le mouchard qui les avait trahis, même s'il en avait été le porteur, à son insu. Et ici, grâce aux pare-feu sophistiqués de Loki, il était pratiquement impossible de remonter jusqu'à lui.

Il n'y avait rien de voyeur dans sa démarche. Simplement, tant qu'Amanda était allongée là, il restait une chance de la sauver. Et cela permettait à Peter de garder espoir.

Il vit soudain quelqu'un entrer dans la chambre. Il s'approcha de l'écran en fronçant les sourcils. Il s'agissait d'un homme. Peut-être son père ? Il vint s'asseoir sur le lit d'Amanda, sans la toucher. La façon dont il se tenait avait quelque chose d'étrangement familier.

Peter écarquilla les yeux. Même s'il ne voyait pas distinctement son visage, il sut que c'était Mason. Il aurait pu le reconnaître entre mille.

Il fut sidéré de découvrir que celui qu'il avait quasiment livré en pâture à Charles Pike était toujours en vie.

J'aurais dû me douter qu'il se débrouillerait pour revenir dans les petits papiers de Pike. Mais qu'est-ce qu'il fait avec Amanda ?

Peter eut soudain l'impression de manquer d'air. Il serra les poings. Comme si ça ne suffisait pas à Mason d'avoir contaminé Amanda, il fallait en plus qu'il vienne rôder auprès d'elle comme un vautour pour admirer son œuvre…

Mason se leva brusquement et sortit de la pièce en refermant le rideau derrière lui. Peter resta une minute à regarder le tissu onduler doucement. Il fallait qu'il rentre à Boston pour protéger Amanda.

Mais que se passerait-il s'il se précipitait à son chevet ? Mason serait sûrement dans les parages, avec une bande de mercenaires. Et Amanda avait besoin de soins. Même s'il parvenait à la faire sortir, il n'était pas équipé pour s'occuper d'elle.

Selon toute vraisemblance, c'était exactement ce qu'espérait Mason. Peut-être soupçonnait-il Peter de surveiller la situation de loin et que c'était là sa façon de le narguer, de le pousser à agir.

Si tel était le cas, ça marchait.

Peter fixa ses mains tremblantes et s'obligea à desserrer ses poings en expirant bruyamment. Il devait rester ici. Une fois qu'il aurait trouvé des preuves, il pourrait aller porter secours à Amanda.

Et s'il lui arrive quoi que ce soit avant, Mason pourra faire sa prière.

— Qu'est-ce qu'il y a ?

Peter sursauta et se tourna vers Noa qui le considérait d'un air méfiant. Il se hâta de fermer la fenêtre.

— Rien, répondit-il avant de prendre un ton plus léger. Ce serait quand même plus simple si quelqu'un avait pris soin de nommer le fichier « clé de décryptage ».

— Ça aurait été la moindre des choses, renchérit Noa en s'étirant.

— Fatiguée ? demanda Peter en la dévisageant.

Sa peau d'ordinaire pâle était devenue presque translucide après ces quelques jours passés sous terre et la lueur des écrans faisait ressortir ses cernes. Le regain d'énergie qu'elle avait eu à leur arrivée semblait s'être complètement dissipé. Elle dormait d'ailleurs de plus en plus.

— Quoi, je n'ai plus l'air rayonnante ? le taquina-t-elle.

— J'en reviens pas que tu continues à me rabâcher cette vanne, grommela-t-il.

Noa croisa les bras sur sa poitrine et lui jeta un regard mutin.

— Oh, ce n'est que le début. Je regrette tellement de ne pas t'avoir enregistré.

— J'étais drogué, je n'étais pas moi-même.

— Ah bon ? Alors tu ne penses pas que je suis une sublime créature marine ?

— Je n'ai jamais dit ça ! protesta Peter. Non, arrête, j'ai dit ça ?

Noa éclata de rire et se retourna vers son écran.

— Ouais, fais ta maligne, reprit-il. Tu verras, un jour, c'est toi qui diras ça de moi.

— Quoi, que tu es une sublime créature marine ? Franchement, ça m'étonnerait, rétorqua-t-elle avant de reprendre son sérieux. Dis, tu crois qu'ils sont arrivés en Californie ?

— Peut-être, fit Peter en haussant les épaules. Ça dépend du nombre de haltes qu'ils ont fait.

— J'espère vraiment qu'ils vont bien, soupira Noa.

— Mais oui, j'en suis sûr. Ils sont certainement en meilleure forme que nous. Ils sillonnent le pays en car et ils achètent à manger dans des distributeurs. À côté de ce qu'on vit en ce moment, ça ressemble au paradis.

— On ne doit pas avoir la même définition du paradis, s'amusa-t-elle.

— Attends, est-ce que je t'ai dit qu'il y avait aussi des toboggans dans ma version ?

Elle s'esclaffa à nouveau et Peter s'en félicita. Cela faisait longtemps qu'il n'avait pas réussi à la faire rire. Peut-être qu'elle allait mieux, malgré les apparences.

— Comment tu te sens ? demanda-t-il.

Après quelques secondes de silence, elle fit pivoter son fauteuil vers lui.

— À vrai dire, pas terrible, admit-elle.

— Je m'en doutais.

Il fit rouler sa chaise jusqu'à elle et elle tressaillit légèrement, comme chaque fois que quelqu'un envahissait son espace vital.

— Écoute, je vois bien qu'il se passe quelque chose. Je peux peut-être t'aider.

— Personne ne peut m'aider, répliqua-t-elle en secouant la tête.

— Mais…

— Tu ne comprends pas, le coupa-t-elle. Quand j'étais à Santa Cruz…

Elle laissa sa phrase en suspens, le regard rivé sur le sol en béton.

— C'est à cause de la mort de Zeke ? tenta-t-il d'une voix douce.

— Non, avant ça, murmura-t-elle. Les gens qui nous hébergeaient là-bas étaient des scientifiques et ils cherchaient à comprendre ce qui me… Enfin, tu sais.

Peter hocha la tête et sentit la douleur palpiter au bas de son dos. Il avait su qu'il portait un mouchard pendant un seul jour avant qu'on le lui enlève, alors que cela faisait sept mois que Noa vivait avec le thymus d'un inconnu dans la poitrine. Et ils ne savaient toujours pas clairement pourquoi, ni quels en étaient les effets, à part perturber son sommeil et son alimentation. À sa place, il serait devenu fou.

— Enfin bref, après l'invasion du domaine, j'ai appris que les Forsythe avaient travaillé pour Pike. Il se pourrait même qu'ils aient quelque chose à voir avec la PEMA.

— Quoi ? s'exclama Peter, stupéfait. Pourquoi tu ne me l'as pas dit avant ?

— Roy et Monica ont été tués cette nuit-là, répondit-elle d'un ton abrupt. Alors ça ne me paraissait plus avoir d'importance. Mais avant de mourir, Roy m'a avoué que mes cellules commençaient à se décomposer.

— J'imagine que ce n'est pas bon signe.

— Pas vraiment, acquiesça gravement Noa. Il ne savait pas exactement ce que ça risquait d'entraîner, mais c'est sûrement pour ça que mes yeux sont si sensibles à la lumière et que je suis tout le temps fatiguée.

— OK, marmonna Peter en passant de nouveau la main dans ses cheveux. Est-ce que ton corps est en train de rejeter le thymus ?

— Peut-être, répondit-elle. Tout ce que je sais, c'est que j'ai froid et mal partout en permanence. Tu te souviens quand je me suis pris une branche à Little Rock ? ajouta-t-elle avant de relever sa manche, dévoilant une vilaine entaille le long de son bras. Ça n'a pas cicatrisé. On dirait bien que j'ai perdu mes super-pouvoirs…

— Tu aurais dû m'en parler plus tôt, lâcha-t-il d'un air soucieux.

— C'est vrai, mais je ne voulais pas vous embêter avec ça alors qu'on essayait déjà de sauver notre peau nuit après nuit.

— Bon, alors qu'est-ce qu'on fait ?

Noa émit un petit rire.

— Voilà ce que j'aime chez toi. Tu penses toujours qu'il y a un moyen d'arranger les choses.

— Parce que en général, c'est le cas, insista-t-il. Il faudrait qu'on trouve un médecin, quelqu'un de confiance…

— Après ce qui est arrivé à Cody ? l'interrompit-elle. Pas question. C'est beaucoup trop dangereux.

— On ne va quand même pas attendre que ton état empire, objecta Peter. Tu es malade, il te faut…

— Qui est malade ? lança Loki en surgissant sur le seuil de la porte.

— Personne, dit Noa en se redressant sur son fauteuil. Tout va bien ?

— Ouais. Je voulais juste revérifier les images de surveillance.

Peter s'écarta pour le laisser s'approcher du clavier. Loki pianota sur plusieurs touches, et différentes vues de la propriété se mirent à défiler sur les écrans placés en hauteur. Mais au lieu d'observer ces images, il semblait examiner ce sur quoi travaillait Peter, ce qui mit ce dernier mal à l'aise, d'autant qu'il était loin d'avoir identifié la clé de décryptage.

— Ça ne donne rien ? lança Loki, qui avait semble-t-il abouti à la même conclusion.

— Pas encore, reconnut Noa. Mais il nous reste d'autres disques à explorer.

— C'est vrai.

Loki gratta sa barbe dans laquelle s'étaient mêlés des restes des œufs lyophilisés qu'ils avaient mangés dans la matinée.

— Vous cherchez bien un fichier d'archives ?

Noa et Peter échangèrent un regard.

— Évidemment, répondit-elle.

— Ben, vous pourriez déjà exclure les fichiers dupliqués, suggéra Loki. Vous devriez peut-être étudier plusieurs disques à la fois pour détecter les doublons.

Peter hocha la tête. Il se sentait idiot de ne pas y avoir pensé. Ils auraient dû fouiller autant de disques que possible en même temps afin de dresser une liste des fichiers en double qu'ils pouvaient exclure.

— Super idée, admit-il. Bravo.

— Ouais, bon, j'ai parfois quelques éclairs de génie, se contenta de marmonner Loki – mais il avait l'air ravi du compliment.

— Est-ce qu'on peut se servir des autres unités centrales ? demanda Noa.

— Faites comme chez vous. Au fait, je prépare un pain de viande pour ce soir, ça vous va ?

— Impec, approuva Peter en s'efforçant de paraître enthousiaste.

Le pain de viande avait quasiment le même goût que le bœuf bourguignon et le steak Salisbury. Il avait de sérieux doutes sur le fait que l'un ou l'autre de ces plats contienne réellement de la viande.

— Bon, très bien, fit Loki avant de sortir d'un pas traînant.

— Qu'est-ce qu'il y a ? demanda Peter un instant plus tard, en remarquant la mine préoccupée de Noa.

— Je ne sais pas, bredouilla-t-elle. Disons qu'il y a quelque chose chez lui qui me fiche la trouille.

— Je te comprends. C'est sûrement le mec le plus flippant que j'aie jamais rencontré. Mais c'est quand même sympa de sa part de nous accueillir chez lui.

— Je sais. C'est juste que je n'aime pas la façon dont il me regarde.

— C'est parce qu'il n'a sans doute jamais passé autant de temps dans un espace confiné avec une sublime créature marine, plaisanta Peter. Ou avec n'importe quelle fille, d'ailleurs. Je n'ai pas l'impression qu'il ait eu une vie sociale très riche.

— Peut-être, acquiesça-t-elle sans conviction.

— Non, mais tu imagines le tableau ? poursuivit-il. Salut, ma belle. Ça te dirait de visiter mon abri anti-atomique ?

— Je parie qu'il y a des nanas que ça branche, avança Noa en commençant à se dérider.

— Bien sûr. Les filles adorent les mecs paranos. C'est pour ça que je leur sors toujours mon couplet sur l'apocalypse zombie.

Noa éclata de rire et Peter s'en réjouit une nouvelle fois.

— Bon, assez rigolé, agent Torson, reprit-il. Il est temps de se remettre au boulot.

Elle secoua la tête en se retournant vers son écran.

— Merci, lâcha-t-elle.

— De quoi ?

— D'être là.

Elle lui lança un franc sourire et il sentit son cœur s'emballer.

— T'inquiète, murmura-t-il. Je serai toujours là pour toi.

Il vit passer une ombre sur son visage et se mordit la lèvre en songeant que Zeke avait dû lui faire la même promesse sans être capable de la tenir.

— Je suis sincère, Noa. Quoi qu'il arrive…

— Allez, on a du pain sur la planche, le coupa Noa.

Peter hocha la tête, mais continua à l'observer tandis que ses doigts pâles tremblaient légèrement au-dessus du clavier. Puis il poussa un soupir et se remit au travail.

— OK, cette fois, c'est la bonne, annonça Teo.

— Tant mieux, déclara Daisy en fixant la boîte. Finissons-en.

Teo répéta les gestes dont il avait désormais l'habitude. Ils se trouvaient à présent à Flagstaff, en Arizona, et le soleil venait de se lever. Ils avaient suivi un itinéraire sinueux en se dirigeant vers le nord, puis vers l'est, avant de redescendre vers le sud. Ils avaient déballé le mouchard chaque soir pendant quelques minutes, sans savoir avec certitude si le signal avait bien été diffusé. Peut-être qu'il aurait fallu le laisser sorti pendant plus longtemps. Mais Teo estimait qu'ils avaient pris suffisamment de risques.

Dès ce soir, on file vers l'Ouest pour de bon, songea-t-il. *Si tout se passe comme prévu, on sera à Los Angeles demain*.

— Prête ? demanda-t-il.

— Prête, acquiesça Daisy, un marteau à la main.

— C'est parti.

Teo plaça la puce dans sa main et entama son compte à rebours mental. C'était la première fois qu'ils la sortaient un matin. Ils se tenaient sous un pont routier qui servait visiblement de squat à des sans-abri. L'endroit ressemblait beaucoup au campement de San Francisco où il avait rencontré Noa, Daisy et les autres pour la première fois. Il lui semblait que ça faisait une éternité, même s'il ne s'était en fait écoulé que quatre mois.

Lorsqu'il eut compté trois minutes, il posa le mouchard sur une dalle en béton. Daisy souleva son marteau, prête à le réduire en bouillie.

— Regardez, les gars, on a des cafards.

Teo sursauta et se retourna aussitôt. Trois garçons sales et hirsutes les dévisageaient d'un air mauvais.

— Désolé pour le dérangement, bredouilla-t-il. On allait partir.

— Ah ouais ? fit le plus grand en s'approchant.

Il portait un jean crasseux, une vieille paire de Converse, ainsi qu'une veste polaire miteuse et un bonnet bien qu'il fît déjà chaud. Teo vit dans ses yeux quelque chose qui lui rappela Turk, ce qui n'était franchement pas bon signe.

— On n'aime pas trop les gens qui fouillent dans nos affaires, lâcha-t-il.

Teo se plaça devant Daisy qui s'était figée, son marteau en l'air.

— On n'a touché à rien, indiqua-t-il. On était juste en train de…

— En train de faire quoi ? le coupa le garçon au bonnet en venant se planter devant lui.

— Allons-nous-en, Teddy, murmura Daisy en tirant Teo par le bras.

La panique dans sa voix était perceptible. Tous deux savaient que ce genre de situation pouvait très vite dégénérer.

— Ouais, Teddy, s'esclaffa le garçon. Tu ferais mieux de te barrer vite fait.

Les deux autres se tenaient toujours en retrait derrière lui. Teo s'éloigna lentement en emmenant Daisy vers un amas de buissons à l'autre bout du campement. C'était à l'opposé de là où ils étaient arrivés, mais avec un peu de chance, il y aurait aussi une sortie de ce côté. Teo prit soin de ne pas complètement tourner le dos aux trois garçons qui continuaient de les fixer en silence. Il vit alors celui au bonnet ramasser le mouchard et l'examiner avec curiosité.

— C'est quoi, ce truc ? lança-t-il.

— J'en sais rien, mentit-il. On l'a trouvé.

Un des garçons, qui avait le crâne rasé, s'écarta du pilier contre lequel il s'était appuyé.

— Tu parles ! s'exclama-t-il. Je suis sûr que c'est eux qui l'ont mis là.

— Vous êtes avec ces types, fulmina le garçon au bonnet. Ceux qui ont enlevé Angie.

— Attendez, protesta Teo en continuant de battre en retraite. On n'est avec personne, on n'est que tous les deux.

Il ignorait ce qui se trouvait au-delà des taillis, mais s'ils parvenaient à les atteindre, ils avaient une chance de s'enfuir.

— Attrapez-les ! ordonna le garçon au crâne rasé.

— Fonce ! lança Teo à Daisy en la poussant devant lui.

Ils se ruèrent jusqu'aux buissons. Daisy se mit à crier et Teo s'efforça de se frayer un chemin derrière elle, malgré les branches qui leur griffaient le visage et les bras, réalisant un peu tard qu'il s'agissait d'arbustes épineux.

Il sentit brusquement que quelqu'un tirait sur son sac à dos et il perdit l'équilibre. Il tomba lourdement en arrière, le souffle coupé. Les trois garçons se tenaient au-dessus de lui et celui au bonnet brandissait le mouchard.

— Maintenant, tu vas nous dire où est Angie, espèce de sale merdeux, proféra-t-il d'un ton menaçant.

— Je crois que j'ai trouvé ! s'exclama Peter avec enthousiasme.

— Tu as déjà dit ça il y a une demi-heure, lui rappela Noa.

— Non mais cette fois, c'est la bonne, insista-t-il avec un peu moins d'entrain.

Noa se frotta les yeux et fit rouler son fauteuil jusqu'à lui avant de scruter son écran. Le dossier d'archives était ouvert et le curseur clignotait devant un fichier nommé « filename.ext.gz ».

Les disques durs faisaient partie d'un système RAID, c'est-à-dire d'un regroupement redondant de disques indépendants. En gros, cela signifiait que la majorité de leur contenu consistait en fichiers dupliqués, comme Loki l'avait évoqué. Apparemment, il y avait un total de huit systèmes de fichiers répartis sur quarante-deux disques. À chaque structure devaient donc correspondre environ cinq disques contenant des copies identiques des mêmes informations.

Peter et Noa comptaient sur le fait qu'une équipe de chercheurs détesterait devoir travailler avec un tel niveau de sécurité. Ils disposaient probablement d'un logiciel qui prenait la clé quelque part et l'appliquait aux fichiers lorsqu'ils les ouvraient, pour leur éviter de devoir systématiquement opérer le décryptage eux-mêmes.

Par conséquent, si l'un d'eux retirait un des disques du RAID pour s'en servir, il fallait que les autres téléchargent une copie du fichier clé, sans quoi cela reviendrait à essayer d'ouvrir une porte verrouillée sans avoir la clé. Et s'ils stockaient cette copie sur le disque plutôt que de recourir au système de sécurité, cela rendrait son contenu légèrement différent de celui des autres.

Malheureusement, il y avait un nombre incalculable de fichiers sur chaque disque et il était très difficile d'identifier cette variation. C'est pourquoi Peter et Noa fouillaient les systèmes de fichiers, espérant découvrir quelque chose qui n'allait pas avec le reste.

Et c'était peut-être ce que Peter venait de faire.

— « Filename » ? lut Noa, dubitative. C'est une blague ?

— Oui, je sais. Mais c'est une variation, il n'y a pas de doute là-dessus. Qu'est-ce que tu en penses ?

— Peut-être.

Noa se mit à réfléchir. « Filename » était le nom donné par défaut à tout fichier informatique. Ça paraissait trop fantaisiste de la part de Pike & Dolan d'appeler ainsi la clé de décryptage.

Et pourtant…

— J'ai repéré la même variation sur un autre disque, indiqua Peter. Regarde.

Il cliqua sur le fichier pour l'ouvrir et une boîte de dialogue apparut immédiatement à l'écran.

— Bon sang, mais tu as raison ! acquiesça Noa, soudain fébrile. Maintenant qu'on a trouvé la clé, il ne nous reste plus qu'à cracker le mot de passe.

— Un jeu d'enfant. Sauf qu'évidemment, ça peut être dix caractères comme une centaine.

— Quand je pense que si on avait accès à un superordinateur, ça prendrait sûrement moins d'une minute, soupira-t-elle.

— On pourrait peut-être s'introduire dans un centre de calcul ? suggéra Peter. Je me trompe ou il y en a un sur le campus de Boulder ?

— Oui, mais cet endroit est une vraie forteresse. Si on était plus nombreux…

— Mais ce n'est pas le cas, compléta-t-il. Et on ressemble à des clochards…

— C'est vrai. De toute façon, cette fois, je ne pense pas qu'on pourrait s'en sortir en se faisant passer pour des étudiants naïfs.

Noa songea combien la situation était ironique. Ils étaient deux des meilleurs hackeurs de la planète, voire trois en comptant Loki – bien que jusqu'ici, ils les aient laissés se débrouiller tout seuls. Et pourtant, même avec le parc informatique dont ils disposaient à présent, il leur faudrait peut-être des mois pour venir à bout du mot de passe. Or ils n'avaient pas autant de temps devant eux. Et à en juger par la mine abattue de Peter, il était parvenu à la même conclusion.

— Tout va bien ? lança une voix derrière eux.

Ils se retournèrent tous les deux. Loki venait d'entrer avec deux tasses entre les mains.

— On ne peut mieux, bougonna Peter. Tu n'aurais pas un superordinateur dans ton bunker, par hasard ?

— Mais c'est qu'on deviendrait gourmand, plaisanta Loki. Je me suis dit que vous auriez peut-être envie d'un café.

— Avec plaisir, répondit Noa en prenant la tasse qu'il lui tendait.

Il donna l'autre à Peter, qui marmonna un merci, et pencha la tête en examinant les écrans d'un air paternel, comme s'il regardait ses enfants en train de réaliser une prouesse dans la cour de récréation.

— Il y a du nouveau ?

— Il se pourrait bien que Peter ait trouvé la clé de décryptage, annonça Noa.

— Vraiment ?

Intrigué, Loki, se pencha au-dessus de l'épaule de Peter.

— Ça alors ! s'esclaffa-t-il. Le fichier s'appelle « Filename » !

— Ça n'empêche qu'il est protégé par un mot de passe, fit remarquer Peter en tapant du genou sous la table. C'est pour ça qu'un superordinateur aurait été bienvenu.

— Certes. Mais je suis prêt à parier qu'il y a une backdoor quelque part.

— Aucune chance, rétorqua Peter. Sinon, à quoi bon crypter les données ?

— Tu sais bien comment ça marche, insista Loki. M. Dupont n'arrive pas à retenir son mot de passe, alors il le note sur un Post-it et il le colle au bord de son écran.

Noa se dit qu'il n'avait pas tort. Lorsqu'elle travaillait en free-lance dans la sécurité informatique, c'était ce qu'on appelait « le facteur humain » qui était en cause dans la plupart des accès non autorisés auxquels elle avait affaire. Il suffisait qu'un programmateur un peu distrait oublie son portable dans un café ou que quelqu'un s'introduise dans la salle des serveurs, comme l'avait fait Peter au siège de Pike & Dolan.

— Je peux jeter un coup d'œil ? demanda Loki à Peter, comme un gamin impatient d'essayer un nouveau jouet.

— Je t'en prie, répondit celui-ci en lui laissant sa chaise.

— Ouah, ceux qui ont configuré ça savaient ce qu'ils faisaient…

— Qu'est-ce que je t'avais dit ? soupira Peter avec résignation.

— Attends une seconde, dit soudain Loki en suivant le code du bout du doigt. Regarde ici : « .ffly ».

— Et alors ?

Loki se tourna vers lui avec une drôle de lueur dans les yeux.

— Tu n'as jamais entendu parler de Firefly ?

— La hackeuse australienne ? Si, bien sûr. Qui ne la connaît pas ? Je croyais qu'elle était en prison.

Firefly avait organisé un complot pour renverser le Premier ministre et s'était fait prendre. Il ne connaissait pas l'affaire en détail, mais il lui semblait bien qu'elle avait été condamnée à au moins dix ans de réclusion.

— Quelqu'un a dû l'aider à se faire la belle, supposa Loki en tripotant ses sourcils broussailleux. C'est sa signature, il n'y a pas de doute.

— Et alors ? Je ne vois pas à quoi ça nous avance, marmonna Peter.

Loki se tourna vers lui et lui jeta un regard méprisant.

— Tu crois quoi, gamin, que je mettais toutes mes billes dans /ALLIANCE/ ? Passer sur ton site, c'était ce que je faisais avant le petit déj'.

Peter écarquilla les yeux en l'entendant dénigrer implicitement son groupe hacktiviste.

— Tu veux dire que tu sais comment obtenir le mot de passe ? intervint Noa avant qu'il puisse répliquer quoi que ce soit.

— On était très proches, Firefly et moi, indiqua Loki. Quand elle est tombée, elle aurait pu tous nous entraîner avec elle. Mais elle n'a rien lâché et franchement, ça mérite le respect.

— De quel groupe il s'agissait ? s'enquit Peter.

— On n'était pas assez bêtes pour lui donner un nom. Mais disons qu'on partageait des choses…

— Quel genre de choses ? demanda Noa.

— Des trucs comme ça, répondit Loki en se penchant sur le clavier.

Il se mit à pianoter à toute vitesse pour modifier la configuration du code source et elle fut impressionnée. Jusqu'à présent, elle n'avait pas pris la mesure de son talent. Elle réalisa qu'il était sans doute meilleur qu'elle, ce qui était quelque peu déroutant.

Il fit un grand geste théâtral avec le bras avant d'appuyer sur la touche « Entrée », et l'écran fut aussitôt inondé de données.

— Ouah, tu as réussi ! s'exclama Noa, épatée.

— Bon sang, comment tu as fait ça ? articula Peter, tout aussi admiratif.

Loki afficha un grand sourire satisfait.

— Je vous l'ai dit, Firefly et moi, on était très proches. On partageait nos backdoors.

Peter se pencha au-dessus de lui pour faire défiler l'affichage.

— J'en reviens pas ! Cette fois, ça y est, on les tient !

— De rien, grommela Loki en se levant pour lui rendre sa place.

Noa lui pressa doucement le bras lorsqu'il passa près d'elle.

— Merci, lui glissa-t-elle.

Il parut gêné, mais une lueur brilla dans ses yeux. Il inclina légèrement la tête puis sortit de la pièce d'un pas lourd.

Peter ne parut même pas s'en apercevoir. Il ne cessait de s'émerveiller devant les fichiers qui apparaissaient les uns après les autres sur l'écran.

— Des dossiers médicaux ! Des mails ! Noa, on a gagné !

— Hourra, lâcha-t-elle en s'efforçant de partager son enthousiasme.

Tandis qu'il continuait d'observer les innombrables dossiers, elle repensa aux documents originaux auxquels ils avaient eu accès précédemment et aux masses d'informations qu'ils contenaient. Ici, il devait y en avoir au moins le double ou le triple et cela ne concernait qu'un système de fichiers, sachant qu'il y en avait encore sept autres.

— Pike, espèce d'enfoiré, t'es mort, murmura Peter.

— Il faut le détruire, haleta Teo, gisant toujours à terre.

L'un des garçons avait rattrapé Daisy et lui tenait les bras serrés pendant qu'elle se débattait.

— C'est un mouchard, insista-t-il. C'est avec ça qu'ils nous suivent.

Le garçon au crâne rasé leva les yeux au ciel. Il était plus âgé que les deux autres et devait avoir dix-huit ou dix-neuf ans.

— Vous entendez ça, les mecs ? railla-t-il. On dirait bien qu'on est tombés sur James Bond. Prenez les sacs.

L'un des garçons, qui portait un maillot élimé des Suns de Phoenix, releva Teo d'un geste brusque. Celui-ci tenta de se dégager, mais l'autre était plus fort que lui et le maintenait avec une poigne de fer.

Le garçon au bonnet avait déjà arraché son sac à Daisy et était en train de le fouiller. Il poussa un cri euphorique en brandissant une liasse de billets entourée d'un élastique. Teo grimaça. C'était tout l'argent que Peter et Noa leur avaient donné, quelques centaines de dollars sans lesquels ils ne pourraient plus aller nulle part.

Pas question que je les laisse nous dépouiller, songea-t-il, renforcé dans sa détermination par la mine affolée de Daisy.

Le garçon au crâne rasé saisit la liasse et la fourra dans sa poche.

— Alors comme ça, on est des gosses de riches qui jouent aux clodos ? lança-t-il avec mépris. J'imagine que Papa et Maman vous attendent dans la voiture ?

— Ils doivent être inquiets, ricana le garçon au bonnet. Surtout pour toi, princesse, pas vrai ? ajouta-t-il en relevant le menton de Daisy.

Elle tourna son visage sur le côté d'un coup sec et il éclata d'un rire cruel.

Teo sentit un élan de colère l'envahir. Daisy et lui avaient traversé trop de choses pour se laisser intimider par des petites frappes. Il remarqua que le garçon qui le tenait semblait avoir été distrait par l'argent et que sa poigne avait diminué.

— Vous êtes à côté de la plaque, rétorqua-t-il. On fait partie de l'Armée de Persefone.

— Qu'est-ce que tu racontes ? fit le garçon au crâne rasé, visiblement perplexe.

— Tu sais bien, Joe, intervint celui au bonnet. C'est la bande de losers dont tout le monde parlait il y a quelques mois.

— Ah ouais, l'armée des mômes, persifla le dénommé Joe en dévisageant Teo. J'ai toujours pensé que c'était des conneries.

— Ben non, c'était vrai, insista Teo. Votre Angie s'est

sûrement fait prendre par les mêmes types qui avaient collé ce mouchard à un de mes potes.

— Mais ouais, bien sûr, dit Joe en lançant la puce en l'air avant de la rattraper d'une main. Et c'est avec ce truc qu'ils vous suivent à la trace, toi et ta copine ?

— Exactement.

— On est comme vous, plaida Daisy. On vit dans la rue, nous aussi. Sauf qu'on a décidé de se battre.

Les trois garçons s'esclaffèrent.

— C'est vrai que vous avez l'air drôlement costauds, tous les deux, se moqua Joe. Ça doit être une sacrée armée.

— Ouais, et tu sais quoi ? lâcha Teo.

Il se dégagea d'un bond et plongea la main au fond de son sac avant que le garçon au maillot de basket ait le temps de réagir. Puis il saisit le seul objet qu'il s'était juré d'emporter toujours avec lui.

— Vous feriez de très mauvais soldats, conclut-il en enfonçant son taser sous le bras de son agresseur.

Celui-ci commença à crier de rage, mais l'électricité parcourant son corps le réduisit au silence.

Teo regretta de ne pas pouvoir attraper le taser qui se trouvait dans le sac de Daisy, car il devait laisser le sien se recharger avant de pouvoir en faire à nouveau usage. Pour le moment, les deux autres garçons étaient figés de stupeur, mais ça n'allait pas durer.

Il tira Daisy par le bras et la regarda droit dans les yeux.

— Cours !

Noa commençait à se demander s'il n'allait pas lui falloir des lunettes. Elle était restée devant l'écran pendant quatre heures d'affilée et les mots semblaient devenir flous.

Ma vue baisse. Est-ce que je vais finir par ne plus rien voir du tout ? se demanda-t-elle en frémissant.

Elle écarta brusquement son fauteuil du bureau.

— Qu'est-ce qu'il y a ? lança Peter en tournant la tête vers elle.

Elle ferma les yeux. Ils lui faisaient mal et semblaient battre en rythme avec la pulsation constante dans sa poitrine.

— Rien, marmonna-t-elle. C'est juste que je suis crevée.

— Oui, moi aussi, acquiesça Peter.

Il inclina son dossier et fit méthodiquement craquer les articulations de ses doigts les unes après les autres. Son exaltation était retombée au fil des heures passées à examiner les fichiers. Il déconnecta le disque placé près de lui et se pencha pour en prendre un autre dans son sac à dos, qu'il gardait précieusement à ses pieds, ce qui fit sourire Noa. Même s'il n'avait plus le mouchard sur lui, il semblait toujours réticent à l'idée de s'éloigner de son sac.

Quant à elle, elle avait posé le sien contre le mur, près de la porte.

Difficile de se défaire de certaines habitudes, songea-t-elle.

— Comment tu te sens ? demanda-t-elle.

— Comme quelqu'un qui s'est fait découper au scalpel, répondit Peter sur le ton du reproche.

— Oui, je connais ça.

— Je sais, fit-il, plus grave, en repensant à ce qu'elle avait subi. Bon sang, je pense que j'aurais déjà perdu la boule à ta place.

— Merci, lâcha Noa. Moi qui essayais de penser à autre chose…

— On devrait se mettre à l'oxycodone, suggéra-t-il, pince-sans-rire. Ça nous ferait sûrement du bien.

— C'est clair. Se défoncer me paraît une excellente solution.

— Tu crois que je plaisante, mais là, tout de suite, je ne dirais pas non, avoua-t-il en palpant prudemment le bas de son dos. J'espère vraiment que les antibiotiques que m'a injectés Loki sont efficaces.

— Mais oui, affirma Noa. Sinon, tu serais déjà mort, ajouta-t-elle d'un air faussement sérieux.

— Voilà qui est rassurant, lança-t-il en faisant la grimace. Bon, j'ai la dalle, moi. Ça te dit qu'on fasse une pause pour dîner ?

Avant qu'elle ait le temps de lui répondre, le hurlement strident d'une sirène retentit. Peter bondit de sa chaise.

— Qu'est-ce que c'est que ça ?

Noa ne put que secouer la tête avant de se boucher les oreilles. La vague de panique qui restait en permanence tapie au plus profond d'elle-même comme un monstre préhistorique remonta brusquement à la surface.

Loki déboula dans la pièce, les yeux écarquillés.

— Qu'est-ce qui se passe ? cria Peter pour se faire entendre.

— Ce sont mes alarmes, indiqua Loki en coupant le son avant de consulter à nouveau les images de sécurité.

Noa ne prenait quasiment plus la peine de les regarder, car il ne s'y passait jamais rien, à part les rares fois où un animal passait dans le champ d'une caméra. C'était un peu comme un écran de veille.

Mais pas cette fois.

— Oh non, balbutia Peter.

Noa se pétrifia. Les images des collines et des bois environnants défilaient dans un ordre devenu familier, sauf qu'on y voyait à présent des dizaines d'hommes en noir portant des masques et armés de fusils.

Les troupes de Pike étaient là.

CHAPITRE SEPT

— Comment ils nous ont encore retrouvés ? gémit Noa, envahie par une terreur familière.

Ils avaient fait l'erreur de se croire en sécurité en restant sous terre et, désormais, ils étaient faits comme des rats.

Sur tous les écrans, elle pouvait voir des hommes qui avançaient d'un air déterminé en rangs serrés.

Combien Pike en a-t-il envoyé, cette fois ?

— Tu nous as balancés ! fulmina Peter en se retournant vers Loki.

— Quoi ? s'indigna celui-ci. Tu crois vraiment que je ferais venir un commando ici ? Bon sang, je ne voulais même pas de vous chez moi !

— Je suis sûre qu'il n'y est pour rien, renchérit Noa. Sinon, il aurait désactivé les alarmes.

— Évidemment !

Peter recula d'un pas et fit une moue étrange, où se mêlaient de la perplexité et autre chose…

De la culpabilité ? se demanda Noa.

— Ça ne peut pas être le mouchard, dit-il faiblement. Teo et Daisy l'ont emporté avec eux.

— Peut-être qu'il y en a d'autres dans les disques durs ? suggéra Noa.

— Quand bien même, je vous rappelle que cette pièce est une cage de Faraday à elle toute seule, répliqua Loki avant de pointer un doigt accusateur vers Peter. Est-ce que tu n'aurais pas enlevé ton sac à dos en dehors d'ici avant qu'on t'opère ?

— Non, je… je ne crois pas, bredouilla Peter. Ou alors je ne m'en souviens pas.

— Sérieux, Vallas, on aurait dû te laisser le mouchard et te balancer dans la rivière.

— Bon, peu importe comment ils nous ont retrouvés, ils sont là, intervint Noa en désignant les écrans de contrôle.

Quatre mercenaires se tenaient devant la petite cabane. Ils échangèrent une série de gestes rapides avant de disparaître à l'intérieur.

Surtout, reste calme, se sermonna-t-elle. *On s'en est déjà sortis, on s'en sortira encore*.

— Le temps presse, reprit-elle. Loki, comment on se tire d'ici ? Tu as dit qu'il y avait une autre issue.

Loki souleva sa casquette graisseuse et tira nerveusement sur ses cheveux clairsemés en balayant la pièce des yeux.

— Dire que je vais devoir abandonner tout ça, soupira-t-il, l'air anéanti. Vous avez tout gâché.

Noa n'avait pas le temps de compatir. Elle attrapa Loki par le bras.

— Il faut y aller, déclara-t-elle.

— Tu sais combien d'années il m'a fallu pour aménager cet endroit ? lâcha-t-il, sous le choc.

— Si on reste ici, ils vont tous nous tuer, toi inclus, insista-t-elle avant de chercher un argument pour le convaincre. C'est exactement pour ce genre de catastrophe que tu te prépares depuis le début.

Loki cligna des yeux, comme s'il la voyait enfin, et hocha la tête.

— Ouais. Ouais, OK. Je vais chercher mon pack de survie, décida-t-il avant de se ruer dans le couloir.

Peter rassembla les disques durs, puis se mit à remplir son sac à dos à la hâte et Noa en fit autant avec le sien. Heureusement qu'ils les avaient gardés à portée de main et sans trop les vider. Bien sûr, avec les disques de Teo et Daisy en plus, ils allaient être deux fois plus chargés.

On entendait au loin une série de coups sourds. Les mercenaires essayaient d'ouvrir la trappe.

Loki réapparut à l'entrée de la pièce, chargé d'un énorme sac à dos, trois fois plus gros que les leurs. Il avait fixé une lampe frontale sur sa casquette et tenait son fusil des deux mains.

— Allons-y ! lança-t-il.

Noa lui emboîta le pas tandis qu'il avançait le long du couloir à une vitesse surprenante. Elle remarqua un tas d'objets hétéroclites accrochés à son sac, dont une corde et un pied-de-biche muni d'un embout de pelle, qui rebondissaient au rythme de sa foulée.

Peter la suivait de si près qu'il n'arrêtait pas de lui marcher sur les talons. La troisième fois, elle se retourna et le fusilla du regard.

— Désolé, murmura-t-il. Mais il faut qu'on accélère.

— La trappe blindée devrait les retenir un peu, indiqua Loki avant de s'engouffrer dans un autre couloir.

Noa réalisa qu'ils quittaient la partie du bunker qu'elle connaissait et qui lui était devenue familière au cours de la semaine passée. La zone dans laquelle ils s'engageaient n'avait pas été restaurée et ne comportait aucun éclairage. Elle comprit alors pourquoi Loki portait une lampe frontale et songea qu'il n'avait pas exagéré quant aux dimensions des lieux. Il continua de les guider à travers un labyrinthe de tunnels. Le sol et les murs en béton étaient couverts de terre et leurs pas soulevaient des nuages de poussière qui lui irritaient la gorge. On aurait dit un monde abandonné par l'homme, parsemé d'emballages alimentaires et de machines rouillées.

Ils empruntèrent tant d'embranchements que Noa s'estimait incapable de revenir au centre de contrôle ou à la surface.

Soudain, une explosion bruyante retentit. Le tunnel tout entier se mit à trembler, comme une créature géante à l'agonie.

— Zut, marmonna Loki en ralentissant un peu. Ils doivent avoir du plastic.

— Est-ce que ça leur suffira pour passer la trappe ? s'inquiéta Peter.

— Oui, s'ils en ont assez et s'ils savent comment s'y prendre.

Noa ne voyait pas le visage de Loki, mais au ton de sa voix, on aurait pu croire qu'il hésitait à braquer son fusil sur eux.

— Je suis désolée, lâcha-t-elle.

Il se retourna vers elle et elle distingua des traces de larmes sur ses joues.

— T'en fais pas, répliqua-t-il. Et puis au moins, c'est l'occase de tester mon plan d'évasion.

— Et il consiste en quoi ? demanda Peter, derrière eux.

Loki esquissa alors un sourire plein de malice et son regard se fit un peu moins sombre.

— Attends un peu. Tu vas adorer.

Tandis qu'il courait dans la rue avec Daisy, Teo ne pouvait ignorer le martèlement des pas derrière eux. Les garçons les avaient pris en chasse et ils poussaient des cris excités, comme si tout ça n'était qu'un jeu. Il serra les dents et continua sa course. Il aurait pu aller plus vite, mais Daisy n'était pas très rapide et il tenait à rester derrière elle pour la protéger.

Il espérait leur faire rattraper la gare routière. Il y aurait forcément du monde et l'embarquement du car qu'ils étaient censés prendre devait déjà avoir commencé.

Pour le moment, ils arrivaient au bout d'une rue déserte bordée de bâtiments décrépits – des entrepôts, pour la plupart – débouchant sur une voie transversale. Le portail métallique d'un atelier de réparation automobile fermé se dressait devant eux.

— De quel côté on va ? glapit Daisy, paniquée.

Teo n'en avait aucune idée, mais il n'avait pas le temps de réfléchir.

— À gauche ! lança-t-il, regrettant de ne pas avoir un meilleur sens de l'orientation.

Elle piqua à gauche et il lui emboîta le pas. Lorsqu'ils tournèrent à l'angle suivant, Teo jeta un regard par-dessus son épaule. Il n'y avait plus qu'un garçon à leurs trousses. Autrement dit, leurs poursuivants avaient dû se séparer, ce qui ne lui disait rien de bon. Ils connaissaient le quartier et pouvaient facilement les encercler.

Daisy pila brusquement et Teo faillit lui rentrer dedans. Il comprit vite ce qui l'avait arrêtée : Joe et le garçon au bonnet avançaient à leur rencontre. Il n'y avait aucun moyen de les contourner, et passer en force ne paraissait pas vraiment envisageable.

— Attrape ton taser, lâcha Teo en tenant toujours le sien, qui avait dû se recharger.

— C'est ce que je viens de faire, indiqua-t-elle avant de reculer pour le rejoindre.

Ils entendirent des pas derrière eux. Daisy se retourna pour faire face au garçon au maillot de basket, tandis que Teo surveillait les deux autres. Ils s'étaient arrêtés à quelques mètres de là, visiblement intimidés par le taser qu'il agitait en décrivant de grands arcs de cercle devant lui. À cette distance, ce n'était pas une arme très efficace contre une cible mouvante, mais il songea que s'ils arrivaient à en atteindre deux, le troisième prendrait peut-être la fuite.

Sa confiance s'émoussa quand il remarqua leur expression hargneuse. Jusqu'ici, les garçons s'en étaient pris à eux surtout par désœuvrement. Ils n'avaient rien de mieux à faire que de malmener les deux imprudents qui s'étaient aventurés dans leur squat. Mais l'usage du taser avait changé la donne. Désormais, ils voulaient se venger.

— Le taser, c'est vraiment un truc de mauviette, lança Joe.

Teo sentit une boule se former dans son estomac en voyant qu'il était armé d'un couteau, tandis que son acolyte brandissait une barre de fer.

— Fichez-nous la paix, répliqua-t-il.

— Trop tard, mec. Fallait pas vous incruster chez nous.

— Bande d'abrutis ! brailla Daisy. On était là depuis même pas cinq minutes, on n'a touché à rien !

— T'as la trouille, princesse ? ricana Joe. T'inquiète, on va bien s'occuper de toi.

— Et toi, n'approche pas ! s'écria-t-elle.

Teo tourna la tête. Le garçon au maillot de basket s'était avancé vers Daisy, restant juste hors de portée de son taser. Il bondissait d'un côté à l'autre d'un air moqueur.

— Écoute-moi bien, murmura Teo. Je compte jusqu'à trois et tu l'attaques, OK ? Moi, je m'occupe de Joe.

— Et après ? demanda-t-elle d'un ton anxieux.

— On repart par où on est arrivés. Il faut qu'on rejoigne la gare. Je serai juste derrière toi.

En vérité, il savait qu'il allait sûrement devoir rester un peu en retrait pour lui laisser une longueur d'avance. Il était fort possible qu'elle monte dans l'autocar sans lui – voire qu'aucun d'eux n'y parvienne. En tout cas, cette fois, il était fermement résolu à se battre. Et il s'imaginait presque capable de se débarrasser tout seul de leurs trois agresseurs. Après avoir été poursuivi par des mercenaires expérimentés qui lui tiraient dessus, il était moins impressionné qu'il ne l'aurait été quelques mois plus tôt par une poignée de jeunes SDF armés de couteaux.

Joe et son acolyte parurent sentir sa détermination, car ils reculèrent légèrement. Le garçon au bonnet était le plus proche de lui, mais Joe semblait être le chef. Si Teo parvenait à le neutraliser, les deux autres réexamineraient peut-être la situation. Il s'efforça de garder un visage impassible pour ne pas trahir son intention.

— Teddy ! hurla soudain Daisy.

Teo entendit le cliquètement familier d'un taser qu'on active. Il plongea aussitôt vers Joe en pressant la détente du sien. Même si les filins ne s'accrochaient qu'à ses vêtements, les électrodes délivreraient une charge suffisante pour l'immobiliser. Dans son champ de vision périphérique, il aperçut le garçon au maillot de basket qui s'effondrait au sol et Daisy qui prenait la fuite en courant. Il contracta tous ses muscles, prêt à la suivre…

Mais Joe esquiva son tir au dernier moment. Les fils électriques heurtèrent le sol, projetant des étincelles sur le trottoir. Teo appuya sur le bouton pour les rembobiner, tout en sachant que son taser était déchargé.

— Je t'avais bien dit que c'était un truc de mauviette, lança Joe en pointant son couteau vers lui. Bart, rattrape la fille, ajouta-t-il à l'intention du garçon au bonnet, qui s'élança aussi sec.

Joe se mit à tourner autour de Teo qui se déplaçait comme un boxeur en s'efforçant de rester hors d'atteinte du couteau. Derrière eux, le garçon au maillot de basket clignait des yeux, commençant à reprendre ses esprits.

— Elle est mignonne, ta copine, reprit Joe d'un ton menaçant. Je suis sûr qu'elle aime bien s'amuser.

— Tu devrais faire gaffe, elle est plus féroce qu'elle n'en a l'air, rétorqua Teo en espérant que Daisy avait pris suffisamment d'avance.

— Ah ouais ? fit Joe avec un grand sourire. Bart est super motivé. Je lui ai promis qu'il pourrait se la taper en premier.

— Va te faire foutre, articula Teo.

— Qu'est-ce que tu vas faire ? Tu vas encore te servir de ton joujou ?

Teo bondit vers lui en brandissant son taser. C'était du bluff, il n'avait pas eu le temps de se recharger. Mais Joe s'écarta et Teo en profita pour filer droit devant lui.

Presque immédiatement, une douleur aiguë lui transperça le bras gauche. Il haleta mais continua à courir avant d'être brutalement plaqué au sol. Il tomba lourdement sur le dos. Il se débattit, mais le garçon au maillot de basket s'était assis à califourchon sur lui et le maintenait solidement. L'instant d'après, il lui balança son poing dans la mâchoire.

Teo eut littéralement la sensation que son cerveau rebondissait contre son crâne. Groggy, il cligna des yeux, mais avant qu'il puisse y voir quoi que ce soit, un nouveau coup s'abattit sur sa tempe. Le monde se mit à tourner autour de lui comme dans un kaléidoscope.

Il perçut la voix effrayée de Daisy et essaya de se lever pour lui porter secours, mais il était incapable de bouger, comme pris dans un bourbier. Il entendit un rire lointain, puis quelqu'un qui lui parlait, mais les mots lui semblaient si bizarres qu'il eut l'impression qu'il s'agissait d'une langue étrangère. Il discerna alors une lumière qui clignotait au-dessus de lui.

Oh non, je suis en train de mourir, pensa-t-il.

Daisy avait besoin de lui, il fallait qu'il reste là pour elle. Mais la lumière se rapprochait, accompagnée d'un bourdonnement de plus en plus fort dans ses oreilles.

Il y eut des cris, des bruits de pas lourds, puis un grognement tout proche et la pression sur son corps s'allégea d'un coup. Il sentit qu'on le relevait.

— Daisy ? balbutia-t-il en louchant.

Il distingua les yeux d'une mouche géante qui le fixaient.

Peter songea que les mercenaires de Pike devaient désormais avoir réussi à s'introduire dans le bunker. Il espérait que Loki connaissait réellement une autre issue.

Ce serait pas mal que sa paranoïa nous soit utile, pour une fois.

— C'est encore loin ? chuchota Noa.

Elle avait l'air de faiblir et Peter devait se retenir pour ne pas la sommer d'aller plus vite.

— On y est presque, indiqua Loki d'une voix essoufflée. On va arriver au pied de la colline, du côté sud. C'est mon issue de secours en cas d'attaque de zombies.

Des zombies ? pensa Peter. *Il est sérieux, là ?*

— Super, se contenta-t-il de dire.

— Nous y voilà.

Le couloir débouchait sur une énorme porte blindée. Juste à côté se trouvait une table branlante sur laquelle était posé un ordinateur portable dont la présence paraissait saugrenue à cet endroit. Loki l'ouvrit et l'alluma.

— Euh, je ne suis pas sûr que ce soit le meilleur moment pour consulter tes mails, fit remarquer Peter.

— Il est connecté aux caméras de sécurité, indiqua

Loki en lui jetant un regard noir. Il faut d'abord s'assurer que la voie est libre dehors.

— Oh, excuse. Mais comment tu fais pour être sûr qu'il te reste de la batterie ?

— Je la change tous les jours.

— Ah oui, évidemment, marmonna Peter, avant d'imaginer Loki parcourant la galerie tous les soirs avec une batterie fraîchement rechargée.

Il se retourna vers Noa, appuyée contre un mur, qui tentait de reprendre sa respiration. Voyant qu'elle était à deux doigts de faire un malaise, il décida de se montrer plus insistant.

— Alors, c'est bon ?

— Deux secondes, je suis en train de vérifier, répondit Loki.

Peter sortit une bouteille d'eau de son sac et la tendit à Noa.

— Tiens, dit-il. Mieux vaut rester hydraté en toute circonstance.

Elle esquissa un sourire et but quelques gorgées avant de lui rendre la bouteille.

— C'est reparti comme au bon vieux temps, pas vrai ? ironisa-t-elle.

— J'avoue que ces types commençaient à me manquer, renchérit-il. J'espère qu'ils nous ont apporté des fleurs.

— On a de la compagnie, lâcha Loki.

Peter et Noa le rejoignirent devant l'ordinateur. Le bas de la colline s'ouvrait sur un vaste champ envahi de mauvaises herbes et bordé d'arbres. Six hommes affublés de masques apparaissaient sur l'écran. Leurs têtes bougeaient sans cesse, ce qui leur donnait encore plus l'air de gros insectes.

— Alors ils sont tout près de nous ? s'inquiéta Noa. Tu crois qu'ils vont entrer par là ?

Loki secoua la tête.

— Non. Ils ne peuvent pas voir la porte, elle est dissimulée par un fourré de ronces.

— Et comment on va faire en sortant ? demanda Peter.

— Il suffit de ramper, c'est facile. J'ai déjà fait le test une dizaine de fois. On s'en tire avec quelques égratignures, c'est tout.

— De toute façon, on ne fait pas le poids face à eux, objecta Noa d'un air résigné en désignant l'écran.

Peter sentit son cœur se serrer : elle avait raison. À eux trois, ils avaient deux tasers et un fusil pour faire face à six mercenaires armés. L'effet de surprise leur permettrait tout au plus de gagner quelques mètres, mais ensuite, ils n'auraient aucune chance.

Le martèlement des rangers leur parvenait en écho le long des couloirs. Les hommes de main de Pike se rapprochaient. Peter déglutit difficilement.

Cette fois, ça y est, on est cuits.

— Bon, on dirait qu'il est temps d'enclencher le plan de secours, déclara Loki d'un ton bourru.

— Il y a un plan de secours ? balbutia Peter avec un regain d'espoir.

— J'espérais vraiment ne pas devoir en arriver là, soupira tristement Loki en levant les yeux au plafond.

— De quoi tu parles ? le pressa Noa.

— Le bunker tout entier est piégé.

— Ben tiens, fit Peter, qui n'en finissait plus d'être sidéré par les extravagances de Loki. Et en quoi ça va résoudre le problème des types qui sont dehors ?

— J'ai prévu d'autres mesures. Mais je préfère ne les appliquer qu'en ultime recours.

— Pourquoi on n'a pas lancé le plan de secours avant ?

— La procédure prévoit la destruction des lieux et de tout ce qu'ils contiennent.

— Ah, désolé, articula Peter, embarrassé.

Loki avait toujours l'air prêt à lui casser la figure. Au lieu de ça, il dit :

— Ce n'est pas pour vous que je fais ça. C'est pour Firefly.

— Comment ça ?

— Tu penses qu'il lui est arrivé quelque chose ? avança Noa.

— Non, j'en suis sûr, affirma Loki. Un jour elle est en prison, et tout à coup, elle disparaît. Et elle n'a jamais refait surface en ligne. Il faut avoir le bras sacrément long pour commanditer un truc pareil.

Peter secoua la tête.

— Tu ne crois quand même pas que Pike l'a fait sortir pour l'obliger à mettre au point un système de cryptage ?

Ils avaient vu ce dont Charles Pike était capable et il était clair qu'il avait des contacts haut placés dans le gouvernement américain. Mais de là à imaginer qu'il avait assez de pouvoir pour faire libérer une hackeuse de renom d'une prison étrangère…

— C'était la signature de Firefly, insista Loki. Je ne sais pas ce que ces enfoirés lui ont fait, mais je peux vous jurer que je vais les faire payer.

— Bon, alors comment on active les pièges ? s'impatienta Noa.

— Il faut juste que je passe Serenity en niveau d'alerte maximum, expliqua Loki en se penchant au-dessus du clavier.

— Tu as baptisé le bunker Serenity ? lâcha Peter, incrédule.

— Chut, grommela Noa, laisse-le se concentrer.

Ils attendirent en silence pendant que Loki s'affairait sur l'ordinateur. Peter but un peu d'eau et tenta de calmer son cœur qui battait la chamade. Tout son corps semblait le conjurer de s'enfuir. Rester vissé à un écran paraissait la chose la plus stupide à faire dans un tel moment.

Ils entendirent alors le bruit d'une explosion au loin, suivi de cris.

— Phase Un, OK, déclara Loki, l'air satisfait.

Peter réprima un frisson. Il avait beau détester les mercenaires de Pike, il n'était pas très à l'aise avec l'idée de tuer des gens.

— Ce sont des bombes ? demanda-t-il.

— Entre autres, acquiesça Loki. Il faut savoir protéger ses arrières.

— Regardez, ils s'en vont ! s'exclama Noa.

Sur les images, les hommes remontaient la colline en courant à toute allure. Ceux qui étaient à l'intérieur du bunker avaient dû les appeler au secours.

Le dernier homme disparut de l'écran, laissant le champ vide de toute présence. Peter resserra les sangles de son sac à dos.

— Tirons-nous d'ici, lança-t-il.

Teo tenta de se débattre, mais il était si étourdi qu'il parvenait à peine à tenir debout.

— Daisy ! s'égosilla-t-il – mais son cri fut étouffé par un rugissement assourdissant.

Il sentit qu'on le poussait en avant tout en le soutenant. Quelqu'un lui fit baisser la tête et il tituba à l'intérieur d'une petite cabine métallique.

Quand sa vision redevint plus nette, il réalisa qu'il était dans un hélicoptère. Voilà qui expliquait la lumière aveuglante et le vacarme ambiant.

Ils m'ont attrapé.

Les ravisseurs de Teo lui mirent les mains dans le dos avant de les attacher fermement avec un collier de serrage en plastique. Sa blessure au bras le faisait atrocement souffrir, mais avant même qu'il puisse dire quoi que ce soit, on lui enfila un sac sur la tête. Il eut beau crier, le bruit des rotors couvrait sa voix.

Sa seule consolation, c'était que Daisy avait réussi à s'enfuir. Il se demanda ce qui était arrivé à Joe et ses comparses. S'ils n'avaient pas été là, Daisy et lui seraient dans un car roulant vers la Californie à l'heure qu'il était. Teo contracta la mâchoire. Tous les projets qu'il avait imaginés pour eux deux étaient partis en fumée à cause de quelques voyous dont ils avaient eu le malheur de croiser la route au mauvais moment.

Il sentit le sol se dérober sous ses pieds et comprit que l'hélicoptère décollait. Ce mouvement soudain lui donna une sensation de vertige et il dut lutter pour ne pas vomir. Il avait des crampes dans les jambes, les liens en plastique s'enfonçaient dans ses poignets et du sang coulait le long de son bras. Il songea que les moteurs semblaient battre en rythme avec les élancements de douleur qui parcouraient son corps. Il s'affala sur le sol, vaincu.

Tous ces mois de fuite pour en arriver là. Et le pire restait à venir. Ils allaient essayer de le pousser à trahir Peter et Noa, et probablement le torturer jusqu'à ce qu'il désigne sur une carte l'emplacement de la planque de Loki.

Teo ne savait pas combien de temps il pourrait tenir avant de craquer. Cela faisait presque une semaine que Daisy et lui avaient quitté les autres pour gagner l'Ouest. Il pria intérieurement pour que Peter et Noa aient eu le temps de trouver ce qu'ils cherchaient et soient déjà partis depuis un bon moment.

CHAPITRE HUIT

— Encore une minute, lâcha Loki en levant la main pour leur faire signe d'attendre.

Des volutes de fumée nauséabondes commençaient à serpenter le long du plafond.

— Beurk ! s'exclama Peter avant de se boucher le nez. C'est quoi cette odeur ?

— Du gaz neurotoxique, répondit Loki, les yeux brillants. La phase Deux est activée ! À vrai dire, je n'étais pas certain à cent pour cent que ça marcherait.

— Du gaz neurotoxique ? répéta Peter d'une voix alarmée. Tu as quand même remarqué qu'ils portaient des masques ?

— Oui, mais ils n'ont pas de bouteilles d'oxygène. Ça va forcément les ralentir.

— Bon, il faut qu'on y aille, intervint Noa, qui trépignait.

Loki paraissait désireux d'observer les effets des pièges qu'il avait mis en place. Mais leurs chances de s'enfuir s'amenuisaient à mesure que le temps passait. Les mercenaires de Pike étaient réactifs et entraînés. Ils étaient sans doute déjà en train d'abandonner les tunnels. Et puis, la fumée devenait plus dense et Noa commençait à avoir le tournis.

Loki prit un masque à gaz qu'il sembla sortir de nulle part et l'enfila d'un geste expert.

— T'en aurais pas deux autres, par hasard ? bredouilla Peter en remontant son tee-shirt pour se couvrir le visage.

— Ne vous en faites pas. Essayez simplement de... de ne pas trop respirer. Ah, j'allais oublier, dit Loki en leur tendant deux talkies-walkies. Prenez ça.

— Pour quoi faire ?

— C'est au cas où on devrait se séparer.

— Merci, balbutia Noa en prenant l'un des deux.

Elle songea avec une pointe de tristesse qu'il ressemblait énormément à ceux qu'elle et son unité avaient l'habitude d'utiliser. Peter tenait son talkie comme s'il risquait de le mordre. Elle lui fit signe de l'accrocher à sa ceinture et il s'exécuta de mauvaise grâce.

Loki émit un profond soupir, puis referma l'ordinateur.

— Adieu, Serenity, marmonna-t-il en jetant un regard nostalgique vers le couloir.

Noa lui tapota maladroitement l'épaule, à la fois pour le consoler et pour l'inciter à partir. Elle entendait dans sa tête une petite voix familière qui lui hurlait de prendre ses jambes à son cou.

— Cet endroit était génial, murmura Peter. Je suis désolé.

— Moi aussi, articula Loki d'une voix étranglée.

Il poussa la porte blindée jusqu'à ce qu'elle soit suffisamment entrouverte pour qu'ils puissent se faufiler à l'extérieur et la maintint dans cette position avant de faire signe à Noa de sortir. Elle se mordilla la lèvre et se glissa sous son bras.

Il n'avait pas menti : après un dégagement étroit d'environ un mètre de large, un épais taillis de ronces entourait la porte comme une cage. Les rayons du soleil perçaient à travers les branches. Noa grimaça, éblouie, et mit aussitôt ses lunettes de soleil.

Lorsque Peter et Loki l'eurent rejointe, ils durent se serrer les uns contre les autres. Loki referma la porte et entra un code sur un petit clavier attenant. Il y eut un sifflement, puis le bruit d'un verrou qui s'enclenchait.

Désormais, quoi qu'il advienne, ils avaient quitté le bunker.

Noa s'agenouilla prudemment et repéra sous les ronces un tunnel d'environ trente centimètres de haut où la terre était grattée comme si on avait traîné quelque chose tout le long.

— C'est par là, chuchota Loki. Je viens régulièrement pour entretenir le passage.

— Tu réussis à rentrer là-dedans ? fit Peter, sceptique.

— Regarde et prends-en de la graine, répliqua Loki avant de se baisser et de se faufiler dans le tunnel.

— Bon sang, ce mec n'en finira jamais de me surprendre ! s'exclama Peter.

— Hé ! lança Loki au bout de quelques instants depuis l'autre côté de la haie. Vous venez ou quoi ?

— On arrive, répondit Noa à voix basse.

Elle se glissa dans le passage et se mit à ramper, progressant centimètre par centimètre. Des branches s'accrochaient dans ses cheveux et lui griffaient les jambes. Elle serra les dents et continua d'avancer. Lorsqu'elle fut presque au bout, Loki tendit la main et l'attrapa par le poignet pour la tirer à l'extérieur.

— Merci, lâcha-t-elle en haletant.

— Pas de souci, dit Loki. Mais Vallas se débrouillera tout seul.

Une minute et de nombreux jurons plus tard, Peter émergea des ronces à son tour.

— Je ne suis pas hyper fan de ton plan d'évasion, pour le moment, grommela-t-il.

— Tout marche comme sur des roulettes, rétorqua Loki.

Il y avait à nouveau une lueur de folie dans ses yeux.

— Et maintenant ? demanda Noa.

Le champ paraissait toujours dégagé. Couvert de hautes herbes brunes qui ondulaient dans le vent, il s'étirait sur deux ou trois cents mètres avant de déboucher sur une petite forêt de peupliers.

— J'ai un pick-up planqué tout près d'ici sous une bâche de camouflage, annonça Loki.

— Super, fit-elle, soulagée.

La traversée sous les ronces l'avait vidée de son énergie et elle ne sentait pas d'attaque pour parcourir de longues distances.

— Qu'est-ce qu'on attend ? s'impatienta Peter. Allons-y !

— Je dois d'abord vous informer d'une règle importante, déclara Loki en levant un index solennel. Vous devez avancer précisément dans mes pas. Compris ?

— Pourquoi ?

— OK, acquiesça Noa en fusillant Peter du regard.

Loki les avait emmenés jusque-là. Ils avaient donc tout intérêt à lui faire confiance s'ils voulaient avoir une chance de s'en sortir.

Il s'élança à grandes enjambées à travers champ. Noa lui emboîta le pas, en prenant soin de suivre les traces qu'il laissait dans l'herbe, et Peter l'imita en râlant. Elle avait les jambes si lourdes qu'elle craignait presque de s'enfoncer dans le sol à chaque foulée. Elle tenta de puiser de l'énergie dans ses réserves, mais son corps était déjà à bout de forces.

— Ça te dirait d'aller un peu plus vite ? maugréa Peter.

— J'essaie !

Un cri résonna derrière eux. Peter tourna la tête et aperçut un mercenaire au sommet de la colline. Il avait son fusil braqué sur eux.

— Tenez bon ! dit Loki. On y est presque !

— Bon sang, on va se faire tirer dessus ! brailla Peter.

Loki fonça de plus belle au milieu des hautes herbes, courant en zigzags comme un taureau enragé.

— Une cible mouvante, c'est dur à toucher ! rugit-il.

Peter espérait qu'il avait raison. Il essayait tant bien que mal de suivre ses traces, les yeux rivés sur le dos de Noa dont la chevelure brune volait derrière elle. Il avait les poumons en feu et la respiration coupée par les disques durs qui lui broyaient les côtes.

Il entendit d'autres cris venant du haut de la colline et une balle passa en sifflant près de son oreille. Il rentra la tête dans les épaules par réflexe, comme si ça pouvait changer quelque chose, et talonna Noa. À peine levait-elle un pied qu'il posait le sien au même endroit.

La lisière des bois n'était plus qu'à six mètres.

Trois.

Deux.

De nouveaux coups de feu se succédèrent. Peter supposa que d'autres tireurs s'étaient joints au premier, mais il n'avait pas envie de vérifier. Il s'imagina criblé de trous comme une passoire, le sang jaillissant de son corps de toute part. Mais par miracle, aucune balle ne l'atteignit.

Une déflagration résonna au-devant de lui. Loki s'était arrêté à l'entrée des bois et ripostait aux tirs, son fusil braqué vers le haut de la colline.

— Le pick-up est à cinquante mètres d'ici ! lança-t-il lorsque Peter et Noa parvinrent à sa hauteur.

Il fit à nouveau feu vers les silhouettes sombres qui se déployaient le long de la colline, fondant sur eux comme une nuée de corbeaux vengeurs.

— Allez, venez nous attraper, bande d'enfoirés ! hurla-t-il en rechargeant son fusil avant de tirer une nouvelle salve.

Slalomant entre les arbres, Peter rattrapa Noa qui clopinait plus qu'elle ne courait. Il glissa un bras autour d'elle pour l'aider à avancer. Il songea qu'elle devait être vraiment mal, car elle ne protesta même pas.

— C'est par où ? s'écria-t-il.

— Juste là ! répondit Loki en surgissant derrière eux.

— Je ne vois rien, geignit Noa.

— Ici.

Peter suivit des yeux la direction que désignait Loki et aperçut une imposante forme sombre. Tandis qu'ils s'en rapprochaient, il distingua un véhicule recouvert d'une bâche de camouflage.

Pendant que Loki récupérait les clés, cachées au-dessus d'une des roues, il arracha la bâche et jeta les sacs à dos dans la benne arrière du pick-up avant de s'y ruer à son tour.

— Lâche ton arme !

Peter se retourna si vite qu'il faillit s'étaler au milieu des sacs. Il vit un groupe d'hommes émerger des arbres tout autour d'eux. Ils étaient cinq, en tout.

Une balle vint se loger dans la carrosserie, à quelques centimètres de lui. Peter se pétrifia en fixant d'un air hébété la trace de l'impact dans le métal.

— Lâche ton fusil et ne bouge pas ! insista l'un des hommes à l'intention de Loki.

Ils n'étaient plus qu'à cinq ou six mètres et avançaient lentement vers eux. Avec leurs combinaisons noires et leurs masques, ils paraissaient tous étrangement semblables.

Noa s'était déjà installée sur le siège passager et affichait une mine sombre. Quant à Loki, il se tenait devant la portière conducteur, son fusil à la main. D'un air nonchalant, il jeta les clés sur le siège avant.

— Vous êtes sur une propriété privée ! vociféra-t-il. Foutez le camp de chez moi !

Peter fut impressionné par son audace, aussi vaine fût-elle. Il était hors d'haleine et au comble de la frustration. Ils avaient été si près du but. Une minute de plus et ils auraient pu s'enfuir.

L'un des hommes s'avança prudemment en braquant son arme sur Peter, tandis que les quatre autres restaient où ils étaient pour sécuriser le périmètre.

— Surtout, personne ne tire sur la fille, ajouta-t-il d'une voix puissante. C'est elle que…

Il s'interrompit en entendant un cliquetis sonore, et Loki se mit à rire.

— C'était quoi, ce truc ? demanda l'homme.

Loki se tourna vers Peter, une lueur diabolique dans les yeux.

— Tu ferais mieux de te mettre à l'abri, marmonna-t-il avant de se ruer derrière le volant.

— Quoi ?

Les mercenaires lui crièrent de s'arrêter. À travers la vitre arrière, Peter le vit articuler le mot « bombe », puis il disparut hors de vue au pied des sièges, entraînant Noa avec lui.

Peter se jeta aussitôt dans le fond de la benne, les mains plaquées sur la tête.

BOUM !

Le souffle de l'explosion le projeta contre l'une des parois latérales et secoua violemment le pick-up. L'homme qui avait pris la parole fut propulsé dans les airs comme une fusée. Peter écarquilla les yeux en voyant son corps retomber à quelques mètres de lui dans une gerbe de sang.

Dans les livres et dans les films, quand une bombe explose, tout a l'air de se dérouler au ralenti. Peter eut exactement la sensation inverse et les événements lui semblèrent s'enchaîner à la vitesse de la lumière. Il entendit le moteur vrombir et glissa dans la benne sans pouvoir rien faire lorsque le pick-up démarra en trombe et dérapa, arrachant des branches basses au passage. Des cris résonnaient de tous côtés, mais les sons lui paraissaient lointains et bizarrement creux, comme s'ils lui parvenaient à travers un long tube.

Peter garda la tête baissée tandis que le pick-up prenait la fuite sous une pluie de balles crépitant contre la tôle.

Loki était accroupi si bas derrière le volant que Noa avait du mal à croire qu'il pouvait y voir quoi que ce soit. Cela dit, ça n'aurait pas changé grand-chose qu'il se redresse, car le pare-brise n'était plus qu'une constellation de fissures. Elle avait toujours les oreilles qui bourdonnaient du fait de l'explosion – explosion qu'elle n'avait d'ailleurs pas du tout vue venir.

Je comprends mieux pourquoi il voulait qu'on marche dans ses pas, songea-t-elle. *Il a dû miner tout le chemin*.

Parano comme il l'était, c'était tout à fait son genre de faire une chose pareille. Les mercenaires de Pike qui avaient descendu la colline avaient eu une chance incroyable de ne pas poser un pied sur l'un de ses pièges.

Loki marmonnait tout en conduisant, faisant des embardées pour éviter des obstacles sur la route que lui seul pouvait voir – encore qu'on pouvait difficilement appeler ça une route ; c'était plutôt un sentier de randonnée amélioré. Heureusement, le pick-up avait quatre roues motrices et compensait son manque de rapidité par une robustesse indéniable.

Autour d'eux, les bois grouillaient d'hommes armés et ils essuyaient un feu nourri à chaque virage. Noa se demanda de nouveau combien Pike avait pu en envoyer.

Beaucoup, supposa-t-elle. *J'espère juste qu'ils n'ont pas établi un barrage au bout de la route*.

Elle se redressa pour jeter un coup d'œil à Peter, à l'arrière. Il avait les bras et les jambes écartés, en appui sur les bords de la benne, et il était couvert de sang.

Pourvu que ce ne soit pas le sien, pria-t-elle.

En la voyant, il ouvrit de grands yeux ronds et lui cria quelque chose, mais elle ne put saisir ce qu'il disait à cause du sifflement persistant dans ses oreilles.

Une balle la frôla presque et elle replongea aussitôt au pied du siège passager.

Moi qui croyais qu'on ne devait pas me tirer dessus. Apparemment, certains n'ont pas eu l'info…

Elle réalisa néanmoins que s'ils l'avaient voulu, les mercenaires auraient pu transformer le pick-up en gruyère. Peut-être qu'ils cherchaient seulement à le mettre hors course. Et ça semblait marcher, car de la fumée sortait du capot.

— On va où ? demanda-t-elle.

— Loin d'ici, dit Loki.

— Ça, j'avais compris, acquiesça-t-elle en s'efforçant de garder son calme. Mais où ? Et si la route est barrée ?

— Ils sont venus, grommela-t-il avant de s'humecter les lèvres. Ils ont fini par venir. Faut qu'on décroche.

Il avait l'air perdu dans son délire et Noa songea qu'il fallait qu'il tienne au moins le temps de les sortir de là. Au-dessus d'eux, les arbres firent place à la lumière du jour.

Cette fois, c'est l'heure de vérité.

Un gros 4×4 militaire était garé au milieu du sentier devant lequel étaient postés trois hommes armés. En voyant le pick-up arriver, ils levèrent leurs fusils.

La route était bordée, à droite, par un fossé profond et, à gauche, par de hautes herbes qui pouvaient tout aussi bien en cacher un autre.

Noa se recroquevilla au maximum sous son siège en espérant que ce n'était pas le cas. Alors qu'ils se rapprochaient du 4×4, Loki fit une embardée sur la gauche. De nouvelles balles atteignirent la carrosserie côté passager.

— Accroche-toi, Peter ! lança Noa, bien qu'elle doutât qu'il l'entende.

Tout à coup, le pick-up piqua du nez de façon alarmante.

— Oh, non, murmura-t-elle. Non, non…

Mais ils reprirent brusquement de la hauteur. Elle aperçut un morceau de ciel par la vitre, puis les roues arrière grimpèrent hors de l'ornière et le pick-up retrouva sa stabilité avec un bruit sourd. Loki donna un violent coup de volant sur la droite, faisant bringuebaler l'arrière du véhicule et crisser les pneus, et ils se retrouvèrent sur une vraie route.

Noa put enfin relâcher son souffle. Il lui semblait qu'ils avaient quitté le centre de contrôle depuis une éternité, mais il avait seulement dû s'écouler une vingtaine de minutes depuis leur sortie du bunker.

— On les a semés ? cria Peter.

— Oui ! répondit Noa.

Elle vit son visage apparaître derrière la vitre arrière, qui était fendue.

— Bon sang, c'était moins une, soupira-t-il d'une voix légèrement étouffée. Vous n'avez rien ?

Noa tourna les yeux vers Loki, cramponné au volant, qui observait la route d'un air tendu.

— Je crois que ça va, indiqua-t-elle. Et toi ?

— Je n'ai pas été touché. Mais la bagnole est salement amochée.

Il avait raison. L'avant fumait de plus en plus, limitant d'autant la visibilité déjà réduite.

— Loki ?

Comme il ne réagissait pas, Noa lui tapota le bras et désigna la fumée devant eux.

— Il faut qu'on se débarrasse du pick-up.

— Impossible, répliqua-t-il férocement. Ils vont t'attraper si on s'arrête. On doit continuer.

— On va en prendre un autre. Un qui sera mieux.

Il secoua vivement la tête et Noa pinça les lèvres, rongée par l'impuissance.

— Il a peut-être raison, intervint Peter, à l'arrière. Ce n'est pas vraiment le meilleur endroit pour faire du stop. Et dès qu'ils trouveront le pick-up, ils enverront tous leurs effectifs à notre recherche.

Ils n'avaient pas beaucoup de temps devant eux pour trouver une solution. Le 4×4 n'allait pas tarder à surgir et ce serait la course-poursuite la plus courte de toute l'histoire des courses-poursuites. Il n'y avait que des champs et des arbres de part et d'autre de la route et, jusqu'ici, ils n'avaient pas croisé la moindre intersection. La propriété de Loki jouxtait un immense parc national qui s'étendait sur des milliers d'hectares, et leurs chances d'atteindre une ville où ils pourraient changer de véhicule étaient minces.

La route se mit à monter et Noa aperçut une lueur de phares dans son rétroviseur. C'était sûrement le 4×4 lancé à leurs trousses.

— C'est le moment ou jamais d'avoir une idée ! reprit Peter derrière la vitre.

— Loki, insista Noa, on va où ?

Il lui jeta un regard vide.

— Chez ma mère, lâcha-t-il.

Noa pensa un instant qu'il plaisantait mais comprit vite qu'il était sérieux.

— Elle habite où ?

— À Breckenridge, dans un mobile home.

— Est-ce que tu as d'autres voitures planquées dans les parages ? tenta Noa.

— J'ai un quad. On y sera bientôt.

— Qu'est-ce qu'il dit ? s'enquit Peter en toquant contre la vitre. Ils gagnent du terrain !

— Mais on ne tiendra jamais tous les trois sur un quad, objecta Noa.

— C'est juste pour moi, maugréa Loki. Il faut que j'aille sauver ma mère.

Noa réfléchit à toute vitesse.

— Écoute, voilà ce qu'on va faire, déclara-t-elle. Peter et moi, on va sauter du pick-up, OK ? Et toi, tu fonces chercher ton quad.

Loki ne semblait pas l'entendre. Elle le saisit par le bras.

— Tu comprends ? insista-t-elle. Il faut que tu largues

cette voiture. Et quand tu auras rejoint ta mère, ne parle de tout ça à personne.

— Ils ont tué Firefly, fulmina Loki. Je vais leur faire la peau.

— Non, protesta Noa. Laisse tomber, c'est trop dangereux.

Le moteur commençait à tousser et Noa sentit ses yeux pleurer à cause de la fumée qui s'insinuait dans l'habitacle. Dans le rétroviseur, elle vit l'éclat brillant des phares du 4×4 qui se rapprochait. Il fallait qu'ils trouvent un moyen de tenir leurs poursuivants à distance.

Elle repéra un bois un peu plus loin en bordure de route et un ravin juste après.

— Loki, il est à combien d'ici, ton quad ? demanda-t-elle.

— Quelques bornes, grommela-t-il.

— Super. Va par là, dit-elle en désignant le canyon.

Loki traversa docilement la bande d'arrêt d'urgence avant de rouler sur l'herbe en direction du ravin.

— Oh là là ! s'exclama Peter. Non, non, non !

— Attrape les sacs ! lui cria Noa en ouvrant sa portière. Et tiens-toi prêt à sauter !

Peter rassembla les sacs en se cramponnant à un bord de la benne. Le pick-up avait ralenti, mais il roulait encore à près de cinquante kilomètres-heure. Le terrain était en pente et Loki se dirigeait droit vers le canyon sans freiner le moins du monde.

— C'est de la folie, murmura Peter en examinant fébrilement les taillis, à la recherche d'un endroit où atterrir sans se faire trop mal.

— Balance-les ! hurla Noa.

Il regarda derrière eux et discerna le 4×4 au sommet de la côte qu'ils avaient passée quelques minutes plus tôt. Il poussa un juron et jeta les sacs à dos qui disparurent au milieu des hautes herbes.

— Maintenant, saute ! ajouta-t-elle.

Peter prit une profonde inspiration et s'accroupit maladroitement. Le pick-up cahotait dans tous les sens et un épais nuage de fumée enveloppait la cabine, l'empêchant de voir quoi que ce soit. Il se demanda comment faisait Loki pour conduire.

— Go ! lança Noa en bondissant hors du pick-up.

Le canyon n'était plus qu'à cinq mètres d'eux. La portière du conducteur s'ouvrit et Loki sauta à son tour, les bras serrés autour de son fusil comme s'il tenait un bébé.

— C'est maintenant ou jamais, marmonna Peter pour se donner du courage.

Il se mit à compter dans sa tête.

Un… Deux…

À trois, il s'élança hors de la benne. Il atterrit lourdement sur son épaule droite et sentit quelque chose craquer. Il réalisa aussitôt qu'il avait trop attendu. Il dévalait la pente derrière le pick-up et le décor semblait tourner à toute allure sous ses yeux, tandis que des brindilles lui griffaient le visage et les bras.

Peter fonçait droit vers le ravin. Il tenta d'attraper de quoi ralentir sa chute, mais ne parvint qu'à arracher des touffes d'herbe. Son bras droit se tordit sous son corps qui continuait de rouler et il poussa un cri de douleur.

L'arrière du pick-up bascula vers le haut et resta suspendu un bon moment au bord du canyon, pendant que le moteur émettait une plainte stridente, puis il disparut hors de vue. Une seconde plus tard, on entendit le fracas du métal contre les rochers.

Peter s'apprêtait à suivre le même chemin. Il agitait les jambes, espérant trouver un appui quelque part, mais il avait pris trop de vitesse et rien ne pouvait le retenir.

Il sentit soudain quelque chose qui tirait sur son tee-shirt. Il glissa encore sur quelques dizaines de centimètres et s'arrêta, les pieds dans le vide.

Il fut à nouveau empoigné et il voltigea en arrière. Il s'effondra contre Noa et ils restèrent tous les deux allongés quelques instants, le souffle court. Puis Peter se redressa et jeta un coup d'œil vers le fond du ravin. Le pick-up était couché sur le flanc, plusieurs dizaines de mètres plus bas, l'avant défoncé et fumant.

— Parfois, je déteste tes idées, balbutia-t-il.

— Viens, lâcha Noa. Il faut qu'on récupère les sacs et qu'on se mette à l'abri. Ils seront là d'une minute à l'autre.

Ils se précipitèrent vers la route sans voir le moindre signe de Loki. Sans doute était-il déjà parti chercher son quad.

Les sacs étaient plus loin que Peter le pensait. Lorsqu'ils les trouvèrent, il en ramassa un de la main gauche avant de filer vers les arbres en boitillant. La douleur dans son épaule droite était insoutenable et son bras formait un angle bizarre avec son corps.

Le 4×4 apparut, à moins d'un kilomètre d'eux, et bifurqua dans leur direction. Peter déglutit. Ils s'étaient fait repérer.

— Cours ! s'écria Noa.

Peter avait l'impression que son corps tout entier n'était plus qu'un hématome géant. Il serrait les dents chaque fois que son sac rebondissait contre son dos, et son bras droit lui paraissait étrangement engourdi, inerte. Les hautes herbes s'entremêlaient dans ses pieds, comme pour le ralentir. Devant lui, Noa le distançait peu à peu : deux mètres, puis trois…

Peter trébucha et tomba de tout son poids en se tordant la cheville. Il s'appuya par réflexe sur son bras droit pour essayer de se relever et la douleur fut si intense qu'il faillit perdre connaissance.

Noa s'était arrêtée et il l'entendit lui crier de la rejoindre, mais ses muscles refusaient de lui obéir. Il tourna la tête derrière lui. Le 4×4 venait de se garer et quatre hommes en sortirent, armés de fusils automatiques. Peter ferma les yeux, prêt à renoncer. Il réalisa que ses oreilles bourdonnaient toujours depuis l'explosion.

Sur sa gauche, une voix se mit à beugler quelque chose et il vit Loki apparaître au milieu des buissons, brandissant son fusil. Il y eut une détonation puissante quand il tira, puis un cliquètement sonore au moment où il rechargeait son arme. Il marchait vers les mercenaires d'un air concentré en faisant feu, encore et encore, ignorant les protestations de Noa qui l'exhortait à se mettre à l'abri.

Peter crispa la mâchoire et se redressa en chancelant, plié en deux de douleur.

— Loki ! s'égosilla-t-il à son tour. Reviens !

Loki jeta un regard par-dessus son épaule et lui adressa un sourire halluciné avant de hocher la tête.

Au même moment, une rafale éclata depuis le 4×4. Loki tomba à genoux.

— Fonce ! cria Noa, parvenue à l'orée des bois.

Peter tituba vers elle au milieu des balles qui sifflaient, faisant voler des touffes d'herbe et des mottes de terre tout autour de lui. Il se retourna en arrivant à ses côtés. Les mercenaires de Pike étaient lancés à leur poursuite.

Heureusement que l'adrénaline existe, songea Noa tandis qu'ils couraient dans la forêt.

Elle ignorait combien de temps le pic allait durer, mais pour le moment cela faisait taire sa fatigue. C'était une chance qu'elle ait pu se reposer un peu au cours de la semaine précédente, sans quoi elle n'aurait jamais tenu jusque-là.

Noa et Peter avaient réussi par miracle à semer leurs poursuivants, mais elle n'avait aucune idée de l'endroit où ils étaient, ni s'ils seraient en mesure de trouver le quad dont Loki avait parlé. Elle se remémora le moment où il était tombé à genoux et se demanda s'il était mort. À cette idée, elle fut envahie par un élan de rage. Elle en avait assez de semer des cadavres derrière elle, de fuir en permanence.

Elle jeta un regard à Peter. Il tenait à peine debout et son bras droit avait l'air bizarrement tordu, comme s'il s'était déboîté l'épaule. Elle le revit dégringoler vers le canyon, et son cœur se serra. Si elle ne l'avait pas rattrapé in extremis, il serait tombé dans le vide et…

Ce n'était pas le moment de penser à ça. Ils continuèrent de se frayer un chemin entre les pins, dont les aiguilles formaient un tapis qui étouffait le bruit de leurs pas. Ils entendirent des cris et d'autres coups de feu au loin derrière eux.

— J'en peux plus, bredouilla Peter. Il faut que je m'arrête.

— On ne peut pas, objecta Noa. Attends, je vais prendre ton sac.

Il grimaça et secoua la tête, malgré sa faiblesse évidente. Son épaule devait lui faire horriblement mal.

Noa s'approcha de lui et le délesta de son sac à dos. Malgré ses réticences, il se laissa faire et se mit à avancer plus vite.

Les arbres devenaient moins nombreux et ils aperçurent une clairière un peu plus loin devant eux. En l'atteignant, ils eurent la surprise de découvrir qu'il s'agissait d'un parking destiné aux randonneurs. Deux voitures et un camion étaient garés tout au bout.

— Là-bas ! lança Noa en entraînant Peter avec elle.

Elle repensa aux clés du pick-up de Loki dissimulées au-dessus d'une roue. Peut-être les randonneurs faisaient-ils la même chose. En tout cas, ça valait le coup de le vérifier.

Noa courut vers la voiture la plus proche et commença à inspecter les roues. D'après les cris qu'elle entendait, les mercenaires de Pike étaient encore dans les bois. Ils semblaient avoir perdu leur trace, au moins temporairement.

N'ayant rien trouvé, elle se dirigea vers l'autre voiture en croisant les doigts.

— Qu'est-ce que tu cherches ? demanda faiblement Peter.

— Les clés. Tu peux aller voir sous le camion ?

Il boitilla jusqu'au camion pendant qu'elle examinait à tâtons l'espace au-dessus du pneu avant, côté conducteur. Ses doigts effleurèrent les contours d'une petite boîte rectangulaire cachée sous le châssis.

— Yes ! s'exclama-t-elle en découvrant une clé à l'intérieur.

Peter la rejoignit d'un pas traînant tandis qu'elle déverrouillait les portières et monta à bord. C'était une Honda Accord blanche, couverte d'une épaisse couche de poussière.

Une voix cria derrière eux. Noa se retourna : l'un des mercenaires venait d'émerger de la forêt, à l'autre bout du parking, et braquait son fusil sur eux.

Noa jeta les sacs à dos à l'arrière et se rua derrière le volant. Elle mit le contact et fut à deux doigts de pleurer de soulagement en entendant aussitôt le moteur démarrer. Tandis qu'ils sortaient du parking, elle aperçut leur poursuivant qui parlait dans un talkie-walkie.

— Quel coup de bol ! lâcha Peter en inclinant son siège.

— On n'est pas encore tirés d'affaire, fit-elle remarquer. Le 4×4 va sûrement nous prendre en chasse.

— Pour le moment, je ne te demande qu'une chose, articula-t-il d'une voix étranglée par la douleur. Essaie juste de ne pas jeter cette bagnole dans un ravin. Je n'en peux plus de faire des cascades.

CHAPITRE NEUF

Teo avait perdu toute notion du temps. Le vol en hélicoptère lui paraissait avoir duré près d'une demi-heure, mais il n'avait aucun moyen d'en être sûr. Il tenta d'estimer la distance qu'ils avaient parcourue, mais il ignorait à quelle vitesse volait un hélicoptère. En réalité, il cherchait surtout à s'occuper l'esprit. L'air dans le sac était aigre et sa propre haleine lui donnait des haut-le-cœur.

Teo sentit qu'ils descendaient, puis l'appareil atterrit avec un soubresaut. On le fit sortir de force avant de lui faire monter un escalier dont les marches métalliques résonnaient sous ses pas. Il entendit de nouveaux bruits de moteur, mais beaucoup plus doux, comme ceux d'un turboréacteur.

Ouah ! Je rêve ou je suis dans un avion ?

Il devait s'agir d'un de ces jets privés comme en possédaient les riches. On ne l'aurait pas fait rentrer aussi facilement dans un appareil classique.

Teo envisagea d'appeler au secours, mais il eut l'intuition que ça ne servirait à rien. Si ses ravisseurs avaient vraiment eu peur qu'il crie, ils l'auraient bâillonné. Et même si l'air sous le sac empestait, ça restait quand même beaucoup plus respirable que si on lui collait du ruban adhésif sur la bouche. Il choisit donc de garder le silence.

On le poussa sans ménagement sur un siège, les mains toujours attachées dans le dos. Il sentit une matière douce et lisse sous ses doigts – *Du cuir ?* – avant d'éprouver une sorte de vertige quand l'avion décolla, comme si le monde autour de lui avait basculé en arrière et que des mains invisibles l'avaient plaqué dans le fauteuil.

Teo songea avec amertume que c'était la première fois de sa vie qu'il montait dans un hélicoptère et dans un avion, et il regretta de ne pas pouvoir profiter de la vue, d'autant que c'était sans doute aussi le dernier voyage qu'il ferait.

— Enlevez-lui ça.

Aussitôt, quelqu'un retira le sac qui lui recouvrait la tête. Teo cligna des yeux, ébloui par la clarté soudaine, et tenta de comprendre où il était. Il ne s'était pas trompé, c'était une sorte de jet de luxe. Il repéra des sièges en cuir couleur crème, de la moquette beige et un rideau dans les mêmes tons au milieu de l'allée.

Face à lui était assis un homme à la mine sévère vêtu d'un costume sombre. Il avait les sourcils froncés et des yeux gris étranges aux pupilles très larges. Il était encadré par deux sbires baraqués tenant leurs poings serrés. Teo se tordit le cou pour jeter un coup d'œil derrière lui et vit un autre rideau tiré. L'espace exigu dans lequel ils se trouvaient devait faire environ deux mètres sur quatre et il eut tout à coup une sensation de claustrophobie. Il faillit s'esclaffer en réalisant qu'il était davantage impressionné par le fait d'être dans un avion que par les trois types qui le fixaient d'un air mauvais.

— J'imagine qu'on va à Hawaï ? lâcha-t-il en tâchant de maîtriser les tremblements de sa voix. C'est bête, j'ai oublié mon maillot de bain.

Celui qui lui faisait face esquissa un rictus.

— Je vois que tu as le même humour que ton ami Peter.

— Qui ça ? dit Teo en avalant sa salive.

Mince, ils ont aussi capturé Peter et Noa ?

— Ne fais pas l'imbécile, Teodoro, maugréa l'homme aux yeux gris d'un ton désapprobateur. Tout se déroulera sans heurt si tu m'épargnes ce genre de poncifs.

— Euh, vous parlez quelle langue, là ?

— Il est vrai que j'oublie constamment que je dois pallier les carences de notre système éducatif, rétorqua l'homme avec un petit sourire suffisant. Pour parler simplement, j'aimerais beaucoup savoir où est Noa Torson.

Ça veut dire qu'ils ne l'ont pas attrapée, songea Teo avec soulagement.

— Aucune idée, répondit-il.

— Donc tu admets que tu la connais ? insista l'homme en ajustant ses boutons de manchette.

Son regard était troublant, comme s'il pouvait lire dans les pensées, et Teo détourna les yeux avant de hausser les épaules.

— Ah, les adolescents, soupira l'homme. Je n'en peux plus d'avoir affaire à vous.

Il fit signe aux types derrière lui et leur murmura quelque chose. L'un d'eux hocha la tête. Il était grand et chauve, et paraissait à l'étroit dans son costume gris. Il s'avança vers Teo en tirant de sa poche un couteau à cran d'arrêt dont il fit surgir la lame.

Teo sentit ses tripes se nouer, mais il leva le menton d'un air de défi.

— Vous auriez dû me tuer en Arizona, lâcha-t-il. Vous allez trop galérer pour nettoyer les taches de sang sur le cuir.

Le chauve se pencha vers Teo et lui effleura le nez avec son couteau.

Mais qu'est-ce qu'il va me faire ? se demanda Teo, tétanisé par la peur. *Me découper le nez ? Est-ce qu'on peut vivre sans nez ?*

Puis le type baissa sa lame et Teo sentit brusquement la pression sur ses poignets se relâcher. Ses liens venaient d'être coupés. Il se frotta les mains avec méfiance. Son bras ne saignait plus – sans doute l'entaille n'était-elle pas aussi profonde qu'il l'avait cru –, mais la douleur n'en était pas moins intense.

— Ça va mieux ? lança l'homme aux yeux gris avec un sourire glaçant.

Teo préféra ne rien répondre. De toute façon, ce n'était pas comme si on venait de lui accorder une énorme faveur. Il était toujours retenu en otage dans un avion en route pour une destination inconnue et entouré de types qui pouvaient littéralement le mettre en pièces s'ils en avaient envie.

— Au fait, il a crié ? reprit l'homme en tapotant l'accoudoir de son fauteuil.

— Qui ? fit Teo, perplexe.

— Peter. J'imagine qu'il a dû beaucoup souffrir quand on lui a retiré le mouchard.

Teo réprima un frisson.

Bon sang, Pike a vraiment le chic pour embaucher des psychopathes.

— Il n'a pas dit un mot, affirma-t-il.

— Ça m'étonnerait fort. Je connais bien Peter, vois-tu. Disons que nous sommes… de vieux amis.

Teo fit soudain le rapprochement avec celui que Peter leur avait décrit. Le costume élégant, les cheveux bruns, les yeux de requin : tout concordait.

— Vous êtes Mason.

— Oui, en effet, acquiesça celui-ci, visiblement ravi.

— Peter m'a dit que vous étiez mort.

Une ombre passa sur le visage de Mason, mais sa voix garda le même ton imperturbable :

— Il avait tort, heureusement. Je ne suis pas quelqu'un dont on se débarrasse si facilement.

— Ah ouais ? Aux dernières nouvelles, vous étiez quand même ligoté à une rampe d'escalier. Vous ne deviez pas faire le malin.

Mason plissa les yeux.

— Ce n'est pas un de mes meilleurs souvenirs, avoua-t-il. Mais je m'en suis bien sorti, comme tu peux le voir.

— C'est sûr, vous voilà à nouveau à la botte de Charles Pike. Ça doit être trop génial, ironisa Teo en remarquant d'un air réjoui que Mason crispait la mâchoire. Je parie qu'il sera aux anges quand il verra que c'est moi que vous lui ramenez à la place de Noa.

— Oh, mais tu vas m'aider à localiser Mlle Torson.

— Aucune chance, répliqua Teo. Vous me tuerez dans tous les cas.

Mason le dévisagea comme s'il était un chien récalcitrant refusant de faire le beau.

— Franchement, je préférerais rester aussi civilisé que possible. Pour ne rien te cacher, j'ai déjà passé une journée très éprouvante.

— Je vous assure que je peux vous la rendre encore plus pénible, lâcha Teo.

Il plongea en avant et eut juste le temps de voir les yeux écarquillés de Mason en gros plan avant de lui asséner un violent coup de tête dans le nez. Il jubila en entendant ses dents claquer au moment où il basculait en arrière.

Les deux molosses se jetèrent aussitôt sur lui et le plaquèrent au sol avant même que Mason ait redressé la tête. Mais ça valait le coup de le voir le nez en sang.

Mason se leva et fusilla Teo du regard. Il pinça l'arête de son nez d'une main et referma l'autre en forme de poing.

— J'espérais que vous alliez crier, lança Teo en se recroquevillant, prêt à recevoir un coup. Ça doit faire un mal de chien, hein ?

Mason avait perdu son air condescendant et ses traits trahissaient des envies de meurtre.

— Tu vas le regretter, grogna-t-il d'un ton menaçant.

— Je suis déjà mort, fanfaronna Teo. Vous ne pouvez pas me tuer deux fois.

— Sans doute. Mais Peter aurait dû te prévenir que j'ai l'habitude d'assurer mes arrières.

Mason tamponna son nez avec un mouchoir d'un blanc immaculé avant d'en examiner les traces de sang.

— Allez chercher la fille.

— Oh, la vache, gémit Peter.

Noa lui jeta un coup d'œil inquiet. Son front était couvert de sueur. Il avait incliné son siège à quarante-cinq degrés et il serrait son bras déboîté de sa main valide.

— Tu tiens le coup ?

— J'ai vraiment mal, répondit-il en serrant les dents.

— Je peux tenter de te remettre l'épaule en place, déclara-t-elle, même si cette seule perspective la glaçait d'avance. Il faut juste qu'on trouve un endroit tranquille.

— De toute façon, on ferait mieux de ne pas rester sur la route. C'est trop dangereux.

Jusqu'à présent, ils n'avaient vu aucun 4×4 dans le rétroviseur. Ils avaient emprunté des voies secondaires, suivant un chemin sinueux au milieu des montagnes Rocheuses.

— On pourrait retourner à Denver, suggéra Noa.

— Trop de monde, objecta Peter.

— Mais ce serait peut-être un moyen de les semer.

— Non, ils savent qu'on va toujours dans les villes, c'est là qu'ils vont nous chercher. Et puis, tu nous as regardés ? Je doute qu'on nous laisse entrer dans un cybercafé.

Noa l'observa et hocha la tête. En plus de son épaule luxée, ses vêtements étaient maculés de boue et il avait le visage couvert d'égratignures. Elle-même était sûrement dans le même état.

Le plus sûr pour eux était de rester à l'écart des zones urbaines. Mais ils n'avaient jamais vécu en pleine nature. De plus, à part les vieux sacs de couchage au fond de leurs sacs à dos, ils n'avaient rien, pas la moindre réserve d'eau ou de nourriture.

— J'ai bien lu « Vail » sur le panneau ? demanda soudain Peter.

— Je n'ai pas fait gaffe, reconnut Noa.

Elle aurait dû prêter davantage attention à la route, mais la fatigue reprenait le dessus et elle parvenait tout juste à maintenir la voiture sur la bonne voie.

— Je crois bien que c'était ça, insista Peter en fouillant la boîte à gants d'une main.

Il déplia maladroitement une carte du Colorado sur ses genoux.

— Le bunker de Loki est là, dit-il en posant son doigt au nord-ouest de Denver. Et nous, on est ici. Donc si on peut récupérer la 6, ça nous mènera tout droit à Vail.

— Euh, OK, fit Noa. Mais je te rappelle qu'on n'a pas vraiment les moyens de se prendre une chambre là-bas.

— Ce ne sera pas nécessaire, rétorqua-t-il d'un air faussement arrogant.

— Comment ça ? s'étonna Noa.

Pour ce qu'elle en savait, Vail était une station de sports d'hiver huppée, une sorte de vaste aire de jeux pour nantis.

— Tu oublies toujours que je suis un gosse de riche, lâcha Peter avant de fermer les yeux. Bon, je vais essayer de me reposer un peu. Fais-moi signe quand on y sera.

Daisy se débattait tandis qu'un homme la traînait vers l'avant de l'avion. On lui avait fait une injection un peu plus tôt et elle était encore vaseuse. Aucun de ses coups de pied n'atteignait sa cible.

Malgré sa torpeur, elle sentait sourdre en elle une colère froide. Teo et elle avaient été si près du but. Sans les trois crétins du squat sous le pont, le mouchard aurait été détruit et ils seraient dans un car en ce moment même. Au lieu de ça, elle avait de nouveau dû prendre ses jambes à son cou. Le garçon qui la poursuivait l'avait rattrapée et fait tomber par terre. Il lui avait balancé deux coups de poing violents qui lui avaient donné le tournis et il avait commencé à retrousser sa jupe…

Après ça, elle ne se rappelait pas grand-chose, à part des lumières brillantes et une sensation de piqûre dans la cuisse. Elle s'était réveillée, les mains attachées dans le dos, avec un sac sur la tête. Avant même qu'elle ait eu le temps de crier, on lui avait retiré le sac et une brute épaisse l'avait obligée à se lever. Elle avait regardé autour d'elle et compris qu'elle était dans un avion.

L'homme ouvrit un rideau et la poussa rudement devant lui. Elle repéra aussitôt Teo, qu'un autre type maintenait assis sur un siège en cuir. Il devint blême en la voyant.

— Laissez-la ! s'écria-t-il.

— Bas les pattes, pauvre abruti ! lança-t-elle à son tour à celui qui la tenait. On est dans un avion, je ne vais pas m'enfuir !

— C'est bon, lâchez-la.

Celui qui avait dit ça était debout face à Teo. Daisy s'avança en chancelant et s'arrêta entre eux. L'homme avait un charme déroutant avec son costume élégant. Il l'observa d'un air calme, tout en tenant contre son nez un mouchoir taché de sang. Daisy éprouva un élan de fierté à la pensée que Teo devait y être pour quelque chose.

— Teodoro et moi étions en train de bavarder, déclara-t-il de but en blanc. Que diriez-vous de vous joindre à nous ?

— Non, sérieux ? s'esclaffa-t-elle. Je ne savais pas qu'on apprenait les bonnes manières aux raclures de votre espèce.

L'homme plissa les yeux et Teo réprima un éclat de rire. Daisy lui adressa un regard à travers lequel elle espérait lui faire comprendre ce qu'elle pensait.

Tiens bon. On va s'en sortir.

Elle avait cependant du mal à imaginer comment.

Allez, ça pourrait être pire, se raisonna-t-elle en redressant les épaules. *Au moins, on est ensemble*.

L'homme la considéra avec dédain, comme une limace qu'il aurait trouvée dans sa salade.

— Comme je l'expliquais à Teodoro, nous cherchons à localiser Noa Torson, indiqua-t-il avant d'examiner son mouchoir en fronçant les sourcils. Je comptais discuter avec vous séparément, mais... Disons qu'il ne se montre pas très coopératif.

— Parce que ceux que vous kidnappez sont plus bavards, d'habitude ? ironisa Daisy.

— Oui, quand je leur soumets un choix, répondit Mason froidement. Justement nous y voilà, ajouta-t-il en se tournant vers Teo. Soit tu me dis où est Noa Torson, soit j'ordonne à mes hommes d'égorger ton amie.

— Vous n'avez pas intérêt à la toucher, répliqua Teo en se raidissant.

En voyant l'un des sbires saisir un couteau accroché à sa ceinture, Daisy sentit ses jambes prêtes à se dérober sous elle. Elle n'arrivait pas à détourner les yeux de la lame longue et brillante.

— On ne sait pas où elle est ! lâcha Teo, paniqué. Je vous le jure !

— Allons, ne me fais pas perdre mon temps, soupira Mason.

L'homme au couteau s'avança vers Daisy qui recula maladroitement. Mais après quelques pas, elle se heurta à celui qui l'avait conduite jusque-là. La lame s'approcha de sa gorge et elle retint son souffle.

— Stop ! hurla Teo. Arrêtez !

— Alors, où est-elle ? reprit Mason.

— Ne dis rien, Teddy ! lança Daisy. Ils vont nous tuer de toute façon.

Au moins, ce sera rapide et ils ne pourront pas faire d'expériences sur moi, tenta-t-elle de se rassurer. *Et puis comme ça, on mourra ensemble, Teo et moi.*

L'homme appuya la pointe du couteau contre sa gorge.

— Ils sont au Colorado ! s'exclama Peter.

— Non ! protesta Daisy.

Mason esquissa un signe de tête et le couteau s'éloigna.

— Où ça, au Colorado ? insista-t-il.

— Près de Denver, dans une sorte de bunker, avoua Teo, avec l'impression soudaine que les mots se bousculaient dans sa bouche. Je peux vous montrer l'endroit sur une carte, mais vous devez me promettre…

— Je ne te demande pas où elle était avant, l'interrompit sèchement Mason. Je te demande où elle est maintenant. Ils ont quitté ce bunker depuis plusieurs heures.

— C'est là qu'on les a vus pour la dernière fois, affirma Teo, soulagé. Ils ne nous ont pas dit où ils iraient ensuite.

— Vraiment ? fit Mason en levant un sourcil. Comme ça tombe bien.

— C'est ce qui était convenu, expliqua Teo. On s'est séparés sans se dire où on allait.

— Je serais presque tenté de te croire.

— Eh bien, vous devriez, parce que c'est la vérité.

— Noa est trop maligne, vous ne l'attraperez jamais, ne put s'empêcher d'ajouter Daisy.

— Sur ce point, tu fais erreur, rétorqua Mason avant de porter le mouchoir à son nez, qui s'était remis à saigner. Nous finirons par la trouver. Mais pour en revenir à nos affaires, il semblerait que vous ne puissiez pas nous aider.

— Et on ne vous aidera jamais, renchérit-elle.

De son côté, Teo essayait tant bien que mal de repousser l'homme qui le maintenait contre son siège.

— Eh bien, dans ce cas, je n'ai plus besoin de vous, déclara Mason avant de s'asseoir et de fermer les yeux.

Emmenez-les au fond de l'avion. On s'occupera d'eux quand on aura atterri.

— C'est pas une bonne idée, bredouilla nerveusement Noa.

— Relax, tout ira bien, lui assura Peter. À moins qu'ils n'aient changé le code de l'alarme…

Ils se tenaient devant le chalet de ski de son ami Rick, à Vail. Cela faisait dix minutes qu'ils surveillaient les lieux et ils n'avaient pas remarqué le moindre signe de vie. Et Peter savait que les seules lumières allumées étaient celles que les parents de Rick laissaient branchées sur un programmateur.

— Et si c'est le cas et que l'alarme se déclenche ? avança Noa.

— Alors on n'aura plus qu'à retourner à la voiture et filer.

Mais Peter n'était pas très inquiet. Il connaissait les Shapiro depuis qu'il était petit. C'était une famille fortunée, ce qui laissait supposer une certaine forme de paresse : changer le code des alarmes de toutes leurs propriétés aurait été bien trop pénible à gérer.

Il y avait un clavier au-dessus du verrou, ce qui était très pratique pour une maison de vacances, puisque ça évitait de devoir penser à prendre un trousseau de clés. Peter tapa le code 1-6-97, la date de naissance de Rick, qui, de son point de vue de hackeur, était un choix terriblement imprudent. Au fond, si deux ados en cavale s'introduisaient dans le chalet des Shapiro, c'était leur faute. Ils n'avaient qu'à pas leur faciliter autant la tâche.

Il entendit un cliquetis et tourna la poignée. La lumière s'alluma automatiquement dans l'entrée et le panneau de l'alarme situé en face de la porte se mit à émettre une série de bips. Pendant que Noa restait sur le perron, Peter claudiqua jusqu'au boîtier et entra la combinaison 4-4-94, la date de naissance de la sœur de Rick.

Sur le panneau, le voyant resta rouge et les bips continuèrent.

— Super, marmonna Noa. On a combien de temps avant que les flics déboulent ?

Peter lui fit signe de se taire. Il était pourtant certain d'avoir fait le bon code. L'année précédente, lors de leur séjour au ski, il n'avait pas cessé de charrier Rick sur le fait que n'importe qui ayant un compte Facebook pouvait entrer dans la maison. Peter réalisa que Rick avait dû en parler à ses parents et les inciter à changer le code. D'après le compte à rebours qui défilait sur l'écran du panneau, il lui restait trente secondes pour entrer la bonne combinaison.

Qu'est-ce qu'ils auraient pu choisir d'autre ?

Son regard tomba sur les photos couvrant les murs. Il y avait un point commun entre elles. Il prit une profonde inspiration et pianota à nouveau sur le clavier.

— Il faut qu'on s'en aille, le pressa Noa.

— Dernière tentative, dit-il en tapant 1-4-06.

— C'est l'anniversaire de qui, cette fois ?

— De Coco.

Le voyant vira au vert et les bips s'interrompirent.

— Bon sang, juste à temps, soupira Peter en appuyant son front contre le mur.

— Et c'est qui, Coco ? demanda Noa.

— Leur chienne, répondit-il en désignant l'animal sur les photos encadrées. La mère de Rick organise toujours une grande fête pour elle le 1er avril.

— Je crois que je vais faire comme si je n'avais rien entendu, lâcha Noa, en secouant la tête.

Elle referma la porte derrière elle et traversa le vestibule d'un air méfiant, avant de poser les sacs à dos par terre.

— Comment tu peux être certain qu'ils ne sont pas juste sortis dîner ou je ne sais quoi ? reprit-elle.

— C'est leur résidence d'hiver, expliqua Peter. L'été, ils vont à Cape Cod.

— Ah oui, bien sûr. Et ils ont d'autres maisons pour le printemps et l'automne ?

— Dans le Vermont et en Floride, répondit-il d'un ton badin.

Noa lui lança un regard incrédule.

— Tu rigoles ?

— Évidemment, acquiesça-t-il. Plus personne n'achète en Floride, à moins d'avoir perdu la tête.

Il boitilla le long du couloir jusqu'au salon. Le chalet sentait le renfermé, comme s'il n'avait pas été aéré depuis des mois. En revanche, l'endroit était d'une propreté immaculée, ce qui laissait penser que quelqu'un venait régulièrement faire le ménage.

Espérons que personne ne passera aujourd'hui.

Il descendit en grimaçant les deux marches qui menaient au salon.

— Bon, fit-il, t'es prête à rejouer au docteur ?

Noa s'était arrêtée au bout du couloir.

— Ça va ? s'inquiéta Peter. Je plaisantais, tu sais.

— Oui, c'est juste que… balbutia-t-elle. Ouah.

Il suivit son regard. Le chalet était grandiose. Depuis le salon, on voyait les deux niveaux de la maison et l'imposante charpente apparente. La pièce était remplie de meubles visiblement très coûteux, et des canapés et des fauteuils en cuir luxueux entouraient une vaste cheminée.

— Le père de Rick est gestionnaire de fonds de placement, précisa Peter.

— Tu viens souvent ici ? demanda Noa.

— Presque chaque année, répondit-il d'un air à demi confus.

Au cours des derniers mois, il avait fini par oublier qu'ils avaient vécu des vies diamétralement opposées. Cette maison lui rappelait brutalement qu'ils venaient de mondes différents – pour ne pas dire de planètes différentes.

— Bon, reprit-il en se raclant la gorge, je ne voudrais pas paraître insistant, mais je souffre le martyre.

— Ah oui.

Noa s'approcha pour examiner son bras. Elle prit délicatement sa main et la fit légèrement bouger, mais ce simple mouvement lui causa une douleur atroce et il gémit en serrant les dents.

— Désolée, s'excusa-t-elle. Je crois que je dois tirer ton bras très fort, d'un coup sec.

— Tu *crois* ? répéta-t-il, inquiet.

— Il y a bien un ordinateur ici ?

— À l'étage, dans le bureau du père de Rick.

— OK, je reviens, annonça-t-elle en se dirigeant vers l'escalier.

Peter s'assit sur l'accoudoir d'un canapé et tenta de calmer sa respiration. Il avait eu très peur quand il avait fallu lui enlever le mouchard, mais cette fois, c'était bien pire.

Et si elle n'y arrive pas ? Est-ce que je vais perdre définitivement l'usage de mon bras ?

Il entendit les pas de Noa à l'étage et des bruits de placards qu'on ouvre et qu'on referme. Elle redescendit une bonne dizaine de minutes plus tard.

— J'ai pris ça dans un tiroir du bureau, indiqua-t-elle en brandissant une bouteille de whisky. Et ça dans l'armoire à pharmacie, ajouta-t-elle en lui tendant un flacon de comprimés.

— C'est quoi ? dit Peter en lisant l'étiquette.

— Ça devrait te soulager. Et cette fois, tâche de garder tes histoires de sirènes pour toi.

Il prit un comprimé et l'avala avec une gorgée de whisky en fermant les yeux.

Bon sang, ça faisait un bail que je n'avais pas bu un truc aussi bon.

Il repensa à la bouteille cachée dans un tiroir du bureau de son père. C'était d'ailleurs en en buvant un peu, un soir où il était tout seul à la maison, que tout avait commencé : sa découverte du Projet Perséphone, sa rencontre avec Noa…

Peter ne put s'empêcher de sourire à ce souvenir.

— Qu'est-ce qu'il y a ? demanda Noa.

— Non, rien. Tu as trouvé des infos ?

— J'ai regardé une vidéo sur YouTube.

— Génial, bougonna-t-il. Ça devait être très instructif.

— Oui, justement. Allonge-toi sur le canapé en laissant pendre ton bras.

Peter s'exécuta tant bien que mal et sentit ses muscles se contracter par anticipation de ce qui l'attendait.

— Prêt ? lança-t-elle en saisissant son bras à deux mains.

Avant même qu'il réponde, elle tira brusquement dessus, ce qui produisit un craquement sourd. Peter ressentit une douleur mille fois plus insoutenable que tout ce qu'il avait jamais pu connaître et il s'évanouit.

Quand il revint à lui, Noa était assise à ses côtés sur le canapé.

— Alors, c'était pas si terrible ? lâcha-t-elle avec un air amusé.

— Oh, la vache, geignit-il.

Son bras lui faisait toujours mal, mais pas de la même façon. Et la sensation constante d'avoir un clou planté dans l'épaule avait disparu.

— Ça a marché ? reprit-il.

— On dirait bien, fit Noa d'un ton enjoué. Je devrais peut-être me reconvertir.

— Alors trouve-toi d'autres patients que moi. Et laisse-moi te dire que tu as des progrès à faire niveau relationnel.

— De rien, au fait, plaisanta-t-elle en lui donnant une tape dans le dos. Bon, tu as faim ? Je vais aller voir s'il y a quelque chose à manger ici.

Peter avait encore la tête qui tournait et un goût de whisky au fond de la gorge.

— D'acc', articula-t-il avant de déglutir. Je vais m'allonger un peu pour agoniser.

Noa lui adressa un sourire et se leva.

Peter attrapa la télécommande et alluma l'immense écran accroché au-dessus de la cheminée. En zappant, il tomba sur le journal des sports et commença à suivre le résumé du dernier match des Rockies.

Il avait dû s'assoupir, car quand il rouvrit les yeux, il faisait nuit. Son épaule continuait de lui faire mal, comme le reste de son corps, mais la douleur était supportable. Et il flottait dans l'air une odeur appétissante. Son estomac gargouilla et il réalisa qu'il n'avait rien mangé depuis les œufs lyophilisés du petit déjeuner, dans le bunker.

Il eut un pincement au cœur en repensant à Loki, sans qui ils n'auraient jamais pu accéder aux données et qui était sans doute mort.

Peter chassa ces idées de son esprit et se leva, avant de marcher d'un pas traînant vers la cuisine. Noa se tenait devant la gazinière et remuait une cuillère en bois dans une grosse marmite. Elle la porta à ses lèvres pour goûter, puis se tourna et sursauta en le voyant.

— J'ai si mauvaise mine que ça ? dit-il d'un ton gêné en passant une main dans ses cheveux.

Elle sourit et les coins de ses yeux se plissèrent légèrement.

— Disons qu'une douche ne te ferait pas de mal.

Elle avait les cheveux mouillés et portait un jean et une chemise à carreaux trop petits pour elle qui laissaient apparaître ses bras et ses chevilles.

— J'ai trouvé ça dans un placard, là-haut, indiqua-t-elle.

— Ça doit être à la sœur de Rick. T'inquiète, elle ne se rendra sûrement même pas compte que ça a disparu.

— Non, mais c'est juste pendant que je lave nos affaires, se défendit Noa en rougissant. Et j'ai aussi mis la voiture dans le garage.

— Ce n'était pas un reproche, bredouilla Peter, mal à l'aise.

La cuisine, quoique presque aussi vaste que le salon, lui parut tout à coup incroyablement exiguë.

— Tu as bien fait de déplacer la voiture, ajouta-t-il.

— Je me suis dit qu'ils la cherchaient peut-être, lâcha-t-elle, toujours un peu déroutée.

— Dis donc, tu m'avais caché que tu savais cuisiner ! s'exclama Peter d'un ton plus léger. Ça sent rudement bon.

Il se pencha au-dessus de la marmite et huma des effluves de haricots et de sauce tomate. Il avait presque envie d'y tremper les doigts pour goûter à son tour.

— Je ne sais pas ce que ça vaut, murmura-t-elle. Zeke disait que j'étais la seule personne qu'il connaissait capable de rater un chili.

— En tout cas, moi, je meurs de faim, dit Peter en essayant de changer de sujet.

Noa avait baissé la tête, mais pas assez pour qu'il ne puisse pas voir qu'elle avait les yeux humides. Après tout ce temps, le simple fait de prononcer le nom de Zeke suffisait à la submerger, ce qui avait le don d'exaspérer Peter, même s'il avait conscience que c'était franchement lamentable d'être jaloux d'un mort.

— Je pourrais manger n'importe quoi, renchérit-il.

— Essaie déjà ça, fit-elle en lui servant un bol de chili. Tiens.

Il en prit aussitôt une cuillerée et souffla dessus avant de l'enfourner.

— C'est comment ? demanda Noa d'un air angoissé.

— Délicieux, déclara-t-il.

En vérité, c'était fade et un peu trop cuit, mais il était trop affamé pour se plaindre.

— Tant mieux, soupira-t-elle avant de remplir son bol et de s'adosser au plan de travail.

— Je vois que tu as faim aussi.

— Oui, admit-elle en évitant son regard.

Ils terminèrent leur chili en silence. Peter se resservit et Noa l'imita. Il lui vint soudain à l'esprit qu'ils ne s'étaient pas retrouvés seuls tous les deux depuis leur expédition dans le Rhode Island et il se rendit compte avec étonnement qu'il avait perdu sa langue, comme si c'était une sorte de rendez-vous amoureux.

En même temps, c'est la première fois que je partage un chili avec quelqu'un après une course-poursuite.

— Et sinon, euh... balbutia-t-il. Tu veux qu'on continue d'examiner le contenu des disques ?

— Oh non, répondit Noa. Je n'ai vraiment pas la tête à ça pour le moment.

— Très bien, acquiesça Peter, qui venait d'avoir une idée. Et si on débranchait un peu nos cerveaux, pour une fois ?

Cela faisait des mois qu'ils fuyaient et se cachaient. Ils pouvaient s'accorder une soirée de détente, comme des jeunes de leur âge.

— À quoi tu penses ?

— On pourrait se regarder un film, proposa-t-il en rinçant son bol dans l'évier. À moins que tu ne sois trop fatiguée ?

— Je ne me rappelle même pas le dernier film que j'ai pu voir, avoua-t-elle après quelques instants d'hésitation.

— Alors c'est réglé !

De retour au salon, Peter se mit à fouiller dans la DVDthèque des Shapiro.

— Voyons… Qu'est-ce qui te dirait ? Un film d'action, une comédie ?

— Pas d'action. J'en ai déjà bien assez dans ma vie de tous les jours, plaisanta Noa.

— Idem. Oh, attends, ça, c'est un de mes préférés depuis toujours ! Tu l'as déjà vu ?

Il tenait entre les mains un DVD de *Princess Bride*.

— Oui, je crois, quand j'étais petite. Mais je m'en souviens pas trop.

— Laisse-moi te rafraîchir la mémoire, lança Peter avant de prendre un accent espagnol. « Jé m'appelle Inigo Montoya. Tou as toué mon père. Prépare-toi à mourir. »

Noa le dévisagea avec une moue déconcertée.

— Quoi ? C'est une réplique du film ?

— Tu rigoles ? grommela-t-il. Bon, pas de doute, il te faut une séance de rattrapage.

Elle lui prit le boîtier des mains et lut le résumé, au verso.

— Je croyais qu'on avait dit pas d'action, objecta-t-elle.

— Fais-moi confiance, ça n'a rien à voir avec notre vie de tous les jours.

Trois quarts d'heure plus tard, ils étaient installés côte à côte sur le canapé et regardaient l'une des scènes préférées de Peter, quand le terrible pirate Robert, alias

Westley, change son épée de main pendant un duel avec Inigo Montoya en disant : « Moi non plus, je ne suis pas gaucher. » Peter s'esclaffa et se tourna vers Noa. Elle fixait l'écran, captivée par l'image, et des larmes coulaient sur ses joues.

— Hé, ça va ? murmura-t-il en mettant le film sur pause.

— Oui, oui, bredouilla-t-elle en s'essuyant aussitôt les yeux. Tout va bien.

— Tu es sûre ? Parce qu'ils ont plein d'autres films, tu sais. Si tu veux, on peut…

— Ça me revient, maintenant, le coupa-t-elle d'une voix étranglée. Je l'ai vu avec mes parents.

— Oh.

Peter savait qu'ils étaient morts dans un accident de voiture quand elle était enfant et qu'elle avait été la seule rescapée. Mais elle ne lui avait jamais parlé d'eux, si bien qu'il avait pour ainsi dire oublié qu'elle avait eu des parents. Elle était si indépendante qu'il pouvait presque l'imaginer venant au monde déjà adulte, avec des bottes en cuir et un MacBook sous le bras.

Mais en vérité, ceux qui étaient censés la protéger lui avaient été arrachés. Elle avait passé son enfance sans amour, ballottée entre des familles d'accueil.

— Tu te souviens d'eux ? demanda Peter.

— Pas beaucoup, chuchota Noa sans quitter l'écran des yeux. Je me rappelle que ma mère avait les mêmes cheveux que moi, mais bien plus longs. Et elle me chantait toujours quelque chose pour m'endormir.

— Ça devait être chouette, dit-il.

— Ouais. Et mon père était très grand. Et marrant. Il riait beaucoup. Elle aussi. En fait, c'est surtout ça dont je me souviens : de mes parents en train de rire.

Peter avala tant bien que mal sa salive. D'une certaine façon, il avait eu de la chance de naître dans une famille aisée. Mais après la mort de son frère, il lui semblait n'avoir plus jamais entendu le rire de ses parents.

— Je suis désolé, marmonna-t-il.

— Moi aussi, fit-elle en haussant les épaules.

Peter lui prit la main d'un geste hésitant. Elle ne dit rien et ne tourna même pas les yeux vers lui, mais elle ne le repoussa pas pour autant. Ils restèrent assis dans l'obscurité, main dans la main, pendant tout le reste du film. Noa éclata même de rire à certaines répliques débiles. Peter ne l'avait jamais vue aussi « normale ». Il n'arrêtait pas de l'observer du coin de l'œil en se demandant comment elle serait devenue si elle n'avait pas perdu ses parents. C'était vraiment une jolie fille avec sa longue silhouette élancée, son épaisse chevelure brune et ses yeux verts. Il ne l'imaginait pas en reine du bal de promo, mais plutôt du genre à diriger le journal du lycée ou à faire signer des pétitions à l'heure du déjeuner pour sauver des baleines ou des bébés phoques.

Comme Amanda, réalisa-t-il avec stupéfaction.

Sans réfléchir, il se pencha vers elle et colla ses lèvres sur les siennes. Sur le moment, Noa se raidit. Mais au bout d'une seconde, elle entrouvrit légèrement la bouche.

Elle avait un goût de chili et de menthe, mais ça n'était pas désagréable.

Peter garda les yeux fermés, focalisé sur la douceur des lèvres de Noa tandis qu'il se rapprochait d'elle. Il avait envie de l'embrasser depuis des mois, et même depuis le premier jour où il l'avait rencontrée. À vrai dire, il rêvait aussi de faire bien d'autres choses avec elle.

Mais, étrangement, ce n'était pas ce à quoi il s'attendait. Leur baiser n'était ni passionné, ni tendre. Le mot « rassurant » lui vint à l'esprit et il fronça les sourcils.

Noa s'écarta doucement avant de s'humecter les lèvres.

— Euh, c'est moi ou c'était bizarre ? lâcha-t-elle, embarrassée.

— Vraiment bizarre, acquiesça-t-il, soulagé.

— Mais pas déplaisant, hein. Enfin, je veux dire, je ne regrette pas.

— Moi non plus, dit Peter en se frottant la nuque. C'est juste que j'ai eu l'impression…

— D'embrasser une amie ? suggéra-t-elle.

— Oui. Exactement.

— Pareil pour moi, soupira-t-elle. Désolée.

— Mais non. Si on ne l'avait pas fait, je me serais toujours posé la question.

— Moi aussi, avoua-t-elle au bout d'un moment.

— Alors tout va bien ?

— Oui, lui assura-t-elle avec un petit sourire triste. Tout va bien.

— Cool.

Peter inspira profondément. Il se sentait soudain plus léger, comme s'il s'était débarrassé d'un poids.

— J'ai vu des glaces dans le congélateur, reprit-il.

— Non merci, je n'en peux plus, déclara Noa en se frottant le poignet, comme elle le faisait toujours quand elle était anxieuse. En tout cas, c'était un super film.

— Oui, grandiose, approuva-t-il en sentant de nouveau le malaise s'installer entre eux. Tu as sommeil ? Je dors dans la chambre de Rick, tu peux prendre celle de sa sœur.

Noa ne répondit rien. Elle fixait l'écran, l'air éberluée.

Peter suivit son regard. La télé était revenue sur le direct et était branchée sur CNN.

Leurs deux visages apparaissaient en gros plan, au-dessus d'un bandeau indiquant :

« ALERTE TERRORISTE AU COLORADO ».

Teo et Daisy étaient assis côte à côte, à l'arrière de l'avion. Mason n'avait pas pris la peine de les attacher. Teo n'arrivait pas à décider si c'était bon signe ou, au contraire, de très mauvais augure. Daisy était blottie contre lui, la tête posée sur son épaule, et il lui caressait les cheveux pour tenter de la rassurer.

Quand l'appareil entama sa descente, elle leva la tête vers lui.

— Alors cette fois, ça y est, c'est la fin, hein ? balbutia-t-elle.

Teo sentit des larmes lui monter aux yeux.

— Mais non, dit-il d'une voix ferme en serrant sa main dans la sienne. Tout va s'arranger.

— Quel baratineur, soupira-t-elle en esquissant un sourire mélancolique.

L'avion fut secoué quand ses roues touchèrent le sol. Il fit un rebond, puis se stabilisa et roula sur la piste.

— Tu crois qu'on est où ? reprit-elle.

Les stores des hublots étaient baissés, mais Teo devinait qu'il faisait nuit.

— À Disneyland, j'espère, plaisanta-t-il.

Leur vol avait duré près de cinq heures et ils pouvaient se trouver n'importe où entre le Mexique et le Canada.

— Ce serait pas mal comme endroit pour mourir, lâcha Daisy. Je me demande pourquoi ils ne nous ont pas tués tout de suite.

— Sans doute pour ne pas tacher les sièges en cuir, avança Teo d'un ton sérieux.

— Bon, au moins, j'aurai fini par prendre l'avion, pas vrai ?

Teo sentit son cœur se nouer en voyant qu'elle pleurait. Il l'attira contre lui et passa ses bras autour d'elle en fermant les yeux.

Tout à coup, la porte s'ouvrit et l'un des hommes de main de Mason les sépara.

— C'est l'heure, annonça-t-il d'un ton bourru en empoignant Teo par les épaules. Debout !

— Lâchez-moi, maugréa celui-ci.

Il prit Daisy par la main et remonta l'allée centrale, les jambes tremblantes, en se rappelant le regard enragé de Mason. Est-ce qu'on allait les tuer dès qu'ils auraient posé le pied sur le tarmac ?

Teo s'arrêta sur le seuil de la carlingue. Trois 4×4 noirs étaient garés au pied de l'escalier qu'on avait installé devant la porte, comme s'ils étaient de hauts dignitaires. L'aérodrome était petit, composé d'une seule piste entourée d'arbres. Teo scruta les environs, mais ne vit rien qui puisse lui indiquer où ils étaient.

— Avance, lança une voix dans son dos.

Il descendit lentement les marches métalliques qui résonnaient sous ses pas. Il entendit Daisy qui reniflait derrière lui. Un des hommes ouvrit la porte arrière du 4×4 le plus proche et les poussa à bord. À l'avant, sur le siège passager, un autre se retourna en pointant un pistolet sur eux.

Teo remarqua avec soulagement que Mason montait dans un autre véhicule. Mais peut-être était-ce parce qu'il n'était pas du genre à faire le sale boulot lui-même.

Le 4×4 démarra et Teo regarda avec effroi le tarmac défiler derrière la vitre. Une barrière métallique s'ouvrit pour les laisser passer et ils rejoignirent une route à deux voies bordée d'arbres de chaque côté. Il tenta de repérer des noms sur les panneaux d'indication, même si ça ne servait sûrement à rien. À quoi bon savoir où il allait mourir ?

Il lui semblait qu'ils roulaient depuis une éternité – bien qu'il ne se fût sans doute écoulé qu'une heure tout au plus – quand le 4×4 tourna dans une longue allée sinueuse. Il s'arrêta devant un imposant portail encadré de murs de pierre de près de quatre mètres de haut. Le conducteur abaissa sa vitre et passa une carte magnétique dans un lecteur, déclenchant l'ouverture de la grille.

L'allée obliquait sur la gauche. Elle était ponctuée de lumières qui permirent simplement à Teo de distinguer d'autres arbres autour d'eux. Ils pouvaient être n'importe où, dans une banlieue huppée comme à la campagne.

Si ça se trouve, on n'est même plus aux États-Unis, songea-t-il.

Lorsque le 4×4 arriva au bout du virage, une immense bâtisse apparut qui laissa Teo bouche bée. Entièrement construite en pierres de taille massives, elle comportait d'authentiques tourelles, et presque toutes ses fenêtres étaient éclairées. On aurait dit un décor de film, un peu comme le manoir de Bruce Wayne dans *Batman*.

– C'est ici qu'on va nous tuer ? lâcha Daisy ? La classe.

– La ferme, aboya le chauffeur.

Il contourna la bâtisse avant d'arrêter le 4×4 devant un garage comptant cinq box.

– Sortez, ordonna-t-il. Et restez tranquilles.

Teo était si terrifié qu'il avait du mal à respirer.

Ressaisis-toi, se sermonna-t-il.

Un garde leur fit signe de le suivre jusqu'à une porte située sur le côté du manoir. Teo serra la main moite de

Daisy dans la sienne tout en jetant un coup d'œil par-dessus son épaule. Les deux hommes avec qui ils avaient fait le trajet étaient juste derrière eux, anéantissant tout espoir d'évasion.

Ils parvinrent dans un hall sombre et lugubre. Le garde les conduisit à travers une longue enfilade de pièces toutes plus richement décorées les unes que les autres : des lustres énormes révélaient des tapis et des meubles somptueux, et tous les murs étaient garnis de tableaux aux cadres dorés. Teo n'avait jamais mis les pieds dans une si belle demeure. À côté, la propriété de Roy et Monica à Santa Cruz faisait quasiment figure de taudis. Il se demanda un instant si c'était un musée. Il lui paraissait inconcevable que quiconque puisse réellement vivre dans un lieu pareil.

— La vache, murmura Daisy. C'est quoi, cet endroit ?

— En tout cas, c'est pas Disneyland, marmonna Teo.

Elle étouffa un rire nerveux.

Finalement, le garde s'arrêta devant deux grandes portes en bois contre lesquelles il frappa quelques coups.

— Entrez, fit une voix de l'autre côté.

Le garde ouvrit une des portes et pénétra à l'intérieur. Teo sentit une main qui le poussait et il lui emboîta le pas.

Ils se retrouvèrent dans un salon aux murs rouge foncé de la taille d'une salle de banquet, garni de meubles cossus. Un vieil homme était appuyé contre le manteau d'une cheminée. Il portait un treillis et un pull gris clair, de la même couleur que ses cheveux.

Lorsqu'il se retourna vers eux, Teo le reconnut immédiatement et tressaillit. Il l'avait déjà vu sur des photos et des vidéos. C'était l'homme qui s'était immiscé dans leurs vies à tous sans qu'ils l'aient jamais rencontré.

Charles Pike.

– Soyez les bienvenus, déclara-t-il avec un grand sourire. Et asseyez-vous, je vous en prie.

CHAPITRE DIX

— Oh non, c'est pas vrai, soupira Peter en se prenant la tête dans les mains.

Noa observa les photos d'eux sur l'écran de la télé. Celle de Peter était un portrait d'école où il paraissait plus jeune, avec son éternelle mèche de cheveux qui lui retombait devant les yeux. Il avait un sourire arrogant et l'air sûr de lui.

La sienne était moins nette. Elle avait des écouteurs sur les oreilles, les cheveux assez courts, le regard baissé et elle portait son écharpe favorite, qu'elle avait achetée au mois de septembre précédent. Elle en déduisit que la photo avait dû être prise à cette époque, un peu avant son enlèvement.

Par les types qui me surveillaient, réalisa-t-elle. *Les hommes de main de Pike*.

— Ça craint, reprit Peter.

Noa essaya de se concentrer sur ce que disait la journaliste. Il était question d'un meurtre commis au Colorado et d'une cellule dormante découverte dans un ancien silo de missile.

— Attends, quoi ? s'exclama-t-elle. Un meurtre ?

À leurs photos succéda une autre, sur fond bleu, qui semblait provenir d'un permis de conduire. On y voyait Loki, le regard froid, les lèvres serrées, avec sa barbe qui lui couvrait une bonne partie du visage et ses cheveux bruns grisonnants et clairsemés d'ordinaire dissimulés sous sa casquette.

— Loki ne s'en est pas sorti, lâcha Peter. Ces enfoirés l'ont tué et ils nous collent ça sur le dos.

Il monta le son pour mieux entendre les commentaires de la journaliste qui présentait les infos :

« Matan Maoz a été retrouvé mort par les agents fédéraux dépêchés sur le site cet après-midi. D'après le FBI, les terroristes qui travaillaient avec lui l'auraient éliminé avant de prendre la fuite. Les enquêteurs ont mis la main sur de nombreux explosifs et du matériel servant à la fabrication de bombes dans cet ancien silo de missile acquis par Maoz en 2007. Si la police se refuse pour le moment à dire de quelle organisation terroriste il pourrait s'agir, une source anonyme a néanmoins révélé que ces deux adolescents font figure de suspects. Un avis de recherche national a été lancé pour localiser Noa Torson et Peter Gregory, considérés comme armés et dangereux.

Si vous les voyez, contactez immédiatement la ligne spéciale mise en place à cet effet, mais ne cherchez en aucun cas à entrer en contact avec eux. »

— Une source anonyme, mon œil, pesta Peter avant de se lever du canapé et de faire les cent pas. Ces fumiers nous ont piégés.

— Pauvre Loki, balbutia Noa, gagnée par l'émotion.

Il avait pris des risques pour leur offrir une chance de s'en tirer, et il était mort.

À croire que quiconque essaie de m'aider finit par le payer de sa vie, songea-t-elle, bouleversée.

La photo de Loki fit place à des images montrant des voitures de police stationnées devant le portail de sa propriété. La journaliste indiquait que le site allait être fouillé avec l'appui de chiens et de robots spécialisés dans la détection d'explosifs.

Le reportage se poursuivit avec la vidéo d'un couple de quadragénaires assis sur un canapé. Peter s'écroula sur un fauteuil, comme si ses jambes avaient brusquement cessé de le porter.

— Qu'est-ce que tu as ? demanda Noa, affolée.

— C'est… mes parents, bredouilla-t-il.

Noa reporta son attention sur l'écran. La ressemblance était flagrante : Peter avait le nez et les yeux de son père et les cheveux bruns ondulés de sa mère. Ses parents avaient l'air fatigués et inquiets. Ils se trouvaient dans un salon magnifique où tout semblait incroyablement cher. C'était sans doute là que Peter avait vécu, la maison où il avait grandi. Elle se mordilla la lèvre, se rappelant soudain combien ils avaient eu des vies différentes.

La mère de Peter fut la première à prendre la parole :

« Peter a toujours été un excellent élève, entouré de nombreux amis. Il n'a jamais manqué de rien. Il n'est pas... »

Sa voix se brisa et elle porta une main manucurée devant sa bouche. Son mari lui frotta l'épaule pour la réconforter.

« Il s'est mis à avoir de mauvaises fréquentations et il a fugué il y a quelques mois, déclara-t-il d'un ton bourru. Nous l'avons cherché partout, nous avons même engagé des détectives privés pour le retrouver. Et voilà ce qui lui arrive maintenant... Ce n'est pas sa faute. Il a dû se faire manipuler. »

— Moi ? s'étrangla Peter. C'est moi qu'on a manipulé ?

« S'il est mêlé à tout ça, je suis certaine que ce n'était pas son idée, renchérit sa mère en se tordant les mains. C'est un gentil garçon. »

— Bon sang, on dirait qu'elle parle d'un tueur en série, grommela Peter. Merci, Maman.

« Peter a beaucoup de colère en lui, ajouta son père en fixant la caméra. Bien entendu, je suis surpris d'apprendre qu'il a tué quelqu'un, mais, euh... nous aurions dû lui faire consulter un psychiatre plus tôt. C'est tout ce que nous avons à déclarer. »

La journaliste réapparut brusquement à l'écran. Tandis qu'elle annonçait un grave incendie dans un complexe d'entrepôts abandonné à Flagstaff, en Arizona, une photo de bâtiments en feu s'afficha derrière elle. Peter saisit la télécommande et éteignit le poste.

Noa et lui restèrent silencieux pendant un long moment.

— Nous voilà recherchés dans tout le pays, lâcha finalement Peter. Bon, ben comme d'habitude, hein ?

— Sauf qu'à partir de maintenant, tout le monde peut nous reconnaître, souligna Noa. Pas seulement les mercenaires de Pike.

— C'est vrai. Je crois que c'est le moment ou jamais de s'offrir un relooking complet.

Noa tira nerveusement sur un accroc dans son jean. Les choses étaient en train de prendre une très mauvaise tournure. Pike venait de les priver du seul atout qu'ils avaient eu jusqu'ici : l'anonymat. Désormais, il suffisait qu'un citoyen soupçonneux passe un coup de fil et ils seraient pris au piège.

— Alors c'est eux, tes parents ? lança-t-elle.

Peter se rembrunit.

— Ouais, marmonna-t-il.

— Ils ont l'air, euh… sympas.

— T'as raison, ironisa-t-il en fixant l'écran éteint de la télévision. Je me demande combien de temps il a fallu à Pike pour les convaincre de vendre leur seul enfant encore en vie. Ils ont sûrement dû se battre pour être le premier à accepter.

— Tu ne sais peut-être pas tout.

— Oh, je t'en prie, soupira Peter en se mettant à faire craquer les articulations de ses doigts, l'une après l'autre. Enfin, je savais qu'ils étaient impliqués dans toute cette histoire. Mais je pensais qu'au bout du compte, ils seraient de mon côté. Et au lieu de ça…

Il fit un geste agacé vers la télévision.

— Ma mère a même trouvé le moyen d'être parfaitement coiffée et manucurée, t'as remarqué ?

Il paraissait complètement anéanti, comme si on lui avait ôté une partie de lui-même qu'il ne pourrait jamais récupérer.

Noa serra les dents. Elle avait passé toute sa vie à en vouloir à ceux qui avaient encore leurs parents. Mais peut-être que ce n'était pas toujours une chance.

— Je suis sincèrement désolée pour toi, murmura-t-elle.

Peter haussa les épaules.

— Oh, et puis qu'importe ! s'exclama-t-il. Qu'ils aillent au diable, tous les deux !

Noa sentit qu'elle devrait dire ou faire quelque chose, mais elle ne savait pas quoi.

Zeke aurait su, lui. Il avait le don pour trouver les mots justes et remonter le moral de n'importe qui.

Elle chassa cette pensée de son esprit.

— On ferait mieux d'aller dormir, suggéra-t-elle en se levant.

— Hmm.

Peter s'était complètement refermé sur lui-même.

— Je peux faire quelque chose ? tenta-t-elle encore.

Il secoua la tête.

Noa resta quelques instants debout près de lui, embarrassée, puis elle se dirigea vers les escaliers. Une fois en haut, elle se retourna. Il n'avait pas bougé et fixait ses mains. Ses épaules se mirent subitement à trembler et Noa se mordit la lèvre inférieure. Elle avait envie de redescendre et d'essayer de le consoler, mais elle sentait que ce qu'il voulait par-dessus tout, c'était rester seul.

Soudain terrassée par la fatigue, elle gagna sa chambre d'un pas traînant et referma doucement la porte derrière elle.

Daisy s'assit au bord du canapé en jetant un coup d'œil discret autour d'elle. Teo s'installa à ses côtés en continuant de lui tenir la main. Les fenêtres, situées à l'autre bout de la pièce, étaient fermées. Impossible de les atteindre avant qu'un des gardes n'intervienne. Et de toute façon, il y en avait probablement des dizaines d'autres postés tout autour de la propriété. Pour eux, c'était davantage une prison qu'une maison.

Charles Pike les dévisagea, un verre à la main. Il le fit tourner, regarda les glaçons s'entrechoquer, et avala une gorgée de whisky.

— Je vous en proposerais bien, mais vous êtes encore mineurs, déclara-t-il. Je ne voudrais pas avoir d'ennuis.

Il y avait dans sa voix un ton amusé, comme si tout ça n'était qu'une vaste plaisanterie. Il était plutôt bel homme pour son âge : le teint hâlé, la silhouette athlétique, les cheveux poivre et sel, des yeux bleus perçants et une fossette au menton. Daisy s'imagina qu'elle lui sautait dessus et lui griffant le visage pour lui arracher son petit sourire suffisant.

— Qu'est-ce que vous voulez ? lança Teo.

Elle sentit un nouvel élan de fierté pour lui. Malgré les circonstances, il ne semblait pas avoir peur. Elle songea que le gamin terrorisé qu'ils avaient secouru quelques mois plus tôt à San Francisco avait drôlement grandi.

Elle n'en était pas moins effrayée pour autant. Ils avaient beau se trouver dans un cadre fastueux, il suffisait d'un mot de Pike et on leur trancherait la gorge sur-le-champ.

Mason apparut dans l'encadrement de la porte et Pike lui fit signe de s'approcher. Il s'exécuta et lui murmura quelque chose. Daisy tendit l'oreille mais ne put rien distinguer de ce qu'il disait. Son nez, probablement cassé, avait doublé de volume.

Tant mieux, pensa-t-elle. *J'espère qu'il déguste*.

— M. Mason m'informe que vous ne lui avez pas été d'un grand secours, indiqua Pike en se tournant vers eux.

— Nous ne savons pas où est Noa, répondit Teo.

— Voilà qui est regrettable, soupira Pike en posant son verre sur une console. Elle est très importante pour moi, vous savez.

— Oui, il paraît, acquiesça Daisy. Vous devez être impatient de pouvoir de nouveau la faire charcuter.

Pike eut l'air réellement offensé.

— J'ai bien peur que vous ne soyez pas très au fait de son état de santé.

— On a passé des mois avec elle, répliqua Daisy avec dédain. On en sait certainement bien plus que vous là-dessus.

Teo lui serra aussitôt la main et elle comprit trop tard qu'elle aurait mieux fait de se taire.

Pike haussa les sourcils.

— Vous voulez dire qu'elle est malade ?

— Elle va très bien, intervint Teo sans parvenir à se montrer convaincant.

— Intéressant… Les médecins craignaient que cela se produise.

— Que quoi se produise ? demanda Daisy.

Teo lui pressa à nouveau la main, mais elle s'en fichait. Après tout, Pike ignorait où était Noa et on allait certainement les tuer dès qu'ils quitteraient la pièce. Elle tenait au moins à savoir ce qui se passait.

— Eh bien, j'imagine qu'elle vous a parlé de son deuxième thymus ? avança Pike. Bon, peut-être qu'elle-même n'est pas au courant, ajouta-t-il en voyant qu'aucun d'eux ne réagissait. Mais je suppose qu'elle s'est affaiblie et que ses habitudes alimentaires sont devenues… étranges.

Daisy déglutit tant bien que mal. Elle avait passé des heures à discuter avec Teo de Noa et de ce qu'elle pouvait bien avoir. Lorsqu'elle avait rejoint le groupe, Noa passait parfois plusieurs jours sans manger avant d'engloutir tout ce qui lui tombait sous la main. Et elle semblait également ne presque jamais dormir. Mais dernièrement, c'était tout le contraire. Daisy songea que partager ces informations avec ce monstre serait la trahison ultime.

Charles Pike continuait de les observer avec intérêt, comme une énigme qu'il cherchait à percer.

— J'ai quelque chose à vous montrer, lâcha-t-il tout à coup.

— Désolé, mais les plans avec des vieux, ça nous fait pas trop triper, rétorqua Teo.

Malgré son ton fanfaron, Daisy remarqua que sa voix tremblait.

— Vous n'avez rien à craindre, insista Pike. Suivez-moi, je vous prie.

À ces mots, il sortit de la pièce.

Daisy hésita, puis se leva du canapé.

— C'est peut-être un piège, murmura Teo en tentant de la retenir.

— On n'a pas vraiment le choix, dit-elle en désignant d'un mouvement de tête les deux hommes de main qui s'avançaient déjà vers eux, l'air désireux d'en découdre.

Teo finit par céder et se leva à son tour.

— J'espère vraiment qu'il ne va pas nous mettre des gamins découpés en morceaux sous le nez, marmonna-t-il.

Pike les attendait dans le couloir avec une expression indéchiffrable. Il se mit à marcher, et Teo et Daisy le suivirent en échangeant un regard perplexe. Deux gardes leur emboîtèrent le pas tandis qu'ils traversaient plusieurs salles. Pike s'arrêta finalement devant une porte toute simple.

— Elle est ici, annonça-t-il.

Il paraissait avoir la gorge nouée et Daisy fronça les sourcils.

Qu'est-ce qu'il manigance ?

Il ouvrit la porte, révélant une pièce qui n'avait rien de semblable aux autres. Le sol et les murs étaient nus et la lumière tamisée. Au centre se trouvait une jeune fille allongée sur un lit médicalisé.

— Vous faites des expériences dans votre propre maison ? s'exclama Daisy.

En dépit de toutes les horreurs qu'elle avait pu entendre sur le compte de Pike, cette découverte la consternait.

— Des expériences ? répéta-t-il, surpris. Non, bien sûr que non. Je vous présente ma fille Elinor. Mais je l'ai toujours appelée Ella.

Daisy s'approcha prudemment du lit pour la voir. Elle paraissait avoir à peu près leur âge, quinze ou seize ans. Elle était petite et encore plus pâle que Noa, comme si elle n'avait pas vu le soleil depuis des mois. Ses yeux étaient fermés et elle était si immobile qu'on aurait pu la croire morte. Détail plus perturbant encore, elle était maintenue sur le lit par des sangles, comme une dangereuse criminelle.

— Vous attachez votre propre fille ? s'indigna Teo. Vous êtes vraiment tordu.

— C'est pour son bien, répondit Pike en déposant un baiser sur le front de sa fille, qui ne manifesta aucune réaction. C'est le protocole médical habituel, poursuivit-il d'une voix morne. Mais elle n'a pas bougé depuis des semaines.

Daisy se rappelait vaguement avoir appris par Noa que la fille de Pike était atteinte de la PEMA, qu'elle n'avait plus beaucoup de temps à vivre et que c'était peut-être afin de trouver un remède pour la sauver qu'il menait toutes ces abominables expériences. À l'époque, elle n'avait eu que faire de ses motivations. Elle n'avait vu dans tout ça que des victimes et des crimes que rien ne pouvait justifier.

Pourtant, en le voyant là, les larmes aux yeux, tenant la main de sa fille dans la sienne, elle ne put s'empêcher d'éprouver une certaine compassion.

— La mère d'Ella est décédée quand elle avait six ans, reprit Pike sans les regarder. Elle est tout ce qu'il me reste.

Daisy scruta la jeune fille. Son père l'aimait au point de tout tenter pour l'empêcher de mourir. Elle n'allait peut-être pas vivre très longtemps, mais elle avait dû avoir une vie agréable avant de tomber malade – bien plus que la sienne, en tout cas.

— Moi aussi, j'ai perdu ma mère, déclara-t-elle. Et mon père m'a abandonnée. Mon dernier anniversaire, je l'ai passé à chercher de quoi manger dans une benne à ordures.

— Je suis navré, dit Pike d'une voix qui paraissait sincère. Ça a dû être très dur.

— Ouais, vous n'avez pas idée, répliqua Daisy en sentant sa colère se raviver. Et ça l'a été encore plus quand vos sbires ont essayé de me kidnapper pour pouvoir m'éventrer. Épargnez-moi votre fausse pitié.

Pike caressa la main de sa fille et la reposa sur le lit, puis il lissa le drap avant de se retourner pour leur faire face.

— Vous devez me croire, je n'étais pas impliqué dans les affaires courantes du Projet Perséphone. Je n'avais pas la moindre idée de ce qui était pratiqué en mon nom. Je n'ai découvert que tardivement comment mes employés recrutaient… des volontaires.

— Des volontaires ? pesta Teo. Vous osez les appeler comme ça ?

— Je suis vraiment désolé. Quand j'ai appris ce qui se passait, j'ai aussitôt mis un point d'arrêt à tout ça.

Daisy sonda son regard, tentant de déterminer s'il disait la vérité. Elle avait toutes les peines du monde à faire le lien entre le père désespéré et le monstre décrit par Peter et Noa.

— Vous prétendez avoir mis fin aux enlèvements, mais comment vous croyez qu'on est arrivés jusqu'ici ? lança Teo.

— C'est vrai, mais avez-vous été blessés ? rétorqua Pike en levant les mains. Est-ce qu'on vous a fait le moindre mal ? Si c'est le cas, dites-le-moi tout de suite, car j'avais donné des directives très strictes.

— Mason a menacé d'égorger Daisy.

— Quoi ? bredouilla Pike, l'air étonné, en tournant les yeux vers la porte. Eh bien, je peux vous assurer que je vais avoir une petite discussion avec lui à ce sujet.

Daisy échangea un regard avec Teo. Tout ça était vraiment trop bizarre.

— Pourquoi on est là ? demanda-t-elle.

— Parce que j'espérais vivement que vous pourriez m'aider à localiser votre amie Noa. Je veux essayer de réparer mes torts – du moins, si c'est encore possible.

— En la tailladant ? avança Teo. Merci, mais je crois qu'elle préférera passer son tour.

— Vous ne comprenez pas, soupira Pike avec lassitude. Noa est très malade, peut-être même mourante. Et si on ne la retrouve pas sans tarder, je crains qu'on ne puisse plus rien faire pour la sauver.

Peter posa la tondeuse sur le bord du lavabo et se pencha vers le miroir pour examiner le résultat. Il eut l'impression qu'un inconnu le dévisageait. Il ne lui restait plus que cinq ou six millimètres de cheveux sur le crâne.

— Me voilà prêt pour le service militaire, murmura-t-il à son reflet.

Il ramassa une mèche brune et l'observa quelques instants avec une pointe de nostalgie.

— N'en fais pas tout un plat, se sermonna-t-il à haute voix en rinçant le lavabo. Ce ne sont que des cheveux, ça repoussera.

À part sa nouvelle coupe, il n'y avait pas grand-chose d'autre qu'il pouvait faire pour modifier son apparence. Il lui aurait fallu des jours pour se laisser pousser la barbe. Il n'y avait plus qu'à espérer que cela suffirait.

Il trouva un pot de baume du tigre dans l'armoire à pharmacie et en appliqua sur son épaule. La douleur continuait de battre en rythme avec celle de l'incision qu'il avait dans le bas du dos, mais c'était beaucoup plus supportable que la veille. Il avait toujours mal partout, malgré les quatre comprimés d'ibuprofène qu'il avait avalés, mais se sentait tout de même en meilleure forme.

En meilleure forme que Loki, ça, c'est sûr, songea-t-il d'un air sombre.

Peter ne pouvait s'empêcher d'éprouver de la culpabilité. S'il n'avait pas tracé son adresse IP, Loki coulerait encore des jours heureux dans son abri souterrain.

Ce n'est pas ma faute, c'est celle de Pike, se rappela-t-il.

Et c'était une mort de plus qu'il comptait bien lui faire payer.

En prenant une serviette dans un placard, il se remémora soudain son dernier séjour dans ce chalet, un peu plus d'un an auparavant, pendant le spring break. Il avait fait un bière-pong dans la salle de jeu avec Rick et deux filles qu'ils avaient rencontrées sur les pistes. Il s'était effondré ivre mort en milieu de soirée et s'était réveillé avec la pire gueule de bois de sa vie. Il soupira en chassant ce souvenir de ses pensées. Il avait presque du mal à croire que sa vie avait pu être aussi normale.

En sortant de la salle de bains, Peter entendit le martèlement des touches d'un clavier au bout du couloir. Il se dirigea vers le bureau du père de Rick tout en essuyant sa tête fraîchement rasée et trouva Noa assise devant un vieux PC.

— Du nouveau ? demanda-t-il.

— Non, répondit-elle. Les sites d'actu racontent tous la même chose : l'avis de recherche national, la ligne spéciale, blablabla…

Elle se retourna et ouvrit des yeux ronds.

— Ouah ! s'exclama-t-elle.

— Oui, je sais, ça surprend. Je me suis fait une coupe de GI, plaisanta Peter.

— Ce n'est pas si mal, commenta Noa avant de se lever et de tourner autour de lui pour l'examiner de plus près. Ça te change vachement.

— En mieux ?

— En tout cas, tu es différent, dit-elle avec un petit sourire. Tu fais plus vieux.

— Cool. J'irai acheter de la bière à la première occase. Quant à toi, je dois dire que le roux te va super bien.

— Vraiment ?

Elle semblait à la fois dubitative et ravie du compliment. Elle avait gardé ses cheveux longs, puisqu'ils étaient assez courts sur la photo diffusée par les médias, et les avait teints avec du henné qu'elle avait trouvé dans les affaires de la sœur de Rick. Elle portait un jean et un débardeur bleu.

— Je t'assure, acquiesça-t-il. Ça fait ressortir tes yeux verts. Tu es canon.

Cette dernière phrase lui avait échappé et Noa écarquilla les yeux.

— Enfin, je ne veux pas dire que tu n'étais pas, euh, mignonne avant, bredouilla Peter avec embarras. Mais disons que maintenant, tu... Elle le regarda en souriant.

— Tu sais quoi ? soupira-t-il. Je vais me taire, je crois que c'est mieux.

— Alors j'étais rayonnante, et me voilà carrément canon, ironisa-t-elle. J'aurais peut-être dû passer au roux plus tôt.

— Peut-être. Mais pour être franc, tu n'as pas tellement changé. Tu es toujours un peu... à part.

— À part ? répéta-t-elle. Comment ça ?

— Je ne sais pas, lâcha Peter en rougissant de plus belle. Tu es grande, mince, tu as une démarche particulière.

— À t'entendre, on dirait que je suis trop bizarre, s'offusqua-t-elle.

— Oui, mais dans le bon sens, précisa-t-il avant de voir Noa se rembrunir. Pardon, ce n'est pas ce que je voulais dire. C'est juste que tu ne ressembles pas à une ado classique. Tu es du genre qu'on remarque.

Elle le dévisagea, l'air incrédule.

— Pourquoi est-ce qu'on me remarquerait ?

— Ben, déjà, tu ressembles à un mannequin.

— N'importe quoi, marmonna-t-elle.

Tout à coup, elle se plia en deux en portant la main à sa poitrine.

— Noa ? s'alarma Peter. Hé, je plaisantais, il n'y a rien qui cloche dans ton look.

— Il faut… juste… que je… balbutia-t-elle en titubant jusqu'au fauteuil de bureau où elle s'effondra. La vache… Ça fait trop mal.

Il s'élança vers elle et s'accroupit à ses pieds.

— Qu'est-ce que je peux faire ?

— Rien, articula-t-elle, le visage crispé, en se balançant d'avant en arrière. Ça va… passer. Attends… un instant.

Peter l'observa avec angoisse, se sentant complètement impuissant, tandis qu'elle haletait, la mâchoire serrée. Finalement, elle expira longuement en fermant les yeux et se redressa.

— Là, ça va mieux.

— Bon sang, qu'est-ce que c'était que ce truc ? demanda-t-il.

— Je ne sais pas. Ça m'arrive souvent depuis un petit moment, avoua-t-elle en évitant son regard.

Peter passa la main sur sa tête, brièvement surpris au contact de ses cheveux ras.

— Pourquoi tu ne m'as rien dit ?

— Je pensais que ce n'était pas grave, murmura-t-elle en levant le visage vers lui. Mais… c'est de pire en pire.

Il tressaillit en lisant la peur dans son regard.

— Est-ce que tu veux quelque chose ? Je ne sais pas, de l'aspirine. Un verre d'eau ?

— Non, ça ne servira à rien, j'ai déjà essayé.

Peter se mit à réfléchir.

— C'est à cause de ton deuxième thymus, c'est ça ? Ce Roy, il t'a bien dit que ça risquait de te rendre malade ?

— Il a dit que mes cellules se décomposaient, c'est tout.

Il secoua la tête, l'air abattu. Ils étaient au milieu de nulle part, sans personne vers qui se tourner, et le pays tout entier les prenait pour des terroristes meurtriers.

— Ça va aller, reprit Noa avec effort. Ne t'inquiète pas pour moi.

— Moi je trouve qu'il y a de quoi s'inquiéter, justement, répliqua-t-il avant de se lever. Tu es de plus en plus fatiguée, et maintenant ça… Il faut qu'on épluche le reste des fichiers, ils contiennent peut-être une explication.

— Ah oui, les fichiers, soupira Noa en faisant un geste découragé vers l'ordinateur. Ça va prendre un siècle avec ce vieux machin. J'y ai déjà passé une heure et je n'ai toujours relevé aucune mention de Pike.

Elle souleva un disque dur criblé d'une balle.

— Heureusement, il n'y avait rien sur celui-ci.

Peter lui prit le disque des mains et l'examina, avant de constater que ce n'était pas le seul dans cet état. Il revit le moment où ils couraient dans le champ au pied de la colline.

Et si les disques n'avaient pas arrêté les balles ? songea-t-il en réprimant un frisson. *Est-ce que l'un de nous deux serait mort ?*

— Combien ont été endommagés ?

— Je ne sais pas trop, répondit Noa en se massant les tempes. En plus des balles, ils ont été bien secoués et il se pourrait que certaines données soient corrompues.

— Bon, au moins, on va avoir le temps d'étudier ça de plus près. Après tout, on est coincés ici, pas vrai ?

— Mais si quelqu'un vient ? Tu as dit qu'il y avait peut-être une femme de ménage…

— Oui, c'est possible. Alors on reste discrets et on fait en sorte de tout laisser comme c'était quand on est arrivés. Et si elle passe, on n'aura qu'à se cacher.

— Se cacher ? répéta Noa en levant un sourcil.

— Mais oui, fit Peter en tâchant de paraître convaincant. Pour elle, personne n'est venu ici depuis des mois. Je parie qu'elle ne monte même plus à l'étage.

— Ça semble quand même risqué.

— Moins que de se pointer dans un cybercafé alors que nos photos sont dans tous les journaux, répliqua-t-il en posant les mains sur les accoudoirs du fauteuil. Écoute, tu n'es pas au top, et moi-même, j'ai encore l'impression que je viens de passer sous un rouleau compresseur. On a besoin de repos. Et on va en profiter pour essayer de tirer de ces disques quelque chose que l'on puisse exploiter, de quoi mettre fin à tout ça.

— Et s'il n'y a rien ? bredouilla-t-elle.

— Eh ben, on fera avec. Mais je suis convaincu du contraire.

Noa avait dans le regard un air qu'il ne lui avait jamais vu, comme si elle était prête à baisser les bras. C'était presque plus effrayant que ce qui venait de se passer.

— Ces disques contiennent un truc que Pike veut garder secret à tout prix, insista-t-il. Et on va trouver de quoi il s'agit.

Noa se cala contre le dossier de son fauteuil. Elle était blême et son front était couvert de fines gouttelettes de sueur qu'elle essuya du revers de la main.

— Et même si on y parvient, ça nous avancera à quoi ? demanda-t-elle.

— On s'en servira pour obliger Pike à nous livrer un remède.

— En lui faisant du chantage ? le railla-t-elle avec un petit rire. Et dire que tu critiques toujours mes idées… C'est trop naze, comme plan.

— Ça va marcher, déclara Peter avec assurance. Pike vous guérira, Amanda et toi.

— Et ensuite ? On le laissera s'en sortir, après tout ce qu'il a fait ?

— Si ça permet de sauver tous les ados qui sont en train de mourir de la PEMA, alors oui. Même si je sais que c'est injuste.

— Ça me rend dingue, maugréa Noa. On ne sait même pas combien de gens il a tués. Sans compter Cody, Roy, Monica, Zeke…

Peter soupira, soudain épuisé. Toutes les horreurs dont il avait été témoin défilaient dans sa tête : les photos des ados gisant sur les tables d'opération, tels des papillons épinglés sur des planches ; les glacières remplies de corps découpés en morceaux. Pouvait-il vraiment accepter que Pike s'en tire en toute impunité après ça ?

Il le faut, se résigna-t-il. *C'est le seul moyen de sauver Amanda et Noa*.

— Moi aussi, ça me tue, admit-il. Mais on n'a pas d'autre choix.

— Et s'il a besoin de moi pour le remède ? chuchota-t-elle, si bas qu'il l'entendit à peine.

— On lui fera bien comprendre qu'il a tout intérêt à ce que tu survives. Sinon, on fera éclater la vérité au grand jour.

— On ? Plutôt toi tout seul, tu veux dire, corrigea-t-elle. Parce que moi, je ne serai plus de ce monde.

— On n'en arrivera pas là ! éclata Peter. Je te protégerai, quoi qu'il advienne.

Ils restèrent un long moment silencieux, perdus dans leurs pensées.

— Tu crois sincèrement que ça va marcher ? finit par demander Noa, d'une voix encore essoufflée.

— Oui, fais-moi confiance. Qu'est-ce qui pourrait bien aller de travers, hein ?

Elle éclata de rire en guise de réponse.

— Bon, alors je crois que je vais continuer à étudier les fichiers, indiqua-t-elle. Et j'espère qu'on va trouver un truc béton sur lui.

— OK, acquiesça-t-il. Moi, je vais faire le tour de la maison pour voir si je peux mettre la main sur un ordi portable.

— Peter ?

— Oui ? dit-il en se retournant, depuis le seuil de la porte.

— En fait, j'aime vraiment bien ta coupe, lâcha Noa avec un sourire en coin. Ça te donne l'air plus coriace.

— Fais gaffe, je risque encore d'essayer de t'embrasser.

Elle leva les yeux au ciel.

— C'est ce qu'on verra, soldat.

Teo était allongé contre Daisy. La lumière du jour commençait à filtrer à travers les fenêtres, mais elle dormait toujours comme un loir. Lui, en revanche, n'avait pas fermé l'œil depuis qu'on les avait conduits dans cette chambre. Pike les avait traités comme s'ils étaient ses invités. Il y avait même des petits savons dans la salle de bains. Teo avait également trouvé des pansements et une solution antiseptique dont il s'était servi pour nettoyer sa blessure au bras.

Il craignait à tout moment de voir s'ouvrir la porte et surgir des hommes armés, ou même Mason, pour finir le sale boulot. Mais personne n'était venu les déranger.

Daisy s'était couchée sur le dessus-de-lit, encore tout habillée. Elle avait les lèvres légèrement entrouvertes. Teo fut tenté de l'embrasser, mais il ne voulait pas la réveiller, surtout après la soirée qu'ils venaient de vivre.

Il roula sur le dos et fixa le plafond, les mains croisées derrière la tête. Les choses avaient vraiment pris une tournure surréaliste. Après leur avoir présenté sa fille mourante, Pike leur avait proposé de dîner. Comme ils avaient décliné son offre, il avait demandé à ses hommes de faire en sorte que Daisy et lui soient bien installés pour la nuit.

Tous deux avaient examiné la chambre pendant dix bonnes minutes. Les fenêtres s'ouvraient, mais ils étaient au dernier étage, soit à environ quinze mètres du sol, et des hommes patrouillaient en continu autour de la maison. Il n'y avait aucune autre issue. Après avoir discuté à voix basse, ils avaient décidé de dormir en attendant de voir ce qui se passerait dans la matinée.

Plus facile à dire qu'à faire, songea Teo.

Il était franchement lessivé après tous ces jours à somnoler dans des cars et des ruelles sordides, et se nourrir de chips, de barres chocolatées et de sodas. Ensuite, il s'était battu avec des voyous, avait affronté Mason et rencontré Pike. Une semaine somme toute bien remplie. Il aurait donc dû s'endormir immédiatement.

Mais Teo vivait peut-être ses dernières heures auprès de Daisy et il tenait à les savourer. Lorsqu'elle rêvait, il lui arrivait d'esquisser un léger sourire qui le faisait complètement craquer. Et il ne voulait surtout pas rater une occasion de revoir ça une dernière fois.

Les yeux de Daisy s'agitèrent sous ses paupières et ce qu'il espérait se produisit : ses lèvres se retroussèrent de manière presque imperceptible. Teo était content de voir que même dans ces circonstances éprouvantes, elle était capable de s'évader dans un joli rêve. Il se pencha vers elle et l'embrassa doucement sur le front. Les coins de sa bouche tressaillirent à nouveau et elle émit un petit gémissement guttural. Il passa délicatement un bras autour d'elle et elle vint se blottir contre son épaule tout en dormant. Teo huma l'odeur de ses cheveux et finit par trouver le sommeil, bercé par le martèlement des gouttes de pluie sur le toit.

CHAPITRE ONZE

Noa cligna des yeux pour recouvrer une vision plus nette. Elle avait mal à la tête et la gorge sèche. Mais, au moins, la douleur qui palpitait dans sa poitrine s'était dissipée, même si elle restait incommodée par une sensation d'oppression au niveau de la cage thoracique, comme si son deuxième thymus cherchait à sortir de son corps.

Elle prit une gorgée d'eau, puis connecta le dixième disque dur de la pile à l'ordinateur. La clé de décryptage fonctionnait parfaitement, mais chaque disque contenait une quantité phénoménale d'informations sans la moindre organisation. Cela lui rappelait la première fois où elle avait piraté les nombreux dossiers du Projet Perséphone. Mais ce n'était rien à côté de ce à quoi elle était désormais confrontée.

La plupart des fichiers étaient à la fois familiers et déconcertants. En apparence, il s'agissait de relevés postopératoires tout ce qu'il y avait de plus ennuyeux, de mails, de synthèses et autres formulaires rédigés dans un jargon incompréhensible. Elle détestait la façon qu'avaient les chercheurs de recourir à un langage scientifique pour passer sous silence les atrocités qu'ils commettaient sur des adolescents.

Elle soupira. La dernière fois, au moins, elle avait pu compter sur l'aide d'un étudiant en médecine. Peter avait suggéré qu'ils lancent des recherches dans les fichiers avec certains mots-clés : « Pike », « remède » et « Noa Torson ».

Il y avait quelque chose de perturbant à taper son propre nom dans la zone de recherche. Noa ne savait pas trop si elle devait ou non se réjouir du fait que jusqu'ici, cela n'avait donné aucun résultat. Il n'y en avait hélas pas davantage avec le nom de Pike. Et le mot « remède » apparaissait dans un nombre incalculable de comptes rendus, où les médecins écrivaient des choses comme « nous ne sommes plus très loin de trouver un remède ». Aucun d'eux n'affirmait cependant y être parvenu et Noa sentait dans leur ton un aveu d'échec à peine voilé. Ils ne semblaient pas sur le point de résoudre quoi que ce soit. Ils avaient surtout l'air de vouloir désespérément garder leur boulot, se préoccupant davantage de sauver leur salaire que de venir en aide à des ados.

Bande d'ordures, se dit-elle en déballant un autre disque dur.

Peter s'était replié dans la chambre de son ami Rick. Il avait déniché un vieil ordinateur portable dans un placard et pris avec lui la moitié des disques encore exploitables.

J'espère qu'il a plus de chance que moi.

— Du nouveau ? lança-t-elle.

En guise de réponse, il se contenta d'un grognement, qu'elle interpréta comme un non.

Même si elle avait dormi près de douze heures la nuit précédente, Noa était exténuée. La perspective d'une petite sieste était incroyablement tentante. Elle essaya de se convaincre qu'elle pouvait se l'accorder. Après tout, Peter et elle n'avaient rien d'autre à faire que d'étudier les disques et de se reposer. Cela faisait quatre heures qu'elle travaillait, elle avait bien mérité le droit de faire une pause.

Mais elle savait aussi que si elle s'allongeait, elle risquait de ne pas se réveiller avant au moins douze heures. C'était une sensation étrange, comme si son corps lui échappait complètement. Elle avait toujours été exceptionnellement en bonne santé. Même lorsqu'un virus particulièrement agressif se déclarait dans l'une de ses familles d'accueil, il était rare qu'elle le contracte. Et depuis l'opération, elle n'avait rien eu de plus qu'un léger rhume.

Mais désormais, tout avait changé… Elle leva son bras et examina la coupure qu'elle s'était faite en courant dans les bois en Arkansas. À sa place, une personne normalement constituée n'en aurait plus eu qu'une légère trace après quelques jours et serait maintenant totalement guérie. Et pourtant, l'entaille était encore aussi à vif qu'une semaine auparavant, ce qui n'était pas bon signe.

Noa se frotta les yeux. Elle avait beau avoir tiré les stores pour se protéger de la lumière du jour, le simple fait de regarder l'écran de l'ordinateur était une torture. Elle diminua la luminosité de quelques crans et entra à nouveau les paramètres de recherche.

Tandis qu'elle parcourait la liste des résultats, elle sentit soudain son cœur s'emballer. Pour la première fois, une occurrence du nom « Pike » avait été identifiée. Elle cliqua rapidement sur le document concerné. Il s'agissait d'un mail adressé à Pike par un certain Dr Johnson.

Monsieur Pike,

Je vous transmets les conclusions de nos derniers tests sur les prélèvements sanguins du sujet n° 050207. Comme indiqué précédemment, si nous pouvions à nouveau accéder au sujet, nous devrions être en mesure d'isoler des marqueurs spécifiques et, si tout va bien, d'élaborer un vaccin. Je ne veux pas vous donner trop d'espoir, mais au vu des avancées obtenues jusqu'ici, je crois qu'il est tout à fait envisageable de parvenir à ralentir la progression de la maladie, voire à l'éradiquer.

Évidemment, tout ceci nécessite que nous puissions avoir directement accès au sujet. Savez-vous plus clairement quand cela sera possible ?

Le mail datait de plusieurs mois auparavant. Noa sentit une vague d'effroi l'envahir. D'une main tremblante, elle lança une recherche sur le « sujet n° 050207 ».

Rien.

Elle essaya sur un autre disque, puis encore un autre. Elle finit par obtenir un résultat avec le quatrième : il s'agissait d'un fichier image. Elle prit une inspiration et cliqua dessus pour l'ouvrir.

Elle reconnut immédiatement la photo qui s'afficha à l'écran. Elle avait été prise d'en haut, dans l'un des laboratoires clandestins de Charles Pike. On y voyait une jeune fille vêtue d'une tunique d'hôpital, allongée sur une table métallique, le drap remonté jusqu'à la taille. Elle avait les yeux fermés, et ses cheveux noirs reflétaient l'éclairage qui la surplombait.

C'était elle.

Noa ferma les yeux. Même si Peter disposait toujours des fichiers d'origine du Projet Perséphone, qu'il avait stockés quelque part sur des serveurs de sauvegarde, elle ne les avait jamais plus consultés. Après avoir compris dans les grandes lignes ce qu'on lui avait fait, elle n'avait eu qu'une idée en tête : se venger.

Le fait de se redécouvrir ainsi, inconsciente et vulnérable, la bouleversait tout autant que la première fois.

Et malgré tout ce qu'elle avait fait pour tenter d'éviter le même sort à d'autres ados, Pike avait poursuivi ses expériences.

Le pire, c'était que ça semblait avoir été payant : il n'était pas loin de disposer d'un remède contre la PEMA. Et même si Peter et elle trouvaient des preuves irréfutables de son implication, ils seraient condamnés à les garder pour eux et Pike serait acclamé comme un héros.

Cette pensée lui donnait la nausée. Elle sentit la douleur dans sa poitrine se réveiller et dut s'agripper au bord du bureau pour la supporter. Alors qu'elle se concentrait sur sa respiration, elle entendit un cri enthousiaste venant de la chambre voisine.

— Ça y est ! s'exclama Peter. Yes !

— De quoi tu parles ? réussit-elle à articuler.

Des bruits de pas résonnèrent dans le couloir et Peter apparut sur le seuil de la pièce.

— Tu as une nouvelle crise ? demanda-t-il aussitôt avec inquiétude en voyant Noa qui grimaçait.

— Moins grave que tout à l'heure, bredouilla-t-elle.

Elle mentait. En réalité, c'était un véritable supplice, mille fois plus douloureux que ce qu'elle avait connu jusqu'alors. Sa poitrine se bloqua et elle s'écroula. Elle essaya de se relever avant de réaliser avec horreur qu'elle en était incapable. Tout son corps était secoué de spasmes irrépressibles.

— Oh, non ! s'écria Peter en s'élançant auprès d'elle. Noa !

Il plaqua ses mains sur ses épaules, mais elle continua de se convulser. Elle perçut au loin le son de ses dents qui claquaient. Elle avait perdu toute notion de temps et d'espace et avait l'impression de s'être réfugiée dans un endroit sombre et calme.

Lorsqu'elle rouvrit les yeux, Peter était près d'elle et la regardait d'un air paniqué.

— Ça va, dit-elle, sidérée par sa prononciation indistincte. Je vais bien.

Elle voulut se redresser, mais il l'obligea à rester allongée.

— Détends-toi un peu d'abord, OK ? Bon sang, tu as failli me faire avoir une crise cardiaque.

Elle tenta de lui répondre, mais sa bouche était atrocement sèche.

— De l'eau, gémit-elle d'une voix rauque.

— Tout de suite.

Peter se leva, mais pila net devant la porte en penchant la tête sur le côté.

Noa était sur le point de lui demander ce qui se passait quand elle entendit la même chose que lui : le bruit d'une voiture qui roulait sur l'allée de gravier.

— Tu vas me rendre folle, lança Daisy à Teo qui faisait les cent pas dans la chambre. S'il te plaît, calme-toi et viens t'asseoir.

— Je ne peux pas, pesta-t-il en serrant et desserrant les poings sans arrêt. Il faut qu'on trouve un moyen de sortir d'ici.

— Il n'y en a pas, répondit-elle en tâchant de garder son sang-froid, alors même qu'elle sentait la terreur la gagner. On ne peut pas passer par la fenêtre, c'est trop haut. Et la porte est fermée et surveillée par un garde. Donc à moins que tu aies un téléporteur dont tu ne m'aurais pas parlé, on est coincés ici.

— Un téléporteur ? répéta-t-il en arquant un sourcil.

Daisy haussa les épaules.

— Ben oui, comme dans *Star Trek*, expliqua-t-elle.

— Tu es une fan ? s'exclama-t-il en allant s'installer à côté d'elle sur le lit. Tu sais que ça me fait t'aimer encore plus ?

— Je ne suis pas une fan, protesta-t-elle en lui donnant une petite tape sur le bras. J'ai bien aimé les films, c'est tout.

— Quoi, les derniers ? bougonna-t-il. Ça ne compte pas.

— Tu rigoles ? Chris Pine est vraiment trop beau.

— Ouais, si on aime ce genre, marmonna Teo. Mais il ne vaut pas William Shatner.

— Au secours, lâcha Daisy en levant les yeux ciel. Parfois, t'es vraiment à côté de la plaque, Teddy.

— J'adore quand tu m'appelles Teddy, avoua-t-il avec un petit sourire. Je te l'ai déjà dit ?

— Oh, seulement un million de fois, soupira-t-elle – mais elle se mit à rougir de plaisir.

Il se pencha vers elle et lui donna un coup de coude qu'elle lui rendit à son tour.

— Quand je pense que je me plains alors que je suis enfermé avec toi, plaisanta-t-il.

— Faut dire que c'est tellement romantique comme situation, ironisa-t-elle. Rien de tel que des gardes armés pour vous mettre dans l'ambiance.

— Oui, je sais, dit-il en reprenant son sérieux. Mais bon, on n'a pas vraiment été seuls tous les deux depuis…

Il baissa les yeux et caressa la main de Daisy avec son pouce. En vérité, ils n'avaient pas été en tête à tête depuis la nuit où ils avaient partagé un lit superposé à Santa Cruz. Après quoi, ils étaient restés avec Peter et Noa sept jours sur sept, avant de passer une semaine à dormir dans des cars et des ruelles crasseuses. Toute leur relation n'avait été faite que de baisers volés et de câlins à la dérobée entre deux fuites précipitées.

Et maintenant, pour la première fois depuis longtemps, ils étaient seuls.

Enfin, presque, corrigea mentalement Teo.

Il se racla la gorge avant de reprendre la parole :

— Enfin, je ne disais pas ça pour… Je veux dire, je ne pense pas à… ce que tu crois.

— Moi, je suis sûre que si, murmura-t-elle en lui souriant.

Teo devint cramoisi. Daisy passa la main sous son tee-shirt et lui effleura le dos. Elle adorait sa peau incroyablement douce. Il tressaillit et ferma les yeux.

— Tout va bien, chuchota-t-elle.

— Non, répliqua-t-il, en secouant la tête. Pas du tout. Je voulais juste que tu saches… enfin, au cas où ce serait la fin… que tu saches que tu es la seule personne que j'aie vraiment aimée. Et je…

Ils entendirent toquer à la porte de la chambre, il y eut un cliquetis et elle s'ouvrit lentement. Daisy retira aussitôt sa main.

Pike se tenait devant eux, vêtu d'un jean et d'un polo. On aurait dit un de ces hommes d'un certain âge échappé d'une pub pour une eau de Cologne. Il leur adressa un franc sourire.

— J'espère que vous avez bien dormi.

— On a faim, maugréa Teo en se levant. Est-ce que vous comptez nous nourrir un jour ?

— Oh, pardon, s'excusa Pike, visiblement confus. Je pensais qu'on vous aurait apporté un petit déjeuner.

— Ben non, grommela Daisy en croisant les bras sur sa poitrine.

— Je suis désolé. Mais, bonne nouvelle, je suis venu vous proposer de déjeuner avec moi.

— Ah ouais, génial, railla Teo.

— Cela va nous donner une autre occasion de discuter.

Il pivota sur ses talons en leur faisant signe de le suivre.

Daisy tourna les yeux vers Teo, qui semblait tout aussi perplexe qu'elle.

À quoi il joue, ce type ?

Elle s'attendait à tout, mais certainement pas à une invitation à déjeuner. Elle songea néanmoins qu'ils seraient au rez-de-chaussée. Peut-être qu'ils pourraient essayer de s'enfuir…

Teo lui prit la main et se pencha vers son oreille.

— Quoi qu'il veuille, on ne lui donne rien, lui glissa-t-il. Parce que dès qu'il aura ce qu'il désire, il nous tuera.

Daisy esquissa un hochement de tête, la gorge soudain desséchée. Il avait raison, bien sûr. Mais ça ne voulait pas dire que Pike ne se débarrasserait pas d'eux de toute façon, quand il en aurait assez qu'ils lui résistent.

Ils s'engagèrent dans le couloir, et le garde posté à la porte de leur chambre leur emboîta le pas aussitôt. Devant eux, Pike tapa dans ses mains d'un air enjoué.

— J'espère que vous aimez le saumon grillé.

— C'est qui ? demanda Noa à voix basse.

Elle était encore essoufflée après sa crise d'épilepsie. Elle avait le contour des lèvres bleu et les pupilles très dilatées.

— Sûrement la femme de ménage, murmura Peter. Chut.

Ils étaient assis au fond du dressing de la chambre parentale où Peter avait emmené Noa en la portant quasiment tout le long. Il avait pris soin d'examiner la pièce un peu plus tôt : elle était impeccable et il n'y avait pas la moindre trace de poussière.

Peter pria intérieurement pour que la femme de ménage des Shapiro soit de nature paresseuse. Parce que si elle montait à l'étage, elle verrait les ordinateurs allumés et les disques durs éparpillés. Il avait été très vigilant au rez-de-chaussée : il lavait et rangeait la vaisselle qu'ils utilisaient au fur et à mesure et retapait systématiquement les coussins du canapé. Mais si elle décidait de faire le tour de la maison, elle saurait immédiatement qu'il y avait des intrus.

Il entendit une marche craquer et retint son souffle. Il repensa subitement au jour où il avait failli se faire surprendre chez Mason.

Bon sang, j'ai un problème avec les femmes de ménage, songea-t-il.

Il se mit à réfléchir à ce qu'ils feraient si celle des Shapiro les découvrait. Noa et lui n'auraient plus qu'à ramasser ce qu'ils pourraient et à filer dare-dare.

Un autre craquement : elle montait à l'étage.

Peter écarta une robe accrochée à un cintre qui lui chatouillait le visage. Noa était appuyée contre lui et haletait. Elle émit un petit gémissement et il grimaça, tant ce son lui paraissait bruyant dans le silence de la maison.

— Qui est là ? lança une voix féminine d'un ton inquiet.

Mince, on est cuits. Elle va appeler la police direct.

Il passa mentalement en revue les prochaines étapes. Accompagner Noa à la voiture. Revenir chercher les sacs à dos et les disques durs. Emporter l'ordinateur portable – les Shapiro sauraient que quelqu'un s'était introduit chez eux, alors autant prendre ce dont ils avaient besoin. Il leur faudrait aussi de quoi manger et de l'argent.

Où est-ce qu'on va bien pouvoir s'en procurer ?

Il repensa alors à son séjour pendant le spring break. Rick et lui avaient voulu refaire le plein de bière, mais ils étaient tous les deux à sec. Rick était monté à l'étage et il était revenu avec un billet de cent dollars en se vantant de savoir où se trouvait la réserve secrète de son père…

Peter cala délicatement Noa contre le mur du dressing, puis il se redressa et avança à pas de loup au milieu des vêtements, essentiellement féminins, jusqu'à l'autre bout de la penderie.

Pourvu que ce soit toujours au même endroit.

Il se mit à tâter les revers d'une série de vestes pendues sur des cintres. Il sentit enfin sous ses doigts une matière satinée : c'était une veste de smoking. Il plongea la main dans la poche droite : rien. Il tendit le bras pour faire de même du côté gauche.

Bonne pioche, se félicita-t-il en refermant sa main autour d'une liasse de billets maintenue par une pince. *Merci M. Shapiro. Promis, je vous rembourserai.*

Noa gémit à nouveau et il serra les dents avec l'impression que le bruit résonnait dans toute la maison. Il entendit des pas précipités dévalant l'escalier, suivis du claquement de la porte d'entrée.

Et zut !

Il revint auprès de Noa, passa un bras sous ses épaules et l'aida à se relever.

— Où ? Quoi ? bafouilla-t-elle.

— Direction la voiture. On met les voiles.

— Je peux marcher, marmonna-t-elle.

— Tant mieux. Toute aide est la bienvenue, lâcha-t-il, déjà essoufflé.

Le poids de Noa sur son épaule endolorie lui faisait affreusement mal. Il lui fit descendre l'escalier et l'emmena dans le garage. Puis il ouvrit tant bien que mal la portière passager de leur Honda, installa Noa à l'intérieur et retourna précipitamment dans la maison. Une horloge invisible égrenait les secondes dans sa tête.

Combien de temps avant que les flics débarquent ? Trois minutes ? Quatre ?

Il mit les disques durs et l'ordinateur portable dans les sacs à dos, et fonça dans la cuisine avec un autre sac, pris dans la penderie de Rick. Il y fourra le maximum de provisions à la va-vite.

Lorsqu'il revint à la voiture, trois minutes s'étaient écoulées. Il balança tous les bagages sur la banquette arrière, monta à bord et démarra le moteur. Il réalisa alors que la porte du garage était fermée et se rua sur le bouton commandant l'ouverture.

On entendait au loin la clameur des sirènes. De retour dans la Honda, Peter fit claquer nerveusement ses doigts sur le volant pendant que le rideau métallique montait avec une lenteur insupportable. Quand il fut suffisamment haut, Peter enclencha la marche arrière.

Un break Subaru bloquait l'allée. Juste à côté se tenait une femme enrobée aux cheveux blonds bouclés.

Elle ouvrit la bouche d'un air hébété quand la Honda passa près d'elle en rebondissant sur la pelouse pour éviter de percuter sa voiture. Peter appuya sur l'accélérateur et rattrapa l'allée à quarante kilomètres-heure. Il braqua le volant à droite en atteignant la route et l'arrière de la Honda fit une embardée. Il évita le tête-à-queue de justesse et se força à ralentir pour respecter la vitesse autorisée, avant d'essuyer la transpiration autour de ses yeux.

Ils avaient parcouru à peine un kilomètre quand ils croisèrent deux voitures de police qui roulaient en sens inverse, toutes sirènes hurlantes.

Peter tourna les yeux vers Noa.

— On va où ? bredouilla-t-elle de son étrange ton traînant.

— Loin d'ici, marmonna-t-il en jetant un coup d'œil dans le rétroviseur.

— Boston, murmura-t-elle.

Peter n'était pas certain d'avoir bien entendu.

— Tu as bien dit Boston ? demanda-t-il, abasourdi.

Noa hocha la tête.

— On ne peut pas fuir éternellement. Il est temps d'en finir.

Seul le bruit de l'argenterie contre la porcelaine troublait le silence qui régnait dans la salle à manger. Teo et Daisy étaient assis face à face et Pike entre eux, présidant une table immense. Teo n'avait jamais fait un repas comme celui-là, avec des serviettes en tissu et des assiettes magnifiques. Un des gardes se chargeait d'apporter les plats : des bols de soupe, puis des salades et des darnes de saumon grillé accompagnées de légumes. Les autres étaient postés devant chaque porte et les surveillaient d'un air menaçant, ce qui ne facilitait guère sa digestion. Teo mâchait la même bouchée depuis cinq minutes et il sentait un goût acide au fond de sa gorge qui saturait ses papilles. Il n'avait pas d'appétit et avait à peine touché à son assiette.

Il tenta d'avaler sa bouchée, mais manqua de s'étrangler et se jeta sur son verre en cristal pour boire quelques gorgées d'eau. Lorsqu'il releva la tête, Pike le dévisageait d'un air embarrassé.

— Veuillez excuser mon chef cuisinier. Le saumon est un peu sec.

Teo émit un petit rire.

— Je n'arrête pas de penser à l'histoire de Hansel et Gretel. Vous savez, avec la sorcière qui les engraisse pour les dévorer ?

Pike posa sa fourchette.

— Vous ne croyez quand même pas qu'on va vous manger ? s'indigna-t-il.

— Ce ne serait pas tellement pire que de nous découper en morceaux, grommela Daisy.

— Comme je vous l'ai dit hier soit, il ne vous sera fait aucun mal, insista Pike.

— Alors pourquoi nous retenir ici ? Vous n'avez qu'à nous relâcher.

— Vous serez libres dès que j'aurai obtenu de vous ce dont j'ai besoin.

— Qu'est-ce que vous voulez ? demanda Teo. Nos cœurs ? Nos reins ?

— Noa Torson, répondit Pike d'un ton sévère.

— Pour pouvoir lui ouvrir le bide, j'imagine. Remarquez, oui, pourquoi pas. Après tout, elle nous a seulement sauvé la vie.

Pike repoussa brusquement sa chaise et se leva.

— J'ai autre chose à vous montrer, déclara-t-il.

— Je n'ai pas fini mon saumon, répliqua Teo en en prenant un morceau entre ses doigts qu'il fourra dans sa bouche. Et puis je suis curieux de voir à quoi ressemble le dessert, ajouta-t-il en mâchant la bouche ouverte avec insolence.

Pike lui jeta un regard noir avant de se rasseoir et Teo savoura sa petite victoire.

Qu'il joue les gentils, si ça l'amuse. Mais je suis sûr qu'il ne tardera pas à se montrer sous son vrai jour.

Et en attendant, ça permettait à Daisy de profiter d'un bon repas. Contrairement à lui, elle avait englouti tout ce qu'on lui avait servi, allant jusqu'à racler le fond de son assiette avec sa fourchette pour ne pas en laisser une miette. Ce bruit avait eu le don de faire grimacer Pike, ce dont Teo s'était réjoui.

— Alors on va où, après ? lança-t-il d'un ton familier. Vous avez un cachot ou un truc comme ça ?

— Ou une salle des tortures ? intervint Daisy. Oh non, je sais : un bassin de requins !

Pike s'éclaircit la voix.

— C'est au sujet de votre amie Noa, indiqua-t-il. Je peux vous prouver qu'elle est malade – qu'elle est mourante, à vrai dire. Et que seule mon équipe peut la sauver.

— Je parie que vous dites ça à tous les gamins que vous kidnappez dans la rue, railla Daisy avant de s'essuyer la bouche avec sa serviette d'un geste délicat.

Teo était fière d'elle. Il la reconnaissait bien là. Il savait qu'elle était terrifiée, ayant remarqué le léger tressaillement au coin de son œil droit et le fait qu'elle n'arrêtait pas de tripoter ses cheveux, et pourtant elle continuait de faire preuve d'une désinvolture manifeste.

— Je comprends votre méfiance, étant donné les circonstances, admit Pike. Mais vous verrez que je vous dis la vérité.

— Bon, OK, allons-y, soupira Teo en jetant sa serviette sur la table. De toute façon, je n'ai plus faim.

Noa se tourna sur le côté et gémit. Elle sentait à nouveau une douleur lancinante dans sa poitrine et avait l'impression que quelque chose comprimait ses poumons. Elle tenta de se redresser, mais retomba aussitôt sur son oreiller. Elle fronça les sourcils en distinguant au-dessus d'elle un vieux plafond constellé de taches d'humidité.

— On est où ?

Peter apparut soudain dans son champ de vision.

— Hé ! s'exclama-t-il. Tu es réveillée !

Il semblait soulagé, comme s'il avait eu peur qu'elle ne revienne jamais à elle.

— Comment on est arrivés ici ? murmura-t-elle.

— Disons simplement que ça n'a pas été de tout repos. Tiens, bois.

Il lui souleva la tête et porta un verre d'eau à ses lèvres. Elle voulut répliquer qu'elle pouvait se débrouiller toute seule, mais quand elle essaya de lever la main, elle lui parut trop lourde pour pouvoir la bouger. Elle ouvrit la bouche et vida presque tout le verre.

— Ça va mieux ?

— Oui, dit-elle. Merci.

En regardant autour d'elle, elle réalisa qu'ils étaient dans une chambre de motel miteuse à la moquette d'un vert crasseux. Les rideaux étaient tirés et la seule lumière provenait de l'ordinateur portable posé sur une table bancale.

— Charmant, comme endroit, lâcha-t-elle.

— Ils prennent le liquide, rétorqua Peter, sur la défensive. Et ils n'ont pas réclamé de papiers d'identité. Donc oui, dans l'état actuel des choses, c'est pour ainsi dire parfait.

Noa ferma les yeux un instant et tout lui revint subitement en mémoire : Peter qui la traînait dans le couloir après le départ de la femme de ménage ; leur long trajet en voiture ; Peter qui la laissait seule puis revenait avec une nouvelle voiture où il l'aidait ensuite à monter.

— On est dans quel coin ? articula-t-elle.

— Dans la banlieue d'Omaha.

— Encore Omaha ? s'esclaffa-t-elle. Sérieux ?

— Eh ouais. Et tu sais quoi ? C'est encore plus moche de jour.

Noa se remémora une gare routière où Peter attendait en plein milieu de la nuit. Il avait l'air vulnérable et apeuré dans la lumière des phares. Teo et Daisy étaient à l'avant, et elle était assise à l'arrière où elle se frottait nerveusement les mains. Elle se rappela sa douleur d'alors, juste après avoir perdu Zeke, à laquelle s'était mêlé son soulagement de revoir Peter, de savoir qu'elle pourrait compter sur lui pour l'épauler.

— On va toujours à Boston ?

— D'après toi, oui, acquiesça Peter. Mais si tu as changé d'avis, n'hésite pas à me le dire. C'est quand même le centre stratégique de Pike & Dolan.

Noa sentit que sa gorge était encore sèche et que toute l'eau qu'elle pourrait boire n'y ferait rien.

— Non, on arrête de fuir, confirma-t-elle. Il faut qu'on affronte Pike.

Elle s'abstint d'ajouter qu'ils avaient intérêt à se dépêcher s'il voulait qu'elle tienne jusque-là, vu la vitesse à laquelle sa santé se détériorait. Elle ne voulait pas mourir sans avoir pu regarder Pike droit dans les yeux.

— J'ai quand même une bonne nouvelle, annonça Peter d'un ton enthousiaste. Lorsqu'on était au chalet, avant que la femme de ménage n'arrive, j'ai trouvé des preuves parmi les fichiers. Assez pour envoyer Pike finir sa vie derrière les barreaux. Autrement dit, assez pour le faire chanter.

— Quoi, comme preuves ? demanda Noa d'un air las en fermant les yeux quelques instants, car les garder ouverts l'épuisait.

— Tout un tas de trucs. Des formulaires qu'il a signés pour autoriser les expériences, des mails où il discute avec Mason de l'augmentation du nombre de « sujets de tests », et même des échanges entre lui et des sénateurs où il est question de financements de campagne faramineux. Crois-moi, c'est du lourd ! Il y a de quoi faire plonger la moitié du Congrès avec lui !

— Pas étonnant que les flics aient couvert ses agissements, marmonna-t-elle, déconcertée par la faiblesse de sa voix.

Peter hocha la tête.

— Il doit avoir dans la poche quelqu'un de haut placé au FBI, avança-t-il. Je suis sûr qu'on saura qui c'est si on creuse un peu plus. Et puis apparemment, pas mal de ses amis à Washington ont des enfants malades.

— Et il leur a promis un remède contre la PEMA.

— Pas seulement ça. Il prétend pouvoir quasiment tout guérir, peut-être même le cancer.

— Tout ce dont il a besoin, c'est de moi, conclut Noa, exténuée.

Elle savait qu'ils parlaient de choses importantes, mais elle avait de plus en plus de mal à se concentrer.

— Oui, mais tu réalises ? lança Peter. On le tient enfin ! J'ai déjà stocké des copies des documents les plus compromettants sur différents serveurs. Et j'ai configuré les paramètres de sécurité pour faire en sorte que ce soit diffusé si je ne me connecte pas à intervalles réguliers. Pike ne prendra jamais le risque que tout ça soit rendu public.

— Peut-être. Ou alors il te torturera pour obtenir les codes et ensuite il te tuera.

— Merci, c'est encourageant, bougonna-t-il. Moi qui croyais que tu exploserais de joie… C'est exactement ce qu'on attend depuis le début !

Noa planta ses yeux dans ceux de Peter.

— Écoute, je sais que tu cherches à faire pour le mieux, déclara-t-elle. Mais honnêtement, j'en suis à un stade où on ne peut plus rien pour moi.

— N'importe quoi ! s'indigna-t-il.

— Si. Et c'est trop dangereux, cette histoire de chantage. Tu n'as qu'à tout publier.

— Pas question. Mon plan va marcher.

— Je ne veux pas que tu y laisses ta peau, toi aussi, insista-t-elle.

Elle soupira de frustration. Il ne semblait pas comprendre à quel point elle était malade et il s'obstinait à penser qu'il existait une solution n'impliquant pas qu'elle meure.

C'est Peter tout craché, songea-t-elle. *Toujours à considérer le verre à moitié plein*.

S'il n'avait pas été là, elle aurait sûrement renoncé depuis longtemps. Après la capture de presque toute son unité et la mort de Zeke, elle n'avait plus vraiment vu l'intérêt de continuer à se battre. Mais elle s'était sentie responsable de Teo et Daisy. Puis Peter les avait rejoints et il voulait tellement améliorer les choses qu'elle s'était résignée à le laisser essayer. Il n'arrivait pas à concevoir un monde sans happy end. Elle, c'était tout le contraire.

— Je ne veux plus que tu risques ta vie, reprit-elle avec effort, tant chaque mot lui coûtait. De toute façon, je sens bien que je suis en train de mourir. Je ne tiendrai peut-être même pas jusqu'à Boston.

Peter gardait la mâchoire serrée, comme s'il refusait d'admettre qu'elle disait vrai.

— Cette ordure a détruit ma vie, marmonna-t-il d'un ton hargneux. Il a dressé mes parents contre moi, contaminé Amanda, assassiné Cody et il t'a fait du mal. Alors bien sûr, j'adorerais le voir payer pour tout ce qu'il a fait. Mais pas si je dois vous perdre, Amanda et toi. Ces fichiers vont l'obliger à vous soigner.

Noa ferma les yeux. Elle n'avait plus la force de discuter.

— Je suis si fatiguée, murmura-t-elle.

— Il faut que tu t'accroches, dit Peter en lui prenant la main. Je vais nous sortir de là. Je te le promets.

Pike les conduisit hors de la salle à manger. En parcourant les couloirs silencieusement derrière lui, tenant Daisy par la main, Teo commençait à mieux cerner la disposition des lieux – c'était d'ailleurs surtout pour cette raison qu'il avait consenti à le suivre. Plus Daisy et lui en sauraient sur la configuration de la maison, plus ils auraient de chances de s'échapper. C'était Noa qui lui avait appris ça.

Pour le moment, hélas, ils n'avaient pas croisé de porte donnant sur l'extérieur, et aucune des fenêtres du rez-de-chaussée ne s'ouvrait. Mais il en faudrait plus pour l'arrêter.

Pike se retourna et Teo se composa aussitôt une expression nonchalante. Ils passèrent devant un bureau, et Pike finit par s'arrêter au bout d'un couloir. Il ouvrit une porte et les fit entrer dans une immense salle de projection. Un écran occupait entièrement l'un des murs.

— Installez-vous, je vous en prie, dit-il en désignant un somptueux canapé, juste en face.

— Quoi, on n'a même pas droit à du pop-corn ? railla Teo en s'asseyant.

Daisy se mit à rire et Pike fronça les sourcils. Il saisit une télécommande et la pointa vers l'écran.

— Il s'agit de l'enregistrement d'une conversation que j'ai eue sur Skype en août dernier avec le Dr Johnson, indiqua-t-il. C'est lui qui dirige le Projet Perséphone.

Teo songea que cela expliquait pourquoi l'image était aussi pixelisée. Cette vidéo n'était clairement pas destinée à être autant agrandie.

Un homme trapu d'un certain âge, vêtu d'une blouse blanche, apparut à l'écran. Quelques mèches rousses subsistaient sur son crâne dégarni qui brillait sous l'éclairage d'une lampe au-dessus de lui. De temps à autre, il essuyait des gouttes de sueur qui perlaient sur son front avec un mouchoir.

— Beurk, commenta Daisy. On dirait mon ancien prof de gym. Je me demande si lui aussi, il est du genre à proposer des cours particuliers aux jeunes filles…

Pike lui jeta un regard agacé. Sa voix résonna tout à coup dans les haut-parleurs :

« Je comprends votre enthousiasme, Ron, mais vous m'avez déjà dit ça plusieurs fois. »

« Mais là, c'est différent, monsieur, déclara le chercheur en s'approchant de la caméra, si près qu'on pouvait distinguer les pores de son nez. Je crois que nous sommes prêts à passer à la phase Deux. »

— La phase Deux, répéta Teo. Laissez-moi deviner : c'est la partie où vous commencez à kidnapper des ados pour les charcuter ?

Pike soupira et, après environ trente secondes durant lesquelles le Dr Johnson détaillait ses avancées, il se résolut à mettre la vidéo sur pause.

— Je recevais ce genre de rapport régulièrement, indiqua-t-il, visiblement mal à l'aise. La plupart du temps, mes ingénieurs m'annonçaient seulement que les expériences n'étaient pas concluantes. J'imaginais qu'il faisait des tests sur des animaux. Comme je vous l'ai dit, je n'étais pas au courant du détail des opérations et quand j'ai découvert, totalement par hasard, les pratiques qui avaient cours, j'ai tout arrêté immédiatement.

— Alors vous n'avez jamais mis les pieds dans l'un de vos labos ? demanda Teo.

— Si, admit Pike. Mais le seul que j'aie visité utilisait des rats et des souris en guise de cobayes. J'ai pensé que la phase Deux consistait à poursuivre les expériences sur des animaux plus gros.

— C'était bien le cas, marmonna Daisy.

— Alors quand et comment avez-vous appris la vérité ? s'enquit Teo.

Pike se mit à faire les cent pas dans la pièce.

— Il y a quelques mois. J'étais frustré qu'on ne fasse aucun progrès. J'ai alors décidé de passer en revue tous les documents liés au Projet Perséphone, et pas seulement ceux qui m'étaient transmis. Quand j'ai compris ce qui avait été commis dans les laboratoires que je finançais, j'ai été… horrifié, avoua-t-il, semblant vraiment rongé par le remords. Je suis moi-même père. Jamais je n'aurais autorisé que l'on mène des expériences sur des enfants.

— Même si ça pouvait permettre de sauver votre fille ? lança Daisy.

— Non, même dans ce cas, répondit-il d'un ton ferme. J'avais malheureusement mis en place un programme de primes garantissant une grosse somme d'argent aux premiers chercheurs qui parviendraient à des résultats. Comme vous l'avez vu hier soir, Ella n'a plus beaucoup de temps devant elle, et j'étais hanté par la crainte qu'on finisse par mettre au point un remède quand il serait trop tard pour la sauver. Avec le recul, je réalise que ce programme était sans doute une erreur. Pour pouvoir toucher les primes, le Dr Johnson a enfreint sans scrupule les lois internationales. Alors oui, je suppose que j'ai des torts, dans une certaine mesure. Mais il n'obéissait pas à des ordres que j'avais donnés.

Teo scruta le visage de Pike en essayant de déterminer s'il disait la vérité. Il avait nourri tellement de mépris à son égard, après ce que Peter et Noa lui avaient dit de lui. Il avait fini par se le représenter comme une sorte d'archétype du méchant, avec un chat belliqueux et un rire démoniaque.

Au lieu de ça, Pike paraissait n'avoir voulu faire de mal à personne.

Et s'il disait vrai ?

Au fond, Peter et Noa n'avaient jamais rencontré Pike. Ils n'avaient même aucune preuve tangible de son implication et c'était d'ailleurs pourquoi ils tenaient tant à accéder aux informations contenues dans les disques durs.

Et s'ils s'étaient trompés sur son compte depuis le début ?

— Mais ça fait des mois qu'on est poursuivis par des types armés, fit remarquer Daisy. Est-ce que vous allez aussi prétendre que vous n'étiez pas au courant ?

— Non, il s'agissait bien de mes hommes, reconnut Pike. Mais mes instructions étaient très claires : il ne devait vous être fait aucun mal, quoi qu'il arrive. Et vous n'avez pas été blessés, n'est-ce pas ?

Teo tourna les yeux vers Daisy. Il y avait une lueur de doute dans son regard et il devina qu'elle pensait la même chose que lui. Tout ce que disait Pike semblait étonnamment cohérent.

— Si je comprends bien, résuma Daisy, vous êtes un gentil dans l'histoire, mais tous ceux qui bossent pour vous sont des enfoirés.

— Je sais que c'est difficile à croire. Mais s'il n'avait pas été aussi compliqué de mettre la main sur vous, cela fait déjà longtemps que je vous aurais montré cette vidéo et tout expliqué, comme je suis en train de le faire maintenant.

— Alors on ne va pas finir sur une table d'opération ? demanda Teo d'un ton incrédule.

— Bien sûr que non.

— Et nos amis qui ont été enlevés à Santa Cruz, intervint Daisy, qu'est-ce qui leur est arrivé ?

Pike secoua la tête, l'air contrit.

— La façon dont les choses se sont déroulées là-bas est fort regrettable. Mais tous ces adolescents ont été relâchés et se sont vu remettre de quoi prendre un nouveau départ.

Teo fronça les sourcils. Pike semblait sincère. Mais s'ils avaient été libres, Remo, Janiqua et les autres auraient forcément tenté de les contacter. Il semblait impensable qu'ils aient pu prendre l'argent et se volatiliser.

À moins qu'ils n'aient cru que Noa avait été tuée ? se dit-il.

Et après ce qui s'était produit à Santa Cruz, ils avaient peut-être préféré ne pas se manifester auprès des autres unités. Étant donné les circonstances, il aurait probablement fait la même chose à leur place.

— Pouvons-nous continuer ? reprit Pike. C'est presque terminé.

— Si vous y tenez. Mais je ne pige pas un mot de ce que raconte ce type, se plaignit Teo.

Sa vision des choses était complètement perturbée par toutes ces révélations, et le discours abscons du chercheur ne faisait que l'embrouiller encore plus.

— Attendez, vous allez comprendre, insista Pike.

L'image du Dr Johnson disparut de l'écran, remplacée par un gros plan sur trois souris enfermées dans une cage. L'une d'entre elles courait dans tous les sens, comme si on lui avait donné des produits stimulants. Une autre buvait goulûment au distributeur d'eau et la troisième dévorait un bol de nourriture dans un coin. En fond, l'ingénieur parlait de « cellules sénescentes » et de « rémission spontanée ».

— Euh, je vous signale que j'ai quitté l'école en quatrième, fit Daisy en levant les yeux au ciel.

Pike baissa le volume.

— Je devrais peut-être vous fournir quelques éclaircissements, dit-il avant de désigner l'écran. Les souris que vous voyez ici faisaient partie d'une expérience visant à étudier les effets du thymus sur la production de lymphocytes T.

— C'est toujours du charabia, grommela Teo.

— En gros, on greffait à ces souris un morceau de thymus. Cet organe fabrique des cellules spécifiques qui permettent de rester en bonne santé. C'est plus clair ?

— Ça va, on n'est pas complètement débiles, maugréa Daisy.

— Très bien. Le thymus cesse de fonctionner à la puberté. À partir de là, on ne dispose plus que d'un nombre limité de cellules pour lutter contre les infections. C'est pour ça que l'on est davantage malade en vieillissant. Lorsqu'on est jeune, l'organisme est même assez puissant pour combattre certaines cellules cancéreuses.

Teo hocha la tête.

— Alors vous avez donné un nouveau thymus à ces souris parce que vous pensiez que ça leur ferait produire plus de ces cellules et que comme ça, elles réussiraient à guérir de la PEMA, par exemple ?

— En quelque sorte. En tout cas, c'était la théorie du Dr Johnson. Au départ, il cherchait simplement à ralentir la progression de la maladie. Mais il a obtenu des résultats au-delà de ses espérances. Il a inoculé aux souris différents virus qui auraient dû les tuer. Et pourtant, elles sont restées en parfaite santé. Et il a constaté qu'en cas de blessures, elles cicatrisaient beaucoup plus vite que la normale.

Teo se mordilla les lèvres en observant sur l'écran une souris qui se gavait de nourriture. Il se rappelait avoir vu Noa s'empiffrer de la sorte alors qu'elle se croyait à l'abri des regards.

— Mais voilà ce que je tenais vraiment à vous montrer, reprit Pike en faisant avancer la vidéo. Ceci a été filmé trois mois après l'opération.

Sur les images, on voyait la même cage et une souris, couchée sur le côté, qui semblait respirer avec peine.

— Où sont les deux autres ? demanda Teo en redoutant la réponse.

— Elles sont mortes. Le processus de guérison s'est inversé. Le thymus s'est mis à attaquer leur organisme qui n'a plus été en état de fonctionner, indiqua Pike en les fixant tous les deux d'un air grave. Et c'est exactement ce qui va arriver à votre amie Noa si vous ne m'aidez pas à la retrouver. Si on ne lui retire pas ce thymus au plus vite, elle va mourir.

— Ouah ! s'exclama le réceptionniste du motel en examinant le billet sous toutes les coutures. C'est un vrai ?

— Non, je l'ai fabriqué dans ma cave, répliqua Peter avec un petit rire tout en maudissant intérieurement M. Shapiro.

La réserve d'argent qu'il avait récupérée dans le dressing était une liasse de billets de cent dollars, ce qui attirait hélas rapidement l'attention dans les petites villes.

— Je n'avais pas très envie de le glisser dans le distributeur de boissons, ajouta-t-il.

— Il ne l'aurait sans doute même pas pris. C'est à peine s'il accepte ceux de dix dollars.

— Ah ouais, je vois le genre, acquiesça Peter en souriant. Ce serait possible de me faire la monnaie ?

Il transpirait à grosses gouttes, mais espérait que l'employé mettrait ça sur le compte de la chaleur. Le jeune homme semblait à peine plus âgé que lui. Il avait le visage boutonneux et portait un jean et un tee-shirt de Metallica.

— Pas de souci, dit-il en glissant les cent dollars au fond de son tiroir-caisse. Je vais essayer de trouver des billets neufs pour que tu ne sois pas obligé de les repasser avant de t'en servir.

Peter s'esclaffa de nouveau en se demandant s'il n'en faisait pas trop. Mais son interlocuteur ne semblait pas étonné.

— Tiens, je vois deux beaux billets de dix dollars, annonça-t-il. Ça devrait faire l'affaire. Je peux te donner le reste en coupures de vingt ?

— Nickel ! répondit Peter avec enthousiasme.

L'autre haussa un sourcil, mais Peter songea qu'il se souviendrait de lui de toute façon.

Il aperçut un poste de télévision derrière le comptoir, tourné vers la chaise du réceptionniste. Le son était coupé, mais il reconnut les images de la propriété de Loki sur l'écran. L'instant d'après, les photos de lui et de Noa apparurent au-dessus d'un bandeau indiquant :

« AUCUNE PISTE SUR LES TERRORISTES ».

Peter avala tant bien que mal sa salive, en espérant que l'employé n'allait pas choisir ce moment pour se retourner.

— Et voilà, fit celui-ci en lui remettant ses billets.

— Merci beaucoup. Bon, à plus !

— Hé ! l'interpella le réceptionniste en se penchant au-dessus de son comptoir. Tu ne serais pas célèbre ou un truc comme ça ?

— Qui, moi ? bredouilla Peter, l'estomac soudain noué.

— Ouais. Je jurerais que je t'ai déjà vu quelque part.

— Oh, on me le dit souvent. Les gens trouvent que je ressemble à Matt Damon.

— Non, c'est pas ça, soupira le jeune homme en riant, avant de faire claquer son chewing-gum. Ah, ça m'énerve ! Mais je suis sûr que ça va me revenir.

Peter hocha la tête, le cœur battant à tout rompre.

— Super. Tu me diras ça la prochaine fois.

— OK, dit le réceptionniste en se rasseyant face à son écran.

Peter dut prendre sur lui pour ne pas regagner sa chambre en courant. Quand il entra, Noa était toujours allongée sur le lit.

— Quoi de neuf ? lança-t-elle.

Il se mit à rassembler leurs affaires à la hâte.

— Il faut qu'on se tire d'ici, lança-t-il. Je crois que le gars de l'accueil m'a reconnu.

— Ça craint.

— Je sais.

— Euh… Peter ?

— Oui ?

Noa s'était mise en appui sur les coudes.

— On a un autre problème, déclara-t-elle.

— Génial, marmonna-t-il en enroulant le câble d'alimentation de l'ordinateur portable avant de le fourrer dans son sac. Et c'est quoi, cette fois ?

— Je ne vois plus rien.

— Hein ?

Il pivota sur ses talons pour lui faire face. Ses yeux avaient l'air normaux, mais ses pupilles semblaient fixer un point sur sa droite.

— J'ai fermé les yeux pendant que tu étais parti, expliqua Noa. Et quand je les ai rouverts, ben… Comment dire ? Je crois que je suis aveugle.

TROISIÈME PARTIE
COMBAT

CHAPITRE DOUZE

Daisy feuilleta un nouveau magazine avant de le jeter par terre. Jamais elle n'aurait pu imaginer qu'être séquestrée par un richissime homme d'affaires serait aussi ennuyeux. Elle s'affala sur son lit en soupirant d'agacement.

Si seulement Teo était là.

Après leur avoir montré la vidéo des expériences sur les souris, trois jours plus tôt, Pike leur avait annoncé qu'ils les trouvaient un peu jeunes pour partager la même chambre et il les avait donc séparés. Tous deux avaient protesté. Teo avait même tenté de frapper l'un des gardes et ils avaient dû employer la force pour le faire sortir de la pièce. Daisy avait essayé de s'enfuir, mais ils l'avaient également maîtrisée.

Depuis, elle était enfermée dans la chambre où ils avaient été installés à leur arrivée. Trois fois par jour, un garde l'escortait jusqu'à la salle à manger où se déroulait alors une scène improbable : Teo et elle s'asseyaient face à face à la grande table et on leur servait des mets délicieux dans de la vaisselle en porcelaine. Mais ils ne pouvaient pas vraiment parler car Pike, assis entre eux, les surveillait comme le lait sur le feu. Daisy avait parfois l'impression d'avoir atterri dans un de ces contes de fées où une princesse est retenue prisonnière dans une tour.

À chaque repas, Pike leur demandait s'ils avaient reconsidéré son offre : ils lui livraient Noa et, en échange, il les relâchait. Et chaque fois, ils lui avaient dit d'aller au diable.

Mais il se montrait persévérant. Il leur posait tout un tas de questions pour savoir, par exemple, comment les différentes unités de l'Armée de Persefone se coordonnaient entre elles, ou comment Peter et Noa communiquaient. Daisy savait qu'ils utilisaient un forum clandestin sur Internet, mais elle n'avait pas la moindre intention de divulguer cette information.

La nuit, il lui arrivait de rester éveillée en imaginant une des opérations de sauvetage dont Noa avait le secret. La porte de sa chambre s'ouvrirait brusquement et elle apparaîtrait dans l'encadrement. Pike serait agité de soubresauts incontrôlables après avoir été tasé par Peter ou Noa. Daisy, elle, s'enfuirait avec Teo et ils traverseraient la pelouse en courant, main dans la main, sains et saufs, enfin libres…

Mais tout ça n'aurait pu être possible que plusieurs mois auparavant, quand leur unité était encore opérationnelle. À présent, Peter et Noa pouvaient à peine se protéger eux-mêmes. Et même si Daisy ou Teo parvenait à les contacter, ils se sentiraient obligés de venir à leur secours, ce qui ferait exactement le jeu de Pike. La seule raison pour laquelle il les gardait en vie, c'était pour qu'ils lui servent d'appâts.

Daisy espérait de tout cœur que Peter et Noa avaient trouvé quelque chose sur les disques durs et que des voitures de police allaient débarquer d'un jour à l'autre dans l'allée du manoir. Dans le cas contraire, Teo et elle étaient bons pour le cimetière.

Elle passait donc ses journées à attendre. Elle dormait, parcourait de vieux magazines pour la énième fois en regrettant de ne pas avoir la télé et réfléchissait à ce qu'elle ferait à Pike si jamais il se retrouvait à sa merci. Lors du dîner de la veille, il y avait un steak au menu et ils avaient eu droit à des couteaux tranchants. Elle avait longuement joué avec le sien en envisageant de le plonger dans la poitrine de Pike. Mais Teo avait froncé les sourcils et secoué légèrement la tête en lui désignant le garde posté tout près d'eux. Et il avait eu raison : aussi tentant que cela pût paraître, elle n'aurait sans doute pas été assez rapide pour pouvoir lui infliger la moindre blessure.

Elle songea qu'elle allait finir par devenir folle si elle restait enfermée plus longtemps. C'était drôle : au cours de sa vie, elle avait été confrontée à toutes sortes de situations plus terribles les unes que les autres. Si quelqu'un lui avait dit que ce serait pire d'être coincée dans la plus belle chambre qu'elle ait jamais vue avec rien d'autre à faire que traînasser, elle ne l'aurait pas cru.

Elle entendit un léger coup frappé à la porte de sa chambre.

— Oui ? lança-t-elle en se redressant. Quoi encore ?

La porte s'entrouvrit et Pike passa la tête à l'intérieur.

— Je viens d'avoir une idée, dit-il.

— Génial. Jusqu'à maintenant, vos idées m'ont toujours tellement bien réussi, lâcha Daisy d'un ton pince-sans-rire.

— Cette fois, je crois que ça va vous plaire.

Il lui adressa un sourire timide, mais elle n'y crut pas une seconde. Au début, elle avait failli se laisser prendre à son petit numéro de père éploré. Mais après trois jours de séquestration, elle avait eu la conviction qu'il n'était pas un gentil. Teo et elle avaient bel et bien été enlevés, même si on ne leur avait pas fait subir d'opération – du moins, pour le moment. Et elle était convaincue qu'à la fin, il les ferait éliminer.

Pike lui fit signe de la suivre. Elle hésita un instant, puis se leva de son lit. Le fait de sortir de sa chambre lui donnait l'occasion de changer un peu d'air. Elle se dit que Pike avait été malin de la séparer de Teo. Ensemble, ils auraient déjà tenté de se faire la belle. Mais Daisy n'était pas prête à partir sans lui et elle était certaine qu'il en était de même de son côté. Elle ne savait même pas dans quelle partie du bâtiment on le retenait. Peut-être cette petite escapade l'aiderait-elle à le découvrir.

Un peu plus tôt, on lui avait apporté un jean et un polo propres et élégants. Elle s'était dit que c'était sans doute le genre de vêtements qu'une fille comme Ella portait au quotidien et les avait détestés par principe. Mais les siens étaient sales et usés, et elle avait donc fini par se changer à contrecœur. On lui avait cependant laissé ses bottes et c'est d'un pas exagérément lourd qu'elle traversa la pièce pour rejoindre Pike.

— Une sortie pédagogique, je suppose ? railla-t-elle. Youpi.

Pike était tiré à quatre épingles, comme toujours, habillé quasiment comme elle. Tandis qu'il marchait dans le couloir, elle l'imagina faisant tourner une raquette de tennis dans sa main et réprima un éclat de rire.

— Qu'y a-t-il d'amusant ? demanda-t-il en haussant un sourcil.

— Je me disais juste qu'un relooking ne vous ferait pas de mal, répondit-elle. Vous avez une de ces dégaines…

— C'est ce qu'Ella m'a toujours dit, rétorqua-t-il d'un ton badin.

Il la conduisit au bas d'une volée de marches qu'elle commençait à bien connaître. Au fil des jours, elle avait constitué un plan des lieux dans sa tête. À droite de l'escalier se trouvait le couloir qui desservait le bureau, la salle à manger et la salle de projection. De l'autre côté, on accédait à la chambre de la fille de Pike.

Il tourna à gauche. Daisy ralentit en apercevant la porte.

— Il faut vraiment qu'on revienne là-dedans ? marmonna-t-elle.

Pike se retourna vers elle, la main sur la poignée.

— Ella est réveillée aujourd'hui, indiqua-t-il. J'ai pensé que ça pourrait lui faire du bien de bavarder avec quelqu'un de son âge, pour une fois.

— Elle n'a pas d'amis ?

— Ils ont cessé de venir, expliqua Pike. Les gens se font tant de fausses idées sur la PEMA. Il y en a encore qui croient que c'est contagieux.

Et puis, ce n'est pas évident de recevoir des invités quand on retient des ados en otages chez soi, songea-t-elle.

Elle n'avait vraiment pas envie de revoir Ella. Elle n'avait jamais été à l'aise avec les gens malades. Sa tante était morte assez jeune d'un cancer. Daisy était souvent allée la voir avec sa mère, vers la fin, et elle avait tout détesté : la nourriture infecte de la cafétéria, l'odeur écœurante de l'hôpital et la dégradation progressive de sa tante, plus creusée et ratatinée à chaque visite – jusqu'à ce qu'elle finisse par rendre l'âme.

Daisy déglutit. Se pouvait-il qu'il soit en train d'arriver la même chose à Noa ? Elle n'allait pas bien depuis Santa Cruz, c'était flagrant, mais était-elle en train de mourir ?

Non, se raisonna-t-elle. *C'est juste un piège de Pike pour nous obliger à la balancer.*

Pike ouvrit la porte et entra dans la chambre. Daisy hésitait à le rejoindre, mais un des gardes la poussa sans ménagement à l'intérieur.

Elle s'approcha lentement du lit. La partie antérieure était légèrement relevée. La même jeune fille y était couchée, vêtue d'une chemise de nuit différente. Elle avait les yeux ouverts et ressemblait moins à une poupée que la dernière fois. Elle n'était plus attachée, bien que les sangles aient laissé des traces sur ses poignets.

— C'est qui ? demanda-t-elle d'une voix fatiguée.

— Une amie, l'informa son père d'un ton enjoué.

Daisy émit un grognement dédaigneux et Pike la fusilla du regard. Il tira une chaise près du lit et prit la main de sa fille dans la sienne.

— Tu as l'air en bien meilleure forme aujourd'hui, ma chérie.

— Tu parles. Moi, je me sens trop naze.

Daisy laissa échapper un petit rire. Ella était peut-être sympa, après tout.

— Je te présente Daisy, reprit-il avec douceur, comme s'il parlait à une petite fille. Elle va passer un moment avec toi.

— Si ça l'amuse, soupira Ella avant de reprendre sa main et de fermer les yeux.

Son père se leva et sortit, après avoir laissé sa place à Daisy, qui s'assit prudemment en posant ses mains jointes sur les genoux. Elle jeta un coup d'œil par-dessus son épaule : un garde était posté à la porte.

J'aurais dû me douter que Pike n'allait pas me laisser sans surveillance avec sa fille adorée.

Elle examina la pièce. Une énorme haie montait jusqu'au milieu de la fenêtre. Même si elle arrivait à tromper la vigilance du garde, elle aurait du mal à surmonter cet obstacle.

— Tu manigances un plan d'évasion ?

Daisy retourna vivement la tête et découvrit qu'Ella l'observait. Elle se demanda quoi lui répondre. Le garde fixait le mur devant lui, faisant comme s'il ne les écoutait pas.

Oh, et puis, zut, qu'est-ce que je risque ? se dit-elle. *Au pire, ils me ramèneront dans ma chambre.*

— Ouais, lâcha-t-elle. Tu as des suggestions ?

— Laisse tomber. Ça fait des mois que j'essaie de sortir d'ici. Je quitterai cette maison les pieds devant.

Daisy fut tentée de lui rétorquer que ce serait sûrement la même chose pour elle, mais le garde tourna les yeux vers elle d'un air menaçant.

— Depuis combien de temps tu es là ?

— Tu veux dire depuis combien de temps j'agonise ? ironisa Ella. Je ne sais plus. On est en quel mois ?

— En mai, indiqua Daisy, surprise qu'elle l'ignore.

— Alors ça fait un an et demi. Je suis tombée malade un peu avant Noël.

— Ça craint.

— Ne m'en parle pas, fit Ella. Ce n'était pas si grave au début, mais depuis quelques mois, je ne suis plus capable de sortir de cette chambre. Ni même de ce lit, ajouta-t-elle d'une voix plus faible. Je ferme les yeux et quand je me réveille, une semaine entière s'est écoulée.

— Ouah, c'est horrible.

— Et puis… j'ai toujours peur que ce soit la dernière fois que je me réveille, bredouilla-t-elle en essuyant rageusement une larme qui coulait sur sa joue. Oui, je sais, je suis un sacré boute-en-train.

— Grave, acquiesça Daisy.

Ella s'esclaffa. Elle avait un joli rire, sonore et aigu.

— Au fait, comment mon père s'y est pris pour te convaincre de passer du temps avec moi ? s'enquit-elle.

— Il ne m'a pas tellement laissé le choix.

— Oui, ça lui ressemble. Il peut se montrer très persuasif quand il veut quelque chose, déclara Ella avant de se rembrunir. Tu connais Zed ?

— Zed ? répéta Daisy, perplexe. C'est qui ?

— Un autre « ami » de mon père qui me rend visite. Il est dans un fauteuil roulant.

— Non, je ne l'ai jamais rencontré.

Y a-t-il un autre ado retenu en otage ici ? se demanda aussitôt Daisy. *Et si c'est le cas, comment se fait-il qu'on ne l'ait jamais vu ?*

Le fauteuil roulant n'était toutefois pas bon signe. Peut-être s'agissait-il une victime du Projet Perséphone ?

— Dommage. Je me disais que c'était possible, vu que vous faites partie de la même association d'entraide.

Il est vraiment cool, lâcha Ella en esquissant un sourire. Et super beau.

Une association d'entraide ? pensa Daisy. *Mais oui, bien sûr…*

— Ah bon ? répliqua-t-elle. Alors je m'en serais souvenue. Mais bon, c'est pas grave, j'ai déjà un copain.

— C'est pas vrai ? s'exclama Ella, dont le visage s'illumina. Vas-y, raconte !

— Ben, je n'ai pas…

— S'il te plaît ! insista Ella. Tu as trop de chance. Moi, le mien m'a larguée dès que je suis tombée malade.

— L'enfoiré, grommela Daisy.

Elle tourna les yeux vers la fenêtre et aperçut la tête d'un garde qui faisait sa ronde autour de la maison.

— Il s'appelle Teo, reprit-elle. Mais moi, je l'appelle Teddy.

— Oh, c'est trop chou !

— Tu trouves aussi ? s'exalta Daisy, gagnée par l'enthousiasme d'Ella.

— Alors il est comment ?

— Il est assez timide, mais trop adorable. Il rougit dès qu'il est gêné. Autrement dit, tout le temps. Je sais qu'il ferait n'importe quoi pour moi.

— Ça doit être chouette.

— Ouais.

Daisy sentit un pincement au cœur en pensant à Teo. Si elle avait su qu'ils ne passeraient qu'une nuit ensemble, elle aurait fait les choses différemment.

— Et il embrasse bien ?

— Trop bien, murmura Daisy. Genre, il pourrait donner des cours.

Elles se mirent à glousser toutes les deux et Daisy songea que ça faisait des mois qu'elle n'avait pas vécu un moment aussi léger, à échanger des potins sur les garçons avec une copine. Elle avait presque l'impression de retrouver une vie normale.

Sauf que la copine en question était condamnée. Cette pensée dissipa brutalement sa bonne humeur.

— Oh mince, gémit Ella. Je connais cette expression.

— Quelle expression ?

— Celle qui semble dire « Oh, ma pauvre », marmonna Ella en tripotant sa couverture. J'ai l'habitude, je la vois sans arrêt. Dis, je sais qu'on n'est pas vraiment amies, mais est-ce que je peux te demander quelque chose ?

— Oui, j'imagine.

— C'est juste que… En fait, je sais qu'il ne me reste pas beaucoup de temps à vivre, quoi que puisse prétendre mon père, et je n'ai pas envie de le passer avec quelqu'un qui s'apitoie sur moi. Donc si c'est ton cas, je préfère qu'on arrête de se voir.

Ella fixa Daisy de ses yeux gris pâle. Elle s'était exprimée avec une telle franchise que Daisy en fut complètement décontenancée.

— Je comprends, finit-elle par répondre. Sois tranquille, je n'ai pas envie de te plaindre.

— Ah non ? s'étonna Ella en haussant un sourcil.

— Tu rigoles ? Je voudrais trop avoir tes cheveux.

Elles éclatèrent de rire en même temps.

— Hé, tu veux que je te montre un truc ? proposa Ella.

Daisy hocha la tête. Quoi que ce pût être, ça valait forcément mieux que de rester toute seule dans sa chambre, à relire le même article sur les smoothies pour la dixième fois.

— Là, précisa Ella en désignant sa table de chevet.

Daisy ouvrit le tiroir et eut le souffle coupé. À l'intérieur, il y avait une brosse, un bandeau pour cheveux, un bracelet et divers autres objets – dont un smartphone. Elle jeta un regard vers la porte. Le garde consultait sa montre d'un air morne.

— Tu peux me passer mon iPhone ?

Daisy s'exécuta d'un geste hésitant, mais Ella ne parut pas remarquer son trouble. Elle était déjà en train de parcourir le menu.

— Ah, voilà, dit-elle avant d'orienter l'écran vers Daisy.

C'était une photo d'elle, vêtue d'une robe magnifique, tenant le bras d'un grand garçon blond en smoking. C'était le stéréotype du bellâtre sportif du lycée qu'on voit dans les films.

— Il est mignon, déclara pourtant Daisy pour être polie. C'est ton ex ?

— Oui, soupira Ella.

Elle scruta l'écran pendant un moment, puis revint au menu d'accueil et tendit son téléphone à Daisy.

— Tu peux le ranger, bougonna-t-elle. Je ne sais même pas pourquoi je le garde. Ce n'est pas comme si je recevais encore des coups de fil ou des SMS.

— Désolée, lâcha Daisy.

Mais elle avait déjà l'esprit ailleurs. Avec un téléphone, elle serait peut-être en mesure de joindre Peter et Noa.

À moins que ce ne soit exactement ce qu'attend Pike ? Est-ce que ça pourrait être un piège qu'il aurait mis au point ?

Malgré ses craintes, elle glissa discrètement l'appareil dans sa poche et referma le tiroir. Intrigué par le bruit, le garde tourna vers elle des yeux méfiants et elle prit son air le plus innocent.

— Alors, reprit-elle à l'intention d'Ella, est-ce que tu regardes *Danse avec les stars* ?

Quand Pike revint, deux heures plus tard, il les trouva qui discutaient de leurs programmes télé favoris en riant.

— Je savais que c'était une merveilleuse idée, lâcha-t-il d'une voix réjouie, avant de venir embrasser sa fille sur le front. Il est temps que je raccompagne Daisy. Si tu es suffisamment en forme demain, est-ce que tu voudras que je voie si elle peut revenir ?

Comme si j'avais le choix, pensa Daisy.

Une ombre fugace passa sur le visage d'Ella, puis elle acquiesça.

— Oui, ce serait bien.

— Parfait.

Daisy fit un signe de la main à Ella. Mais elle avait déjà tourné la tête vers la fenêtre.

Une fois sorti de la chambre, Pike tapa dans ses mains, visiblement aux anges.

— Vous vous êtes bien amusées ? lança-t-il à Daisy.

Celle-ci haussa les épaules, affichant une mine stoïque.

— Ça a été.

— Ma fille est quelqu'un de spécial, indiqua-t-il d'un ton sérieux. Elle ne s'entend pas avec tout le monde.

Daisy avait envie de lui rétorquer qu'Ella non plus n'avait guère le choix, puisque personne d'autre ne venait la voir. Mais cela semblait injuste et Ella était vraiment sympa. Dans un autre monde, elles seraient peut-être devenues amies.

— Qu'est-ce qu'on mange, ce soir ? demanda-t-elle.

— Des tagliatelles au parmesan, répondit Pike avant de la toiser d'un air narquois. Mes employés pensent qu'il est plus prudent de ne plus vous confier de couteau.

CHAPITRE TREIZE

Peter fut quasiment obligé de porter Noa de la voiture jusqu'à leur chambre, au rez-de-chaussée. Elle était retombée dans l'une de ses phases de sommeil profond et marmonnait quelque chose au sujet d'un monstre de feu, tandis qu'ils traversaient le parking.

Ils étaient dans un nouveau motel miteux aux abords de Springfield, dans le Massachusetts. Peter se contorsionna pour glisser la clé dans la serrure tout en soutenant Noa. Elle avait beau être un poids plume, la pression sur son épaule encore endolorie lui faisait monter les larmes aux yeux.

C'était le début de l'après-midi, donc pas vraiment le moment idéal pour prendre une chambre dans ce type d'endroit, car il y avait pas mal de gens qui se baladaient à cette heure-là. Mais Peter venait de conduire pendant sept heures d'affilée depuis Buffalo, dans l'État de New York, en s'arrêtant uniquement pour refaire le plein de carburant. Chacune de ces haltes avait été particulièrement stressante. Comme il réglait en espèces, il lui fallait systématiquement aller s'adresser à la personne qui tenait la caisse. Chaque fois, il avait payé précipitamment, les yeux dissimulés sous la visière de sa casquette, terrifié à l'idée d'être à nouveau reconnu. Il avait changé deux fois de voiture depuis qu'ils avaient quitté le Colorado, quelques jours auparavant. Ils roulaient désormais dans une Nissan Altima qu'il avait récupérée en chemin sur le parking d'un supermarché, à Utica.

Ils avaient eu de la chance. Depuis la frayeur au motel d'Omaha, ils avaient quasiment traversé le pays sans le moindre incident. Pendant les deux premiers jours, tous les postes de télévision qu'ils avaient croisés semblaient diffuser leurs portraits. Mais après l'explosion d'une grosse usine chimique au Texas, ils avaient été relégués au second plan des médias – ce qui ne signifiait pas pour autant qu'ils étaient hors de danger.

Peter avait failli continuer à rouler, car ils étaient à moins de deux heures de Boston. Mais il avait jugé plus sage de s'assurer que son plan était bien au point avant d'aller se jeter dans la gueule du loup. Et puis il préférait s'accorder une bonne nuit de repos avant d'affronter Pike.

Il tourna la clé dans la serrure et poussa la porte avec le pied. La tête de Noa pencha en avant tandis qu'il s'apprêtait à la porter à l'intérieur.

— Qu'est-ce qu'elle a ?

Peter se tordit le cou et aperçut un type grand et costaud d'environ trente-cinq ans sur le seuil de la chambre voisine. Il était vêtu d'un jean et d'un débardeur portant le slogan « Choke : la boisson officielle des Yankees ». Il avait une cigarette allumée à la main et tenait une canette de bière dans l'autre.

— Rien, répondit Peter en prenant un air nonchalant. Elle est juste fatiguée.

— Elle a l'air malade, rétorqua l'autre, sceptique.

Au même moment, Noa poussa un gémissement angoissé. Peter s'efforça de rester impassible.

— On est sortis toute la nuit et elle a une méchante gueule de bois, reprit-il.

Il savait que ce n'était guère convaincant. Noa avait le teint cireux et elle haletait comme un chien enfermé dans une voiture – pas franchement les symptômes typiques d'un lendemain de fête.

— Hmm, marmonna l'homme en avalant une gorgée de bière.

Peter l'ignora et porta tant bien que mal Noa dans la chambre avant de la lâcher sur le lit, où elle s'affala mollement, telle une poupée de chiffons. Alors qu'il revenait sur ses pas pour fermer la porte, le type apparut dans l'encadrement.

— Qu'est-ce que vous voulez ? demanda Peter d'une voix mal assurée.

L'homme devait faire au moins vingt kilos de plus que lui. Il était couvert de tatouages et son nez cassé laissait supposer qu'il avait déjà été impliqué dans des bagarres.

— J'adore les rousses, ricana-t-il en louchant sur Noa. Tu partages ?

— C'est ma copine ! fulmina Peter en serrant les poings.

— Ah ouais ? J'ai plutôt l'impression que tu lui as fait prendre du GHB…

— Dégage ! s'écria Peter.

Bien qu'il tremblât intérieurement, il resta solidement planté dans le sol pendant que le type le jaugeait, conscient que celui-ci pouvait le balayer d'un geste et s'introduire dans la chambre.

Et après, qu'est-ce qui se passera ? Je suis plutôt mal placé pour appeler la police…

L'homme lança un dernier regard lubrique à Noa avant de jeter sa cigarette sur Peter, qui la repoussa d'un revers de la main, sentant la brûlure sur sa peau.

— Comme tu voudras, maugréa-t-il. De toute façon, ça m'excite pas, ce genre de plan glauque.

Mais bien sûr, pensa Peter, soulagé, en le voyant reculer d'un pas.

Le type porta la canette à ses lèvres en continuant de fixer Peter qui commençait à refermer la porte.

— Je te connais ? lâcha-t-il brusquement en plissant les yeux.

— Ça m'étonnerait, répliqua Peter avec dédain, en s'efforçant de ne pas laisser paraître son trouble.

Il claqua la porte, la ferma à clé et s'y adossa en soupirant.

Noa bougea et ouvrit des yeux endormis.

— C'était quoi ? bredouilla-t-elle.

— Rien, dit-il en s'approchant du lit. Tu veux quelque chose ?

Elle hocha la tête avant de refermer les yeux.

— De l'eau.

Peter alla dans la salle de bains, où il trouva des gobelets emballés dans du plastique – une bonne surprise dans un endroit pareil. Les motels s'étaient parfois révélés pires que les résidences abandonnées qu'ils avaient squattées, au point qu'il avait même envisagé de revenir à cette solution. Mais dans l'état semi-comateux où était Noa, il n'aurait rien pu faire s'ils avaient été attaqués. Et puis, les motels présentaient l'avantage de fournir un lit et une porte qui fermait à clé.

Il rapporta un verre d'eau à Noa. Elle le but avidement et se laissa retomber sur le dessus-de-lit.

— Beurk, fit-elle. Cet endroit sent encore plus mauvais que le précédent.

— T'inquiète, on est presque arrivés à destination. C'est la dernière étape.

— C'est vraiment le pire road-trip de l'histoire, pas vrai ?

Peter retira sa casquette et passa la main sur sa tête. Ses cheveux avaient déjà un peu repoussé et il regretta de ne pas avoir emporté la tondeuse des Shapiro.

— Ouais, j'ai l'impression qu'on bat notre record à chaque fois.

Les coins de la bouche de Noa tressaillirent et son corps fut parcouru de soubresauts. Pendant un instant, il eut peur qu'elle soit en train de faire une autre crise, puis il réalisa qu'elle riait silencieusement.

— Ravi de voir que tu t'amuses, bougonna-t-il. Pendant ce temps, c'est moi qui dois me cogner la route et les violeurs potentiels. Je te dis pas comme je m'éclate.

— Désolée, murmura-t-elle en reprenant son sérieux.

Peter se sentit aussitôt coupable. Il était clair que Noa souffrait beaucoup et elle n'avait toujours pas recouvré la vue. Elle devait être complètement terrifiée et pourtant, elle ne s'était pas plainte une seule fois.

— Tu n'as pas à l'être, dit-il. Rien de tout ça n'est ta faute.

— J'ai un petit creux, avoua-t-elle après quelques secondes.

— Tant mieux, c'est plutôt bon signe.

Peter avait les yeux lourds et fatigués. Il ne rêvait que d'une chose : s'allonger et dormir jusqu'au lendemain. Au lieu de quoi, il sortit une barre énergétique de son sac et la glissa dans la main de Noa.

— Arrête de me fixer comme ça, lâcha-t-elle entre deux bouchées.

Peter sursauta.

Comment sait-elle que je la regarde ?

— Pardon, s'excusa-t-il. J'étais en train de scotcher. Je suis claqué.

— Alors, repose-toi un peu. J'imagine qu'on a un lit pour deux ?

— J'en ai bien peur. La suite présidentielle n'était pas disponible.

— Viens, proposa Noa en se décalant pour lui faire de la place.

Peter enleva ses chaussures et vint s'allonger à côté d'elle. Elle continua à manger sans rien dire, puis jeta l'emballage par terre.

— Ce sera encore là l'année prochaine, vu l'attention qu'ils portent au ménage, indiqua-t-il.

— Si je comprends bien, ce n'est pas vraiment un quatre étoiles ? plaisanta-t-elle.

— Je doute même qu'ils en obtiennent une un jour.

Il ferma les yeux et les rouvrit un instant plus tard, surpris, quand Noa lui prit la main et la serra.

— Merci pour tout, chuchota-t-elle.

— Arrête, grommela Peter.

— Quoi ?

— Arrête de faire comme si chacune de nos discussions était la dernière. C'est pénible, à la longue.

Noa se tut un moment, avant de reprendre la parole :

— Je sais que je n'ai pas été… facile au cours des derniers mois.

— Tu n'as jamais été facile, dit Peter. Je commence à avoir l'habitude.

Avant, Noa lui aurait donné une tape sur le bras pour cette remarque. Mais elle se contenta d'enfoncer ses ongles dans sa paume.

— Aïe ! s'exclama-t-il.

— C'est bien fait.

— Bon sang, mais tu ne vas jamais me laisser dormir ?

— Il ne faut plus que tu te battes pour moi, dit-elle doucement. Diffuse le contenu des fichiers. J'ai bien réfléchi, je refuse que Pike s'en tire sans être poursuivi.

— Dommage pour toi, rétorqua Peter en retirant sa main. Parce qu'à partir de maintenant, c'est moi qui décide de ce qu'on fait. Alors voilà : on va rester un peu ici pour reprendre des forces. Ensuite, je vais contacter Pike et lui donner rendez-vous à Back Bay Station à l'heure de pointe. Ce sera bondé et il y a beaucoup trop d'entrées et de sorties pour qu'il puisse se permettre de toutes les couvrir. Je lui montrerai ce qu'on a sur lui et je le préviendrai que s'il m'arrive quoi que ce soit, ce sera publié sur Internet. Comme ça, il n'aura pas le choix : il sera obligé de vous soigner, Amanda et toi.

— Ouah, je vois que tu as mis un plan au point.

— Ben, j'attendais que tu t'en occupes, mais tu passes ton temps à roupiller, ironisa Peter. Et on veut tous les deux en finir avec cette histoire, pas vrai ?

— Oui, acquiesça Noa. C'est clair.

— Qu'est-ce qu'il y a ? demanda-t-il en la voyant froncer les sourcils.

— C'est juste que ton plan me semble… risqué.

— Je n'ai pas dit qu'il était parfait. Mais si tu as une meilleure suggestion…

— J'aimerais bien, admit-elle. Ça m'ennuie de te laisser aller là-bas.

— Parce que tu ne me crois pas à la hauteur ? pesta Peter.

— Mais pas du tout, protesta Noa avec étonnement. Je suis sûre que tu t'en sortiras très bien. Simplement, tout ça a commencé à cause de moi. Et je déteste l'idée que tu te retrouves à devoir affronter Pike tout seul.

Peter sourit, rassuré. Le fait que Noa l'estime de taille à mener sa mission à bien signifiait beaucoup pour lui. Ses parents lui avaient toujours fait sentir qu'il les gênait. Avant toute cette histoire, Amanda le traitait parfois comme un gamin turbulent, et il arrivait même à Cody de le considérer comme un petit frère casse-pieds.

Bien sûr, à l'époque, ils avaient peut-être raison. Mais les choses avaient changé.

Et moi aussi, j'ai changé, songea-t-il.

— Si seulement mes yeux avaient tenu un tout petit peu plus longtemps, soupira Noa en se frottant les paupières.

Peter tendit un bras hésitant vers elle. Elle se rapprocha de lui et posa la tête sur son épaule. Pendant un instant, il repensa à leur baiser. Maintenant, ça lui paraissait idiot d'avoir pu imaginer qu'ils pourraient être encore davantage l'un pour l'autre. Car ce qu'ils partageaient était suffisant. Il avait mis sa vie entre les mains de Noa. Mais pas son cœur. Leurs cœurs appartenaient à d'autres personnes. Et il était trop tard pour qu'il en soit autrement.

— Je t'emmènerais avec moi si c'était possible, murmura-t-il.

— Je sais. Mais c'est tellement frustrant. Qu'est-ce que je vais faire pendant ce temps, je vais t'attendre ici ?

— Dans ce dépotoir ? Certainement pas.

Peter y avait déjà réfléchi. Le principal avantage de toutes les heures monotones passées à conduire, c'était qu'il avait eu tout le loisir de réfléchir aux différents aspects de son plan.

— J'ai contacté Luke, de l'unité du Nord-Est, indiqua-t-il. Ils ont une sorte d'abri au sud de Boston. Je te déposerai là-bas.

— Pour qu'on me baby-sitte, marmonna-t-elle d'un air sombre.

— Ça ne devrait pas être long. Je reviendrai sans doute te chercher au bout de deux heures.

Peter se mordilla la lèvre en observant Noa.

J'espère qu'il ne sera pas trop tard.

Dans un sens, c'était une bonne chose qu'elle ne puisse pas se voir. Elle avait encore plus mauvaise mine qu'au Colorado. Sa peau était quasiment translucide et on apercevait les lignes bleues de ses veines. Elle avait des cernes sombres et creusés sous les yeux et un teint de cendre. C'était comme si son corps se transformait lentement en sable et se dispersait peu à peu.

— Qu'est-ce qu'il y a ? dit-elle.

— Rien.

— Pourquoi je ne te crois pas ?

— Parce que tu as du mal à faire confiance aux gens, répliqua Peter en levant les mains pour se protéger des petits coups qu'elle tentait de lui donner. Doucement, mon bras !

— Si j'y vois à nouveau quand je me réveille, ça va aller mal pour toi.

— Super, je m'en réjouis d'avance, plaisanta-t-il en se tournant de son côté. Mais laisse-moi d'abord dormir un ou deux jours entiers, OK ?

Teo prit une profonde inspiration et jeta un coup d'œil en contrebas pour voir s'il y avait des gardes. Il avait chronométré leurs passages et connaissait désormais plutôt bien le rythme de leurs rondes. Néanmoins, le dernier avait eu une minute de retard, et ça l'inquiétait. Si jamais l'un d'eux levait les yeux au mauvais moment…

Teo consulta l'heure sur la pendule de la cheminée : elle indiquait 14 h 15, ce qui signifiait qu'il avait un peu de temps devant lui. Durant les premiers jours de sa captivité, le garde qui le surveillait surgissait dans sa chambre de façon aléatoire. Mais depuis quelque temps, à force de trouver systématiquement Teo assis avec un air innocent sur le visage, il ne venait plus que pour l'escorter jusqu'à la salle à manger au moment des repas. Donc si tout allait bien, il ne repasserait pas avant 18 h 15, pour le dîner.

Bon, je ferais mieux de me dépêcher, la prochaine ronde ne devrait pas tarder, songea Teo.

Il rassembla son courage et se glissa dehors par la petite fenêtre de la salle de bains, tout en s'interdisant de regarder en bas – il savait que la moindre chute serait fatale. Il avançait doucement le long du rebord étroit, en s'aidant des prises qu'il avait utilisées au cours de ses deux précédentes sorties. Il avait déjà vérifié les chambres de ce côté de la maison et n'avait vu aucun signe de Daisy. Cette fois, il comptait explorer l'autre côté. Il espérait simplement qu'on ne l'avait pas installée à un autre étage.

Teo repéra à tâtons des espaces entre les tuiles et se hissa au bord du toit jusqu'à la taille avec agilité. Les heures passées à défoncer des cloisons à coups de marteau avaient fini par payer. Quelques mois plus tôt, il aurait été incapable d'une telle prouesse physique. La blessure de son bras palpitait douloureusement, mais il l'avait protégée avec un bandage serré pour éviter qu'elle ne se rouvre.

Dès que ses pieds trouvèrent un point d'appui, il grimpa sur le toit et s'allongea sur le dos en haletant. Après s'être accordé une minute pour reprendre son souffle, il se mit à gravir la pente raide en tâchant d'oublier que le moindre faux pas pouvait le faire dégringoler jusqu'en bas.

Depuis le sommet du toit, la vue s'étendait au-delà de l'épaisse forêt qui entourait la propriété. Il y avait de l'eau de trois côtés. Le manoir de Pike était situé sur une sorte de péninsule, ce qui n'était pas une très bonne nouvelle. La côte semblait rocailleuse et la mer agitée. Le soleil descendait de l'autre côté de la maison, ce qui signifiait qu'ils étaient sur la côte Est. Mais ça pouvait aussi bien être le Maine que la Floride, et Teo était incapable de faire la différence.

Bon, on n'est sans doute pas en Floride, se corrigea-t-il mentalement. *Il ne fait pas assez chaud.*

On était en mai et il devait faire environ 20 °C le jour et plus frais la nuit. Ça ressemblait davantage aux températures du Nord-Est.

Je suis bien avancé avec ça, songea-t-il, morose.

Un garde passa sur la pelouse, en contrebas, et Teo se plaqua contre les tuiles. Il attendit une bonne minute avant de risquer un nouveau regard. Le type arrivait à l'angle de la maison.

Teo était tétanisé. Il secoua les mains pour évacuer son stress. C'était de la folie. Même s'il découvrait où était Daisy, il fallait encore que sa fenêtre soit ouverte et que son gardien soit à l'extérieur de sa chambre à ce moment-là. Puis ils devraient traverser toute la maison sans se faire voir… Et après, quoi ?

Ne baisse pas les bras, lui conseilla une petite voix dans sa tête. *Trouve Daisy. Tu réfléchiras à la suite à ce moment-là.*

Teo descendit l'autre côté du toit en se laissant doucement glisser le long des tuiles. Ses orteils touchèrent enfin la gouttière et il fit une pause en s'armant de courage. L'étape suivante était particulièrement périlleuse.

Il pria intérieurement pour que la gouttière supporte son poids et qu'il y ait un rebord en dessous où il puisse poser ses pieds.

Il s'approcha à plat ventre du bord du toit pour jeter un coup d'œil. Il sentit son estomac se soulever en apercevant le sol, une quinzaine de mètres plus bas, et se força à regarder plus haut. Il repéra alors un rebord qui courait le long du mur, identique à celui dont il s'était servi en sortant par la fenêtre de sa salle de bains. En faisant attention, il devrait pouvoir longer ce côté du second étage sans trop de problèmes.

Teo inspira profondément et descendit en s'accrochant à la gouttière, les pieds en appui sur le rebord. Alors qu'il avançait petit à petit, plaqué contre le mur, son pied droit glissa, aussitôt suivi par son pied gauche. Il se retrouva suspendu par les bras au-dessus du vide et fut aussitôt envahi par la panique. Il agita frénétiquement les jambes, sentant ses doigts glisser. La gouttière se mit à grincer horriblement fort…

Son pied droit atteignit le rebord. Il posa l'autre à côté et resta ainsi accroché, à bout de souffle, sans oser bouger. De la sueur coulait sur son visage, brouillant sa vision, et il cligna des yeux.

— Teddy ?

Teo fut si surpris qu'il faillit lâcher prise. Daisy le dévisageait, bouche bée, à travers la vitre toute proche.

— C'est pas possible ! chuchota-t-elle en ouvrant la fenêtre.

— Salut, dit-il d'une voix faible lorsqu'elle l'attrapa pour le tirer à l'intérieur.

— Qu'est-ce que tu fiches ici ? Tu aurais pu te tuer ! s'exclama Daisy en refermant la fenêtre.

— Je te cherchais.

Teo regarda autour de lui et réalisa qu'il se trouvait dans la chambre qu'on leur avait donnée à leur arrivée.

J'aurais dû penser à venir ici en premier, se dit-il.

Daisy croisa les bras sur sa poitrine. Une lueur de colère embrasait ses yeux bleus.

— Non mais où avais-tu la tête ? fulmina-t-elle.

— Je suis venu te sauver, plaida Teo. On va se tirer d'ici.

Les traits de Daisy se radoucirent et elle se jeta dans ses bras. Il enfouit son visage dans ses cheveux et en huma l'odeur, avant de se forcer à se détacher d'elle. Le réveil sur la table de nuit indiquait 14 h 45.

— On n'a pas beaucoup de temps, murmura-t-il. Combien y a-t-il de types qui gardent ta porte ?

— Un seul. Mais il est costaud et armé.

— Le mien aussi.

Teo s'effondra sur le lit en réfléchissant.

Peut-être qu'on pourrait l'attaquer et lui prendre son arme.

— J'ai un truc à te montrer, annonça Daisy, tout excitée.

Elle s'agenouilla et glissa la main sous le matelas. Elle en ressortit un iPhone qu'elle tendit à Teo avec un sourire triomphant.

— Où est-ce que tu as trouvé ça ? demanda-t-il, stupéfait.

— C'est une longue histoire, répondit-elle. Bon, il marche, mais la batterie est presque à plat. Je voulais appeler Noa, mais j'ai eu peur qu'ils surveillent les appels.

Teo examina l'appareil. Il y avait la photo d'une jeune fille en fond d'écran et il lui fallut quelques instants pour reconnaître Ella Pike, à l'époque où elle n'était pas encore malade.

— C'est à elle ?

Daisy hocha la tête.

— Elle ne s'est pas rendu compte qu'il avait disparu, mais j'ai peur qu'elle finisse par s'en apercevoir. Qu'est-ce qu'on fait ?

Teo pinça les lèvres. Elle paraissait pleine d'espoir, comme si elle avait toute confiance en lui pour avoir une idée. Il ouvrit l'application de géolocalisation qui l'informa aussitôt de leur position.

— On est à Kennebunk, dans le Maine, indiqua-t-il.

Il afficha un plan plus large de la carte pour mieux visualiser les environs. Il n'y avait qu'une route reliée à la péninsule. Mais en coupant par les bois sur la droite, ils tomberaient sur une route nationale, à trois kilomètres de là, puis sur une petite ville.

Si seulement on pouvait arriver jusque-là…

— On ne peut pas appeler Noa, déclara-t-il d'un ton résolu. Tu as raison, c'est peut-être un piège. En tout cas, je ne veux pas prendre ce risque.

— OK, acquiesça Daisy, découragée. Mais alors on fait quoi ?

— J'ai une autre idée.

Teo se sentit soudain infiniment reconnaissant envers Peter, qui avait mis en place diverses mesures au cas où ils seraient séparés et les lui avait régulièrement fait répéter.

— Garde un œil sur la porte, lâcha-t-il. J'en ai pour une minute.

Le signal wifi était très faible et il lui fallut du temps pour accéder au site. Teo pesta avant de pouvoir enfin entrer le mot de passe d'accès à La Cour. Il s'y connaissait beaucoup moins que Peter ou Noa pour ces choses-là. À vrai dire, c'était même la première fois de sa vie qu'il se servait d'un smartphone.

— Grouille ! lança Daisy. Je crois qu'il arrive.

Teo fourra l'appareil sous le matelas à la hâte. Il avait envoyé le message. Désormais, il n'y avait plus qu'à espérer que les bonnes personnes le lisent et acceptent d'intervenir. Ça faisait pas mal d'incertitudes, mais c'était leur meilleure chance de se tirer de là.

La poignée tourna et Daisy laissa échapper un petit cri tandis que Teo plongeait sous le lit. Il aperçut les rangers du garde qui entrait dans la chambre.

— Tout va bien ? grogna-t-il.

— Oui, acquiesça-t-elle d'une voix mal assurée. Pourquoi ?

— J'ai cru entendre quelque chose.

— C’est parce que je chantais. Je fais ça quand je m’ennuie.

Teo retint son souffle en priant pour que le garde se contente de cette explication.

— Pike veut te voir, finit-il par dire.

— Ça marche, fit Daisy d’un ton enjoué. Tout de suite ?

— Tout de suite, maugréa l’autre. Allez !

La porte se referma derrière eux et Teo se mit égrener les secondes dans sa tête. Son corps était courbaturé et tremblant, à la fois à cause de ses péripéties sur le toit et du fait qu’il avait failli se faire prendre. Mais il fallait qu’il retourne dans sa chambre avant que l’on remarque son absence.

Au bout de cinq minutes, il sortit de sa cachette, ouvrit la fenêtre à guillotine et se pencha pour jeter un coup d’œil en contrebas. Il ignorait le rythme des rondes des gardes de ce côté de la maison et songea qu’il allait devoir compter sur la chance.

Il était sur le point de se glisser dehors quand il saisit un mouvement dans son champ de vision périphérique. Il se baissa aussitôt et vit trois gardes tourner à l’angle du manoir.

Non, deux gardes, se corrigea-t-il.

Ils encadraient un type plus petit et plus mince. On aurait dit qu’ils l’escortaient quelque part. Un autre prisonnier ? Il boitillait et faisait des pauses fréquemment, comme s’il souffrait. Les gardes s’impatientaient et le tiraient par le bras s’il s’arrêtait trop longtemps.

Teo fronça les sourcils. Même s'il ne voyait pas son visage, quelque chose en lui lui semblait familier. Peut-être l'avait-il croisé dans l'un des campements de sans-abri où il avait vécu ? Mais qu'est-ce qu'il ferait ici ?

Il décida de ne pas s'en soucier. Si quelqu'un répondait à son appel au secours, sa seule priorité était de faire évader Daisy en toute sécurité. L'autre type, qui que ce fût, devrait se débrouiller tout seul.

En se réveillant, Peter trouva Noa debout devant la fenêtre.

— Hé ! s'exclama-t-il. Qu'est-ce qui se passe ?

— C'est quoi qui brille comme ça ? demanda-t-elle, la main tendue vers les voilages, à travers lesquels se découpait un rectangle lumineux.

Peter se dirigea jusqu'à la fenêtre et souleva un pan du rideau pour jeter un coup d'œil à l'extérieur. Des nuages orageux avaient obscurci le ciel. Il repéra une grande enseigne soutenue par des poteaux en acier à l'entrée du parking du motel.

— Il y a un panneau éclairé au bord de la route, indiqua-t-il. Tu le vois ?

— Vaguement. Je distingue une lueur.

— Tu dois être en train de retrouver la vue !

— Un peu. Mais tu n'es qu'une forme floue.

— Tu dois être sacrément soulagée, insista-t-il, surpris qu'elle semble abattue alors qu'il s'attendait à la voir sauter au plafond. C'est une bonne nouvelle, pas vrai ?

— Sans doute. C'est juste que c'est bizarre. Je me sens plutôt bien, je n'ai plus de douleur dans la poitrine. Mais je ne vois pas grand-chose, expliqua-t-elle en se retournant lentement. Seulement des formes. C'est bien le lit, là-bas ? ajouta-t-elle en le montrant du doigt.

— Oui.

— OK, soupira-t-elle. J'espère vraiment que c'est en train de revenir.

— Moi aussi, dit Peter.

Il la regarda se rapprocher du lit et chercher le bord à tâtons avant de s'asseoir.

— Tu veux dormir un peu plus ? reprit-il.

Noa secoua la tête.

— Je ne suis plus fatiguée. Je suis même parfaitement réveillée.

— Super.

Peter s'efforça de paraître enthousiaste, mais lui était toujours complètement vanné. Il était un peu plus de 17 h 30 et il avait seulement eu quelques heures de sommeil.

— Tu peux me montrer les trucs que tu as trouvés sur Pike ? demanda Noa.

— Bien sûr. Je voudrais juste grignoter un truc d'abord.

— Remarque, moi aussi, j'ai faim.

— Sérieux ? fit Peter. Alors peut-être que tu vas vraiment mieux !

— Oui, peut-être, dit-elle sans conviction.

À en juger par son ton, ce n'était pas un sujet sur lequel elle avait envie de s'étendre. Peter traversa la pièce d'un pas traînant et sortit l'ordinateur de son sac, ainsi que deux barres énergétiques. Il en tendit une à Noa.

— Beurk, marmonna-t-elle après en avoir pris une bouchée. J'en peux plus de manger ces trucs.

— Ouais, je sais.

Peter avala le morceau qu'il mâchait. La barre était rassise et avait un arrière-goût chimique. Il avait surtout pris des conserves chez les Shapiro, mais pas d'ouvre-boîte. Et de toute façon, ils n'étaient pas équipés pour réchauffer des haricots. Il regretta de ne pas avoir eu la présence d'esprit d'emporter plutôt des céréales.

— Je peux essayer de trouver autre chose, si tu veux. Il y a sûrement un distributeur.

— Non, ça ira, dit-elle en finissant sa barre. Parle-moi de ce que tu as découvert.

Peter alluma l'ordinateur. Il avait copié sur le bureau les fichiers qui lui semblaient les plus prometteurs.

— Voici le document le plus ancien, déclara-t-il en ouvrant une image. Il s'agit d'une photo de Pike avec une équipe de chercheurs. Je pense qu'elle a dû être prise dans les débuts du Projet Perséphone.

— Il y a des noms ?

Peter tourna les yeux vers elle. Elle se tenait bien droite et son visage exprimait une sorte de ferveur impatiente.

— Oui, répondit-il. Dr Jeremy Holmes, Dr Ronald McCall, Dr Ray Forbes…

— Est-ce que tu vois une Monica Forbes ? l'interrompit Noa.

Il n'y avait qu'une femme sur la photo.

— Monique Forbes, lut Peter. D'après ce que j'ai vu, Ray et elle étaient les chefs du projet.

— Ray et Monique, lâcha-t-elle d'un ton résigné. Ils ont ensuite changé leurs noms en Roy et Monica. J'espérais que Cole avait menti à leur sujet, mais apparemment, il disait vrai. Ils nous ont trahis.

— Peut-être pas tout à fait, dit Peter en lui pressant doucement l'épaule. Je suis tombé sur d'autres fichiers où leurs noms apparaissent. Tu veux que je te montre ?

Noa hocha la tête. Il se pencha sur le clavier et lança une recherche avec « Forbes » pour mot-clé. Il dut cliquer sur plusieurs résultats avant de trouver celui qui l'intéressait.

— Voilà, murmura-t-il.

Il inspira profondément. C'était le fichier qu'il avait ressassé dans son esprit pendant des jours, celui qui l'avait taraudé sans fin au fil des kilomètres.

— Qu'est-ce que ça dit ? demanda Noa.

Peter hésitait. D'après le peu qu'il en savait, les Forbes avaient plus ou moins fait office de parents de substitution pour elle. Et ce qu'il s'apprêtait à lui révéler risquait de détruire complètement cette image.

— Ça explique comment ils ont créé la PEMA.

— Quoi ? balbutia Noa en écarquillant les yeux. Ils ont fait ça exprès ?

— Non, je ne crois pas. Il est question de marketing de shampooing et de maquillage visant les adolescents. Rien sur une quelconque maladie. Je pense que c'est un accident.

Au cours des derniers jours, Peter avait passé chaque seconde de son temps libre à éplucher les documents qu'ils avaient décryptés pendant que Noa dormait. Il avait fait des copies de copies et les avait dispersées sur différents serveurs situés sur presque tous les continents. Il avait laissé les disques durs dans le casier d'une gare routière aux abords de Buffalo, puis envoyé la clé à une boîte postale appartenant à la seule personne à qui il pouvait encore faire confiance : Luke, le chef de l'unité du Nord-Est de l'Armée de Persefone. C'était lui qui était venu à son secours la nuit où il avait volé les disques durs. Ils n'avaient ensuite passé que quelques jours ensemble, mais Peter avait su d'instinct qu'il pouvait se fier à lui. Il avait glissé dans son courrier une lettre racontant ce qui se passait et indiquant à Luke ce qu'il devait faire s'il n'avait pas de ses nouvelles d'ici la fin de la semaine.

Les informations qu'il avait découvertes l'avaient passablement troublé. Après tout ce temps, il avait enfin obtenu des réponses sur l'origine de la PEMA et sur le rôle que pouvait jouer Noa dans la mise au point d'un remède. Mais il comprenait désormais pourquoi on disait parfois que l'ignorance est une bénédiction. Car après tout ce qu'il avait appris, l'idée de laisser Pike s'en tirer lui était encore plus insupportable.

— Alors qu'est-ce qu'ils ont fait ? insista Noa.

Peter se demanda s'il était prêt à la charger de ce fardeau. C'était la première fois depuis des jours qu'elle était cohérente et parfaitement consciente. La vérité ne risquait-elle pas de lui faire plus de mal que de bien ?

— Peter, je te préviens : n'essaie pas de me protéger.

— D'accord, soupira-t-il en réfléchissant par où commencer. Bon, je n'ai pas vraiment tout compris, mais en gros, tes amis étaient responsables de l'équipe de recherche et développement chargée de rendre les gens accros aux produits de Pike & Dolan. Le projet s'appelait « Pour la vie », comme si c'était une bonne chose.

— Mais c'était des scientifiques, des ingénieurs, objecta Noa, perplexe. Ce n'était pas leur boulot de vendre des produits.

— C'était avant tout des chercheurs qui travaillaient pour un grand groupe, nuança Peter. Ils n'essayaient pas de guérir le cancer, mais de trouver un moyen de faire en sorte que les gens n'achètent que du shampooing fabriqué par Pike & Dolan. Ils ont donc mis au point une sorte de système de transmission basé sur un germe spécifique.

— Tu veux dire qu'ils ont volontairement cherché à rendre les gens malades ?

— Non pas du tout, dit Peter en se passant la main sur la tête. D'après ce que j'ai lu, ils pensaient que ce germe serait inoffensif. Il était seulement censé affecter le centre du plaisir dans le cerveau, et encore, c'est un peu exagéré. Ainsi les personnes qui y seraient exposées se mettraient à associer les produits de Pike & Dolan à une sensation de bien-être accru.

— Ça fiche la chair de poule, marmonna Noa. Et ils ont vraiment mis ce truc dans ce que vendait le groupe, genre dans le dentifrice et tout ça ?

— Pas dans tout, précisa Peter. Surtout dans les produits destinés aux ados. Ils voulaient commencer par eux afin de les fidéliser à vie. Et, en cas de succès, ils prévoyaient de cibler des enfants encore plus jeunes. Je suis tombé sur quelques documents qui évoquaient l'introduction du germe dans des produits pour bébés.

— C'est vraiment ignoble.

— Et parfaitement illégal. En fait, tous ces produits pour ados étaient déjà commercialisés depuis des années et l'introduction de cet additif était gardée secrète. Donc ils se disaient que personne ne découvrirait la vérité. Mais la PEMA est apparue, expliqua Peter en désignant l'écran. Tes amis Ray et Monique – ou Roy et Monica, si tu préfères – ont tout de suite compris que ça pouvait être dû au germe. Ils ont envoyé tout un tas de messages furieux à Pike pour le sommer d'interrompre le projet.

— Mais il ne l'a pas fait ?

— Pas tout de suite. Et le temps qu'il réagisse, les Forbes avaient également prouvé que le germe ne produisait pas non plus l'effet escompté sur les consommateurs.

— Alors tous ceux qui ont utilisé le dentifrice ou le shampooing en question ont été contaminés ? demanda Noa, livide.

— Non, pas tous. Certains ont simplement été un peu malades. C'est pour ça que les autorités ne voyaient pas quelle pouvait être la cause de la PEMA. J'ai trouvé une note transmise à Pike par son avocat, qui lui assure que comme l'additif est présent dans de très nombreux produits, il y a peu de chances que le CDC, l'agence gouvernementale œuvrant pour le contrôle et la prévention des maladies, puisse remonter jusqu'à une source unique.

— Alors c'est Pike qui est responsable de la PEMA depuis le début ? balbutia Noa.

— Oui. Et j'ai l'impression que les Forbes ont tenté de l'arrêter. J'ai effectué des recherches à leur sujet et ils sont censés avoir péri dans un accident de voiture il y a quelques années. Pike a même assisté aux funérailles.

— Ils ont simulé leur propre mort, en déduisit Noa.

— Ou bien Pike a voulu les supprimer, mais ils ont survécu et se sont enfuis. Ça peut se comprendre.

— Mais enfin, pourquoi n'ont-ils pas alerté la police ? Ils avaient bien des preuves, non ?

— Je n'en sais rien. Peut-être qu'ils n'en avaient pas assez ou peut-être qu'ils avaient peur.

Ils se turent pendant un petit moment.

— Si Roy et Monica savaient tout ça et n'ont rien dit, ils devaient avoir une bonne raison, finit par lâcher Noa.

Qui nous dit que Pike ne nous rira pas au nez si on le menace de publier les fichiers ?

— Il n'en fera rien, affirma Peter. On a beaucoup trop de preuves, certainement beaucoup plus que les Forbes n'en avaient, et on sait comment les diffuser partout, jusqu'au fin fond de l'Ouzbékistan. Il n'aurait aucun moyen d'étouffer l'affaire.

— C'est quand même un sacré risque.

— C'en était un aussi de dormir sur ce dessus-de-lit douteux, répliqua Peter. Et pourtant, je l'ai fait.

Noa esquissa un sourire.

— Tu es certain que tu es prêt ? demanda-t-elle avec une pointe d'inquiétude.

— Oui, acquiesça-t-il en s'efforçant de paraître sûr de lui. Comme je dis toujours, qu'est-ce qui pourrait bien aller de travers ?

CHAPITRE QUATORZE

— Alors, c'est vrai ? chuchota Ella. Tu ne l'as pas encore fait ?

— Non ! répondit Daisy en lui donnant une petite tape sur le bras. Tu me prends pour qui ? Je ne suis pas une fille facile.

— Mais ça fait des mois que vous êtes ensemble, insista Ella en rougissant. Enfin, tu ne vas pas me dire que vous n'y avez pas pensé ? ajouta-t-elle, les yeux brillants.

— On a rarement été seuls tous les deux, se défendit Daisy.

C'était le troisième jour consécutif qu'elle passait auprès d'Ella et elle avait de plus en plus de mal à lui cacher la vérité. Mais elle savait bien que si elle lui révélait ce qui se passait, Pike risquait de s'en prendre à Teo.

Pourvu qu'il ait réussi à retourner dans sa chambre sans problème, espéra-t-elle.

Elle lui en voulait encore d'avoir pris un tel risque. Néanmoins, il avait su quoi faire avec le smartphone. Le regard de Daisy glissa jusqu'à la table de nuit. Elle n'en revenait pas qu'Ella n'ait pas encore remarqué qu'il avait disparu. Chaque fois qu'elle revenait la voir, elle s'attendait à ce qu'elle lui en parle. Elle frissonna sans oser imaginer les conséquences que cela pourrait avoir.

Daisy secoua la tête et s'efforça de se concentrer sur ce que disait Ella.

— N'empêche, moi, à ta place, j'aurais envie d'aller plus loin.

— Bon, et sinon, comment tu te sens ? demanda Daisy.

Ella émit un petit rire.

— Comme d'hab, soupira-t-elle.

— En tout cas, tu as très bonne mine.

— Menteuse, protesta Ella en levant les yeux au ciel. Je sais très bien la tête que j'ai.

Elle se mit à tripoter la couverture, comme elle le faisait chaque fois que son état de santé revenait sur le tapis.

— Ben, je croyais que les malades de la PEMA étaient en moins bonne forme, avoua Daisy. Tu sais, genre le cerveau ramolli et tout ça…

— Mais ça a été mon cas. Tu aurais dû me voir l'an dernier… Je te jure que mon cousin de trois ans avait plus de vocabulaire que moi. Il y a quelques semaines, j'ai même perdu la vue pendant plusieurs jours.

— Mais tu as l'air bien, maintenant.

Ella haussa les épaules.

— Les médecins ont dit que ça pouvait arriver. On peut avoir une ou deux bonnes semaines juste avant la fin. Une sorte de dernier sursaut.

— Oh, marmonna Daisy, soudain embarrassée.

Est-ce que ça voulait dire qu'Ella serait morte d'ici quelques jours ? C'était horrible. Elle se demanda ce qu'elle pouvait ressentir en sachant que sa vie touchait à sa fin.

En même temps, ça m'étonnerait que Pike me garde en vie beaucoup plus longtemps, songea-t-elle.

Cette pensée la glaça. Au cours des derniers jours, elle avait vécu dans l'illusion qu'elle finirait peut-être par pouvoir s'enfuir. Mais à moins qu'un miracle ne permette au plan de Teo de marcher, elle mourrait sans doute en même temps qu'Ella.

Toutes les deux restèrent silencieuses. Malgré les circonstances, Daisy était triste pour Ella. Ce n'était pas sa faute si son père était une telle ordure.

— Hé, tu veux que je te montre un truc cool ? proposa Ella à voix basse.

— Euh, ouais, acquiesça Daisy en priant pour qu'il ne s'agisse pas d'une autre photo sur son iPhone.

— Il ne faudra le dire à personne. C'est vraiment un gros secret. Genre si tu en parles, je serai obligée de te tuer.

— J'aimerais voir ça, plaisanta Daisy.

— Méfie-toi, je peux encore faire des dégâts. Si tu avais vu de quoi j'étais capable avec une crosse de hockey… soupira-t-elle d'un air nostalgique. Bon, approche-toi.

Daisy se pencha en avant et Ella s'appuya sur les coussins pour se redresser en grimaçant sous l'effort.

— Je t'aide ?

Ella secoua la tête avec une expression d'intense concentration et parvint à s'asseoir dans son lit. Elle jeta un coup d'œil au garde posté à la porte et se décala légèrement derrière Daisy pour qu'il ne la voie pas. Puis elle tira sur le col de sa chemise de nuit. Daisy écarquilla les yeux en apercevant une cicatrice identique à celle qu'avait Noa en travers de la poitrine.

— C'est pour ça que je suis encore là, murmura Ella. Du moins, pour le moment.

— Tu t'es fait opérer ? dit Daisy en tâchant de paraître surprise.

— Ils m'ont greffé un thymus supplémentaire, expliqua Ella. C'est un organe censé aider mon organisme à lutter contre la maladie. Mon père dit que sans ça, je n'aurais pas pu tenir aussi longtemps.

Daisy avala péniblement sa salive en pensant à Noa.

— Mais si ça marche, pourquoi est-ce que tu es encore… Enfin, tu sais.

— Je suppose qu'il doit y avoir un problème, avança Ella en se rembrunissant. Mais d'après mon père, il reste un moyen de me sauver. Il s'en occupe.

Daisy garda les mains serrées sur ses genoux. Elle savait parfaitement ce que Pike comptait faire : trouver Noa et se servir d'elle pour guérir Ella pour de bon.

— Ça a l'air risqué, lâcha-t-elle.

— Et au pire, quoi ? Je vais mourir ? ironisa Ella.

Daisy tenta de lui rendre son sourire, mais elle n'avait vraiment plus le cœur à plaisanter.

— Mais au fait, d'où provenait ce thymus qu'ils t'ont greffé ? fit-elle.

— D'un gamin tué dans un accident de voiture. Apparemment, on était compatibles.

Mais oui, bien sûr, songea Daisy. *Tu parles d'une coïncidence…*

— Ça, c'est du bol, se contenta-t-elle de dire.

— Pas pour ce pauvre garçon, répliqua Ella d'un ton grave en remontant son col.

Elle paraissait sincèrement peinée. Daisy repensa à tous les visages de ceux et celles qu'elle avait connus et qui avaient été sacrifiés pour sauver cette fille. Elle sentit un élan de rage monter en elle, mais s'efforça de garder son calme.

— Enfin bon, reprit Ella. Dis, il faut que je te pose une question.

— Quoi ?

— C'est juste que… bredouilla Ella d'un air gêné. En fait, je ne trouve plus mon téléphone. Et la dernière fois que je m'en suis servi, c'est quand je t'ai montré la photo de mon ex, l'autre jour…

Daisy crut que son cœur allait s'arrêter de battre.

— Tu ne crois quand même pas que je te l'ai volé ? s'exclama-t-elle en essayant de masquer son trouble.

De nouveau, Ella tripota nerveusement la couverture.

— Non, je ne dirais pas « volé », corrigea-t-elle en fixant les cheveux bleus de Daisy. Écoute, il n'y a pas de souci si tu as voulu l'emprunter. Mais je voudrais le récupérer. T'inquiète, je n'ai dit à personne qu'il avait disparu.

— Qu'est-ce qui a disparu ?

Daisy faillit tomber de sa chaise. Elle se retourna et découvrit Charles Pike qui la toisait avec sévérité.

— Salut, Papa, lança Ella en souriant.

— Il te manque quelque chose ? demanda-t-il.

Sa voix était posée, mais il avait un ton intransigeant.

— Non, c'est bon, répondit-elle en jetant un coup d'œil furtif à Daisy. C'est temporaire.

Pike posa les mains sur le lit et se pencha vers elle.

— Qu'est-ce que c'est ? insista-t-il d'un air menaçant.

Ella se recroquevilla contre les oreillers, les yeux pleins d'effroi.

— Mon téléphone, balbutia-t-elle. Mais je suis sûre que…

— Daisy doit venir avec moi, la coupa brusquement son père en se redressant.

— Mais on n'a pas fini de discuter…

— Immédiatement !

Daisy se leva lentement, le cœur battant à cent à l'heure. Elle pensa s'enfuir en courant, mais la main de Pike se referma sur son bras.

— Ella, dis-lui au revoir, reprit-il. Je crains qu'elle ne puisse plus venir te rendre visite.

Daisy jeta un regard paniqué à Ella. Celle-ci finit par hocher doucement la tête.

— OK, marmonna-t-elle. Bon ben, merci, c'était super de passer du temps avec toi.

Pike commença à entraîner Daisy vers le fond de la chambre.

— Attendez ! s'écria-t-elle. Non !

— Allons, tiens-toi tranquille, lui ordonna-t-il.

Alors qu'ils atteignaient la porte, Daisy tira son bras pour se libérer et se rua vers le lit.

— Ella, je ne rentre jamais chez moi quand je pars d'ici, lâcha-t-elle précipitamment.

— Comment ça ?

— Ton père me séquestre dans une chambre, là-haut. Et mon copain est ici, lui aussi. On est ses prisonniers. Pourquoi tu crois que je suis toujours escortée ?

Pike l'attrapa à nouveau par le bras, tandis que le garde s'élançait pour venir lui prêter main-forte.

— N'importe quoi, rétorqua Ella d'un air hautain. Mon père paie ces types pour notre protection.

Daisy sentit qu'elle devait tout lui dire. Même si Ella ne la croyait pas, il fallait qu'elle apprenne ce qui se passait vraiment.

— Tu veux savoir quel moyen ton père compte employer pour te sauver ? poursuivit-elle à toute vitesse. Il veut prélever un thymus sur une de mes amies. Elle s'appelle Noa et il va la tuer pour le récupérer. Il a déjà enlevé d'autres amis à moi et il les a assassinés. Ton père kidnappe des jeunes SDF depuis un bon bout de temps – sans doute depuis que tu es tombée malade. Et ses médecins mènent des expériences atroces sur eux. J'ai tout vu de mes propres yeux.

— Qu'est-ce que tu racontes ?

Daisy se retourna vers Pike. Il avait une expression indéchiffrable, mais son visage était écarlate et elle lut la fureur dans ses yeux d'un bleu glacial.

— Ils vont m'emmener et se débarrasser de moi, reprit-elle. C'est pour ça que tu ne me reverras jamais.

— Papa ? articula Ella en dévisageant son père comme si c'était un inconnu.

— Je suis vraiment désolé, dit celui-ci d'un ton doucereux. J'ignorais que cette jeune fille était dérangée à ce point. Ah, je t'assure, ils vont m'entendre, les responsables de l'association !

— Je ne suis pas folle ! protesta Daisy tandis que le garde l'éloignait du lit, suivi de Pike. Ouvre les yeux, Ella !

La porte se referma derrière eux. Daisy cria et se débattit, mais le garde était trop fort et ne réagissait même pas à ses coups de pied. Pike s'approcha d'elle et la gifla violemment. Elle fut vaguement sonnée et étouffa un sanglot.

— Ça, tu vas me le payer, petite merdeuse, fulmina-t-il.

Il fit un signe au garde, qui lui emboîta le pas en traînant Daisy derrière lui jusqu'à son bureau. Pike ouvrit la porte et Daisy sentit soudain une terreur froide lui nouer l'estomac. L'horrible type de l'avion se tenait devant un canapé. Pike lui adressa un hochement de tête.

— À vous de jouer, Mason.

Teo avait un mauvais pressentiment. Quelques minutes plus tôt, il avait entendu Daisy proférer une bordée d'injures. Il était certain que ça venait d'en bas. Et puis, tout à coup, le silence. Il avait collé son oreille à la porte, la peur au ventre, mais n'avait plus discerné le moindre bruit.

Si jamais ils lui font du mal…

Teo n'y tenait plus. Il décida que Daisy et lui devaient cesser d'attendre de l'aide et s'enfuir dès maintenant. Il espérait simplement qu'il n'était pas trop tard.

C'était presque l'heure du dîner. Son gardien n'allait pas tarder à déverrouiller la porte pour venir le chercher.

Il saisit à deux mains la pendule en laiton qui trônait sur la cheminée de sa chambre. Elle était lourde et lui faisait mal aux bras. Si ça durait trop longtemps, il risquait de ne plus avoir la force de la soulever.

Il entendit le cliquètement de la clé dans le verrou, et la porte s'ouvrit doucement.

Teo retint son souffle, posté dans l'ombre, et reconnut son gardien habituel, celui qu'il avait surnommé Crâne d'œuf en raison de sa calvitie. Il devait faire au moins un mètre quatre-vingt-quinze et avait des bras énormes, serrés dans les manches de sa chemise noire.

— Bon sang, mais où… marmonna-t-il en balayant la chambre du regard.

Il ne finit pas sa phrase et écarquilla les yeux en voyant Teo brandir la pendule et l'abattre de toutes ses forces sur son front. Crâne d'œuf tituba avant de s'effondrer au sol.

Teo lâcha la pendule par terre, le cœur battant. Il repéra le pistolet du garde, rangé dans son étui, et s'en saisit. C'était la première fois qu'il en tenait un entre les mains et il fut surpris par son poids. Il ne savait même pas s'il pourrait toucher quoi que ce soit avec, mais s'il voulait faire sortir Daisy, il lui fallait une arme.

Teo jeta un coup d'œil dans le couloir : il était désert. Il le traversa en silence et rejoignit la chambre de Daisy. Mais elle était ouverte et vide, et il n'y avait aucune trace de son geôlier. Il sentit sa peur monter d'un cran en réalisant que Daisy n'y avait pas été reconduite et essaya de ne pas penser à toutes les choses épouvantables qui avaient pu lui arriver au cours des cinq dernières minutes, à toutes les façons dont ils avaient pu la tuer.

Il faut que je descende.

Au bout du couloir, il repéra un escalier différent de celui qu'on lui faisait prendre quand on l'escortait jusqu'à la salle à manger. Celui-ci était bien plus impressionnant : il était muni d'une rampe en acajou parfaitement lustrée et ses marches étaient recouvertes d'un épais tapis. À travers les immenses vitraux qui le surplombaient, la lumière de la fin de journée se divisait en fragments colorés. Ce devait être l'escalier principal. Teo le descendit en grimaçant chaque fois qu'une marche grinçait. Il explora le premier étage, qui s'avéra tout aussi désert que le second.

Mais où sont-ils tous passés ? se demanda-t-il en commençant à désespérer.

Crâne d'œuf risquait de revenir à lui d'un instant à l'autre et de donner l'alarme. Et si tous les types postés autour de la maison se ruaient à l'intérieur, Teo n'aurait guère de chances de s'en tirer. D'après les rondes qu'il avait observées, ils étaient au moins une dizaine. Et il ne savait même pas combien de balles il y avait dans son pistolet.

Teo tenta de maîtriser sa respiration haletante. Il serrait son arme si fort que sa main tremblait. Il entendit les voix d'autres gardes dans l'entrée qui lui semblaient monter dans sa direction.

— Bon sang, je déteste ces gamins, grommela l'un.

— Moi aussi, acquiesça l'autre. Mais apparemment, ils vont bientôt dégager.

— Tant mieux. Et si l'un de ces voyous me fait des histoires, je te promets que je lui brise la nuque aussi sec.

L'autre éclata de rire.

Teo remonta les marches quatre à quatre. Les deux hommes venaient dans sa direction. Il comptait les laisser passer, puis se ruer en bas où, avec un peu de chance, la voie serait libre. Il n'aurait alors que quelques minutes devant lui pour trouver Daisy et filer.

Au moment où il parvint sur le palier du second étage, il aperçut la main de l'un des hommes sur la rampe, en dessous de lui. Il se précipita dans le couloir et tenta vainement d'ouvrir la première porte. Il décida d'essayer les autres, mais elles étaient toutes fermées. Il imagina un instant qu'il y avait un gamin recroquevillé au fond de chaque pièce avant de juger cette idée ridicule. Mais alors, pourquoi Pike vivait-il dans une maison où tout était verrouillé ? Ça n'avait pas de sens.

Les gardes étaient presque arrivés en haut des marches. Il fallait qu'il trouve un endroit où se cacher. En désespoir de cause, Teo se blottit dans l'ombre en priant pour qu'on ne le voie pas.

Tout à coup, la porte à laquelle il s'était adossé s'ouvrit et il tomba en arrière. Quelqu'un le rattrapa par les épaules et le tira à l'intérieur. Il se débattit pendant un instant, puis il entendit une voix familière dans son oreille qui lui fit dresser les poils sur la nuque.

— Pas de bruit !

Il se redressa pendant que l'autre refermait discrètement la porte.

— Zeke ? articula-t-il, médusé. Mais… tu es mort !

— J'aimerais tellement pouvoir lire tout ça moi-même, gémit Noa.

— À qui le dis-tu ? rétorqua Peter. J'ai mal à la gorge à force de parler.

Cela faisait trois quarts d'heure qu'il lui lisait des documents à haute voix. Il comprenait qu'elle désirât enfin tout savoir, mais il en avait vraiment assez de consulter les fichiers. Il n'avait rien fait d'autre au cours des derniers jours, à part conduire.

Et puis, il n'arrêtait pas de passer en revue chaque élément de son plan dans sa tête sans parvenir à se débarrasser du sentiment que les choses allaient forcément mal tourner. Peut-être qu'à la même heure le lendemain, ils seraient tous les deux morts.

— Désolée, marmonna-t-elle d'un air penaud. Je sais que c'est pénible.

Peter se sentit de nouveau coupable de se plaindre. Ce n'était pas sa faute si elle ne pouvait pas lire.

— Non, ça va, dit-il. C'est juste que j'ai besoin de faire une pause.

— OK.

Elle loucha sur l'écran, puis secoua la tête de frustration.

— Je me sens si inutile, c'est horrible.

— T'inquiète, ça va s'arranger, tenta de la rassurer Peter. Peut-être qu'en te réveillant demain, tu verras combien cet endroit est crade.

— Peut-être, soupira-t-elle.

Peter fit rouler sa tête de chaque côté pour détendre sa nuque raide.

— J'ai encore super faim, indiqua-t-il. Je vais aller voir si je trouve un distributeur.

— Tu peux me rapporter un Red Bull s'il y en a ?

— Ça roule.

Il prit son portefeuille et ouvrit la porte. Les nuages s'étaient épaissis, faisant tomber la nuit prématurément. Quelques gouttes de pluie martelaient le sol. Peter se figea, soudain mal à l'aise. À part le bourdonnement de la circulation sur le pont routier, tout paraissait étrangement calme, surtout pour un début de soirée. Toutes les portes des autres chambres étaient fermées et aucune fenêtre n'était éclairée. Même le panneau à l'entrée du motel était éteint. Et le parking était rempli de berlines sombres.

Peter referma brusquement la porte et la verrouilla.

— Qu'est-ce qui se passe ? demanda Noa d'une voix inquiète.

— On lève le camp, annonça-t-il en passant précipitamment devant elle.

Il attrapa l'ordinateur portable et le fourra dans son sac à dos en réfléchissant à un plan d'évasion. Il y avait une fenêtre dans la salle de bains. Elle était petite, mais ils pourraient se faufiler au travers.

Et ensuite ? Comment on va réussir à s'enfuir alors que Noa est quasiment aveugle ?

Il balaya ses doutes aussitôt en se disant qu'il trouverait bien quelque chose. Il se précipita pour ouvrir la fenêtre.

— Par ici ! murmura-t-il en se retournant vers Noa. Il faut qu'on se tire immédiatement !

Il fut soudain ébloui par la lumière d'un projecteur. Il porta une main en visière devant ses yeux et chancela en arrière.

« FBI ! lança une voix amplifiée par un mégaphone. Lâchez vos armes et sortez lentement avec les mains en l'air ! »

CHAPITRE QUINZE

— Asseyez-vous, ordonna Mason.

Daisy chercha un moyen de s'enfuir, mais un deuxième garde s'était joint au premier et ils bloquaient le passage.

— Allons, mademoiselle Stoia, fit Mason en levant les yeux au ciel. Inutile d'être impolie.

Daisy baissa les épaules d'un air abattu. Elle était prise au piège. Et après ce qu'elle venait de faire, ils ne la laisseraient pas s'en sortir vivante. Elle n'avait plus qu'à espérer que le plan de Teo fonctionne et qu'il puisse être sauvé. Mais pour elle, il était déjà trop tard.

Je suis tellement désolée, pensa-t-elle, les larmes aux yeux, en imaginant sa réaction.

Sans un mot, les jambes flageolantes, elle alla s'installer sur le canapé, aussi loin que possible de Mason.

Celui-ci lui adressa un petit sourire narquois avant de venir s'asseoir près d'elle – bien trop près. Son nez était encore enflé et portait des traces d'hématomes. Il la fixa longuement de ses yeux gris intimidants.

— On ne vous a jamais dit que le bleu faisait mauvais genre ? finit-il par dire en désignant ses cheveux. C'est dommage, vous pourriez être très jolie.

— Comment va votre nez ? répliqua-t-elle d'un ton de défi.

— Il me fait mal, indiqua Mason d'une voix égale. J'ai hâte de pouvoir à nouveau discuter avec votre petit copain. Bon, on m'a dit que vous aviez volé un téléphone dans la chambre de Mlle Pike, c'est bien ça ?

Daisy s'abstint de lui répondre.

— Qui avez-vous appelé ? insista-t-il.

— Personne. On craignait que ce soit un piège.

— On ? répéta Mason en fronçant les sourcils.

Daisy se mordit les lèvres. Elle venait de révéler que Teo aussi était au courant pour le téléphone.

— Est-ce que quelqu'un pourrait escorter notre jeune ami jusqu'ici ? lança Mason en continuant de fixer Daisy de son regard perçant.

L'un des gardes sortit de la pièce en parlant dans un talkie-walkie.

Daisy jeta un coup d'œil furtif à l'horloge. Teo et elle avaient supposé qu'il faudrait au moins une journée pour que quelqu'un réponde à leur SOS et il ne s'était écoulé que quelques heures. Lorsque des renforts viendraient à leur secours – si tant est qu'ils viennent –, il serait trop tard.

— Bien, admettons que vous n'ayez passé aucun coup de fil, reprit Mason en plissant les yeux. Il existe cependant d'autres moyens de contacter des gens, n'est-ce pas ?

Daisy garda le silence.

Pike émit un petit rire méprisant.

— Vous n'avez pas encore compris que la police ne peut rien pour vous ? railla-t-il. Qu'importe qui vous avez pu contacter, personne ne viendra.

— Ah, franchement, Charles, soupira Mason. Si vous m'aviez laissé m'occuper de vos invités, nous n'en serions pas là.

— C'est vrai, reconnut Pike. Croyez bien que je le regrette.

Mason agita la main en l'air.

— Bon, ce qui est fait est fait, dit-il. J'imagine qu'ils ne vous ont été d'aucune utilité concernant le dossier Torson ?

— Nous ne savons pas où est Noa, s'obstina Daisy.

— Peut-être pas, concéda Mason en croisant les jambes. Mais je suis prêt à parier que vous connaissez un moyen d'entrer en contact avec elle. Et il se trouve que Charles ici présent m'a finalement autorisé à faire usage de mes incroyables pouvoirs de persuasion.

Daisy fusilla Pike du regard.

— Vous êtes un monstre, articula-t-elle.

— Je vous ai laissé une chance, grommela celui-ci. Si vous aviez fait ce que je vous ai demandé, je vous aurais relâchés tous les deux.

— Mais ouais, bien sûr, rétorqua Daisy.

Elle tressaillit en sentant Mason la scruter avec un air de prédateur, comme s'il s'apprêtait à la déchiqueter.

— Vous comptiez nous tuer quoi qu'il arrive, ajouta-t-elle.

— Pas forcément, maintint Pike. Je n'aime pas l'idée de tuer des jeunes. Même quand ils ne représentent qu'un gaspillage des ressources de ce monde.

— Ce qui nous ramène aux affaires en cours, enchaîna Mason. Soit vous nous dites comment trouver Noa Torson, soit nous estimons que nous n'avons plus besoin de vous. Je présume que vous avez une sorte de forum en ligne ?

— Je ne sais pas, dit Daisy en haussant les épaules. J'y connais rien en informatique.

— Vraiment ? Une jeune fille de votre âge ? J'ai du mal à le croire.

— Il n'y avait pas vraiment d'ordinateur dans le mobile home où j'ai grandi, répliqua-t-elle. Si vous êtes aussi bien renseigné à mon sujet, vous devriez le savoir.

Elle crispa la mâchoire en s'efforçant de soutenir son regard glacial.

J'ai rêvé ou il vient de sourire ?

— Je la crois, décréta Mason au bout d'un moment. Elle ne sait rien.

— Très bien, fit-elle, soulagée. Je peux y aller, maintenant ?

— Ce n'est pas grave, lâcha Pike avec arrogance. L'avis de recherche ne devrait pas tarder à porter ses fruits.

— De quoi vous parlez ? balbutia Daisy.

Pike se rapprocha et se pencha vers elle jusqu'à ce que leurs visages soient tout près l'un de l'autre. Elle se recroquevilla dans le canapé. Son attitude avait complètement changé, le père aimant avait laissé place à un être bien plus vil. Elle avait vu juste : il jouait la comédie depuis le début.

— Croyez-vous vraiment que je vous ai faits venir tous les deux jusqu'ici, sous mon propre toit, par pure bonté d'âme ? J'aurais pu vous faire éliminer à tout moment, déclara-t-il avec un claquement de doigts.

— Alors pourquoi vous ne l'avez pas fait ? demanda-t-elle en essayant de maîtriser le tremblement de sa voix.

— Parce que quand votre amie Noa arrivera – et elle viendra, je peux vous le garantir –, il faudra peut-être la convaincre de coopérer. Elle a déjà menacé de se sacrifier par le passé et j'ai besoin d'elle vivante. En somme, vous êtes ma police d'assurance.

— Elle ne viendra pas.

— Elle n'aura pas le choix ! éclata Pike.

— Voyons, Charles, pas la peine de l'effrayer, intervint Mason, que leur échange paraissait divertir.

Pike se redressa et toisa Daisy d'un air mauvais.

— Il me suffit d'un seul de vous deux, n'oubliez pas ça.

Daisy retint son souffle. Elle en avait assez qu'on la menace, assez d'avoir peur, assez d'être tyrannisée par de vieux cinglés. Avant même de réaliser ce qu'elle faisait, elle se leva et gifla Pike de toutes ses forces, laissant l'empreinte rouge de sa main sur sa joue.

— Ça par exemple ! s'exclama Mason. Je dois dire que je l'aime bien, cette petite. Elle a un tempérament… de feu.

La bouche de Pike se contracta en une grimace de fureur. Il repoussa brutalement Daisy, la projetant sur le canapé.

— Tu vas le regretter, marmonna-t-il en appuyant chaque syllabe. Et ton petit copain aussi.

— Moi aussi, ils m'ont dit que tu étais mort, murmura Zeke en souriant tristement. Hé, où t'as trouvé ce pistolet ?

Teo cligna des yeux, toujours sous le choc. Zeke n'avait presque pas changé depuis la dernière fois qu'il l'avait vu, trois mois auparavant. Il avait simplement les cheveux plus courts et il était très pâle, comme s'il n'avait pas beaucoup mis le nez dehors.

— Je ne comprends pas… bredouilla-t-il. Comment…

— On en discutera plus tard, le coupa Zeke avec fermeté. J'ai entendu quelqu'un crier. Noa est ici ?

— Non. C'était Daisy.

— Daisy est vivante, elle aussi ? s'exclama Zeke, dont le visage s'éclaira. Génial. Et les autres ?

— Il n'y a que nous.

Teo essayait encore de raccrocher les wagons. Zeke était en vie et il était lui aussi retenu par Pike. Comment était-ce possible ? Teo l'avait vu de ses propres yeux agonisant sur la plage après s'être fait tirer dessus.

— Je croyais que tu étais mort, dit-il une nouvelle fois. Je me souviens encore des coups de feu.

— C'est ce que je croyais aussi, soupira Zeke d'un ton grave. Et puis je me suis réveillé ici.

— Comment tu as fait pour ouvrir la porte ? Tu avais la clé ?

— Non, mais j'ai crocheté des serrures plus compliquées que celle-là quand j'étais gamin. J'attendais juste le bon moment. Quand j'ai entendu les cris, je me suis décidé.

Teo était sceptique. Il se posait tout un tas de questions. Le fait que Zeke réapparaisse comme par magie était franchement déconcertant. L'expérience lui avait appris que quand quelque chose semblait trop beau pour être vrai, en général, ça ne l'était pas. Il repensa à Daisy et aux gardes qui n'allaient pas tarder à découvrir qu'il avait disparu.

— Je dois y aller, lâcha-t-il.

— Alors c'est parti, acquiesça Zeke.

Il fit précipitamment le tour de la pièce en ramassant diverses choses sur son passage : une boîte d'allumettes derrière une peinture à l'huile accrochée au-dessus de la cheminée, et une petite liasse de billets sous le lit.

— De toute façon, je comptais me faire la belle ce soir, reprit-il. Les gardes font des rondes toutes les dix minutes. On doit pouvoir tromper leur vigilance si on vise bien.

Teo secoua la tête, perplexe. C'était comme si Pike avait improvisé un centre d'accueil pour jeunes SDF dans sa maison.

— Je n'arrive toujours pas à y croire, marmonna-t-il. Pourquoi Pike nous garde en vie ?

— Pour se servir de nous, expliqua Zeke. S'il attrape Noa, il nous torturera sous ses yeux pour l'obliger à lui obéir. On ne peut pas le laisser faire ça. Il faut qu'on se tire tout de suite.

— Trois mois, ce n'est pas rien, insista Teo. Pourquoi tu as attendu jusqu'à maintenant pour essayer de t'évader ?

Zeke se figea et le dévisagea, visiblement blessé.

— Quoi ? Tu ne me fais pas confiance ? Sérieux ?

— Je ne sais pas, balbutia Teo, embarrassé. C'est juste que c'est une sacrée coïncidence…

Zeke s'approcha de lui et souleva son tee-shirt, révélant une vilaine cicatrice.

— Jusqu'à la semaine dernière, j'étais dans un fauteuil roulant, dit-il d'une voix furieuse. Alors ouais, c'est vrai, j'ai préféré attendre de pouvoir remarcher avant de m'échapper.

Teo leva les mains pour calmer le jeu, car Zeke paraissait à deux doigts de le frapper.

— OK, OK, fit-il. Pike t'a sauvé la vie et t'a ramené ici. Mais ça n'a…

— Pas de sens, je sais. compléta Zeke. Il a passé deux mois à me cuisiner sur Noa et il a fini par renoncer. Est-ce qu'il vous a fait son petit numéro du mec gentil ?

— Oui. On a eu droit à du saumon, et tout.

— Il ne faut pas le croire. C'est un sale fumier.

— Sans blague, ironisa Teo. Et il tient Daisy.

— Bon, très bien, lâcha Zeke en retournant vers la cheminée.

Il glissa la main dans le conduit et en ressortit un couteau de cuisine.

— T'as eu ça où ? demanda Teo, sidéré.

— Je l'ai piqué sur un plateau où il traînait. Ça fait un mois que je l'ai planqué là. Avec ça et le pistolet, on a peut-être une chance. Allons-y.

Noa entendit la fenêtre se refermer d'un coup sec dans la salle de bains, puis les pas précipités de Peter qui revenait dans la chambre, le souffle court.

La voix dans le mégaphone résonnait en écho dans sa tête. Le FBI les avait trouvés. Ils étaient faits comme des rats.

— J'imagine qu'ils sont aussi sur le parking ?

— En plein dans le mille, acquiesça Peter. Bon sang, le sale type de la chambre d'à côté a dû nous reconnaître.

Noa secoua la tête. Tout lui semblait irréel, comme dans un rêve. Elle réalisa que c'était fini. Ils n'iraient pas à Boston. On allait les arrêter. Elle ferma les yeux et les rouvrit. Les détails de la pièce étaient encore troubles et elle ne discernait autour d'elle que des formes sombres, comme des ombres qui rampaient vers elle.

— Si seulement je pouvais y voir, soupira-t-elle.

— À vrai dire, là tout de suite, j'aimerais bien échanger ma place avec la tienne, marmonna Peter.

Elle vit une lueur apparaître sur sa droite et l'entendit pianoter fébrilement sur l'ordinateur.

— Bon, lâcha-t-il d'un ton déterminé. Je vais reconfigurer les paramètres de sécurité pour déclencher la diffusion des fichiers si le mot de passe n'est pas entré, disons... toutes les trois heures, qu'est-ce que tu en penses ?

— Très bien, dit-elle, malgré l'impression qu'elle avait de flotter au-dessus de la scène.

Pendant que les doigts de Peter virevoltaient sur le clavier, elle tourna le regard vers la fenêtre. Les rideaux étaient éclairés à contre-jour, si bien qu'on se serait cru en plein milieu de journée.

— Combien il y a de voitures, dehors ? demanda-t-elle.

— Beaucoup.

— Alors on est cernés.

— Oui, dut avouer Peter.

La voix retentit à nouveau dans le mégaphone :

« Déposez vos armes et sortez lentement un par un. »

— Ça va se gâter si on ne se montre pas, indiqua Noa.

— Encore une seconde, murmura Peter. Voilà, c'est bon. Tu crois qu'on devrait sortir ?

— Ils vont nous livrer à Pike. Et on ne sait même pas si les fichiers suffiront à l'intimider. Il pensera peut-être pouvoir étouffer l'affaire s'ils sont publiés.

— De toute façon, on n'a pas vraiment le choix.

— Il y a bien une solution, objecta Noa. Mais c'est risqué.

— Si ça n'implique pas qu'on se fasse tirer dessus par le FBI, je suis preneur.

— Ça devrait au moins nous donner un avantage, estima Noa avant d'exposer son plan à Peter.

— C'est très loin d'être imparable, déclara-t-il au bout de quelques instants.

Noa esquissa un faible sourire.

— Je sais. Mais c'est notre seule chance. Et Pike sera moins tenté de faire des vagues si tout le monde nous surveille, tu ne crois pas ?

— Sans doute, concéda Peter. Tu es sûre que ça va marcher ?

— Non.

Peter émit un petit rire sec.

— Allez, d'accord. Après tout, je commence à avoir l'habitude de tes plans tordus.

— Et ils nous ont toujours tirés d'affaire, pas vrai ? répliqua Noa en tentant de paraître confiante.

— Oui, enfin il y a une première à tout, grommela Peter. Tu ferais mieux de te coucher derrière le lit, au cas où. Attends, je vais t'aider.

Noa sentit Peter prendre sa main dans la sienne. Elle était chaude et un peu moite. Il l'aida à contourner le lit et elle s'allongea par terre, dos au sommier.

— Prête ? lança-t-il.

— Prête.

Peter lui pressa doucement la main avant de se lever.

— J'ai une otage ! s'écria-t-il. Si vous approchez, je la tue !

CHAPITRE SEIZE

Daisy tomba en arrière sur les coussins du canapé. Elle sentit exploser en elle toute la rage qu'elle avait accumulée au fil des mois. Elle hurla et balança violemment ses deux pieds dans le ventre de Pike. Il étouffa un grognement et se plia en deux.

Elle sentit des mains lui empoigner les épaules et leva la tête. Mason était penché au-dessus d'elle et la dévisageait avec une expression insondable.

— Vous ne faites qu'aggraver votre cas, vous savez.

Elle se débattit pour qu'il la lâche et reporta son regard sur Pike. Sa poitrine se soulevait au rythme de sa respiration haletante et ses yeux étaient pleins de colère, comme fous. La mine affable qu'il s'était composée durant la semaine avait disparu, il n'était plus que fureur et animosité.

— Je vous tuerai tous les deux moi-même, articula-t-il, toujours courbé en avant.

Un petit rire résonna et tous deux se tournèrent vers Mason, qui les observait avec un sourire sardonique.

— Voyons, Charles, lança-t-il d'un air amusé. Deux ados sur les bras et vous êtes dépassé ?

— Vous, si vous aviez tenu vos engagements, je n'aurais jamais eu à prendre moi-même les choses en main, répliqua Pike avec hargne.

— Oui, et voyez tout ce que vous avez accompli, persifla Mason sans même s'émouvoir de son agressivité. Une semaine entière et ils ne vous ont pas dit quoi que ce soit. Je m'étonne que vous ayez attendu aussi longtemps pour me laisser agir.

— Elle est tout à vous, maintenant, marmonna Pike entre ses dents serrées.

Daisy blêmit. Elle aurait préféré rester entre les mains de Pike. Au moins, il en aurait rapidement fini avec elle.

— Je vous répète que je ne sais pas comment contacter Noa, déclara-t-elle.

— Ma chère enfant, soupira Mason. Nous n'en sommes plus là depuis longtemps.

Soudain, un téléphone sonna. La mélodie joyeuse paraissait totalement incongrue dans ces circonstances. Pike attrapa son portable dans sa poche et jeta un coup d'œil à l'écran. Son visage se troubla avant qu'il ne décroche.

— Oui ?

Tandis qu'il écoutait son interlocuteur, ses yeux se posèrent sur Daisy et il esquissa un sourire.

— Merci, dit-il d'un ton mielleux rappelant à Daisy celui de l'homme qui lui avait proposé de reprendre du saumon.

— Du neuf ? avança Mason quand il eut raccroché.

— Oui, acquiesça froidement Pike. Nous n'allons plus avoir besoin d'elle. Le garçon suffira.

— Vraiment ? s'étonna Mason. Dois-je en déduire que Noa Torson a été localisée ?

— Elle est dans un motel aux abords de Springfield. Je m'y rends de ce pas, indiqua Pike en consultant l'énorme Rolex à son poignet. Je n'en aurai pas pour longtemps.

— Eh bien, voici une nouvelle réjouissante.

Pike se dirigeait déjà vers la porte. Il s'arrêta sur le seuil et jeta un dernier regard noir à Daisy.

— Mason, soyez gentil de régler ça avant mon retour, lâcha-t-il avant de sortir.

Daisy sentit son cœur s'emballer. Elle tourna la tête vers Mason qui fixait la porte d'un air songeur.

— Bon, finit-il par dire. On dirait bien que j'ai carte blanche.

Teo avançait à pas de loup dans le couloir, derrière Zeke qui tenait le pistolet comme si c'était une lampe de poche. Comme il était meilleur tireur que lui, Teo le lui avait confié sans se faire prier. Auparavant, ils s'étaient toujours servis de tasers et il regrettait de ne plus en avoir. Malgré le risque cardiaque, c'était moins dangereux que les armes à feu et c'était bien pratique pour neutraliser un type qui faisait vingt kilos de plus que vous et qui était entraîné au combat.

Teo frémit tandis qu'ils approchaient de l'escalier.

— Je pense que Daisy est au rez-de-chaussée, murmura-t-il. Sans doute dans le bureau de Pike.

Zeke hocha la tête sans même se retourner. Teo était forcé d'admettre qu'il était soulagé que quelqu'un d'autre reprenne les rênes. Il considérait que Zeke et Noa étaient faits pour ce genre de chose – mais pas lui.

Il se demanda comment Noa réagirait en apprenant que Zeke était vivant – si elle l'apprenait un jour. Mais pour le moment, il leur fallait récupérer Daisy et tromper la vigilance d'un tas de types armés. Ensuite, il n'y avait plus qu'à espérer que le plan d'évasion de Zeke fonctionnerait – et Teo n'était pas très optimiste.

Ils entendirent soudain des éclats de voix venant de l'autre bout de l'étage, puis des talkies-walkies qui crépitaient et des pas précipités. Les gardes avaient dû trouver Crâne d'œuf.

— Go ! lança Zeke. Vite !

Ils dévalèrent l'escalier jusqu'au rez-de-chaussée. Une fois dans l'entrée, Zeke s'élança dans un couloir, Teo sur ses talons. Quelqu'un cria derrière eux. Teo jeta un regard par-dessus son épaule et aperçut deux gardes à cinq ou six mètres d'eux. Ils avaient dégainé leurs pistolets et paraissaient furieux.

— Zeke ! hurla-t-il.

Zeke se retourna et tira vers leurs poursuivants. La balle atteignit un vase qui tomba et se fracassa sur le sol. Teo gémit en se couvrant les oreilles avec l'impression que la déflagration lui avait crevé les tympans.

Tous deux reprirent leur fuite tandis que les gardes répliquaient. Ils coururent au milieu des balles qui ricochaient et faisaient voler des éclats de bois et de plâtre tout autour d'eux. Teo s'attendait à tout moment à ressentir une douleur brûlante lui transpercer le corps. Le bureau de Pike était au bout du couloir suivant.

Allez, on y est presque.

Un garde surgit tout à coup d'un couloir adjacent en braquant sur eux un fusil automatique. Il avait un vilain bleu au milieu du front…

Crâne d'œuf plissa les yeux en voyant Teo.

— Lâche ça ! ordonna-t-il à Zeke.

Celui-ci hésita une seconde avant de poser son pistolet sur le sol. Puis il se redressa et leva les mains en l'air en signe de reddition.

— Dommage, grommela Crâne d'œuf, visiblement déçu. J'espérais vraiment que vous me donneriez un prétexte pour vous tuer, tous les deux.

Le vieux téléphone de la chambre posé sur une table de chevet se mit à sonner. Noa fit signe à Peter de décrocher. Il saisit le combiné graisseux d'un air dégoûté et le maintint à quelques centimètres de son oreille.

— Qui est à l'appareil ?

— Vous êtes Peter Gregory ? demanda poliment une voix masculine.

— Je vous ai posé la question en premier, grommela Peter.

Noa était assise par terre près du lit, les genoux repliés contre la poitrine, ses cheveux ramenés en queue-de-cheval. Il était encore surpris de la voir teinte en rousse.

— Je suis l'agent Smith, indiqua l'homme.

— Smith, vraiment ? On dirait un faux nom. Et ensuite, quoi ? Vous allez me dire que vous êtes du FBI ?

— Oui, répondit-il en se raclant la gorge avant de poursuivre, avec le même ton posé. J'ai autour de moi des gens inquiets, Peter. Ils voudraient savoir qui est avec vous dans la chambre.

Peter prit une profonde inspiration.

— Dites-leur que je détiens Noa Torson, indiqua-t-il.

— Est-ce que vous voulez dire que vous retenez cette personne contre son gré ?

— Exactement, acquiesça Peter. Je l'ai droguée, si vous voulez tout savoir, ajouta-t-il en supposant que cela collerait avec ce que le type de la chambre voisine avait dû leur raconter.

Il tourna les yeux vers Noa, qui fixait un point à quelques centimètres à droite de lui. Désormais, tout dépendait de son pouvoir de persuasion.

— Nous voulons à tout prix éviter que quiconque soit blessé, reprit le négociateur.

— J'ai des exigences, lâcha Peter sans se démonter.

— Quelles sont-elles ? fit Smith au bout d'un petit moment.

Sa voix trahissait une certaine lassitude et, pendant un instant, Peter le plaignit. Ce devait être pénible, comme métier, de passer son temps à essayer de raisonner des détraqués qui prenaient des gens en otages puis réclamaient de l'argent et des jets privés.

Au moins, il devrait être agréablement surpris, songea-t-il, amusé.

— Je veux parler à Charles Pike, déclara-t-il. En personne.

— Charles Pike ? répéta Smith d'un ton incrédule. Vous voulez dire l'homme d'affaires ? Pourquoi ?

Peter consulta sa montre. Il était presque 19 heures. Si Pike était à Boston, il lui faudrait moins de deux heures pour venir.

— Contentez-vous de le joindre, insista Peter. Et dites-lui que s'il n'est pas là à 21 heures, je commencerai à publier les fichiers.

Qu'il se débrouille avec ça, pensa-t-il avec une certaine arrogance.

Noa se mit à sourire et, malgré les circonstances, il se sentit légèrement grisé par la tournure que prenaient les choses.

— Je ne sais même pas s'il me sera possible d'entrer en contact avec M. Pike, sans parler de le convaincre de venir ici, plaida Smith avec diplomatie. Si vous vouliez juste…

— Oh, il viendra, faites-moi confiance, le coupa Peter. Tellement vite que vous en serez scotché.

Puis il raccrocha sans écouter les protestations de Smith.

— Bien joué, le félicita Noa. Au moins, on est sûrs qu'ils ne vont pas chercher à entrer pour le moment.

Peter vint s'asseoir en tailleur à côté d'elle et imagina Smith et ses collègues du FBI en train de se creuser la cervelle pour tenter de comprendre à quoi tout cela rimait.

— Je crois que j'ai une idée, marmonna-t-il avant de poser l'ordinateur sur ses cuisses.

Noa pencha la tête sur le côté, intriguée.

— Qu'est-ce que tu fais ?

— Attends.

Il lui fallut moins d'une minute pour trouver ce qu'il cherchait : le nom de la compagnie à laquelle appartenait la grande enseigne du motel. La page d'accueil du site annonçait fièrement : « Ciblez plus de 20000 automobilistes par jour ! »

Peter se mit à siffler.

— Ouah, ça en fait, du monde, murmura-t-il.

Il secoua la tête en voyant combien les pare-feu du site étaient faciles à contourner. En même temps, qui voudrait pirater une entreprise de panneaux d'affichage ? Il examina le code afin de localiser la base de données où étaient stockées les images.

— Ça te dérangerait d'expliquer ce que tu fabriques à ta copine aveugle ? bougonna Noa.

— Tu sais, le grand panneau qui est à l'entrée du parking ? dit Peter. J'ai pensé qu'on pourrait s'en servir pour motiver Pike à se bouger les fesses.

— C'est une idée de génie ! s'exclama Noa avec enthousiasme.

— Évidemment puisque c'est moi qui l'ai eue, plaisanta Peter.

Noa lui donna une tape sur le bras tout en continuant de sourire.

— Alors, qu'est-ce qu'on va leur montrer ? lança-t-elle.

Peter passa en revue les fichiers enregistrés sur le bureau, mais il savait déjà lequel il allait sélectionner.

— Je suggère le mail du sénateur Braun.

— Excellent choix, approuva Noa. Je peux appuyer sur « Entrée » ?

— Avec plaisir.

Peter termina de configurer le transfert et lui tendit l'ordinateur. Noa effleura le clavier avant d'enfoncer la bonne touche avec un air satisfait.

— Du premier coup, commenta Peter. Pas mal.

— Pas besoin d'y voir pour faire ça. Cela dit, j'ai l'impression que ma vision s'améliore, indiqua-t-elle en s'approchant à quelques centimètres de l'écran. Les caractères sont flous, mais j'arrive à les reconnaître. J'y verrais sans doute mieux si c'était écrit en noir sur fond blanc.

— Tu veux qu'on aille voir ? proposa Peter.

— Et comment !

Ils traversèrent la chambre à quatre pattes jusqu'à la fenêtre. Peter souleva discrètement un coin du rideau et ils levèrent les yeux vers l'extérieur, en prenant soin de garder la tête au-dessous du rebord de la fenêtre.

Peter dut se contenir pour ne pas pousser un cri de jubilation. Le message qu'il avait choisi apparaissait en grosses lettres sur le panneau blanc.

De : sén. Greg Braun
À : Charles Pike
Envoyé : jeudi 1er novembre, 12 h 10
Objet : Dernier coup de main

Charlie,

Mon contact au FBI s'en est occupé, mais ça n'a pas été facile. Tu as vraiment merdé sur ce coup-là. Comment deux gamins ont-ils pu tomber sur un de tes labos ? Les gens commencent à poser des questions et je ne pourrai plus prendre de tels risques à l'avenir. Alors fais le ménage dans tes affaires – la prochaine fois, tu devras te débrouiller tout seul.

Greg

Peter vit quelques personnes tendre un doigt vers le panneau et des têtes se tourner pour lire le message. Il se baissa et tapa du poing sur le sol d'un air euphorique.

— Yes !

— Ça, ça ne va pas lui plaire, déclara Noa avec un sourire. C'est tout à fait le genre de chose qu'/ALLIANCE/ aurait pu faire.

— Je sais, acquiesça Peter en reprenant son sérieux. J'étais justement en train de penser combien mon site me manque.

Après tout, ils étaient des hackeurs – et jeunes, de surcroît. Ils étaient censés organiser des coups de ce type, pas fuir en permanence pour éviter de finir découpés en morceaux.

— Moi aussi, murmura-t-elle. La vie était plus simple à l'époque, pas vrai ?

— Beaucoup plus ! Mais tu sais quoi ? Si c'était à refaire, je ne changerais rien. Si on n'avait pas découvert ce qui se passait, d'autres ados seraient encore en train de mourir.

— Et ça va peut-être continuer… Du moins, si le plan ne marche pas.

— Ne t'en fais pas, tout ira bien, lui assura-t-il en lui pressant la main. Ça te dit qu'on balance un autre fichier ? On pourrait configurer le système pour en poster un toutes les demi-heures jusqu'à son arrivée.

— Carrément.

Ils rampèrent jusqu'à l'ordinateur, de l'autre côté du lit.

— Tu sais qu'on peut même afficher une image ou une vidéo sur ce type de panneau ? lança Peter en posant le portable devant lui.

— Pas la peine de pousser le bouchon trop loin, dit Noa. Sinon Pike n'aura plus de raison de nous laisser en vie.

— C'est pas faux. Alors pourquoi pas ce mail envoyé par mon père ? Ce n'est que légèrement compromettant.

— Comme tu veux.

Peter réfléchit en faisant craquer ses articulations.

— Oh, et puis zut, soupira-t-il. Voyons si ce cher Bob apprécie la célébrité.

Ils restèrent assis côte à côte à parcourir les fichiers en tâchant d'ignorer les ordres que criaient les agents fédéraux à l'extérieur.

— Eh bien, on dirait qu'il y a du grabuge, lâcha Mason, l'air dérouté. J'espère qu'ils ne vont pas abîmer le Manet, ce serait une tragédie.

— Quoi ? bredouilla Daisy avec inquiétude.

Elle avait l'impression que la troisième guerre mondiale venait d'être déclenchée dans le manoir. Elle avait sursauté aux premiers coups de feu. Depuis, la fusillade s'était amplifiée, mêlée aux cris des gardes.

Pourvu qu'il n'arrive rien à Teo.

— Vous buvez quelque chose ? fit Mason en se dirigeant d'un pas nonchalant vers le bar, au fond de la pièce.

— Qu'est-ce que vous dites ?

Même si elle avait passé la dernière semaine – pour ne pas dire les derniers mois – à attendre que le couperet tombe, maintenant que ce moment arrivait, elle était tétanisée. Elle se demanda si ce serait rapide ou si Mason serait assez sadique pour faire durer le plaisir – elle avait le mauvais pressentiment qu'il préférerait la seconde solution.

— Je voulais savoir si vous désiriez boire quelque chose, reprit-il.

Daisy se leva et repéra des carafes en cristal remplies de liquides sombres.

— Quoi, je n'ai pas droit à un dernier repas ? lança-t-elle.

— Voilà une chose qui m'a toujours surpris, dit-il sur le ton de la conversation.

Il remplit deux verres de whisky et ajouta un glaçon dans chacun d'eux avec une pince en argent. Puis il traversa la pièce et lui en tendit un.

Daisy hésita un instant, désarçonnée par son attitude, puis le saisit. Sa main tremblait, faisant tinter le glaçon contre les parois du verre.

— Attention. Ce scotch est plus vieux que vous, ce serait dommage de le gaspiller, indiqua Mason en s'asseyant sur le canapé. Enfin, comme je vous le disais, je me suis toujours demandé si un condamné à mort était vraiment capable de manger quoi que ce soit. J'aurais tendance à penser que non.

À l'évocation de la nourriture, Daisy ne put empêcher son estomac de gargouiller bruyamment. Mason esquissa un sourire et avala une gorgée de whisky.

— Ma foi, vous êtes peut-être une exception.

Elle serra sa main autour de son verre pour maîtriser ses tremblements.

— Je parie que vous ne savez pas ce que c'est que d'avoir faim, marmonna-t-elle.

— Oh, vous seriez surprise, rétorqua-t-il avec un rictus sombre. Nous avons probablement plus de choses en commun que vous ne l'imaginez.

— Ouais, c'est ça.

Mason leva un sourcil.

— Vous avez grandi à Harrison, dans le Nevada, aux abords de Las Vegas.

— Et alors ? soupira Daisy.

— Je connais bien le coin, avoua-t-il avant de considérer le décor qui l'entourait en secouant la tête. Voyez-vous, les gens comme Charles Pike, qui sont nés avec une cuillère en argent dans la bouche, n'ont pas la moindre idée de la difficulté qu'il y a à obtenir quoi que ce soit en ce bas monde, ni combien cela semble toujours fragile, même quand on y parvient.

Daisy ne comprenait pas un mot de ce que Mason disait, mais au moins, tant qu'il parlait, il ne lui faisait pas de mal. Et elle jugea qu'elle pouvait bien se permettre un peu d'ivresse, vu le terrible sort qui l'attendait.

Elle porta le verre à ses lèvres et but une gorgée. Elle sentit le goût chaud et fort du whisky coulant dans sa gorge.

— Qu'est-ce que vous allez me faire ? demanda-t-elle en s'efforçant de ne pas laisser paraître sa terreur.

— J'imagine que vous ne savez pas grand-chose de Waterloo ? avança Mason en l'observant par-dessus le bord de son verre.

— Walter qui ? répondit-elle.

L'alcool lui redonnait un peu d'assurance et elle se sentait moins tremblotante. Elle jeta un coup d'œil furtif vers la porte. Le garde posté à l'entrée était sorti en même temps que Pike. Elle pourrait essayer d'assommer Mason avec son verre, puis prendre ses jambes à son cou pour tenter de s'enfuir.

— On mijote une évasion ? lâcha-t-il d'un air amusé.

— Mais non, mais pas du tout, protesta Daisy.

— Tant mieux, dit Mason en resserrant sa cravate. Parce que ce serait excessivement stupide de votre part.

— Remarquez, Peter vous a déjà faussé compagnie. Il m'a tout raconté dans les moindres détails.

— Ah oui ? fit Mason avec un sourire carnassier. Ma foi, je ne peux pas dire le contraire. Je dois avouer qu'il m'a surpris ce jour-là. Mais revenons à nos moutons, je vous parlais de Waterloo. Vous devriez vous asseoir, ajouta-t-il en étirant son bras sur le haut du canapé.

Daisy hésita puis vint s'installer aussi loin que possible de lui. Elle était prête à le frapper s'il essayait de s'approcher. Mais il ne bougea pas et poursuivit son discours, comme s'il était en train de donner une conférence.

— Waterloo est la bataille à l'issue de laquelle Napoléon a été vaincu. Ce nom vous dit-il quelque chose ? Ou est-ce que les écoles publiques sont encore plus navrantes qu'autrefois ?

— Tout le monde sait qui est Napoléon, bougonna Daisy – même si, en vérité, elle savait seulement qu'il était petit, français, et mort depuis longtemps.

Qu'est-ce que tout ça a à voir avec moi ?

— Napoléon était un génie militaire, c'est incontestable, reprit Mason en faisant tourner le whisky dans son verre. Il aurait dû remporter cette bataille, mais il a commis quelques erreurs cruciales.

Daisy décida de se prêter au jeu. Elle avait bu quelques gorgées de plus et commençait à ressentir des picotements sur sa peau. Peut-être que si elle lui témoignait de l'intérêt, il la resservirait.

— Comme quoi ? demanda-t-elle.

— L'orgueil. Napoléon s'était mis à croire qu'il était un dieu et que nul ne pouvait le battre. Il a cessé d'écouter les conseils avisés de ses généraux en prétendant qu'aucune armée ne pourrait l'arrêter, que la victoire faisait partie de son destin, expliqua Mason en finissant son verre d'un trait. C'est un défaut assez courant.

— Hmm, marmonna Daisy.

Elle avait l'estomac vide et l'alcool commençait à lui faire de l'effet. Elle sentait ses paupières devenir lourdes et la fatigue lui tomber dessus. Elle songea qu'elle aurait bien aimé faire une sieste avant que Mason la tue.

Soudain, la porte s'ouvrit à la volée. Ce fut comme un électrochoc pour Daisy, qui se leva d'un bond. Mason, lui, resta à sa place, comme si ce genre d'intrusion était habituel.

Elle eut le souffle coupé en voyant Teo poussé par deux types à l'intérieur du bureau. Elle était si concentrée sur lui qu'il lui fallut quelques instants avant de voir le visage du garçon qui l'accompagnait.

— Zeke ! s'exclama-t-elle. Oh, mon Dieu !

— Je les ai eus, annonça l'un des deux gardes.

Il était costaud et chauve, et avait une bosse de la taille d'un œuf de pigeon sur le front.

— Je vois ça, acquiesça Mason d'un air satisfait. Bravo. Encore que, pour être honnête, le fait que vous ayez besoin d'armes pour les arrêter ne vous fait guère honneur.

— Salut, Daisy, lança Zeke, comme s'il la croisait par hasard dans la rue.

Il était déjà en train de balayer la pièce du regard en quête d'une issue potentielle.

— Vous voulez qu'on les emmène dans la cabane ? reprit le garde chauve.

Teo était plié en deux.

— Qu'est-ce qui s'est passé ? demanda Daisy en se précipitant vers lui.

— Cet abruti m'a frappé, articula Teo entre ses dents. Je crois que j'ai des côtes cassées. Ça va, toi ?

— Oui, oui, fit-elle en lui caressant le bras. J'étais tellement inquiète pour toi !

— Tu sens le whisky, remarqua-t-il.

— La ferme ! aboya le chauve avant de lui asséner un coup sur la tête avec la crosse de son fusil.

Teo s'effondra au sol. Daisy se rua vers le garde, mais fut arrêtée dans son élan par des bras qui la soulevaient par la taille. Elle essaya vainement de se débattre.

— Calmez-vous, je vous prie, murmura une voix dans son oreille. Je m'en occupe.

Quelque chose dans le ton de Mason lui fit cesser ses gesticulations. Il la reposa à terre.

— Je l'emmène aussi, pas de problème, grommela le garde en fixant Daisy.

— Inutile, répliqua froidement Mason. Je prends le relais à partir de là. Soyez gentil de fermer la porte derrière vous.

Le garde resta un instant bouche bée. Il se tourna pour chercher du soutien auprès de son comparse, mais celui-ci était déjà en train de sortir.

— Ce petit voyou m'a assommé ! protesta-t-il. Il mérite une bonne raclée.

— M. Pike et moi-même avons déjà décidé d'un plan d'action, déclara Mason. Je n'aimerais pas devoir dire à Charles que vous avez refusé d'obéir à mes ordres, ajouta-t-il d'un ton glacial en voyant que le garde ne bougeait pas.

L'homme hésita encore un moment avant de jeter un regard mauvais à Teo.

— J'espère qu'ils vont bien prendre leur temps avec toi, maugréa-t-il.

Puis il tourna les talons et disparut en claquant la porte.

Daisy accompagna Teo jusqu'au canapé, où il s'écroula en grimaçant.

— J'ai mal partout, gémit-il.

— Tu as de la chance de ne pas avoir pris une balle, chuchota-t-elle en lui caressant les cheveux.

— T'inquiète, ça fait partie de notre plan d'évasion, ironisa-t-il.

— Tu parles d'un plan…

— Je n'ai pas dit qu'il était au point, concéda Teo en portant la main à sa poitrine.

Zeke était debout entre le canapé et la porte, les mains sur les hanches, les genoux légèrement fléchis. Daisy reconnut sa posture : il se tenait prêt à attaquer.

Apparemment, cela n'avait pas non plus échappé à Mason.

— Je vous offrirais bien quelque chose à boire, mais j'ai peur de ne pas pouvoir vous faire confiance avec un verre à la main, indiqua-t-il.

— Où est Pike ? demanda Zeke.

— Il s'est absenté. Il semblerait que votre amie Noa ne tarde pas à nous rejoindre, dit Mason en posant son verre sur un guéridon. Remarquez, le timing est parfait, cela va nous permettre de discuter un peu.

— Discuter de quoi ? lança Zeke. Et qui êtes-vous, d'abord ?

— Ils ont trouvé Noa ? bredouilla Teo en scrutant Daisy d'un air réprobateur, comme si elle avait fait quelque chose de mal.

— Je n'ai rien dit ! s'indigna-t-elle. Pike a reçu un coup de fil.

Tout à coup, la porte s'ouvrit et l'infirmière que Daisy croisait souvent quand elle restait au chevet d'Ella apparut, les yeux écarquillés. Elle les dévisagea l'un après l'autre, avant de froncer les sourcils.

— Où est M. Pike ?

— Décidément, c'est l'obsession du moment, commenta Mason. Vous avez besoin de quelque chose ?

L'infirmière posa les yeux sur Daisy et lui fit signe de la suivre.

— Viens vite. Mlle Ella te réclame.

— Est-ce qu'elle est… balbutia Zeke, soudain livide.

— Vite ! répéta l'infirmière en repartant dans le couloir.

Daisy se tourna vers Mason, qui leva un sourcil perplexe.

— Quel rebondissement inattendu, n'est-ce pas ? fit-il.

— Ella a besoin de moi ! s'exclama Daisy. Pike sera furieux s'il apprend que vous ne m'avez pas laissée aller la voir.

— Peut-être, admit-il. Encore que, pour ce qu'il en sait, vous êtes déjà morte. C'est ce que je pourrai lui dire s'il me pose la question.

Il les observa tous d'un air songeur, comme s'il réfléchissait aux choix qui s'offraient à lui.

— Elle est sûrement en train de mourir, insista Daisy d'une voix sévère. Vous oseriez vraiment la laisser toute seule dans un moment pareil ?

Mason garda le silence en tapotant sa cuisse avec l'index. Son visage ne trahissait aucune émotion.

— J'imagine que ça ne risque rien, finit-il par céder. À condition, bien sûr, que nous y allions tous ensemble.

— Comme c'est généreux, marmonna Zeke.

Il paraissait toujours prêt à s'enfuir. Teo se demanda s'il filerait à la première occasion, quitte à les abandonner derrière lui. Il n'arrivait toujours pas à savoir avec certitude s'il pouvait lui faire confiance.

— Bon, nous ferions mieux d'y aller, soupira Mason. Mais, je vous en prie, plus de tentative d'évasion. Ça a le don de m'horripiler.

Il s'était écoulé près d'une heure quand le téléphone sonna à nouveau. Noa fit signe à Peter de décrocher.

— Il vaut mieux pour vous que vous soyez Charles Pike, lâcha-t-il de but en blanc.

— Peter ? bredouilla une voix on ne peut plus familière.

— Maman ?

Peter s'affala sur le lit.

— Qu'est-ce que tu fabriques, Peter ? Ils disent que tu es un terroriste.

Peter repensa au journal télévisé et à l'attitude de ses parents, qui s'étaient comportés comme s'il était coupable des crimes dont on l'accusait.

— Tu continues de faire l'innocente ? répliqua-t-il d'un ton cinglant. Bon sang, c'est gonflé, même venant de toi, Maman. Tu veux qu'on parle de ton implication dans le Projet Perséphone ? Parce que moi, oui.

Il y eut un long silence à l'autre bout du fil. Peter se doutait que sa mère réfléchissait à ce qu'elle pouvait dire, sachant que des gens autour d'elle l'écoutaient.

— Si tu te rends, ils ont promis qu'il ne te sera fait aucun mal, finit-elle par déclarer d'un ton moralisateur. Tout ce que tu as à faire, c'est sortir et laisser la jeune fille dans la chambre.

— C'est ça. Et bien sûr, personne ne pressera la détente par accident.

Peter soupira, écœuré, sous l'œil inquiet de Noa.

— Ça va ? articula-t-elle silencieusement.

Il hocha la tête, mais ça n'allait pas du tout. Et à son grand désespoir, malgré tout ce qui s'était passé, le fait d'entendre sa mère le touchait au plus profond de lui-même. Certes, elle l'avait probablement sacrifié en échange de quelque chose. Mais elle restait sa mère malgré tout.

— Je t'en prie, Peter, reprit celle-ci, des trémolos dans la voix. Je ne veux pas te perdre, toi aussi.

— Tu m'as perdu depuis longtemps, rétorqua-t-il sèchement. Depuis que tu as vendu ton âme à Pike.

Il raccrocha le combiné d'un geste brusque et se leva en respirant bruyamment.

— Tu ferais mieux de venir t'asseoir près de moi, lui conseilla Noa. Si ça se trouve, ils lui ont juste demandé de t'appeler pour t'avoir dans leur viseur.

Peter jugea qu'elle avait raison et se laissa tomber près d'elle en serrant ses genoux contre lui. Son cœur battait à tout rompre et il sentait une douleur brûlante au creux de son estomac. Mais surtout, il avait très envie de pleurer.

Il se rappela qu'il avait déjà versé suffisamment de larmes sur ses parents. Et puisqu'ils avaient cessé de se soucier de lui, il était légitime qu'il en fasse autant.

— Tu as bientôt fini ? lança-t-il.

— Bientôt, murmura Noa. Tu veux prendre le relais ?

— Non, dit-il avant de pencher la tête en arrière et de fixer le plafond. Tu es vraiment sûre de vouloir faire ça ?

— Certaine, acquiesça Noa en levant les yeux de l'écran. Tu es toujours d'accord ?

— Oui, répondit-il d'un air déterminé. Tu as raison, c'est la seule solution.

— Bon, très bien. Quelle heure est-il ?

Peter consulta sa montre.

— Presque 20 heures.

Ils restèrent assis sans parler. Peter se demanda si sa mère allait rappeler et enfin dire ce qu'il fallait. Reconnaître que son père et elle avaient commis une erreur. Mais il songea que c'était sans doute aussi probable que de voir surgir Pike déguisé en lapin.

— Au fait, tu ne m'as toujours pas préparé un dîner digne de ce nom, marmonna Noa d'un ton hésitant. Je veux dire, il paraît que tu es un vrai cordon-bleu et pourtant, depuis des mois, je n'ai eu droit qu'à de la bouffe industrielle.

— Attends, je rêve ou Noa Torson est en train de faire une blague ?

— Oh, arrête, soupira Noa. Comme si je n'étais pas quelqu'un de marrant…

À ces mots, Peter éclata de rire.

Au même moment, le téléphone sonna. Peter se redressa pour attraper l'appareil et se rassit à côté de Noa.

— Ouais ? fit-il en décrochant.

— Charles Pike est arrivé, indiqua l'agent Smith d'une voix tendue.

— Déjà ? Passez-le-moi, dit Peter en adressant un hochement de tête à Noa, qui écarquilla les yeux.

Après quelques instants, une autre voix masculine résonna dans le combiné :

— Vous êtes bien Peter Gregory ?

— En personne.

— Que puis-je faire pour vous ?

Étrangement, Pike paraissait presque à l'aise.

Il croit déjà qu'il a gagné la partie, cet enfoiré.

— Je veux vous parler. Face à face, dit Peter.

— Je crains que ce ne soit pas possible, déclara Pike, qui choisissait soigneusement ses mots. L'agent en charge des opérations ici ne me laissera pas risquer ma vie.

— Eh bien vous feriez mieux de trouver un moyen de le convaincre. Je doute que vous ayez envie de poursuivre cette discussion au téléphone. Si vous n'êtes pas là dans cinq minutes, je tue la fille.

Peter raccrocha.

— C'est fou comme ça t'est devenu simple de menacer de me tuer, commenta Noa. Non, vraiment, ça fait chaud au cœur.

— Je devrais peut-être me lancer dans une carrière d'acteur quand toute cette histoire sera terminée, plaisanta Peter.

Il n'en avait pas moins le cœur battant à l'idée que Charles Pike était tout près d'eux. Il avait l'impression qu'il venait d'inviter le croque-mitaine à prendre le thé.

— Tu crois qu'il va pouvoir se débrouiller pour venir jusqu'ici ? demanda Noa.

— Ne t'en fais pas pour ça, murmura Peter. Il va venir.

CHAPITRE DIX-SEPT

Daisy se précipita vers le lit dès qu'ils entrèrent dans la chambre. Ella était couchée contre les oreillers et avait l'air au plus mal. Daisy lui prit délicatement la main et elle se pencha vers elle pour lui murmurer quelque chose à l'oreille.

Teo se sentit soudain mal à l'aise, comme s'il était de trop.

— Merde, lâcha Zeke, les yeux rivés sur Ella.

— Quoi, toi aussi, tu la connais ? fit Teo, perplexe.

— Oui. Pike m'a obligé à lui tenir compagnie pendant quelque temps, jusqu'à ce qu'il décrète que j'avais une mauvaise influence sur elle.

Teo observa Daisy qui repoussait des mèches de cheveux du front couvert de sueur d'Ella.

— C'est plutôt une chic fille, marmonna Zeke. Pour unc gosse de riche.

Teo se rapprocha du lit d'un pas hésitant et s'arrêta juste derrière Daisy. Ella était réveillée. Sa poitrine se soulevait à intervalles rapides, au rythme de sa respiration sifflante. Elle avait le visage rouge et les pupilles dilatées. Elle jeta un coup d'œil dans sa direction.

— C'est lui ? demanda-t-elle faiblement.

— Oui, acquiesça Daisy d'une voix étranglée.

— C'est vrai qu'il est mignon, dit Ella avec un sourire.

Malgré ses yeux embués de larmes, Daisy se surprit à rire.

— Ton père sera bientôt là, chuchota-t-elle. Il est parti chercher quelque chose pour te soigner.

Ella fronça les sourcils.

— Tu veux dire quelqu'un, corrigea-t-elle.

Daisy ne répondit rien et Teo resta interdit, se demandant ce qu'Ella savait, exactement.

L'infirmière s'approcha pour régler la perfusion, mais Ella l'interrompit d'un geste.

— Non, la pria-t-elle à voix basse. C'est trop tard pour ça.

— Tu vas aller mieux, lui assura Daisy avec aplomb.

Ella leva légèrement la tête. Une lueur intense brillait dans ses yeux.

— Non. Et je ne veux plus que qui que ce soit meure pour moi. Dis à mon père que je veux qu'il arrête. Tu entends ? lança-t-elle avant de s'adresser à l'infirmière. Vous aussi, dites-lui que c'est ma décision.

L'infirmière lui jeta un regard dérouté. Teo se demanda si elle avait passé une partie de ses heures de garde à découper ses amis. Tous ces ados étaient morts, dans un vain effort pour sauver cette fille.

Et pourtant, en la voyant si faible et terrassée par la douleur, il n'arrivait pas à la détester. Ce n'était pas sa faute, pas vraiment. Ella était une victime, au même titre que les autres.

Elle esquissa un sourire en se tournant vers Daisy.

— Tu crois que tu aurais quand même été mon amie si tu avais eu le choix ?

— Bien sûr, acquiesça Daisy.

— Menteuse, répliqua Ella en souriant de plus belle avant de fermer les yeux.

Sa poitrine se souleva encore quelques fois, puis s'immobilisa.

— Ella ? murmura Daisy.

— C'est fini, annonça l'infirmière.

Elle avait l'air stoïque, mais lorsqu'elle lissa la couverture une dernière fois, Teo vit que ses mains tremblaient.

Daisy vint se blottir contre lui et il grimaça en sentant la douleur se réveiller dans ses côtes. Il lui frotta le dos pour essayer de la réconforter.

— Bien, voilà qui est regrettable, déclara Mason, derrière eux. J'imagine que je ferais mieux de prévenir Charles immédiatement.

Teo avait presque oublié qu'il était avec eux dans la chambre. Il le vit pianoter sur son téléphone portable.

Est-ce qu'il va vraiment annoncer ça à Pike… par SMS ?

— C'est *regrettable* ? répéta Zeke, saisi par l'émotion. Une jeune fille vient de mourir sous vos yeux et c'est tout ce que vous trouvez à dire ?

— Je ne voulais pas paraître indélicat, se défendit Mason. C'est juste que…

— Taisez-vous ! s'exclama Daisy. Taisez-vous tous !

L'infirmière était en train de remonter le drap pour couvrir le visage d'Ella, désormais figé comme celui d'une statue. Ses joues commençaient déjà à perdre de leur couleur. Teo tressaillit en réalisant que c'était le moment ou jamais de s'enfuir, d'autant que maintenant qu'Ella était morte, Pike n'avait plus de raison de les garder en vie.

Il pressa l'épaule de Daisy en espérant qu'elle saisirait le message, puis tourna les yeux vers Zeke. Celui-ci lui adressa un léger hochement de tête et Teo sut qu'il pensait la même chose que lui.

Une sonnerie stridente rompit le silence. Mason jeta un coup d'œil à l'écran de son téléphone avant de décrocher.

— Oui ? soupira-t-il.

Teo se crispa. C'était maintenant qu'il fallait passer en force, pendant que Mason était occupé. Il se pencha vers Daisy.

— Il faut qu'on se tire ! lui chuchota-t-il.

Tout à coup, des cris résonnèrent à l'extérieur de la maison, suivis de coups de feu. Mason releva la tête.

— Oh, quoi encore ? pesta-t-il en fronçant les sourcils.

Zeke jeta un regard perplexe à Teo.

— Tu crois que les gardes sont en train de s'entre-tuer ? demanda-t-il.

— Non, répondit Teo en comprenant soudain ce qui se passait. La cavalerie est arrivée.

On frappa deux coups à la porte. Noa ouvrit les yeux. Sa vision continuait de s'améliorer : elle parvenait désormais à discerner les détails de la pièce.

Peter avait raison, songea-t-elle. *J'ai rarement vu une chambre de motel aussi sordide.*

— Ça doit être lui, lâcha-t-il.

Elle se tourna pour lui faire face. Il avait le visage blafard, mais ses yeux étaient trop plongés dans l'ombre pour qu'elle puisse y lire quoi que ce soit. Néanmoins, la peur était palpable dans sa voix.

— OK, dit-elle. Tu es prêt ?

— Oui, acquiesça-t-il en serrant sa main dans la sienne. Au fait, ce ne serait pas le truc le plus stupide qu'on ait jamais fait ?

— Carrément.

Noa avait la gorge sèche et la douleur battait à nouveau dans sa poitrine. Pourtant, elle se sentait parfaitement calme. Elle attendait ce moment depuis longtemps et elle était résolue à en finir, d'une manière ou d'une autre.

— Peter ?

— Oui ?

— Merci pour tout, marmonna-t-elle. Juste au cas où.

— Génial, grommela-t-il. Est-ce qu'on pourrait au moins faire semblant de croire que ça va marcher ?

Noa lui sourit avant de grimper sur le lit et de s'allonger contre les oreillers, en s'efforçant de ne pas laisser paraître sa douleur. Si sa vue revenait peu à peu, le reste de son corps la faisait de plus en plus souffrir. Elle essuya la sueur qui couvrait son front.

— C'est bon, indiqua-t-elle.

— Que le spectacle commence, murmura Peter.

Il s'assit au bord du lit, juste en dehors de la ligne de mire de la fenêtre.

— C'est ouvert ! lança-t-il.

Charles Pike entra dans la chambre et referma la porte derrière lui. Il était grand et mince, mais pas aussi grand que ce à quoi Noa s'attendait – sans doute un peu moins d'un mètre quatre-vingts. Il avait le teint hâlé et était habillé comme s'il revenait d'une partie de golf – sauf qu'il portait un gilet pare-balles. Il fit une moue dégoûtée en regardant autour de lui.

— Vous avez fait drôlement vite, constata Peter.

— Eh bien, j'ai pensé qu'il y avait urgence et j'ai pris l'hélicoptère du groupe.

— Ça doit être cool. Vous avez mis combien de temps depuis Boston ?

— Je n'étais pas à Boston, répliqua sèchement Pike.

Il posa les yeux sur Noa, qui se retint de plonger sous les couvertures. Il avait un regard de prédateur affamé, comme s'il était sur le point de fondre sur elle et de n'en faire qu'une bouchée.

— Noa Torson, lâcha-t-il d'une voix de baryton. Cela fait longtemps que j'attends de vous rencontrer.

— C'est marrant, nous, on a tout fait pour éviter ça, rétorqua Peter. Et ça n'a pas été facile.

— Oui, c'est ce que j'ai entendu dire.

Pike repéra la chaise placée au bout du lit, face à eux.

— Vous permettez ? fit-il en la désignant.

Noa hocha la tête et il s'assit en croisant les jambes, comme s'il était chez lui.

— Bon, reprit-il, j'ai cru comprendre que vous souhaitiez que nous discutions en privé.

— Nous avons une proposition à vous soumettre, déclara Peter. Une sorte de marché.

— Un marché ? répéta Pike en haussant les sourcils.

— Oui. Vous avez sans doute remarqué le petit numéro que nous avons organisé sur le panneau, à l'entrée du motel ?

— En effet, acquiesça Pike d'une voix égale, bien que son visage trahît la colère. Cela dit, tout ça ne sera pas bien compliqué à justifier.

— Oh, on a préféré commencer gentiment, dit Peter. Mais je serais ravi de balancer du plus lourd, histoire que nos spectateurs en aient pour leur argent.

Pike continuait de fixer Noa avec intensité, au point qu'elle avait presque l'impression d'être toute nue.

Elle brûlait d'envie de mettre ses bras sur sa poitrine. Il lui semblait sentir son thymus palpiter douloureusement, sans doute en réaction à l'adrénaline libérée dans son système sanguin. Sa respiration devint difficile et sa vision de plus en plus floue.

Non, pas maintenant, songea-t-elle. *Je ne peux avoir une nouvelle crise, pas devant lui.*

— Vous n'avez pas l'air en forme, commenta Pike. Mes médecins pourraient vous soigner, vous savez.

— Bon sang, mais c'est à croire que vous êtes médium, ironisa Peter. C'est justement ça, le marché. Vous soignez Noa et Amanda.

— Amanda ? J'ai bien peur de ne pas savoir de qui il s'agit.

— Amanda Berns, insista Peter d'un ton mordant. La fille à qui Mason a inoculé la PEMA.

Noa vit qu'il avait les poings serrés et elle pria intérieurement pour qu'il garde son sang-froid. Leur plan nécessitait que Pike coopère et il y serait moins enclin si Peter lui cassait le nez.

— Ah oui, vos parents m'ont parlé d'elle, indiqua Pike. Et vous voudriez que je la guérisse, c'est bien ça ?

— Ouais, ce serait sympa, répondit Peter. Si ça ne vous dérange pas trop, bien sûr.

— Dans ce cas, il me faut Noa, décréta Pike en se penchant vers elle. Vous pouvez sauver énormément de gens. N'est-ce pas ce que vous désirez ?

Noa frissonna. On aurait dit qu'il lisait dans ses pensées. C'était exactement la problématique qui la préoccupait depuis des mois.

— Alors le seul moyen de les sauver, c'est… que je meure ? balbutia-t-elle.

— Pas nécessairement. Il suffira peut-être qu'on vous retire le thymus pour que vous alliez mieux. La PEMA a probablement déjà été neutralisée.

— Vous lui avez injecté la PEMA à elle aussi ? s'exclama Peter.

— Vous êtes en train de mourir, Noa, poursuivit Pike en l'ignorant. S'il reste une chance de vous sauver et d'aider d'autres personnes, est-ce que vous ne croyez pas que ça vaut la peine d'essayer ?

Peter entendit des hélicoptères au-dessus d'eux.

Sûrement des journalistes, se dit-il.

— Voilà ce qu'on vous propose, déclara-t-il en élevant la voix pour se faire entendre. Si Noa survit à l'opération, on ne diffuse pas d'autres documents. Mais vous devez savoir que je les ai programmés de telle façon que si je n'entre pas un mot de passe toutes les trois heures, ils fuiteront.

— Alors c'est ça, votre plan ? railla Pike avec un sourire hautain. Du chantage ?

Peter haussa les épaules.

— C'est ce qu'on a trouvé de mieux dans un délai aussi court.

Pike bondit de sa chaise et toisa Peter.

— Espèce de sale ingrat, articula-t-il froidement. Personne ne me menace, personne. Est-ce que vous avez la moindre idée de ce dont je suis capable ?

— Oh oui, soupira Noa en regrettant de ne pouvoir se lever – mais ses jambes étaient trop faibles. Avec tous les jeunes sans-abri que vous avez kidnappés pour en faire des cobayes… Combien d'innocents avez-vous tués ? s'emporta-t-elle. Des dizaines ? Des centaines, peut-être ?

— Bien plus, répliqua-t-il d'un air mauvais. Et vous savez quoi ? Quasiment personne ne s'en est soucié ni même aperçu. Ces gamins ne valaient rien. Des petits voyous qui faisaient la manche et se droguaient. Et moi, ajouta-t-il en collant un index sur son torse, j'ai trouvé un moyen de les rendre utiles à quelque chose, de faire en sorte qu'ils profitent à l'intérêt général.

— C'est vrai qu'on devrait vous féliciter pour tant d'humanisme, ironisa Peter. Surtout que quand vous aviez fini vos expériences sur eux, ils étaient découpés en morceaux et balancés Dieu sait où.

— Oui, et alors ? Qu'est-ce que ça peut te faire, à toi, de toute façon ? Tu ne fais pas partie de ces gamins. Bon sang, tes parents se sont même impliqués dans le projet dès le début. Comment crois-tu qu'ils ont pu se payer la maison où vous vivez ?

— Moi, je n'ai rien demandé, se défendit Peter.

— Tous ces gens que vous avez assassinés, c'était des êtres humains, reprit Noa. C'était nos amis. Alex Herbruck. Cody Ellis. Zeke Balewa.

Elle se mordit la lèvre en prononçant ce dernier nom.

— Et c'est vous-même qui avez créé la PEMA, renchérit Peter. Grâce au projet « Pour la vie », c'est bien ça ? Alors, ça fait quoi de savoir que vous avez rendu votre propre fille malade ?

— Écoute-moi bien, sale petit merdeux, fulmina Pike en se redressant de toute sa hauteur. J'emmène la fille avec moi et tu ne pourras rien faire contre ça. Est-ce que tu sais combien de types j'ai dans la poche ? Des sénateurs, des responsables du FBI et même le vice-président des États-Unis ! Je t'ai déjà sauvé la mise par égard pour tes parents. Mais désormais, tu ne m'es plus d'aucune utilité.

— Eh oh, doucement, bredouilla Peter en reculant, toujours assis sur le lit. On a bien compris que vous étiez le méchant, c'est bon.

— Vous avez besoin de moi, rappela Noa. Je suis la seule à avoir survécu, n'est-ce pas ? Je suis le remède.

— Ah ! Tu crois que tu es spéciale ? s'esclaffa Pike. Tu n'as rien de spécial, tu n'es qu'une sale vermine, comme les autres.

Noa ne put s'empêcher de se sentir blessée.

— Ce n'est pas toi dont j'ai besoin, poursuivit Pike. C'est ce qui est à l'intérieur de toi. Ce fichu thymus. C'est pour ça que l'opération n'a jamais marché sur les autres. Ce n'était pas toi, la clé, c'était ce thymus. Et on l'a gaspillé sur toi.

— Ça explique pas mal de choses… murmura Peter en hochant la tête.

Noa était sous le choc de ces révélations. Elle se figura le thymus, gros et enflé, qui battait furieusement dans sa poitrine. Pendant tout ce temps, elle avait cru qu'elle avait quelque chose d'unique. C'était le cas, sauf qu'il s'agissait de l'organe d'un inconnu qu'on lui avait greffé. Peut-être Pike lui-même ignorait d'où il provenait.

— Bon, sinon, reprit Peter, pour ce qui est de notre marché…

— Toi, tu es mort, lâcha Pike en se penchant vers lui. Tes parents aussi. Et ta petite copine, idem. Et ils vont tous crever en gueulant, comme vos amis à Santa Cruz. Et j'en ai d'autres dans ma propriété du Maine. Je n'ai qu'un coup de fil à passer et mes hommes leur collent une balle dans la tête. Vous osez me défier ? s'égosilla-t-il, le visage cramoisi. Je vais vous réduire en miettes !

Peter se tourna vers Noa en levant un sourcil.

— Je pense que ça devrait aller. Qu'est-ce que t'en dis ?

— Oui, on a tout ce qu'il faut, acquiesça-t-elle en s'efforçant de paraître confiante.

Pike les dévisagea l'un après l'autre, l'air perplexe. Il n'avait visiblement pas l'habitude qu'on prenne ses menaces à la légère. Il releva le col de sa chemise et inspira profondément.

— Je vais faire venir une ambulance pour Noa, annonça-t-il.

— Non, ça m'étonnerait, objecta Peter. À vrai dire, je crois que vous avez loupé un épisode.

Pike se rembrunit. Il ouvrit la bouche, comme s'il s'apprêtait à déverser une nouvelle diatribe, quand Noa tendit le doigt vers la fenêtre.

— Vous devriez jeter un coup d'œil dehors.

Pike lui lança un regard noir avant de s'exécuter. Il tira les rideaux et cligna des yeux, ébloui par la lumière des projecteurs.

— Le panneau, indiqua Peter.

Pike leva les yeux.

Noa avait un angle de vue parfait depuis le lit. Les contours étaient un peu flous, mais l'image était suffisamment distincte. Sur le panneau apparaissait en gros plan la chaise sur laquelle Pike s'était installé quelques minutes plus tôt.

Il se retourna, le visage déformé par l'angoisse.

— En fait, vous aviez raison, on n'avait pas de preuve concrète, reconnut Peter. Évidemment, on avait plein de documents où votre nom était mentionné, sans doute de quoi déclencher l'ouverture d'une enquête.

— Mais vous êtes fort pour faire disparaître tout ça, ajouta Noa. On a vu ce que ça a donné dans le Rhode Island.

— Exactement. Pas étonnant avec tous vos amis haut placés. Je veux dire, quand même, le vice-président, chapeau.

— Ouais, c'est fort.

— Ce qui nous manquait, c'était des aveux en bonne et due forme, reprit Peter. Du moins, jusqu'à maintenant.

Pike contracta la mâchoire sans les quitter des yeux. Une veine battait sur sa tempe.

— Qu'est-ce que vous avez fait ? marmonna-t-il d'un ton irascible.

Peter haussa les épaules.

— Ce qu'on sait faire de mieux. Bon, c'est vrai qu'on était un peu démunis quand on devait affronter des types armés de fusils, mais ce n'était pas vraiment équitable. Nous, on est des hackeurs, déclara Peter avant de désigner l'ordinateur qui ronronnait sur le bureau. Et ça, c'est notre spécialité.

— L'hacktivisme, compléta Noa en lui souriant. Comme au bon vieux temps d'/ALLIANCE/.

Pike se dirigea vers l'ordinateur et le fit voler à travers la pièce d'un seul geste.

— Oh, non, soupira Peter. Je commençais juste à m'y attacher.

— Il n'y avait pas de son, réalisa Pike. C'est juste un panneau.

— C'est vrai, admit Peter. Noa m'en avait fait la remarque.

Pike parut reprendre un peu contenance.

— Alors tout ça ne change rien, éructa-t-il.

— Je crois bien que si, dit Peter. Voyez-vous, on s'est rendu compte d'une autre chose pendant qu'on vous attendait. Enfin, c'est Noa qui y a pensé, précisa-t-il en la regardant avec fierté. Au fait, bravo, c'était malin.

— Merci, fit-elle.

Elle se concentra sur sa respiration pour essayer de résister à la douleur. Tout son corps lui semblait à l'agonie, mais elle n'avait plus que quelques minutes à tenir. Et l'expression sur le visage de Pike en valait la peine.

— De quoi parlez-vous ? demanda Pike.

— Eh bien, vous, vous avez besoin de moi, répondit Noa. Ou plutôt, du thymus. Mais désormais, nous, nous n'avons plus besoin de vous.

— Bien sûr que si. Toutes les recherches…

— Se trouvent dans les fichiers, le coupa-t-elle. Naturellement, nous ne sommes ni médecins, ni experts en la matière. Mais si nous confions ces documents aux bonnes personnes, ils trouveront le remède. Ça prendra des jours, des semaines, peut-être plus. Mais franchement, je leur ferai plus confiance qu'à vos horribles chercheurs.

Pike ricana.

— Vous n'avez pas le choix, persista-t-il en faisant un geste vers le panneau. J'ai des dizaines de types à mes ordres qui sont déjà en train de faire disparaître tout ça.

— On n'en doute pas, intervint Peter. Enfin, vous êtes quand même une ordure de compétition. Ce serait presque décevant que vous n'ayez pas tout un tas de larbins à votre botte. Mais en fait…

Il se tourna vers Noa pour la laisser finir.

— Ce n'est pas seulement sur le panneau. C'est partout.

— Où ça, déjà ? dit-il en plissant le front, comme s'il n'arrivait pas à s'en souvenir.

— Sur CNN, Fox News et toutes les plus grandes chaînes, indiqua Noa.

— Ah oui, c'est ça, acquiesça Peter. Et en prime time, en plus. Merci d'être arrivé si vite, le timing était parfait. Oh, et puis sur YouTube, bien entendu. On a aussi balancé ça sur les écrans géants du stade de Fenway Park. Il n'y avait pas le son là-bas non plus, mais on s'est dit que ce serait un clin d'œil sympa aux habitants de Boston.

— Vous mentez, répliqua Pike d'un air incrédule.

— Non. Vous n'avez qu'à le vérifier par vous-même. Je vous aurais bien montré ça sur le portable, mais vous l'avez expédié au paradis des ordinateurs.

Pike sortit son smartphone de sa poche et tapota l'écran. Quelques instants plus tard, sa voix résonna dans le petit haut-parleur.

— C'est la partie que je préfère, railla Peter. Quand vous parlez des ados que vous tuez dans l'intérêt général. Heureusement, le son est vraiment impec. J'avoue que ça m'inquiétait un peu.

Pike le regarda, le visage blême.

— La partie est terminée, lâcha Noa. Et vous avez perdu.

Il secoua la tête avant de tourner à nouveau les yeux vers la fenêtre. Il n'y avait plus rien sur le panneau.

Son téléphone émit un bip strident pour lui signaler la réception d'un SMS. Il loucha sur l'écran d'un air hébété, comme si le message était rédigé dans une langue étrangère. Quand il releva la tête, il avait le regard vide et étrangement calme.

— C'est trop tard, articula-t-il d'une voix blanche. C'est fini.

— Comment ça ? demanda Peter, surpris.

Pike se plia brusquement en deux et tripota sa cheville. Lorsqu'il se redressa, il tenait un pistolet à la main.

— J'avais apporté ça pour toi, murmura-t-il en pointant son arme vers Peter. Mais finalement, je vais vous tuer tous les deux.

— Quelle cavalerie ? demanda Zeke, intrigué.

Teo se précipita vers la fenêtre et jeta un coup d'œil par-dessus la haie. La pelouse grouillait de gardes qui faisaient feu en direction de la forêt. Il repéra des ados dépenaillés qui couraient d'un arbre à l'autre en tirant à leur tour.

— L'unité du Nord-Est ! s'exclama Teo.

Il n'en revenait pas. Luke avait répondu à leur appel de détresse. Il était venu à leur secours.

Il tourna la tête vers Mason. Celui-ci était encore au téléphone et, étrangement, ne paraissait pas se soucier d'eux. Il avait le regard perdu dans le lointain, se concentrant seulement sur ce que son interlocuteur lui racontait.

Est-ce que c'est Pike qui lui annonce qu'il rentre avec Noa ?

Daisy avait l'air d'avoir retrouvé ses esprits. Ses joues étaient encore humides de larmes, mais une lueur de détermination brillait dans ses yeux. Quant à Zeke, il s'était rapproché de la porte, profitant de la diversion.

Soudain, Mason raccrocha et rangea son téléphone. Il fronça les sourcils en apercevant Zeke et, d'un geste vif, sortit un pistolet qu'il braqua sur lui. Teo laissa échapper un grognement de surprise et se plaça devant Daisy pour la protéger.

— Pas de bêtises, monsieur Balewa, lança Mason. Vous avez peut-être encore une chance de vous en tirer, n'allez pas la gâcher.

— J'ai du mal à vous croire, répliqua Zeke d'une voix mal assurée.

— Je crains que vous ne soyez pas au fait des derniers développements, déclara Mason en les observant tous d'un air songeur. Il semblerait que mon employeur vienne de connaître son Waterloo – plus tôt que je ne l'aurais pensé, je dois l'avouer.

— Quoi ? fit Teo.

— C'est Noa ? demanda Daisy avec impatience. Elle a vaincu Pike, c'est ça ?

— En voilà une qui a tout compris, dit Mason – mais il était difficile de savoir s'il parlait de Daisy ou de Noa. J'avais bien prévenu Charles de ne pas sous-estimer son adversaire.

— Il a été arrêté ? intervint Teo.

Est-ce que Noa et Peter ont vraiment réussi ?

— L'orgueil, marmonna Mason avec mépris. Évidemment, en règle générale, je préfère toujours honorer les contrats en cours. Ce qui signifie que je devrais, en toute logique, exécuter mes derniers ordres.

Teo avait du mal à respirer. Ils étaient si près du but. Si Luke et son équipe étaient arrivés seulement quelques minutes plus tôt, ils auraient peut-être déjà réussi à les faire sortir. Mais au train où allaient les choses, ils risquaient de tomber sur leurs cadavres quand ils feraient irruption dans la maison.

— Vous n'en ferez rien, affirma Daisy avec aplomb.

Mason leva un sourcil.

— Et qu'est-ce qui vous permet de penser cela, mademoiselle Stoia ?

Elle repoussa les bras protecteurs de Teo et fit un pas en avant.

— Vous détestez Pike, répondit-elle d'un air de défi. Et nous avons davantage de choses en commun, n'est-ce pas ? C'est vous-même qui me l'avez dit.

Quelques secondes passèrent. Dehors, les détonations résonnaient par intermittence et se rapprochaient de la maison. Mason paraissait à peine s'en rendre compte, étudiant Daisy d'un air hésitant.

— C'est vrai, finit-il par admettre. Et la seule chose que j'ai plus en horreur que la rupture d'un contrat, c'est le gâchis. Or, malgré vos nombreuses faiblesses, je suis persuadé que vous tuer serait un terrible gâchis.

— Alors laissez-nous partir.

Elle attrapa la main de Teo en dévisageant Mason d'un air déterminé. Elle avait des airs de guerrière, et

Teo éprouva un élan de fierté pour elle qui fit taire son envie de s'interposer pour la protéger.

De son côté, Zeke fixait le pistolet de Mason, comme s'il essayait d'évaluer ses chances.

— Voyons, monsieur Balewa, lâcha celui-ci en le remarquant, tâchons d'éviter une nouvelle effusion de sang. Vous faire tirer dessus à Santa Cruz ne vous a-t-il pas suffi ?

— Vous jouez avec nos nerfs pour faire durer le plaisir, rétorqua Zeke. C'est tout ce que vous faites.

— Ou bien peut-être que j'ai décidé de limiter les dégâts.

Mason pencha la tête sur le côté en entendant au loin le mugissement de sirènes.

— Tiens, ils sont beaucoup plus réactifs que ce que j'aurais cru, commenta-t-il.

Teo déglutit. Jusqu'à présent, la police n'avait guère été un allié, et Pike devait avoir la brigade locale dans la poche.

— À Waterloo, reprit Daisy, est-ce que certains des généraux ont survécu ?

Teo lui jeta un regard interloqué.

Mais qu'est-ce qu'ils ont tous, avec cette histoire de Waterloo ?

Mason afficha un grand sourire, ce qui lui donna encore plus l'air d'un requin.

— Oui, en effet, acquiesça-t-il. Il y a eu énormément de pertes dans les deux camps, mais c'est le corollaire de toute bataille – y compris de celle-ci.

Une explosion retentit tout près de la maison. Teo tressaillit et Daisy lui serra la main, comme par réflexe. On aurait dit qu'une guerre se déroulait dehors, ce qui rendait le calme dans la chambre d'autant plus déroutant.

— Bon, dit Mason, ce fut un plaisir inattendu de vous rencontrer, mademoiselle Stoia. Permettez-moi de vous conseiller de revenir à votre couleur de cheveux naturelle.

— Oubliez ça, répliqua-t-elle.

— Dommage, soupira-t-il en reculant petit à petit vers la porte tout en gardant un œil sur Zeke. Mais j'admire votre volonté de faire fi des conventions. Cela vous sera sûrement utile à l'avenir.

— Alors vous allez nous laisser partir ? demanda Teo, pantois.

— Vous êtes déjà libres. Seulement vous ne le savez pas encore, déclara Mason en tournant les talons. Saluez Peter de ma part quand vous le verrez, lança-t-il par-dessus son épaule.

Et il disparut.

Zeke, Teo et Daisy étaient bouche bée.

— Euh, qu'est-ce qui vient de se passer ? bredouilla Zeke.

— Aucune idée, marmonna Teo, tout aussi déconcerté.

— Allez, tirons-nous d'ici, dit Daisy qui se dirigeait vers la porte en l'entraînant derrière elle.

Ils sortirent tous les trois de la chambre sans que l'infirmière ne manifeste la moindre réaction. Elle fixait la silhouette étendue sur le lit d'un œil absent.

Mason n'était pas dans les parages. Il semblait s'être volatilisé.

De nouveaux coups de feu résonnèrent pendant qu'ils se pressaient dans le couloir désert.

— Par où on sort ? fit Teo.

— On va passer par-derrière, répondit Zeke. Suivez-moi !

Ils traversèrent toute une série de pièces en s'éloignant de l'aile de la maison que Teo connaissait et débouchèrent dans une vaste cuisine au bout de laquelle une porte donnait sur l'extérieur. Ça paraissait presque trop facile.

Avant même qu'ils ne l'atteignent, elle s'ouvrit brutalement et ils s'immobilisèrent. Un garçon athlétique de dix-neuf ou vingt ans déboula dans la cuisine. Teo ne l'avait jamais vu, mais supposa qu'il devait faire partie de l'équipe de Luke.

— Courez ! s'écria-t-il en passant près d'eux. Ils arrivent !

Sans hésiter une seconde, Zeke fit demi-tour et repartit à l'intérieur de la maison. Teo poussa un juron et lui emboîta le pas en tenant fermement Daisy par la main. Il l'entendait haleter derrière lui, au rythme de sa propre respiration.

Ce serait vraiment trop bête de se faire tuer par

des gardes qui ne savent pas encore qu'ils sont au chômage, songea-t-il.

— Par ici ! lança Zeke en doublant le premier garçon.

Ils rebroussèrent chemin à toute vitesse, pièce après pièce, et parvinrent à la porte d'entrée. Zeke l'ouvrit d'un geste brusque et se figea.

Teo sentit son cœur faire un bond dans sa poitrine. Un homme en uniforme leur barrait le passage en braquant son arme sur eux.

— Police ! hurla-t-il. Les mains en l'air !

Ils obtempérèrent lentement. Daisy jeta un regard interrogateur à Teo en désignant discrètement le couloir derrière eux, mais il secoua la tête. Ils ne feraient pas trois mètres.

— Est-ce que vous êtes armés ? reprit le policier.

— Non, dit Teo.

L'homme les dévisagea en fronçant les sourcils.

— Vous êtes les gamins enlevés par Pike ?

— Quoi ? fit Daisy.

— Vous êtes au courant de ça ? demanda Zeke, perplexe.

— Il y en a d'autres ? poursuivit le policier en jetant un coup d'œil derrière eux. Et les gardes, combien sont-ils ?

— On ne sait pas exactement, indiqua Teo. Beaucoup.

Un autre officier de police apparut derrière le premier.

— C'est eux ? bredouilla-t-il d'une voix essoufflée.

— Ouais, acquiesça son collègue. Sains et saufs.

— Pardon, balbutia Zeke, mais euh… qu'est-ce qui se passe, au juste ?

Les deux policiers échangèrent un regard surpris.

— À ton avis ? lâcha le premier. On est venus vous sauver.

— Hé ! protesta Peter. Vous ne pouvez pas faire une chose pareille.

— Et pourquoi pas ? rétorqua sèchement Pike. À cause de vous, on va déjà me tenir responsable du meurtre de dizaines d'adolescents. Je n'en suis plus à deux près.

— Pensez à votre fille, murmura Noa. Si vous me tuez, elle mourra aussi.

Pike devint soudain plus sombre et pointa son pistolet vers elle.

— Elle est déjà morte, articula-t-il.

Peter sentit ses derniers espoirs s'envoler. Désormais, Pike n'avait plus rien à perdre.

— Au fond de vous, vous ne voulez pas faire ça, insista Noa d'une voix faible. Ça ne servirait à rien.

— Comment peux-tu savoir ce que je veux ? explosa Pike, en avançant d'un pas, son arme fermement braquée sur elle. Comment pourrais-tu en avoir la moindre idée ?

Peter était toujours assis sur le lit. Il essaya de se placer entre Noa et Pike en reculant lentement, les mains plaquées sur la poitrine, comme si cela aurait pu suffire à arrêter une balle. Il avait du mal à respirer en fixant le canon du pistolet. On aurait dit que l'air était devenu poisseux, trop épais pour que ses poumons puissent l'absorber.

Pike affichait un rictus enragé, et son regard paraissait encore plus fou qu'avant. Il était sans doute trop tard pour le raisonner, mais Peter décida de tenter sa chance.

— Le parking grouille d'agents du FBI qui nous observent en ce moment même, dit-il. Et vous, vous êtes Charles Pike, le grand patron de Pike & Dolan. Est-ce que vous voulez vraiment que l'on vous voie en train d'abattre deux ados dans une chambre de motel ?

Pendant un instant, Peter crut qu'il avait marqué un point. Pike cligna des yeux et abaissa légèrement son arme. Peter songea qu'au pire, si le coup partait, il lui tirerait seulement dans le pied.

Noa haletait. Elle devait être aussi effrayée que lui. Il aurait voulu se retourner pour la rassurer, mais le moment semblait mal choisi pour esquisser le moindre mouvement.

— C'est trop tard, lâcha Pike d'un ton résigné – ce qui était encore plus terrifiant, comme s'il n'avait plus d'autre choix.

— Alors allez-y, répliqua Noa avec aplomb.

Peter tourna la tête vers elle, stupéfait. Elle s'était redressée contre les oreillers. Elle avait le teint pâle et cireux, mais une lueur féroce brillait dans ses yeux.

— Ça fait des mois que vous essayez de me tuer, espèce d'ordure, reprit-elle. Ayez au moins le courage de le faire en me regardant en face.

Peter remarqua qu'elle fixait le torse de Pike. Il l'imita et aperçut une nuée de petits points rouges qui bougeaient sur son flanc comme des fourmis énervées. Il se força à reporter les yeux sur le visage de Pike et continua de glisser lentement en arrière, jusqu'à se retrouver adossé à la tête de lit. Il prit la main de Noa dans la sienne – elle était froide – et elle lui serra la paume.

Pike respirait bruyamment, faisant onduler son gilet pare-balles.

— Vous avez tout gâché, marmonna-t-il en relevant son pistolet.

Peter plongea sur Noa pour la protéger au moment où la fenêtre volait en éclats. Le bruit assourdissant des coups de feu emplit tout l'espace, comme si des bombes explosaient tout près d'eux, avant que l'air ne se charge d'une odeur âcre.

Puis le silence.

— Aïe, fit Noa. Tu m'écrases.

Peter s'écarta avant de se relever. Pike avait été projeté au bout de la pièce et gisait face contre terre sur la moquette. Son gilet était criblé de balles et un épais filet de sang coulait de ce qui restait de sa tête.

— Évite de regarder, conseilla Peter à Noa.

— Je risque pas, répondit-elle. Je ne vois plus rien.

— Quoi ?

Il se tourna vers Noa. Elle avait les yeux vitreux, comme si elle fixait un point derrière lui. Une tache sombre s'étendait sur sa poitrine.

— Bon sang, il t'a tiré dessus ! s'exclama-t-il.

Il plaqua aussitôt ses deux mains sur la plaie et sentit le sang chaud se répandre sous ses doigts.

— C'est bon, Peter, chuchota-t-elle. Laisse-moi m'en aller.

— Non !

Il entendit des cris derrière lui et comprit que des gens faisaient irruption dans la chambre. Mais tout lui paraissait lointain et les larmes brouillaient sa vision. Noa perdait de plus en plus de sang. Son tee-shirt en était trempé.

— S'il te plaît, reste avec moi, l'implora-t-il.

Elle plissa légèrement les lèvres.

— On l'a eu, dit-elle d'une voix exsangue. Tu as vu la tête qu'il a faite ? C'était magique.

Peter sentit des mains qui l'empoignaient pour le séparer d'elle.

— Tu vas t'en sortir, affirma-t-il en se débattant. Ils vont te soigner.

— Merci, Vallas, lâcha-t-elle tandis qu'une larme roulait sur sa joue. Merci pour tout.

Peter serra les poings avec force.

— T'as pas intérêt à baisser les bras ! Pas maintenant !

Mais elle avait fermé les yeux. Sa poitrine se souleva, puis s'abaissa sans se soulever à nouveau.

— Non ! hurla-t-il.

Son corps était inerte et ses yeux restaient fermés.

— Noa, réveille-toi !

Les urgentistes étaient déjà en train de se pencher au-dessus d'elle. Quelqu'un posait des questions à Peter, mais il ne comprenait pas ce qu'on lui disait. Il n'arrivait pas à détacher les yeux de Noa. Sa pâleur extrême contrastait avec le dessus-de-lit sombre. Ses traits s'étaient figés, comme si elle avait été taillée dans le marbre.

L'un des secouristes commença un massage cardiaque pendant qu'un autre plaçait un masque en plastique sur son visage. Sa poitrine bougeait par réflexe, faisant couler son sang de plus belle. Mais elle n'ouvrit pas les yeux.

Peter avait le visage noyé de larmes quand on l'entraîna à l'extérieur de la chambre.

Teo tenait Daisy serrée contre lui. Ils étaient enveloppés dans la couverture de survie que les policiers leur avaient remise et qui formait une sorte de cocon chaud et froissé autour d'eux.

— Je n'arrive pas à croire que c'est fini, murmura-t-elle en fixant le manoir.

— Moi, je n'arrive pas à croire qu'on est enfin sortis de cette fichue baraque, marmonna-t-il.

Elle s'esclaffa et, au bout d'un instant, il en fit autant. C'était le rire aigu, presque hystérique, de deux personnes sonnées qui ont du mal à réaliser qu'elles ont survécu à une catastrophe.

Zeke se tenait un peu à l'écart et discutait avec un garçon grand et aux épaules carrées : c'était Luke, le chef de l'unité du Nord-Est. Il avait trouvé leur message de détresse et avait réussi à convaincre ce qu'il restait de son équipe de tenter une mission de sauvetage. Ils étaient venus armés jusqu'aux dents. Apparemment, après les événements de Santa Cruz, Luke avait décidé de troquer les tasers contre des armes à feu.

L'équipe avait perdu deux de ses membres durant les affrontements avec les mercenaires de Pike. Teo se demanda ce que Noa en penserait.

Les nouvelles arrivaient au compte-gouttes. Les policiers ne paraissaient pas savoir grand-chose, si ce n'est qu'on les avait dépêchés sur les lieux à la suite d'une sorte de confession télévisée de Pike. Une rumeur prétendait qu'il était mort, mais ils ne pouvaient ou ne voulaient donner aucun détail. Le FBI était vraisemblablement en route, tout comme cinq ou six autres organismes désignés par des acronymes. On leur avait dit de ne pas bouger car de nombreuses personnes allaient vouloir les interroger, mais tout ce dont Teo avait envie, c'était de se lover contre Daisy et de dormir – du moins une fois qu'il serait certain que Peter et Noa allaient bien. Chaque fois qu'il demandait de leurs nouvelles aux policiers, ceux-ci bredouillaient des réponses évasives.

Un peloton fouillait la péninsule à la recherche de Mason, mais, jusqu'ici, il était resté introuvable. Teo n'était guère surpris. Il avait l'intuition qu'on ne le reverrait jamais.

Un policier s'approcha de Luke et Zeke et leur murmura quelque chose. Zeke laissa aussitôt échapper un cri de colère et l'homme posa une main sur son épaule.

— Qu'est-ce qui se passe, à ton avis ? demanda Daisy d'une voix terrifiée.

Zeke tomba brusquement à genoux, comme si un fil invisible qui l'aurait maintenu debout venait d'être coupé. Il bascula la tête en arrière en poussant un gémissement plaintif.

— Oh non, balbutia Teo. Non, non, non…

Daisy se mit à sangloter sur son épaule. Teo la serra plus fort, collant sa tête contre la sienne, tandis que les larmes coulaient sur son visage.

CHAPITRE DIX-HUIT

Noa ouvrit les yeux et fronça les sourcils. Elle était allongée sur un lit d'hôpital dans une chambre sans fenêtre. Elle vit qu'elle portait une tunique en coton, mais aucune mention n'y figurait. Une perfusion était branchée sur son bras droit.

Elle mit la main sur sa poitrine avec inquiétude et sentit un énorme pansement sous ses doigts.

— Oh, non, gémit-elle. Pas encore.

— Salut.

Elle tourna la tête vers l'endroit d'où venait la voix. Zeke était assis sur une chaise non loin d'elle. Il était différent de son souvenir : ses cheveux noirs étaient plus courts et son visage plus creusé. Il lui adressa un sourire hésitant.

— Est-ce que je suis au paradis ? demanda Noa.

Parce que si c'est le cas, j'espérais que j'aurais droit à des fringues plus sympas.

— Bienvenue à l'hôpital de Boston, répondit-il, amusé.

Noa secoua la tête, pour essayer de retrouver ses esprits. On avait dû lui injecter des sédatifs car tout lui semblait nimbé d'un voile de brouillard.

— Mais… balbutia-t-elle, je te croyais mort.

— Je m'en suis sorti, expliqua-t-il en rapprochant sa chaise du lit. Les médecins de Pike m'ont soigné.

— Tu… Tu es vivant ?

Ça paraissait impossible. Noa songea qu'elle devait être en train de rêver. Ou alors elle était bel et bien morte. Elle sentait encore le poids de Zeke contre elle, sur la plage, le sang chaud et épais coulant sur ses jambes. Il en avait perdu tellement…

— Tu es vraiment vivant ? insista-t-elle.

— Oui. Et toi aussi, tu es en vie.

Il fallut quelques instants à Noa pour intégrer tout ça. La dernière chose dont elle se souvenait, c'était cette horrible chambre de motel, Pike qui tombait sur le sol, puis Peter qui lui criait de s'accrocher.

— Pike est mort, articula-t-elle.

— Ah, lui c'est sûr, acquiesça Zeke, d'un ton enjoué. Et tout le monde est au courant de ce qu'il a fait.

— Alors ça a marché, murmura-t-elle, soulagée, en fermant les yeux. Et Peter, ça va ?

— Il est inquiet pour toi, mais sinon oui, ça va.

Noa se racla la gorge.

— Bon, alors t'étais où pendant tout ce temps ?

Zeke éclata de rire, révélant ses dents blanches.

— Pike me retenait prisonnier dans sa propriété du Maine. Crois-moi, si j'avais pu m'enfuir avant, je l'aurais fait. Je me suis échappé avec Teo et Daisy.

— Attends, quoi ? Ils ne sont pas en Californie ?

— Ils ne sont jamais arrivés jusque-là, dit Zeke. C'est une longue histoire, ajouta-t-il en voyant la mine perplexe de Noa.

— Et ils vont bien ?

— Très bien, lança Teo depuis le seuil de la porte.

Daisy le doubla et se précipita vers le lit.

— Oh, la vache, tu nous as fait tellement peur ! soupira-t-elle en prenant Noa dans ses bras. J'ai vraiment cru que tu étais morte la première fois que je t'ai revue.

— Je suis ici depuis combien de temps ? demanda celle-ci.

— Doucement, Daisy, grommela Zeke. Les médecins ont dit de ne pas trop la bousculer.

Daisy se redressa si brusquement qu'elle faillit tomber en arrière sur ses genoux.

— Oh, euh, désolée, bredouilla-t-elle. J'oublie toujours que…

— Et le thymus ? la coupa Noa.

— Ils te l'ont retiré, annonça Zeke. Ils ont dit qu'il était en train de te tuer. Ensuite, ils t'ont plongée dans le coma pendant une semaine pour permettre à ton corps de se réadapter.

Noa passa à nouveau la main sur son pansement. Pendant longtemps, elle avait eu l'impression de pouvoir sentir le thymus qui battait en rythme avec son cœur. Désormais, cette sensation avait disparu.

Daisy lui tenait la main en la tirant, comme si elle essayait de la faire monter à bord d'un canot de survie. Noa grimaça.

— Tu me fais mal.

— Pardon, s'excusa Daisy en lui lâchant la main. C'est juste que je suis si heureuse que tu ailles bien !

— Comme nous tous, renchérit Teo.

Noa jeta un coup d'œil derrière eux, mais le couloir semblait désert.

— Où est Peter ?

— Il est resté presque tout le temps auprès de toi, indiqua Daisy. Enfin, le FBI n'a pas arrêté de l'interroger – genre tous les jours. Mais il les a obligés à faire ça ici, au cas où ton état évoluerait.

— Alors il est où, maintenant ? reprit Noa.

Zeke la fixait en silence, visiblement impatient de lui parler en tête à tête.

— Ils ont opéré Amanda hier, intervint Teo. Du coup, Peter fait des allers-retours entre vos chambres. Daisy et moi, on peut aller le chercher, si tu veux, ajouta-t-il en remarquant le regard de Zeke. Hein, Daisy ?

— Quoi ? s'exclama-t-elle en les dévisageant les uns après les autres avant de comprendre. Ah, oui, bien sûr ! Bon, à tout à l'heure.

Elle prit la main de Teo dans la sienne et ils sortirent de la chambre.

Noa se retrouva seule avec Zeke, qui ne l'avait toujours pas quittée des yeux. Elle se passa la main dans les cheveux d'un air gêné. Ils étaient gras et pleins de nœuds.

Je dois être affreuse.

— Alors tu es rousse, désormais ? lança Zeke. J'avoue que ça ne te va pas si mal.

— Arrête. J'ai trop hâte de redevenir brune.

Elle éclata soudain de rire en réalisant combien c'était ridicule de se soucier de la couleur de ses cheveux alors qu'elle venait de frôler la mort.

Zeke plissa le front.

— Pourquoi tu ris ?

— Pour rien, répondit-elle. C'est juste que je suis surprise d'être en vie.

— Je sais ce que tu ressens, marmonna Zeke. Il va te falloir un peu de temps pour réaliser.

— J'imagine.

Un silence de plus en plus pesant s'installa entre eux. Ils avaient été amis pendant des mois, et même beaucoup plus à la fin. Noa repensa aux choses qu'il lui avait dites sur la plage, quand il croyait qu'il allait mourir, et elle sentit le rouge lui monter aux joues. Qu'est-ce qu'ils étaient censés faire maintenant ? Parler de la pluie et du beau temps ?

— Tu as sûrement beaucoup de questions à me poser, finit par dire Zeke.

— Plein, acquiesça-t-elle, même si aucune ne lui venait sur le moment.

— On n'a pas encore trouvé de remède contre la PEMA, l'informa-t-il. Mais les médecins ont greffé une partie du thymus qu'ils t'ont enlevé à Amanda, et une autre à un gamin qui allait mourir. Ils ont gardé le reste pour leurs recherches. Et ils ont des équipes qui bossent sur tous les fichiers que Peter et toi avez récupérés.

— C'est bien, dit-elle en hochant la tête.

Zeke serrait et desserrait les poings nerveusement. Noa se remémora la première fois où elle l'avait vu et combien il lui avait paru sûr de lui, fonçant tête baissée vers le danger. Mais à présent, assis près d'elle dans une chambre d'hôpital, il avait l'air terrifié.

— Qu'est-ce qu'il y a ? demanda-t-elle.

Il secoua la tête.

— Toute cette semaine, je suis resté là, à attendre que tu te réveilles. J'avais si peur que ça n'arrive pas, confia-t-il en évitant son regard. Et maintenant que c'est le cas, je ne sais pas du tout quoi dire. Enfin, notre dernière discussion était plutôt… intense.

— Ah bon ? lança Noa d'un air innocent.

Elle tendit une main hésitante sur le lit. Il la prit dans la sienne et se rapprocha d'elle.

— Je n'en reviens toujours pas que tu sois vivant, reprit-elle en observant leurs mains emmêlées. Tu sais, au cours des derniers mois, je n'ai pas arrêté de repenser à ce qui s'était passé. Je n'aurais jamais dû t'abandonner là-bas.

— Si tu étais restée, nous serions tous morts, rétorqua Zeke avec aplomb. Toi, moi, Teo et Daisy. Et j'aurais été furieux contre toi que tu ne m'aies pas écouté.

— Je ne vois pas comment, soupira-t-elle en levant les yeux au ciel. Comme tu viens de le dire, on serait tous morts.

— Oh, mais je t'assure que dans l'au-delà, je t'aurais pourri l'existence, plaisanta-t-il.

Noa avala sa salive. Plus elle attendrait, plus ça serait difficile de dire ce qu'elle tenait à dire – sans compter qu'elle ne voulait pas passer vite dessus et faire ensuite comme si de rien n'était. Elle se força à regarder Zeke droit dans les yeux.

— J'ai été stupide, commença-t-elle. Je ressentais toutes ces choses pour toi et je ne savais pas quoi en faire. Et j'avais peur. Tous les gens que j'ai aimés ont fini par mourir. Et puis, quand j'ai entendu ce dernier coup de feu et que j'ai cru que tu étais mort… ça m'a presque tuée, moi aussi.

— Noa, murmura-t-il. Je suis tellement désolé.

— Non, répliqua-t-elle en clignant des yeux pour chasser ses larmes. C'est moi qui suis désolée. J'aurais dû faire quelque chose. Et tout à coup, il était trop tard et…

Zeke se pencha en avant et plaqua sa bouche sur la sienne, sans la laisser finir. Ses lèvres étaient douces et avaient un léger goût de cannelle. Noa glissa la main dans ses cheveux et sentit leur douceur satinée sous ses doigts.

La dernière fois qu'ils s'étaient embrassés, elle avait eu l'impression qu'un feu brûlant la consumait de l'intérieur. Ce baiser était différent. Plus doux, plus intime, aussi. Comme un radeau glissant à la surface d'un lac au clair de lune ou une couverture soyeuse qui l'enveloppait.

Zeke s'écarta d'elle et la dévisagea.

— Ce n'était pas malvenu, j'espère ?

— Non, chuchota-t-elle. Bien au contraire.

— Tant mieux, fit-il en lui caressant la joue. Au fait, je crois que je ne t'avais jamais entendue parler aussi longtemps.

Noa lui donna une tape sur le bras et il leva les deux mains en l'air.

— Hé ! protesta-t-il. Je suis sérieux. Avoue que les grands discours n'ont jamais été ta spécialité.

— Euh, salut. Je vous dérange ?

Noa tourna la tête. Peter se tenait dans l'encadrement de la porte, l'air franchement embarrassé.

— Viens, lança Zeke. Elle était justement en train de me demander de tes nouvelles.

Noa remarqua, étonnée, qu'ils avaient l'air de bien s'entendre, tous les deux.

Peter entra d'un pas traînant dans la chambre, les mains dans les poches. Ses cheveux avaient un peu repoussé et on ne voyait plus son crâne.

— Comment va Amanda ? s'enquit Noa.

— Beaucoup mieux, répondit Peter en s'illuminant. Elle est bien réveillée, et tout. Les médecins pensent que le greffon de thymus devrait lui permettre de guérir complètement.

Zeke caressait la main de Noa avec son pouce, ce qui était très agréable, mais distrayait son attention.

— C'est super, lâcha-t-elle.

— Oui, dit Peter. Et je suis heureux qu'ils t'aient soignée, toi aussi. Parce que, honnêtement, je commençais à en avoir marre de te trimballer partout avec moi.

— Et moi donc ! s'esclaffa-t-elle.

Il esquissa un sourire.

— On y est arrivés, pas vrai ?

Noa hocha la tête. Ça paraissait invraisemblable après toutes les terribles épreuves qu'ils avaient traversées. Elle se rappela leur première rencontre à Back Bay Station, quand aucun d'eux ne savait ce qui se passait. Elle avait du mal à croire que moins d'un an s'était écoulé depuis.

Et désormais, Charles Pike était mort. Et ils avaient survécu.

— Oh, j'allais oublier, s'exclama Peter.

Il sortit quelque chose de sa poche qu'il brandit en l'air. Noa écarquilla les yeux et palpa aussitôt son poignet, comme par réflexe.

— C'est… C'est mon bracelet ? bredouilla-t-elle. Où tu l'as trouvé ?

Peter se rapprocha du lit et le lui donna. Noa examina le mince anneau vert à la lumière. Il était plus petit que dans son souvenir. Elle le glissa à son poignet gauche et il retrouva immédiatement sa place. La sensation lui fit monter les larmes aux yeux.

— C'est ça le plus étrange, indiqua Peter. Quelqu'un l'a déposé pour moi au bureau des infirmières.

— Alors comment tu as su que c'était le mien ?

— Il y avait un petit mot avec, dit-il en lui tendant un papier. Tiens, regarde.

C'était une feuille de papier ordinaire. Le message était rédigé à la main, avec une écriture soignée en caractères serrés :

Cher Peter,

J'espère sincèrement que vous ne garderez pas de rancune à mon égard. Cela dit, il serait préférable que nos chemins ne se recroisent pas, dans notre intérêt à tous les deux.

Souhaitez un prompt rétablissement à Mlle Berns de ma part.

Par ailleurs, merci de remettre ce bracelet à sa propriétaire, Mlle Torson.

M.M.

— C'est qui, M.M. ? demanda Noa, perplexe. Et comment cette personne a-t-elle récupéré mon bracelet ?

— Je pense que c'est Mason, déclara Peter. Peut-être qu'il était là quand tu as été enlevée.

Noa frissonna.

— Je suis contente de ne jamais l'avoir rencontré.

— Tu peux, confirma Peter. J'avoue que ça fait bizarre de réaliser qu'il avait un prénom. Je me suis bien pris la tête à essayer de deviner ce que ça pouvait être.

— Manson ? suggéra Zeke. Comme Charles Manson, le tueur cinglé.

Peter se mit à rire.

— J'y ai pensé aussi, admit-il. Mais j'en suis venu à espérer que c'était un truc encore plus flippant. Genre Marjory. Bon, je ferais mieux de vous laisser, ajouta-t-il en tendant la main à Zeke, qui la serra. Prends soin d'elle, mec.

— Promis.

— À plus, Rain, lança Peter à Noa avec un clin d'œil.

Puis il sortit.

Noa resta silencieuse pendant un petit moment après son départ, en tripotant machinalement son bracelet de jade, comme si c'était un chapelet.

— C'est horrible, on aurait vraiment dit une scène d'adieu, marmonna-t-elle.

— Non, il reviendra, lui assura Zeke. C'est juste qu'il a des choses à régler d'abord.

Noa haussa un sourcil.

— Depuis quand vous êtes copains, tous les deux ?

Zeke haussa les épaules.

— On a passé du temps ensemble pendant que tu étais dans le coma. Il est plutôt cool.

— Il est même super.

— Ouais, pour un gosse de riche, précisa Zeke avec un sourire malicieux. Je dois admettre que ça s'est bien amélioré entre nous quand il m'a juré que vous n'étiez jamais sortis ensemble.

— Il t'a dit ça ? s'exclama Noa en se redressant sur les coudes.

— Oh, Peter m'a dit beaucoup de choses. Tiens, par exemple, il paraît que tu es la reine du scalpel.

— Tu m'as manqué, lâcha-t-elle soudain, à son propre étonnement.

— Toi aussi, reconnut Zeke en collant son front contre le sien. Tu es coincée avec moi désormais.

— Tant mieux, murmura-t-elle.

Elle leva le menton d'un air hésitant. Leurs lèvres s'unirent à nouveau et, cette fois, leur baiser fut comme un feu d'artifice d'une intensité dévorante, puisant au plus profond d'elle-même les sentiments qu'elle avait réprimés depuis si longtemps. C'était comme si le monde entier était condensé dans ce seul instant : la bouche de Zeke sur la sienne, leurs souffles mêlés. Elle n'avait jamais rien ressenti de tel et aurait voulu que ce moment ne s'arrête jamais.

— Je t'aime, dit Zeke en prenant le menton de Noa dans sa main.

— Moi aussi, je t'aime.

Elle pouvait lire dans ses yeux tout ce qu'il éprouvait pour elle, toutes ses émotions mises à nu. Et pour une fois, elle n'avait pas peur.

— Alors pourquoi tu ne continues pas à m'embrasser ? protesta-t-elle.

— Ce sont les instructions des médecins, expliqua-t-il d'un ton faussement sérieux. Pas trop de câlins tant que tu n'es pas remise sur pied.

— Ils abusent, bougonna Noa.

— T'inquiète, chuchota Zeke. On a tout le temps devant nous.

Peter était dans le hall de la maison de ses parents. L'odeur d'encaustique mêlée à celle des gardénias lui soulevait l'estomac. Même s'il n'était parti que durant quelques mois, le fait de se retrouver dans cet endroit lui paraissait irréel, comme s'il n'y était venu que dans un rêve.

Le carillon avait sonné quand il était entré, annonçant son arrivée. Tandis qu'il attendait, il parcourut mentalement les pièces de la maison. À l'étage, à droite : sa chambre. Droit devant lui, derrière la double porte : la cuisine. Et s'il faisait quelques mètres et tournait à gauche, il atterrirait dans le salon.

Sa mère apparut soudain devant lui et porta la main à sa poitrine d'un air surpris.

— Peter ?

— Salut, Maman.

L'envie de la prendre dans ses bras était presque irrépressible. Il se força à se rappeler à quel point elle l'avait trahi et reprit contenance.

— Où est Papa ?

— Il est juste… commença-t-elle.

— Qui est-ce ? la coupa Bob en surgissant derrière elle.

Peter l'observa. Son père lui semblait s'être tassé. Il perdait un peu son pantalon, comme s'il avait maigri, et il avait de nouvelles rides autour de la bouche.

— Ah, c'est toi, grommela-t-il en plissant les yeux.

— Ouais, dit Peter.

Il resta planté là d'un air gauche, se sentant comme un étranger dans sa propre maison.

Ses parents échangèrent un regard et il se raidit. Il avait presque oublié les codes de communication silencieux qu'ils avaient entre eux. C'était l'une des nombreuses façons qu'ils avaient toujours eues de le tenir à l'écart.

— Viens t'asseoir à l'intérieur, proposa Priscilla en faisant un geste vers le salon. Il faut que nous discutions pour mettre les choses au clair.

Peter faillit éclater de rire. À l'entendre, on aurait dit qu'il avait fait le mur ou quelque chose comme ça.

— Je préfère rester là, merci, répondit-il. Je n'ai pas beaucoup de temps, de toute façon.

Priscilla fronça les sourcils d'un air perplexe.

— J'imagine que tu veux revenir habiter ici ? avança-t-elle.

— Moi, vivre ici ? railla-t-il. Tu rigoles ?

— Change de ton quand tu t'adresses à ta mère ! aboya Bob.

Il était déjà tout rouge, prêt à laisser libre cours à l'un de ses accès de colère habituels.

— Chéri, je t'en prie, lui dit Priscilla en le retenant par le bras. Essayons de rester calmes.

— Ouais, acquiesça Peter. Vous ne voudriez quand même pas mettre en rogne le terroriste ?

Il fut satisfait de voir sa mère esquisser une moue embarrassée.

— Qu'est-ce qu'on était censés penser ? fulmina son père en crispant la mâchoire. Tu as fugué pour aller vivre avec ces… ces je-ne-sais-quoi ! Et quand on a enfin eu de tes nouvelles, c'était pour apprendre que tu avais tué quelqu'un.

— Je n'ai jamais tué personne, rétorqua Peter. Contrairement à vous.

Il réalisa qu'il avait les épaules tendues et les poings serrés, et tenta de se ressaisir. Il n'était pas venu pour se disputer avec eux. Il avait passé un quart d'heure sur le pas de la porte à se préparer pour ce moment, à se répéter qu'il devait garder son sang-froid. Et pourtant, après à peine une minute ensemble, ils étaient déjà prêts à se sauter à la gorge.

— Peter, je sais que tu as entendu beaucoup de choses sur Charles Pike, déclara prudemment sa mère, en reprenant automatiquement son attitude d'avocate. Et nous aussi.

— C'était un crétin, maugréa Bob.

Peter se demanda si son père reprochait à Pike ce qu'il avait fait ou de s'être fait prendre. S'agissant de Bob, c'était probablement la deuxième solution.

— Néanmoins, reprit sa mère en élevant légèrement la voix pour appuyer son propos, ton père et moi n'avions pas la moindre idée de ce qui se passait. Notre implication dans le Projet Perséphone n'était rien d'autre qu'un investissement. Nous n'étions pas au courant de la façon dont ils menaient leurs recherches.

— Tu parles, répliqua Peter.

Bob le fusilla du regard. Il ouvrit la bouche, s'apprêtant de nouveau à crier, mais Priscilla reprit la parole :

— Si tu as vu les fichiers, tu sais que nous disons la vérité.

Peter secoua la tête. Au fond de lui, il avait vraiment espéré qu'une fois que toute l'affaire serait exposée au grand jour, ses parents manifesteraient une certaine forme de regret. Mais il s'était douté que cela avait peu de chances d'arriver. Et au lieu de ça, ils avaient été complètement prévisibles et avaient préféré couvrir leurs arrières. Encore une fois.

Il sortit une feuille de papier de sa poche et la tendit à sa mère.

— Qu'est-ce que c'est ? demanda-t-elle sans ciller – mais la peur dans sa voix était palpable.

— Lis, répondit froidement Peter.

L'horloge ancienne égrenait les secondes pendant que Priscilla examinait le document. Elle devint subitement livide et le fit passer à Bob. Il le parcourut rapidement avant de laisser échapper un juron.

— Charlie prétendait qu'il s'était débarrassé de ça, marmonna-t-il.

Il semblait avoir encore rapetissé. Quant à Priscilla, la panique se lisait sur son visage. Peter aurait aimé se délecter de leur réaction. Mais c'était une victoire sans saveur. Lorsqu'il avait découvert la preuve de leur complicité et compris qu'ils connaissaient tous les détails de l'histoire, il avait été profondément bouleversé. Il s'était rendu compte qu'il n'avait jamais vraiment su qui ils étaient.

— Tu vois, Papa, c'est le problème avec les données informatiques, lâcha-t-il. Elles ne disparaissent jamais complètement. Et puis, je touche plutôt bien ma bille avec les logiciels de récupération de fichiers. Je n'ai pas eu beaucoup de mal à les retrouver.

— Alors le FBI n'a pas ces documents ? intervint vivement Priscilla.

Peter fit craquer les articulations de ses doigts les unes après les autres, ce qui la fit grimacer.

— J'avais tellement envie de croire que vous vous étiez impliqués dans tout ça parce que vous ne vouliez pas que d'autres parents perdent leur enfant, comme vous avez perdu Jeremy. Mais je ne me fais plus d'illusions, c'était sûrement juste pour l'argent.

Bob tenait toujours la page entre ses mains tremblantes.

— Tu peux faire disparaître ça pour toujours, n'est-ce pas ? lança-t-il d'un ton bourru. C'est bien le genre de choses que tu sais faire ?

Peter se retint de s'esclaffer. C'était la première fois que ses parents témoignaient de l'intérêt pour ses compétences de hackeur. La situation était d'une ironie sans précédent.

— Oui, je pourrais faire ça, acquiesça-t-il. Vous ne vous en êtes sans doute jamais aperçus, mais j'ai une sorte de don pour ces trucs-là.

— Dieu merci, murmura sa mère.

— Je pourrais, mais je ne le ferai pas.

Pendant que ses parents le dévisageaient, bouche bée, il se dirigea vers la porte et l'ouvrit. Une responsable du FBI se tenait sur le seuil, épaulée par cinq policiers.

— Vous avez terminé ? demanda-t-elle.

— Oui, merci.

Peter se retourna vers ses parents. Ils semblaient se ratatiner un peu plus à chaque seconde et il eut presque pitié d'eux – presque, seulement.

— Je vous présente l'agent Rodriguez, déclara-t-il. Elle est venue procéder à votre arrestation.

Tandis que les policiers entraient dans la maison, il sortit se mettre à l'écart sur le perron. Il entendit derrière lui les protestations de ses parents : la voix haut perchée de Priscilla, affolée, et celle, puissante, de Bob qui invectivait les policiers.

— Comment vous vous sentez ? fit Rodriguez, une minute plus tard.

C'était une femme séduisante d'un peu moins de quarante ans. Elle portait un blazer et des mocassins noirs.

Peter esquissa un léger sourire.

— Ça va.

— Vous avez un endroit où aller ?

Peter garda le silence quelques instants. Jusqu'ici, il était resté avec Luke et les autres ados de l'unité du Nord-Est de l'Armée de Persefone. Ils vivaient dans un entrepôt désaffecté en dehors de la ville. Ce n'était pas aussi sordide que les squats qu'il avait connus avec Noa, Teo et Daisy, mais ce n'était pas tellement mieux non plus. Il aurait pu rappeler d'anciens amis du lycée, ou même les parents d'Amanda, mais rien de tout cela ne lui disait vraiment.

— Je vais me débrouiller, finit-il par répondre. De toute façon, je compte bientôt mettre les voiles.

Rodriguez haussa un sourcil.

— Pour aller où ?

— N'importe, soupira Peter. Je pensais peut-être commencer par faire un tour au Costa Rica pour apprendre à faire du surf.

— Du surf ? répéta-t-elle, étonnée. Bon, je ne sais pas si je peux vous faire changer d'avis. Mais j'ai promis à mon patron d'essayer.

— Et vous me proposez quoi ?

— Un boulot, dit-elle. Notre service technologique aurait bien besoin d'un coup de main pour éplucher toutes les données, et ces documents vous sont déjà familiers. Sans compter que nous avons tout un groupe spécialisé dans la lutte contre la cybercriminalité.

— Je n'ai que dix-huit ans, objecta Peter. Je n'ai même pas encore fini le lycée.

Rodriguez haussa les épaules.

— L'âge n'a guère d'importance. Je crois qu'on n'a pas un seul informaticien de plus de trente ans. Tenez, voici mes coordonnées. Réfléchissez-y.

— Bien sûr, promit-il en rangeant la carte qu'elle venait de lui remettre dans la poche arrière de son pantalon. Alors je pourrais devenir un agent du FBI ? ajouta-t-il avec un grand sourire.

— D'un point de vue technique, vous auriez un statut de consultant, indiqua-t-elle. Mais par la suite, pourquoi pas.

— Cool.

Elle émit un petit rire et lui tendit la main.

— Faites attention à vous, Peter Gregory.

— Pas de souci.

Peter lui serra la main et descendit les marches du perron de sa maison probablement pour la dernière fois. Il s'attendait à être envahi par une vague de nostalgie ou de tristesse, mais au lieu de ça, il se sentit incroyablement plus léger, comme s'il avait porté pendant des années un poids invisible sur les épaules dont il venait enfin de se débarrasser.

Noa dodelinait de la tête tandis que le métro filait bruyamment dans les tunnels, faisant trembler le sac Apple posé sur ses genoux. Elle s'était finalement résolue à investir dans un MacBook Pro 15 pouces. Zeke et elle croulaient sous les missions en free-lance et elle avait vraiment besoin d'un écran plus grand. Pourtant, quand l'employé de l'Apple Store lui avait remis le carton, elle avait tressailli devant son poids. Même si les mois avaient passé, elle avait du mal à chasser de son esprit l'idée que ce serait moins pratique à emporter en cas de fuite.

On n'a plus besoin de fuir, se rappela-t-elle.

En vérité, cet ordinateur allait rarement quitter l'enceinte de leur maison. Elle avait aussi du mal à s'habituer à ça. Grâce à une très grosse somme d'argent versée par Pike & Dolan au titre des dommages et intérêts, ils avaient désormais un vrai logement à eux : une vaste maison avec quatre chambres dans le quartier de Brookline. Ils avaient emménagé juste avant la rentrée des classes. Non que Zeke ou elle aient eu besoin de retourner en cours : ils avaient tous les deux obtenu leur certificat de fin d'études secondaires et, comme Zeke avait dix-huit ans, il était officiellement l'adulte responsable de leur foyer peu conventionnel. Teo et Daisy n'avaient pas été enchantés que les services sociaux leur imposent de s'inscrire au lycée. Mais cela faisait partie de l'accord qu'ils avaient conclu : ils pouvaient rester vivre avec Noa et Zeke à condition d'être scolarisés.

Jusqu'ici, tout s'était étonnamment bien passé. Teo était vite devenu le champion d'athlétisme de Brookline High School et Daisy était très investie dans la radio du lycée. Ils consacraient l'essentiel de leur temps libre à travailler comme bénévoles au sein du Refuge, dont Amanda avait repris les rênes après le décès soudain de Mme Latimar, emportée par une crise cardiaque.

Comme les autres, Noa avait fait don d'une bonne partie de ses indemnités au Refuge. Au début, elle avait même songé tout céder à l'association, mais Zeke avait insisté pour qu'ils mettent de l'argent de côté pour eux, ainsi que pour Teo et Daisy au cas où ils voudraient aller à l'université.

Daisy à l'université, songea Noa en souriant.

Peter devait appeler dans la soirée depuis la Thaïlande. C'était le dixième pays qu'il visitait en cinq mois. Ils recevaient ses cartes postales régulièrement et discutaient avec lui sur Skype au moins une fois par semaine. Néanmoins, après tout le temps qu'ils avaient passé entassés les uns sur les autres, ça faisait bizarre qu'il ne soit plus dans les parages. Quelquefois, quand elle tentait de venir à bout d'un piratage particulièrement compliqué, Noa se surprenait à parler à son ordinateur, exactement comme il avait l'habitude de le faire.

Au cours de leurs échanges, Peter avait toujours l'air joyeux. Il leur racontait des anecdotes savoureuses sur son incroyable périple en sac à dos. Mais même à travers l'image de la webcam, Noa percevait une sorte de voile dans son regard. Après tout ce qu'ils avaient traversé, aucun d'eux ne pourrait jamais plus être le même, plus tout à fait. Parfois, la nuit, elle ne trouvait pas le sommeil, se demandant lequel d'entre eux avait suivi le bon chemin. Pouvait-on échapper à son passé ? Avait-elle fait le bon choix en restant à Boston ou aurait-elle dû partir pour essayer de laisser tout ça derrière elle ?

Elle repéra un plan de la ligne au-dessus d'elle et son regard s'arrêta sur Newton Centre. C'était là que toute l'histoire avait commencé. Elle avait été enlevée quelque part entre la station et son appartement. Et c'était ce qui expliquait pourquoi elle ne se sentait jamais complètement en sécurité dans le métro.

La rame s'arrêta. Noa remonta l'anse de son sac sur son épaule et descendit avant de se mêler au flot des voyageurs circulant à l'heure de pointe. Teo et Daisy devaient être à la maison. Zeke était probablement dans son bureau, en train de bosser sur leur dernière mission informatique. Amanda était peut-être là-bas aussi, faisant cuire une horrible bouillie végétarienne – ce qui ne dérangeait pas Noa, dans le fond. Tout ce qui était chaud lui paraissait bon, et ne pas avoir à faire la cuisine était toujours une bonne nouvelle. Il y avait des jours où jouer la mère poule pour deux ados orphelins était plus épuisant que de courir pour sauver sa peau.

En passant devant le guichet de vente de billets, Noa saisit le reflet d'un homme chauve et costaud juste derrière elle. Elle sentit soudain des picotements sur sa nuque et son pouls s'accéléra. Elle se mit à marcher plus vite en murmurant des excuses aux gens qu'elle bousculait pour les doubler.

Elle était un peu essoufflée en sortant de la station de métro et sa cicatrice battait douloureusement. Elle jeta un regard en arrière et serra les dents. Le chauve était toujours sur ses talons et affichait un air déterminé.

La maison n'était qu'à cinq cents mètres de là. Elle pouvait y être en trois minutes si elle courait. Mais il saurait alors où ils vivaient tous et c'était peut-être exactement ce qu'il voulait.

Noa sentit la décharge familière de l'adrénaline dans ses veines. Elle avait presque oublié ce que ça faisait d'être pourchassée.

Mais elle ne voulait plus être une proie.

Elle se retourna et fit glisser son sac de son épaule avant de serrer la boîte entre ses deux mains. L'ordinateur était lourd et solide. Si elle le balançait suffisamment fort, elle devrait pouvoir assommer son agresseur.

L'homme portait un jean noir et un épais manteau, idéal pour dissimuler une arme. Elle baissa les yeux vers ses pieds et fronça les sourcils : il avait des chaussures de ville. C'était inhabituel.

Peut-être qu'ils ont appris à passer plus inaperçus, se dit-elle.

Elle se contracta, prête à se servir du carton comme d'une massue.

Le visage de l'homme s'illumina d'un sourire et il s'accroupit. Tandis que Noa le fixait, déconcertée, une silhouette rouge passa près d'elle en courant. C'était une petite fille d'environ huit ans. Elle se jeta dans les bras du chauve qui la porta en l'air et la fit tourner autour de lui en riant.

Noa resta bouche bée en le voyant embrasser la petite fille sur le front et jouer avec sa queue-de-cheval. Elle avait encore le souffle court et le corps en tension. L'homme reposa sa fille à terre et la prit par la main avant de dépasser Noa. La gamine parlait à toute vitesse pendant que son père hochait patiemment la tête.

Noa s'esclaffa de soulagement. Encore tremblante, elle remit son sac sur l'épaule et rajusta son bonnet. Puis elle tourna les talons et reprit son chemin.

On était fin octobre et les arbres avaient déjà perdu la plupart de leurs feuilles. Elles craquaient sous ses pieds tandis qu'elle remontait l'allée menant chez eux.

Un an plus tôt, Noa était parfaitement satisfaite de vivre seule dans un studio, en évitant tout rapport humain. À l'époque, elle n'aurait jamais cru qu'elle pourrait aimer partager une maison avec d'autres gens.

Ma famille, songea-t-elle.

Le mot lui semblait encore parfois étrange, mais c'était bien ce qu'ils étaient devenus, pour le meilleur et pour le pire : une famille.

La porte s'ouvrit et la silhouette de Zeke se découpa dans la lumière du couloir. Il devait sortir de la douche, car il avait les cheveux luisants, et il portait un jean taille basse et un tee-shirt noir.

— Hé ! s'exclama-t-il. Je commençais à m'inquiéter. Tout va bien ? ajouta-t-il en remarquant la mine songeuse de Noa.

— Super bien, acquiesça-t-elle en montant la dernière marche avant de le prendre dans ses bras. Je t'aime.

— Moi aussi, répondit-il, un peu surpris.

Noa se blottit dans le creux de son cou et inspira profondément. Elle ne se lassait pas de lui une seule seconde : son odeur, le contact de sa peau, la douceur de sa bouche.

— Le dîner est sur le feu, murmura-t-il en effleurant l'oreille de Noa du bout des lèvres. Ça risque de cramer.

— Je m'en fiche, répondit-elle en se hissant sur la pointe des pieds pour l'embrasser. Laisse-le brûler.

Ce sera mon dernier message. Désormais, tout le monde sait ce qui m'est arrivé... ce qui nous est arrivé à tous. La plupart des responsables ont été traduits en justice. Alors à ceux qui ont joint leurs forces au combat, merci.

On a perdu beaucoup d'amis en route. Parmi eux, certains s'appelaient Janiqua, Remo, Alex, Loki.

Mais il y en a tant d'autres qui ont été réduits à un simple numéro de dossier. Des ados qui ont terriblement souffert entre les mains de Charles Pike et de ses prétendus médecins. Des ados qui sont morts, seuls.

C'est eux dont il faut se souvenir. Parce que malgré tout ce qu'on a pu lire sur le choc et l'indignation générale causés par ces horreurs, la vérité, c'est que cela pourrait se reproduire.

Alors restez vigilants. Veillez les uns sur les autres. Et rappelez-vous qu'on est tous plus forts qu'on ne le pense. Quelqu'un a dit un jour que le seul moyen de combattre un monstre, c'était de devenir soi-même un monstre encore plus grand. Je le croyais aussi, mais il n'en est rien.

En fait, le seul moyen de combattre les monstres, c'est de devenir quelque chose qu'ils ne peuvent pas vaincre. Comme pour Perséphone, l'unique salut pour sortir des Enfers, c'est de marcher vers la lumière.

Publié par PER5EF0NE le 25 octobre
/ALLIANCE/ /NEKRO/ /#PERSEF_ARMY/
< < < < > > > >

Remerciements

Il y a trois ans, alors que j'étais assise à mon bureau, j'ai écrit : « Lorsqu'elle se réveilla, la première chose qui frappa Noa Torson, c'est qu'elle avait froid aux pieds. » Ainsi a débuté cet incroyable voyage aux côtés de Noa, de Peter et de tant d'autres personnages qui sont entrés dans mon cœur. Je suis affreusement triste de devoir les quitter et j'espère que je leur ai rendu justice.

Ma fidèle amie Lisa Brown a joué un rôle prépondérant pour m'aider à mettre cette histoire sur pied. Je lui dois, ainsi qu'à Dan Ehrenhaft, plus que je ne pourrai jamais leur rendre.

Cette trilogie a trouvé, avec HarperTeen, le foyer idéal. Je n'aurais pas pu rêver meilleur soutien pour ces livres. La responsable de communication Olivia DeLeon a fait bien plus que son travail. Sans elle, je serais sans doute encore en train d'errer dans les entrailles du Javits Center, complètement perdue. Les filles du *tea time*,

Margot Wood et Aubry Parks-Fried, toujours pleines d'entrain, ont réalisé des prouesses extraordinaires. Avec l'aide d'Alana Whitman et d'Alison Lisnow, elles ont fait de la tournée d'automne de Pitch Dark Days une réussite.

Puisqu'on en parle, mes collègues, les « Belles Tordues », Rae Carson, Sherry Thomas, Mindy McGinnis et Madeleine Roux ont été de merveilleuses compagnes de route. Réunir cinq femmes pour un road-trip de quatre jours dans quatre villes différentes sentait la catastrophe assurée. Au lieu de quoi, ce fut sans conteste l'une des expériences les plus drôles de ma vie. Maddy et Mindy ont même été jusqu'à me proposer de relire le présent tome. Donc s'il y a des erreurs, c'est forcément leur faute ☺. Plus sérieusement, j'adore ces femmes et ce qu'elles écrivent, et je conseille à tout le monde de courir acheter leurs livres en plusieurs exemplaires.

Dudley, Ryan, Amara, Wendy et tous les autres fabuleux professeurs et collègues de l'ODC/Dance m'ont aidée à garder la tête froide pendant certains événements vraiment éprouvants au cours des dernières années.

Keith Nordstrom et Bruce Davis, mon équipe de hackeurs éthiques et experts en informatique, ont fait preuve d'une patience sans fin en pataugeant dans les différentes versions des manuscrits et en faisant de leur mieux pour expliquer le fonctionnement des systèmes de cryptage à une technophobe comme moi. Ils méritent tous les deux des bières fraîches gratuites (et de bonne qualité) pour le restant de leurs jours. Je n'y serais pas arrivée sans eux.

Kate Stoia a fait un don généreux à la Live Oak School en achetant les droits pour nommer certains personnages : Ella et Matan Maoz, j'espère que vous ne m'en voulez pas trop d'avoir fait mourir vos homonymes. Au moins, ils sont morts avec honneur.

Mon éditrice, Karen Chaplin, a courageusement accompagné ces livres au fil des différentes versions. Son œil attentif au moindre détail et sa douce insistance pour me pousser à faire des coupes ont été un don du ciel. C'est une vraie pro et j'ai eu de la chance de la compter dans mon équipe.

Les secrétaires d'édition sont les héros de l'ombre des manuscrits. Aaron Murray et Bethany Rheis ont relevé des incohérences et des erreurs qui auraient été franchement gênantes si elles avaient été imprimées. Alors merci à vous de m'éviter cet embarras.

Deux poètes m'ont généreusement autorisée à utiliser leur travail en exergue : les honorables Rita Dove (« La chute de Perséphone ») et Cleopatra Mathis (« Après Perséphone »). Si vous aimez ces poèmes autant que moi, vous pourrez en lire davantage respectivement dans *Mother Love* et *What to Tip the Boatman ?*

Stephanie Kip Rostan est tellement plus que mon agent. C'est aussi une amie avec un don incomparable pour me remonter le moral et éteindre les incendies avec calme et aplomb. Nous sommes tous chanceux qu'elle ait décidé d'utiliser ses super-pouvoirs pour faire le bien.

Avec cette trilogie, j'ai essayé de mettre en lumière certaines faiblesses du système de placement en famille d'accueil aux États-Unis. Heureusement, il existe des organismes qui se consacrent à l'amélioration des conditions de vie des enfants placés. C'est assez bouleversant de voir l'impact énorme que peut avoir le moindre don pour ces enfants.

Les libraires, les lecteurs, les blogueurs : que puis-je vous dire ? Vous avez tant fait pour cette trilogie. Merci du fond du cœur. J'espère que cette aventure vous a plu autant qu'à moi.

Pour finir, j'ai eu l'impression, d'une certaine façon, d'être rudement mise à l'épreuve en même temps que Noa. Et nous en sommes toutes les deux ressorties plus fortes. Je le dois à de nombreuses personnes, en particulier ma famille, les anciens comme les nouveaux membres. Merci à mes parents de m'avoir transmis l'amour de la lecture et de l'écriture. Merci à mes sœurs d'avoir toujours été là pour m'écouter. Merci à Taegan et Esmé de m'avoir fait rire chaque fois que j'en avais besoin.

Et merci à Kirk de m'avoir montré le chemin vers la lumière. Je t'aime, mon chéri.

Cet ouvrage a été composé par
Fr&co - 61290 Longny-au-Perche

Imprimé en France par CPI
en janvier 2020
N° d'impression : 3037292
S29275/02

www.pocketjeunesse.fr
PKJ • POCKET JEUNESSE

MIXTE
Papier issu de
sources responsables
FSC® C003309
FSC
www.fsc.org

Pocket Jeunesse, une marque d'Univers Poche,
est un éditeur qui s'engage pour
la préservation de l'environnement
et qui utilise du papier fabriqué à partir
de bois provenant de forêts gérées
de manière responsable.